흰옷

이청준 전집 26 장편소설

흰옷

초판 1쇄 발행 2015년 11월 6일

지은이 이청준
펴낸이 주일우
펴낸곳 ㈜문학과지성사
등록번호 제1993-000098호
주소 121-894 서울 마포구 잔다리로7길 18(서교동 377-20)
전화 02) 338-7224
팩스 02) 323-4180(편집) 02) 338-7221(영업)
전자우편 moonji@moonji.com
홈페이지 www.moonji.com

ⓒ 이청준, 2015. Printed in Seoul, Korea

ISBN 978-89-320-2106-5
ISBN 978-89-320-2080-8(세트)

이 도서의 국립중앙도서관 출판예정도서목록(CIP)은 서지정보유통지원시스템 홈페이지
(http://seoji.nl.go.kr)와 국가자료공동목록시스템(http://www.nl.go.kr/kolisnet)에서
이용하실 수 있습니다. (CIP제어번호: CIP2015029259)

이청준 전집 26

흰 옷

문학과지성사
2015

일러두기

1. 문학과지성사판 『이청준 전집』에는 장편소설, 중단편소설, 그리고 작가가 연재를 마쳤으나 단행본으로 발간되지 않은 작품과 미완성작 등을 모두 수록했다.

2. 전집의 권별 번호는 개별 작품이 발표된 순서를 따르되, 장편소설의 경우 연재 종료 시점을, 중단편소설의 경우 게재지에 처음 발표된 시점을 기준으로 삼았다. 단, 연재 미완결작의 경우 최초 단행본 출간 시점을 그 기준으로 삼았다. 중단편집에 묶인 작품들 역시 발표된 순서대로 수록하였으며, 각 작품 말미에 발표 연도를 밝혀놓았다.

3. 전집의 본문은 『이청준 문학전집』(열림원) 발간 이후 작가가 새롭게 교정, 보완한 내용을 충실히 반영하여 확정하였다. 특히 미발표작의 경우 작가가 남긴 관련 자료에 근거하여 수록하였음을 밝힌다.

4. 전집의 각 권에는 작품들을 수록하고 새롭게 씌어진 해설을 붙였으며 여기에 각 작품 텍스트의 변모 과정과 이청준 작품들의 상호 관계를 밝히는 글을 실었다. 이 글은 현재의 문학과지성사판 전집의 확정 텍스트에 이르기까지 주요한 특징적 변모를 잘 보여준다.

5. 이 책의 맞춤법은 국립국어연구원의 '한글 맞춤법'에 따르는 것을 원칙으로 하되, 띄어쓰기의 경우 본사의 내부 규정을 따랐다. 단, 작품의 분위기에 영향을 준다고 판단되는 방언이나 구어체 표현·의성어·의태어 등은 작가의 집필 의도를 살려 그대로 두었다(괄호 안: 현행 맞춤법 표기).
   예) ① 방언 및 의성어·의태어: 밴밴하다(반반하다) 희멀끄럼하다(희멀겋다) 달겨들다(달려들다) 드키(듯이) 뚤레뚤레(둘레둘레) 뎅강(뎅궁) 까장까장(꼬장꼬장)
   ② 작가의 고유한 표현:
   -그닥(그다지) 범상찮다(범상치 않다) 들춰업다(둘러업다)
   -입물개 개엾고 아심찮게도 목짓 편뜻 사양기
   ③ 기타: 앞엣사람 옆엣녀석 먼젓사람 천릿길 뱃손님 뒷번
   그리고 나서(그러고 나서) 그리고는(그러고는)

6. 이 책의 외래어 표기는 국립국어연구원의 '외래어 표기법'에 따라 바꾸었다. 단, 작품의 제목이나 중요한 어휘로 등장하는 경우에는 원본을 그대로 살렸다.
   예) ① 맘모스(매머드) 세느(센) 뎃쌍(데생) ② 레지('종업원'으로 순화)

7. 이 책에 쓰인 문장부호의 경우 단편, 논문, 예술 작품(영화, 그림, 음악)은 「 」으로, 단행본 및 잡지, 시리즈 명 등은 『 』으로 표시하였다. 대화나 직접 인용은 큰따옴표(" ")와 줄표(—)로, 강조나 간접 인용의 경우 작은따옴표(' ')로 묶었다.

차례

1. 잃어버린 서장

바닷가 임시분교 시절은 흔적 없이
사라지고 기억하려는 사람도 없었다.

— 허, 이 애비가 댕겼다던 임시분교 시절은 그래 학교 터도 내
력도 찾아볼 수가 없더라고? 그런 학교가 있었던 사실조차 알아
볼 데가 없다고?

오후 들어 시작해 절반 너머나 파헤쳐 들어간 더덕 밭 가운데
에 한동안 망연스레 손을 놓고 퍼질러 앉아 있던 황종선(黃宗善)
씨는 문득 입암산성(笠岩山城) 숲 기슭을 스쳐 내려오는 저녁 산
바람기에 겨우 제정신을 되찾으며 혼잣소리로 중얼거렸다.

— 헌다고 설마 학교 터까지 갱물에 쓸려 내려갔을 턱이 없고
보면 뭐시냐, 그 임시분교 시절 몇 해나마 녀석이 제 애비의 유년
수학 사실까장 의심을 하자는 건 아닐 테고…… 녀석이 필경 나헌
티는 그 어릴 적 임시분교 시절도 그리 내놓고 돌이켜볼 만한 게
못 되더라는 소릴레라……? 불측헌 놈 같으니라고 내가 지놈을
어떻게 생각하고 있길래, 그런 애비 심정도 모르고 함부로……

사실을 따져보기에 앞서 아들 동우(東佑) 녀석이 우선 섭섭하고 괘씸하기까지 하였다. 모처럼 만에 인사 차 집엘 다니러 온 녀석이 잠시 전 밭 가운데로 그를 찾아 나와 나불대고 간 반갑잖은 소리 때문이었다.

동우는 이해 3월 신학기부터 바로 종선 씨의 옛 고향 고을 남도 해변 포구가의 한 벽지 초등학교 신참교사로 봉직하고 있었다. 녀석이 이 북도 소재의 교육대학을 마다하고 남도 쪽 학교로 진학을 한 것이나, 초임지를 굳이 제 아비의 옛 연고지로 택해 간 것부터가 실로 범상스런 일이 아니었다.

1950년대 초엽의 6·25전란 직후에 늙은 아버지를 따라 쫓기듯 고향 고을을 떠나온 이후로 종선 씨는 한 번도 그 해변 고을을 다시 찾거나 변변한 그쪽 소식을 들은 일이 없었다. 아비인 종선 씨가 그런 처지에 자식인 동우 쪽도 언제 한번 그곳을 가본 적이나 거기 관한 실제적인 지식이 있을 리 없었다. 그런데도 동우가 그쪽 학교 진학을 하고 끝내는 임지까지 그곳으로 택해 나선 데는 뭐니 뭐니 해도 종선 씨 자신의 책임이 적지 않았다.

종선 씨가 오래전 어린 날을 보냈던 옛 고향 고을의 초등학교 시절은 그곳을 떠난 이후 나이 육십을 바라보게 된 이 노년의 문턱까지 별로 이렇다 하게 이루어놓은 것이 없는 그의 생애 가운데에서 그런대로 어떤 소중스런 위안거리로 남아 있었다. 그것은 종선 씨가 아들 동우와 함께 생애 중에 일구고 감장해온 거의 유일한 마음의 재산인 셈이었다. 뿐더러 그 시절은 세월이 흐를수록 애틋한 그리움의 빛깔로 종선 씨의 기억을 선히 일깨워오곤 하였다. 그는 이따금 쪼그랑망태기 아내와 아들 동우 놈 앞에 그 하염없는 심사를 털어놓곤 했었다.

— 이 애비헌티도 뭐시냐, 천진무구하게 행복시럽기만 했던 한 시절이 있었제…… 그저 기껍고 평화시럽기만 했던 그 고향 골 해변가의 초등학교 시절…… 내 평생엔 그때를 잊을 수 없을 게다.

아내 장성댁이나 아들이 알 리가 없는 일이어서 그것은 얼마든지 과장이 가능했고, 종선 씨 자신도 그 같은 과장 속에 제물에 심회가 더욱 애틋해지곤 한 것이었다. 게다가 때로 이룬 것 없이 헛된 낭비만 일삼아온 그의 삶이 견딜 수 없도록 허망하고 아쉽게 느껴질수록 그 어릴 적 고향 학교 시절에 대한 추억과 집착은 자신도 어쩔 수 없는 과장스런 환영을 지어 부르곤 하였다.

— 8·15해방 뒤에 공민학교로부터 시작한 소학교라 규모는 작았지만도, 갱변과 산을 함께한 시원시런 주변 환경에다, 그 뭐시냐 선생님들의 열성이 또 지금 겉은 세상에선 어디서도 찾아보기 어려울 정도였으니께. 그러니 내 일생사를 되돌아볼 것 같으면, 뭐시냐, 그 시절은 생애를 온통 다 털어서도 어느 때보다 뜻이 깊고 알뜰한 보람과 추억이 함께 깃든 뭐시냐…… 보석같이 소중스럽고 고운 시절이었다고 할 수 있제. 시기가 아직 좀 어린 때이기는 했지만도, 그 시절엔 초등학교 문턱만 밟아보고 나온 사람도 이웃 간에 제법 식자 대접을 받고 살던 세상이었으니께. 내 입으로 할 말은 아니다만 게다가 이 애비는 공부를 썩 잘헌 축이었고, 운동시합이나 그림 그리기, 무엇보다도 그 뭐시냐 노래

솜씨가 일트면 군계일학 격이었으니께. 이 애비헌티 그 한 시절의 추억거리라도 없었다면, 일언이폐지하고 내 인생살이란 건 온통 불모의 사막 한가지였을 게란 말여.

종선 씨의 그 같은 도취 어린 추억담이 결국은 부지불식간에 그 아들을 남도 사람으로 만들어갔고, 제 생의 연원지를 찾아 그쪽 학교를 거쳐서 첫 부임지까지 그곳으로 택해 가게 했을 터였다.

— 아버지의 고향이 제 고향이기도 하니까요. 결국 우리 집안의 뿌리를 찾아간 셈이지요. 기왕이면 거기서 제 교사 생활의 첫걸음을 시작해보고 싶었거든요. 아버지께서 늘 못 잊어 하시는 그 고향을 배울 겸해서 말씀입니다. 아버지께선 늘 그립고 아쉬워하기만 하셨지 언제 한번 직접 가보시려 하신 적은 없으시지 않아요. 제가 아버지를 대신해드리게 된 셈이지요.

동우 놈 역시도 그런 소리를 한 일이 있고 보면, 사정은 더욱 분명했다. 종선 씨로선 물론 그런 아들이 은근히 기특하고 고마운 바가 없지 않았다. 하지만 녀석이 정작 그 고향 임지로 떠날 임시엔 긴 세월 저쪽의 옛 기억들만 믿고 너무 주책을 떨지 않았나, 석연찮은 불안감도 없지가 않았던 터였다.

그런데 이날 오후 어린이날 휴일을 맞아 모처럼 집엘 다니러 온 녀석이 종선 씨의 그런 불안감을 한번 더 헤집어놓은 것이었다.

— 이번에도 결국 더덕 밭을 갈아엎고 마시는군요.

저녁나절 해를 등지고 밭고랑 한가운데까지 아비를 보러 온 동우가 문안인사를 치르고 나자마자 제 어미한테서 이미 사정을 들어 알고 나온 일이기라도 하듯 새삼 무슨 곡절 같은 걸 물으려고도 않은 채 아비의 일에 은근히 힐문을 해왔다.

불과 1년 전에는 20년 넘어나 묵혀온 산작약 포전(圃田)을 파헤치고, 그보다 또 두어 해 전에는 4, 5년생 산두릅나무 밭을 단숨에 요절내버리는 것을 곁에서 다 지켜보아온 녀석이었다. 그리고 그 늙고 요량 없는 고집불통의 아비를 속으론 제 어미보다 더 마음 아프고 안타까워해온 녀석이었다. 그런 녀석이 바야흐로 첫 수확을 바라보게 된 3년생 더덕 밭을 아비가 제 손으로 다시 갈아엎고 있는 꼴을 보고 심사가 결코 편했을 리는 없었을 터였다. 종선 씨는 녀석의 심중을 그쯤 헤아리고 접어 넘어가려 하였다.

그런데 동우 놈은 그게 아니던 모양이었다. 심사가 비틀린 건 어차피 마찬가지였지만, 더덕포 일은 실상 빌미에 불과했고, 진짜 표적은 녀석이 임지이자 제 아비 머릿속의 해변학교 쪽이었다.

—그런데 참, 아니던데요…… 제가 지금 봉직하고 있는 아버지의 옛날 학교 말씀입니다.

종선 씨가 묵묵부답으로 흉하게 파헤치다 만 더덕포만 바라보고 있으려니, 동우 놈은 이제 그 더덕 밭 따위는 어떻게 되어도 상관이 없다는 듯, 어쩌면 그 황량스런 더덕 밭의 몰골보다 더하고 덜할 바가 없는 제 아비의 초라한 삶을 한번 더 증거해 보이기라도 하듯이 느닷없이 말길을 그 학교 쪽으로 돌렸다. 그리곤 여전히 불편스런 침묵만 지키고 앉아 있는 아비 앞에 아들은 애당초 그 늙은이의 응대는 기다리지도 않았던 듯 혼자서 차근차근 말을 이어나갔다.

―아버진 늘 그 어리실 적 해변학교 시절을 일생 중에 가장 소중하고 행복했던 때처럼 아름답게 추억하곤 하셨어요. 하지만 이번에 제가 가보니 전혀 그런 게 아닌 것 같았어요. 새로 옮겨지은 지금의 회령리(會寧里) 쪽 교사 밖에, 그 6·25 때까지 아버지께서 다니셨다는 임시분교 시절의 선유리(仙遊里) 바닷가 창고 교실이나 나중에 새 교사를 지어 옮겨갔다가 역시 6·25로 불타 없어졌다는 큰 산 밑 농장가 학교 터는 흔적조차 찾아볼 수 없었으니까요. 게다가 그 바닷가 임시분교 시절은 아버지의 기억을 되살려내실 만한 무슨 흔적은 고사하고 서류상의 기록조차도 남아 있는 게 없었어요. 그때 거기 그런 임시분교 시절이 있었다는 걸 확인해줄 만한 사람을 만날 수도 없었고요. 모든 게 감쪽같이 사라져 없어졌거나, 아니면 차라리 임시분교 자체가 없었던 것처럼 여겨질 정도였으니까요. 부임을 해가면서부터 지금까지 나름대로 무얼 좀 확실한 걸 찾아보려 애를 썼지만 지금까지는 계속 실망뿐이었어요.

　그 시절의 일들이 흔적도 찾을 수 없도록 사라지고 없더라? 그 시절 자체가 없었던 것처럼 보이더라? 종선 씨로선 물론 그런 동우 놈의 공박 조를 곧이곧대로 다 받아들일 수가 없었다. 그런 일은 실제로 있을 수가 없었다.

　제 아비가 그 시절 안 다닌 학교를 다녔노라 거짓말을 해온 걸로나 의심을 하고 있는 게 아니라면 동우 쪽은 실제로 그런 식의 생각을 믿거나 고집하려는 게 아닐 터였다. 그것은 다름 아닌 동우 자신의 첫 임지에 대한 부푼 기대와 제 아비의 어린 시절의 실상에 대한 예기치 않은 실망감과 아쉬움의 토로일 수도 있었다. 하지만 어쨌거나 동우 놈은 그걸로 제 아비의 소중스런 삶의 한 시절이 담긴 행복한 추억뿐만 아니라, 그 즐겁던 바닷가 학교 시절과 때론 자랑스럽기조차 한 그의 어린 시절 자체를 사실상 부인하고 나선 셈이었다.

—어림 반푼어치도 없는 소리!

종선 씨는 그도 물론 용인할 수가 없었다. 그렇게 될 수도 없는 일이려니와 그렇게 되어서도 안 될 일이었다. 동우 녀석이 내심 끝내 그걸 곧이들으려지 않는다면 종선 씨는 그 소중스런 유년의 추억만이 아니라, 그로 하여 아들아이의 마음까지 함께 잃은 꼴이 될 터이기 때문이었다.

그래저래 종선 씨는 동우 녀석이 스적스적 집으로 들어가고 난 뒤에도 혼자서 계속 밭 가운데에 주저앉아 못내 망연스런 심사를 달래고 있었다.

그는 마침내 아들아이를 좀더 믿어보자는 생각에 불끈 자리를 털고 일어나 집을 향해 천천히 발걸음을 옮겨놓기 시작했다.

—허긴 제 놈도 기대를 잔뜩 했다가 뭐시냐, 현지 사정이 막상 생각 같지가 못하니께 짜증이 났을 테지. 허지만 네놈이 무얼 어치께 보았든 그것은 분명 내 꿈같은 유년의 한 시절이었던 게여! 그걸 어찌 자식 놈이 돼가지고 하잘것없는 것으로 비하시키려 덤벼들어! 그 시절이 정말 그리 하찮아질 마당이면 뭐시냐, 이 애비의 한 인생이 무신 꼴이 될 중 알고……

그러나 이날 저녁 아들아이와 모처럼 겸상으로 반주를 나누던 종선 씨는 그 밖에서의 동우의 말이 거의 모두 사실이었음을 수긍치 않을 수 없었다.

— 아까 제가 아버지를 언짢게 해드렸다면 용서하십시오.

부자간에 저녁상을 마주하고 앉아서도 한동안 말이 없이 계속 술잔만 비워내고 있는 아비의 심기가 어딘지 편치가 않아 보였던지 맞은편의 아들 쪽이 먼저 기회를 잡아 꺼내온 사죄의 말이었다.

— 전 아버지께서 그 시절을 얼마나 자랑스럽고 즐거운 추억으로 지니고 살아오고 계신가를 알고 있으니까요. 아버지를 상심시켜드릴 생각은 추호도 없었습니다. 아버지께서도 그 점은 헤아리고 계시리라 믿습니다.

태도나 어조는 매우 공손한 사과 투였다. 그러나 그건 역시 녀석이 그 밭 가에서의 공박 조를 다시 이어나가려는 전조에 불과했다.

— 술잔이나 비우거라. 젊은 놈이 공연시리 술잔을 앞에 놓고……

그 점은 아버지께서도 어쩌고…… 개운찮은 단서가 붙은 아들아이의 사죄를 어떻게 받아들여야 할지 몰라 종선 씨가 자신의 잔을 집어 들며 어물쩡 응대를 대신하고 넘어가려 하자, 아들은 과연 내친김이라는 듯 그 아비 쪽은 아랑곳을 않은 채 목소리를 더욱 차분히 가다듬고 나섰다.

— 아버지께서 그 시절을 너무 고운 기억으로만 간직해오신 바람에 제 실망이 컸는지 모르겠습니다. 저는 그 소중스런 아버지의 유년 시절과 옛날 학교를 위해서 뭔가 제 나름대로 보탬이

되고 싶었으니까요. 길지는 못하지만 그동안 적잖이 노력도 했구요.

공손한 말투와는 달리 어딘지 부정적인 시비기가 완연한 언사였다. 하긴 고향 고을과 그곳 학교 일에 대해서라면 종선 씨로서도 계속 시치밀 떼고 앉아 있기가 어려운 이야기였다. 고향 고을을 등져 나올 때나 그 이후의 세월만 평탄했다면 그새로 몇 번쯤은 찾아가봐야 했을 곳. 마음과는 달리 발길 한번 못해온 제 아비를 대신해 제 요량으로 거기서 몇 달을 보내고 온 녀석이었다.

아들의 말길이 처음에 편하게 풀려나왔다면 아비로서도 벌써 이것저것 그간의 묵은 궁금증들을 털어놓고 나섰을 터였다. 그런데 녀석이 그곳에서의 일들을 지극히 실망스러워하는 투로 나오고 보니 종선 씨는 궁금증으로 마음만 더 조급할 뿐 녀석 앞에 섣불리 속을 내보일 수가 없었다. 그래 이번엔 녀석에 대한 아비로서의 불편스런 심기를 지그시 눌러 접어둔 채, 그동안 서서히 눈자위로 번져 오른 술기를 핑계 삼아 우정 더 퉁명스럽게 녀석을 다그치고 들었다.

—네깟놈이 이 애비와 그 학교를 위해 무신 실망을 하고 보탬질을 해여! 그 뭐시냐, 선생 노릇 하러 가서 거기서 이 애비 땜시 웬 딴짓거리를 하고 지냈더란 말이여? 그래, 어디 한번 들어보자. 그게 도대체 어떤 성인군자의 알량한 수신치세 놀음이었는지.

동우 녀석은 그러나 그런 아비의 닦달엔 상관을 않은 채 제 할 말만 차근차근 엮어나갔다.

— 아버지께서도 이미 짐작하고 계셨지만, 전 사실 그곳 학교로 부임을 해가면서 기대가 퍽 컸습니다. 제가 그곳을 제 첫 임지로 원해 가게 된 것부터가 전에 아버지께서 그곳에 관해 제게 자주 들려주신 말씀의 영향이 컸으니까요. 그러나 막상 부임을 해가서 보니 사정이 제 생각과는 영 딴판이었습니다. 아까 벌써 바깥에서도 말씀을 드렸지만, 8·15 다음 해부터 아버지께서 처음 다니기 시작하셨다는 선유리 바닷가의 임시분교는 그런 흔적조차도 찾아볼 수 없었으니까요. 임시교실로 사용했다는 어업조합 소유의 김 보관 창고는 이미 온데간데없어졌고, 당시에 자력으로 학교 문을 열고 학생들을 가르쳤다는 그 초창기의 유지 청년 선생님들도 종적이나 후문을 알아볼 길이 없더라니까요. 임시분교 시절은 물론 정식 학교 설립 인가를 받고 농장 쪽에 신축교사를 지어 옮겨간 이후에도 6·25 때까지는 기록다운 기록 같은 것이 남아 있는 게 없었구요. 그 신축교사까지 1년 만에 6·25로 다시 불타 없어지고 말았다니 초창기 임시분교 시절이나 신축교사 시절의 기록들이 제대로 남아 있기는 어렵겠지만, 그나마 지금 학교에 정식 기록으로 남아 있는 건 초대 교장으로 오셨다는 이열(李烈) 교장이라는 분하고 다른 서너 분 정식 교사들에 관한 것뿐이었어요. 그것도 앞뒤를 짐작해볼 만한 자세한 인적사항이 없이 대개는 간단한 성명 삼자나 재직 기간 정도뿐으로요…… 그러니 한마디로 전란 이전의 대흥동초등학교라는 곳은, 더욱이 아버지께서 자주 추억담을 말씀해오신 초창기 임시분교 시절의 학교는 그곳에 있은 일이 없었던 것 한가지였지요.

동우는 거기까지 일사천리로 늘어놓고 나서, 도대체 당신이 그런 학교를 다녔다는 게 사실이냐, 그런 학교가 정말로 있었던 게 사실이냐—— 대놓고 차마 말로는 들이댈 수가 없는 추궁을 눈길로나 대신하듯 말을 끊고 한동안 아비를 건너다보고 있었다.

종선 씨는 참으로 어이없고 기가 찰 노릇이었다. 아들아이의 말대로라면 아닌 게 아니라 그 전란 이전의 대흥동학교, 특히나 초창기 임시분교 시절 학교는 존재 여부를 의심할 만도 하였다. 그렇다고 엄연히 있었던 사실이 없었던 걸로 될 수는 없겠지만, 어떤 일에 대해 그 흔적이나 기록들이 가뭇없이 사라지고 사람들의 머리에서 그에 대한 기억마저 지워지게 되고 보면, 그 일은 사실상 세상에서 없어진 것이나 마찬가지인 셈이었다. 고향 바닷가의 임시분교 시절이 바로 그런 운명을 맞고 있었다. 그런 학교는 일찍이 있은 일이 없었다!

추궁기가 완연한 동우 놈의 눈길 앞에 종선 씨는 근자 녀석과의 힘겨운 팔씨름내기 때처럼 새삼 완강한 대항의식이 치솟았다. 그럴 수가 없지. 절대로 그럴 수가. 그 학교가, 그 시절의 일들이 어떻게 그냥 없었던 것으로 될 수 있단 말인가. 그 일이 만약 그리되고 만다면 종선 씨 자신에게도 그의 생애 가운데에서 가장 소중하고 빛나는 한 시절이 그대로 고스란히 사라져가고 말 참이었다. 그것은 누가 뭐래도 용인할 수 없는 일이었다.

동우 녀석이야 반드시 그런 뜻에서만은 아닐 테지만, 녀석 앞에서의 그 무슨 낭패스러움에서보다도 자신의 생애 중 어느 시절보다 자랑스럽고 알뜰한 부분이 졸지에 결딴나고 마는 듯한 그 허망스러움 때문에도 그것을 결코 그대로 들어 넘길 수가 없었다.

종선 씨는 느닷없이 다시 세차게 가슴께로 뻗쳐오르는 녀석과의 팔씨름내기 충동을 지그시 참아 누르며 생각을 가다듬었다. 어떤 곡절로 일이 그리되어온 건지는 아직 알 수가 없었지만, 종선 씨는 우선 동우 녀석한테라도 사실을 사실대로 확실히 해줘야 할 것 같았다. 그 자신이 동우에게 사실을 분명히 밝혀주어서, 눈으로 볼 수 없는 것을 믿게 해줘야 하였다.

그러나 그는 아들 먼저 서두르고 들 필요가 없었다. 동우 놈은 그저 제 아비에 대한 한가한 인사치레나 부질없는 비하를 일삼으러 온 게 아니었다. 녀석이 그 옛날 일과 사실을 더 궁금해하고 있었다.

— 아버지께선 그러니까 그 학교 초창기 시절에 첫번째로 입학을 해 들어간 학생이셨다면서요. 그것이 정확히 몇 년도였습니까?

동우가 이미 들어 알고 있을 사실을 심문하듯 처음부터 다시 묻고 들었다. 처음 짐작한 대로 녀석은 문안인사를 겸하여 그 학교에 관한 어떤 미진한 궁금증을 지니고 왔음이 분명했다. 그것도 일방적으로 말길을 이끌어가고 있는 품이 제 편에서도 꽤 석연찮고 조급스런 심사임이 분명했다. 첫 임지를 그곳으로 자원해 간 녀석이고 보면, 진짜 용건은 아직 알 수가 없지만, 그런 관심과 열정이 어쩌면 당연한 것일 수도 있었다. 종선 씨는 그나마 그런 아들의 탐착심(探鑿心)이 다행이다 싶었다.

─ 그 뭐시냐, 그러니께 그게 8·15해방 이듬해였으니께 46년 가을께였제. 그때는 새 학년이 가을철에 시작되었으니께······ 그런디 그런 걸 내게다 다시 물은 걸 보니, 그 학교엔 뭐시냐, 학적부라는 것도 없더냐······?

종선 씨는 공연히 더 속을 아껴둘 바가 없다 싶어 아들 앞에 선선히 자신의 입학년도를 되새겨주고 나서, 아까부터 못내 마음을 조급하게 해오던 궁금증 한 가지를 슬쩍 내비쳐 보였다. 그러자 동우 쪽 역시 아비의 속내를 미리 헤아리고 있었던 듯 그간의 일들을 솔직하게 털어놓기 시작했다.

─ 아버지께서는 몹시 섭섭하실지 모르겠습니다만, 학적부 일은 아버지 말씀대로였습니다. 저도 사실은 그곳에서 아버지의 학적부 기록을 찾아볼 수 있을까 해서 속으로 은근히 가슴을 두근거리기까지 했습니다만, 그 6·25 당년에 새 신축교사가 불타 없어진 바람에 학적부도 함께 소실되고 말았다더군요. 지금 있는 건 그 후에 대충 재작성된 것이라 하니까, 아버지께선 그해에 바로 그곳을 떠나셨으니 그 과정에서 기록이 누락되고 만 모양입니다. 아버지의 기록은 찾아볼 수가 없었어요. 하지만 기록이 부실한 건 학적부뿐만이 아니었습니다. 8·15 직후의 선유리 임시 분교 시절은 물론, 몇 년 뒤에 정식학교 인가를 받아 큰 산 밑 농장께로 신축교사를 지어 옮겨갔다가 다시 6·25전란으로 그 학교가 불타 없어질 때까지의 일들, 말하자면 초창기 4, 5년간의 학교 설립 과정이나 역사 같은 것이 거의 남아 있는 게 없었어요. 그런 일에 관심을 가지고 있는 선생님들이나 지방 유지분들도 없

었구요. 그곳 사람들이나 유지분들로 말하면, 마치 그 선유리의 임시분교 시절이나 6·25 때까지의 큰 산 밑 농장학교 시절은 아예 있지도 않았던 것처럼 말을 부러 꺼리는 눈치들이었으니까요. 아버지 말씀대로 6·25 이전의 선유리 분교시절이나 큰산밑 농장께의 신축교사 시절이 있었던 건 분명해 보이지만, 그 시절의 일이나 흔적들이 어떻게 그렇게 깡그리 망각되어버릴 수 있는지, 게다가 사람들까지 그에 대한 말들을 꺼리고 있는지, 저로선 도대체 이해가 가지 않는 수수께끼들이었습니다.

동우는 거기까지 그간의 사정을 단숨에 설명하고 나서, 그에 대한 아비 쪽의 반응을 살피려는 듯 잠시 말을 끊고 있다가, 이윽고 자답하듯 자신의 결의와 용건을 털어놓았다.

─그래 전 혼자서 일을 자임하고 나섰습니다. 그 학교의 역사, 특히 망실된 초창기의 선유리 분교시절과 6·25전란기까지의 큰 산 밑 농장께 신축교사 시절의 일들을 다시 찾아내어 기록으로 정리해 남기는 일을 말씀입니다. 실은 이번에 아버지를 뵈러 온 것도 그 일을 겸해섭니다만, 그러니 아버지께서 저를 좀 도와주십시오. 앞으로는 물론 그곳 지역민들도 더 찾아 만나보고 군교육위원회 같은 유관기관들에서 참고가 될 만한 기록이나 자료들을 자세히 조사해보겠지만, 아까 말씀드린 대로 그 일들이 여간만 쉬울 것 같지가 않아 보여서요. 우선은 아버지께서 당시의 일들을 가능한 데까지 자세히 더듬어보아주시면 제 일에 큰 도움이 되겠습니다. 지금 제게는 무엇보다도 일을 파고들 실마리나 기초 자료가 필요한 형편이거든요.

동우는 결국 제 아비의 도움을 청하고 있었다. 아니 그는 아직도 아비의 지난날과 세상살이를 우습게 보고 그를 의심하여 시험하려 들고 있는지도 모를 일이었다.

　하지만 종선 씨는 이제 그런 건 괘념할 생각이 없었다. 녀석의 속셈이 어느 쪽이든, 그럴 리야 없겠지만 녀석에게 설사 그 비슷한 어떤 의구심이나 삐뚜름한 심사가 깔려 있다손 치더라도, 그로선 그걸 피하거나 마다할 이유가 없었다. 어찌 생각하면 그것은 동우 쪽보다도 종선 씨 자신을 위한 일이라는 편이 옳았다. 그가 학교를 다닌 사실이 학적부에도 남아 있지 않다면 그는 이제 그 시절을 떳떳하게 회상할 자격도 없었다. 그것은 그에게 그 초창기의 학교 역사가 사라진 것 못지않게 충격적인 일이었다. 동우 놈 역시도 그런 속을 미리 헤아리고 제 아비를 위해 그 일을 떠맡고 나선 면이 없지 않을 터였다.

　—그래. 무신 일이든지 묻거라. 내 식견이 그리 넓지는 못하겠지만 그 시절 일이라면 내 기억 닿는 대로 빠짐없이 다 말을 해주마.

　그는 차츰 머릿속을 몽롱하게 해오는 알알한 술기 속에, 불의에 잃어버릴 뻔한 옛 유년기의 한 시절과 그것을 증거해줄 자신의 학적부를 되찾아 나서고 있는 기분으로 눈앞의 아들아이를 믿음직스럽게 건너다보았다. 그리고 우선은 아들아이 앞에서부터 그 한 시절을 확연히 증거해 보이지 못한다면 그때의 일들은 물론 자신의 생애 전체가 더없이 누추하고 허망스런 빈 껍데기 꼴로나 전락해버릴 것 같은 조바심 속에 그편에서 오히려 동우 쪽을 재촉하고 들었다.

— 그래, 이야길 어디서부터 시작할꼬? 그 뭐시냐, 내가 처음 학교엘 입학하러 간 날부터서?

그러나 두 사람은 그쯤에서 잠시 이야기를 뒤로 접어두고 기다리지 않으면 안 되었다.

— 부자간에 오랜만에 밥상을 마주하고 앉아서 그냥 밤을 새우고 말 작정이시라우? 무신 호랭이 담배 피우던 시절의 옛날 애기 타령들은…… 어서 진지부터 좀 뜨서유. 당신은 술로 볼쎄 시장기가 가셨겠지만 저 아인 뱃가죽이 등짝에 가 붙었겠어요.

부자간의 이야기에 참견할 만한 대목을 못 찾아 아까부터 줄곧 뒷전에만 시큰둥해 앉아 있던 동우 모 장성댁이 거기서 불쑥 못 참고 참견을 하고 든 것이다.

그래 두 사람은 동자상을 내보낼 겸 잠시 이야기를 미뤄두고 저녁 차림을 대충 비워냈다. 그리고는 동우 모가 정갯간으로 내가려는 상 위에서 묵은 김치보시기와 소주병을 내려놓고 하던 이야기를 곧바로 다시 이어나갔다.

— 아버진 그러니까 46년 가을께에 그 선유리 어업조합 창고학교의 첫 입학생이 되셨더라면서요. 그때는 아직 정식 학교 설립이나 분교 인가도 안 났을 때구요.

당연한 일이지만, 묻는 것은 늘상 아들 동우 쪽이었고, 거기 대해 종선 씨는 마치 심문자 앞에 자신을 변호해나가는 기분으로 당시의 일들을 하나하나 회상해나갔다.

─인가고 뭐고 난 처음엔 학교를 세우는 데 그런 것이 있어야 하는 것인 줄도 몰랐제. 그 뭐시냐, 원래 우리 동네 아이들이 댕기게 되어 있던 학교는 시오리 먼 산길 너먼 디다 그보다 절반 걸음걸이도 안 되는 선유리 갱변가에 새 학교가 생겼다니, 형편이사 내버려진 헌 창고 꼴샐망정 너나없이 감지덕지 쫓아 댕겨볼 수밖에…… 나중 오간 말들은 오래잖아 정식인가가 날 거라고들 했지만, 그건 다 그 뭐시냐, 처음에 학교 문을 열고 아이들을 가르치기 시작한 그 선유리 태생의 방진모(方振模)라는 분이나 그분하고 나중 함께 정식 학교를 세우려던 인근 동네 유지들이 아이들을 끌어모으기 위해 미리 김칫국부터 먹이고 다닌 소리였제. 뭐시냐, 그 사정이 오죽 옹색했으면 임시분교였을라고. 학교가 정식인가를 얻은 것은 그런 시절이 3년이나 지나고 내가 얼렁뚱땅 명색상 3학년이 되고 난 48년 정부수립과 함께였으니께……

─그럼, 그때까지 학교에는 그 방진모 청년 한 분밖에 다른 선생님은 안 계셨습니까?

─선유리 쪽 창고학교에는 그랬었제. 48년 가을에 정식인가를 받아 이열이라는 젊은 교장과 정식 교사 자격을 가진 선생님들이 몇 분 부임해올 때까장은 그분 혼자 1학년에서 3학년까지 여기저기 번갈아가면서 공부를 가르치셨으니께. 허지만 뭐시냐, 그 시절 그런 오막살이 학교는 선유리에서만이 아니라 지금은 회령면으로 분면, 면소지가 돼 있다더라만, 지금 네가 가 있는 그 회령리 포구 동네에도 비슷한 임시분교가 한 곳 더 있었제. 나중

에 선유리 쪽과 합해서 정식 학교를 세울 요량으로 회령리에서
도 이준우(李俊雨)라는 청년과 하정산(河正山)이라는 두 유지 청
년이 따로 동네 회관을 빌려 비슷한 머릿수의 아이들을 가르치고
있었으니께. 그러고 보면 그 임시분교 시절의 고마운 선생님은
양쪽을 합해서 세 분이 되는 셈이것제.

　─아버지께선 그럼 그 선유리 학교로 처음 입학을 하러 가셨
던 당일의 일들을 아직 기억하고 계신지요. 초창기의 형편을 헤
아려볼 겸 그날의 일을 좀 자세히 듣고 싶습니다만요.

　동우 쪽은 어느새 필기구까지 챙겨 들고 종선 씨의 설명 중 중
요한 지명이나 시기, 사람의 이름들을 기록해가면서 대목대목
필요한 질문을 덧붙여나갔다. 아들이 그의 말을 주의 깊게 경청
할수록 종선 씨도 목소리에 신명기가 더해갔다.

　─기억하고 있다마다⋯⋯ 그날의 기억은 내 머릿속에 아직
도 어제 일처럼 생생하다. 그날 나는 난생처음 동네 아이들 몇하
고 그 10리 길 가차운 선유리 갱변가 창고학교를 찾아갔는디, 그
뭐시냐, 거기까장 가는 길가의 콩밭이나 수수밭, 심지어는 길바
닥에 내려앉은 늦여름 볕발 한 조각까지도 다 눈앞에 선해 뵌다.
헌디, 그래저래 아침 절에 나선 길이 점심때가 다 되어 학교 동네
에 닿았는디⋯⋯그 뭐시냐, 그리 막상 학교라는 델 당도해보니,
그때는 길을 먼저 당도한 다른 동네 아이들이 바닷물 쪽으로 면
한 그 벽돌창고 밑 모래밭 그늘에 모여 앉아 모래를 서로 끼얹으
며 개망나니 짓들을 벌이고 있지 않겄냐. 그 뭐시냐, 지금은 이미
허물어지고 없다지만, 그 어업조합 창고는 본시 갱변가 모래밭

아카시아 수풀에 잇대어 서 있었거등……

　종선 씨의 거침없이 기분 좋은 회상은 그러나 그쯤에서부터 차츰 말을 헤매기 시작했다. 그의 장담이나 조급스런 생각과는 달리 설명이 자꾸 요령부득의 것이 되어가고 있었다. 부질없이 자꾸 '그 뭐시냐'가 끼어들며 말길이 헷갈리고 있는 것은 그가 부러 그러려고 해서 그리된 노릇이 아니었다. 간단한 사실을 말할 때는 별 불편이 없었지만, 이날 밤 일처럼 깊은 마음속 생각이나 기분을 말하려 할 때면 늘상 자신도 모르게 불거져 나오는 버릇이었다. 마음에 절실하면 절실한 일일수록 말더듬이처럼 중간중간 '그 뭐시냐'가 끼어들며 말길을 더디고 답답하게 만들었다.

　이날 밤의 경우도 같은 증상이 시작되고 있는 징조였다. 그가 그 입학 날의 일들을 동우에게 말해주고 싶은 대목을 그날의 편안하고 안심스런 분위기 쪽이었다. 그런데 그의 그런 속마음과는 달리 이야기가 자꾸만 궁색스런 쪽으로 흐르려 하고 있었다. 부질없이 빈번한 '그 뭐시냐' 소리에 가슴속이 갈수록 답답해지고 있었다. 그 시절에 대한 생각이 그만큼 애틋하고 간절한 소이였다. 그 기분을 아들 앞에 그대로 전해 보이고 싶은 마음이 그만큼 절박스러운 때문이었다.

　종선 씨는 스스로 그런 자신을 알아차렸다. 그렇다고 이제 와서 설명을 단념하고 물러설 수도 없는 노릇이었다.

　—어쨌거나 애들 그렇게 노는 꼴을 보니께 나는 그동안 까닭 없이 가슴속에 사려 있던 불안감이 차츰 사라지고 맘이 편하게 가라앉으며 안심이 되질 않았겄냐.

종선 씨는 잠시 남은 소주잔으로 마음을 달래고 나서, 이번에
는 될수록 어조를 느릿느릿 당일의 사정과 기분을 차근차근 되살
려나갔다.

—그런디 내 맘이 행결 더 편해진 것은 조금 있다가 애놈들을
불러모으러 나온 선생님이란 사람의 행색이나 말씨, 거기다 그
뭐시냐, 그 양반이 나중 이튿날부터 각기 제자리를 정해 앉아 공
부를 할 교실이랍시고 건들건들 우리를 앞장서 데리고 들어간 그
창고교실의 한심한 몰골 덕분이었지 뭣것냐. 그때까장은 그래도
뭐시냐, 학교 선생님이란 위인은 생김새나 차림새가 뭣인가 좀
다르고 말이나 행동거지도 썩 특별한 디가 있겠거니—무신 막
연한 경외심 같은 걸 지니고 있었는디, 그게 말짱 다 딴판이었거
등. 그 방진모라고, 눈빛에 꽤 호인풍을 띤 젊은 선생님, 밀짚모
자에다 헐렁한 무색 무명베 바지저고리 차림을 하고 나타나선,
그 뭐시냐, 이제부터 내가 너들을 가르칠 선생님이다. 진짜 공부
는 내일부터 가르쳐줄 테니 오늘은 선생님헌티 각자 자기 이름
하고 사는 동네 이름을 말하고 나중에 자기랑 창고 안으로 들어
가서 공부할 교실들이나 둘러보고 돌아가라는구나. 헌디다, 뭐
시냐, 그 교실이란 디의 형편은 또 어쨌겠냐. 책상도 걸상도 없는
맨시멘트 바닥에 흙모래가 대고 서걱거리는디 거기 줄을 지어 쭈
그려 앉아서 앞쪽 벽에 덩그렇게 걸린 칠판 하나를 상대로 공불
하게 된다는 게야…… 허지만 그도 실은 호강인 셈이었제. 우리
는 결국 뭐시냐, 정식학교 인가가 나고 새 교실이 지어진 49년 가
을께서야 그 창고교실 신세를 벗어날 수 있게 됐으니, 그때까장

은 그러니께 해가 더해갈수록 아이들이 늘고 학년 수가 겹치면서 그 창고교실 앞 벽에는 일이삼 학년 학년별 칠판이 세 개씩이나 나란히 올라 붙게 됐으니께. 공부를 가르치는 선생님이라곤 뭐시냐 아직도 한동안 그 방진모 청년 한 사람뿐인디 말이다.

여유를 가지고 사연들을 가지런히 추려나가려는 노력에도 종선 씨의 회상은 그새 또 생각지 않은 방향으로 접어들어가고 있었다. 그래 종선 씨 자신 자기 말이 갈수록 거꾸로 돌아가고 있는 느낌 속에 뒤늦게 말길을 가다듬어보려고 잠시 생각을 머뭇거리고 있던 참이었다. 동우 쪽도 어느새 그런 종선 씨의 헷갈림과 헤맴을 눈치챈 모양이었다.

— 그런데 어떻게 그런 투박스런 선생님이나 궁색한 환경들이 아버질 그리 편하고 안심스럽게 했을까요. 아버지께서 늘상 못 잊어하신 그 즐겁고 행복스런 임시분교 시절이란 게 다 그런 식이었습니까. 그런 데서 어떤 식으로 공부를 배우셨게요?

한동안 조용히 경청만 하고 있던 동우가 드디어 타박기가 완연한 목소리로 불쑥 그를 가로막고 나섰다.

하고 보니 종선 씨는 그걸로 더 이상 자신이 없어지고 말았다. 아니 그보다 이제는 속생각이 제대로 말길을 타준다 치더라도 아들 쪽에 그것을 납득시키려 드는 것이 부질없는 노릇처럼 여겨지기까지 하였다.

— 네 녀석이 그것을 알 수가 있을라고.

그래저래 그는 한동안 더 입을 꼭 다문 채 자신의 속생각만 골똘히 엮어나가고 있었다.

……허구한 날 제대로 된 신발 한 짝 못 신고 맨발바닥으로 학교 길을 오가야 하는 아이들에겐 그 어두운 모랫바닥 창고교실이 더 마음이 편하다는 것을. 교과서커녕은 변변한 공책 한 권 연필 한 자루 없이 그날이 그날같이 늘 빈손만 달랑달랑 학교를 드나들어야 하는 궁핍스런 아이들에겐 그 동네 아저씨 차림의 성미가 서글서글 헐거운 선생님이 더 허물없고 안심이 된다는 것을. 네 녀석이 과연 그걸 헤아릴 수가 있을까.

학교라는 데가 변소칸조차 없어 소변 따위는 모래판에다 갈려대고, 뒤라도 마려우면 으레 가까운 동네 집 빈 변소칸을 차례로 쫓아다니면서도 조금도 남사스럽거나 불편을 못 느끼던 아이들을. 점심거릴 못 싸와 등하굣길 도중에 남의 밭 고구마나 설익은 오이꼭지들로 허기를 달래려다 때로 그 귀신같은 밭주인에게 덜미를 붙잡혀 뜨거운 뙤약볕 아래 한나절씩 어거지 공짜 품을 팔고 풀려나도 억울함이나 원망보다 오히려 희희낙락 신이 나 하던 아이들을. 극성이 정도를 넘는 아이들 때문에 부근 동네 사람들이 종종 피해를 따지러 학교까지 쫓아온다 치면 그 서글서글한 언사로 호된 책벌을 다짐해 보내고서도 아이들에겐 새삼 허물을 캐려 들지 않던 선생님, 그 선생님에 대한 아이들의 깊은 신뢰와 존경심을…… 네놈이 과연 짐작이나 할 수 있을까.

아들아이의 조심성 없는 소리 때문이지 종선 씨는 그날따라 그 모든 일들이 어느 때보다 그립고 간절하게 되새겨졌다. 게다가 그렇듯 여러 가지 기억들이 두서없이 한꺼번에 머릿속을 맴돌다 보니 종선 씨는 아무래도 그것을 조리 있게 풀어 설명할 엄두가 나지 않았다. 그런데 녀석은 그런 한심스런 처지에서 무슨 공부를 어떻게 했느냐고?

—그야 공부는 무신…… 학교라는 델 가면 대개 모래판 운동장으로 몰려나가 이런저런 시합놀이를 하거나 조개잡이 같은 걸 하다가 밀물이 밀려들면 또 물놀이 수영시합 같은 걸 하거나 물가에 모여 앉아 노래를 배우는 걸로다 시간을 다 보냈제…… 제대로 된 책이나 학용품들이 없고 보니 진짜 공부는 외려 그런 틈틈이 곁시늉뿐이었달까. 그것도 그 첫 한 학기 반년 동안은 허구한 날 ㄱ, ㄴ, 한글자모 스물네 자고 1, 2, 3, 4 숫자들이나 따라 외우다 말곤 했으니께……

종선 씨는 그 아들아이의 비아냥 투가 새삼 막막한 느낌이 들어 자신도 시큰둥한 체념 조의 대꾸를 남기고는, 녀석 따윈 이제 때맞춰 부엌일을 끝내고 들어온 제 어미의 잔소리질에 맡겨두고 그 혼자 미진한 상념들을 좇기 시작했다.

—허지만 네놈이 애비에겐 그런 공부가 훨씬 더 즐겁고 소중했던 걸 어찌 알아……

그 종선 씨의 눈앞으로 그 시절의 가지가지 즐겁고 정겨운 정경들이 지나가고, 그 시절의 행복하고 그리운 소리들이 귓가로 지나갔다.

조수가 바뀔 때마다 뭍으로 이어졌다 물 건너로 잠겨들었다 하면서 끊임없이 양쪽에서 맞부딪쳐오는 파도에 흰 물보라를 피워 올리는 맞은편 유자섬과 그 모래펄 연육로, 썰물이 빠져나가면 축축하게 드러난 모래판 위에 어우러지던 편달리기와 기마전, 씨름판 정경들. 밀물이 밀려들면 교실 아래 아카시아 그늘 아래 모여 앉아 그 음치에 가까운 방진모 선생의 몇 곡 되지 않은 단골 노래들, 「푸른 하늘 은하수」와 '어둡고 괴로워라'의 「해방 행진곡」, 그리고 '나아가자 동무들아 어깨를 겯고……' 운운의 신식풍 노래들을 지겨운 줄도 모르고 목청껏 따라 부르고, 어쩌다 자유로운 독창 시합 시간이라도 주어지면 '울려고 내가 왔던가'나 '이 강산 낙화유수' 같은 어른들의 유행가를 다투어 멋들어지게 불러 넘기던 음악 시간. 그 노랫소리와 파도 소리, 푸른 물빛과 흰 갈매기의 한가로운 날갯짓 모습들이 겹겹이 떠올라 지나갔다.

— 1년을 지나고도 제 이름 석 자도 못 그리던 진석이란 녀석의 등굣길은 그런 노래시간과 운동시간 덕분에 누구 못지않게 활기차고 당당할 수가 있었제.

뿐이랴. 10리 가까운 등하굣길의 갖가지 놀이들, 남의 밭작물서리나 개울가의 천렵질, 허기를 참다못해 별다른 목적도 없이 불쑥 어느 산모롱이나 바위 꼭대기를 표적 삼아 누가 먼저 달려올라가나 기를 쓰고 내달아가곤 하던 빈내기 질주 놀음, 특히 그 힘들고 부질없는 달리기 뒤끝의 까닭 모를 서글픔과 허망스러운 기분은 아직도 기억에 어젯일처럼 생생했다.

탱자 열매가 보기 좋게 익었다는 소리에 다른 동네 쪽으로 먼 산 비탈길을 돌아오다가 슬금슬금 어둠이 깊어버린 바람에 마을 어른들의 걱정스런 횃불 마중까지 맞게 됐던 날의 그 반가운 안도감, 천렵 중에 우연히 큰 물고기가 하얗게 죽어 떠밀려오는 것을 보았을 때의 알 수 없는 가슴 떨림, 이른 봄 오리나무 가지에 새싹이 터 오르면 그 연녹색 그늘 아래 갑자기 귀찮아진 책보자기를 베고 눕거나, 혹은 진달래가 만발한 산길가 숲 속으로 오줌을 누러 들어갔다 붉은 꽃가지 사이로 우연히 바라보게 된 봄 하늘의 서럽고 절절한 절망스러움, 그때의 그런 느낌들도 당시의 정경과 함께 고스란히 가슴속에 되살아났다.

그 모두가 동우 놈에겐 그저 하찮고 사소하게만 여겨질지 모를 일이었다. 하지만 종선 씨에겐 그렇듯 추억의 한 시절이 마음속에 살아 있었음으로 하여 그의 한 생애가 그런대로 아직 마지막 생기를 잃지 않고 그럭저럭 살아낼 만한 것이 되어온 셈이었다.

— 그런데 네 녀석은 그게 아니던데요,라? 아서라 이 생똥자루, 청맹과니 녀석 같으니라고, 네놈이 모르고 못 본 일이라고 있었던 일이 어디 없었던 게 될성부르냐. 네놈의 눈길이 짧거든 이 애비의 유년과 그 소중한 땅을 무단히 욕뵈려 들지나 말 일이다.

종선 씨가 한동안 그런저런 혼자 생각에 골똘하고 있을 때였다. 니 아부지, 몇 해씩 힘들여 지슨 농사 하루아침에 파헤치는 거 한두 번 보아온 일이냐…… 밭두렁에 대고 뒤집어져 버려진 더덕 뿌리들만 해도 아버지 마음이 많이 상하신 모양이던데, 이번에는 더덕 대신 또 무얼 심을 작정이신데요…… 나도 모르겠다. 난 그놈에 밭두렁에서 몸도 맘도 떠난 지 볼쎄 오래다. 더덕 뿌릴 그렇게 갈아엎어 말리면서도 요새 와선 웬 심통으로 반찬거리 한 뿌리 집 안엔 못 들여오게 하는 양반이니…… 이참엔 또 무신 알량한 요술부자나무를 심굴는지…… 종선 씨의 일을 놓고 그동안 두 모자 사이에 자못 비아냥기 어린 걱정들이 오가는 기미더니, 동우 놈은 그러면서도 아비 쪽과의 이야기에 계속 마음을 쓰고 있었던 모양이었다.

—그럼 그처럼 어려운 사정은 회령리 분교 쪽도 대략 마찬가지였겠군요?

아들아이가 한참 만에 제 어미를 그만해두고 다시 종선 씨를 일깨워왔다. 회령리 쪽 분교 역시 그런저런 교사 환경이나 학습 여건들이 선유리 쪽 못지않게 열악스러운 것 아니었겠느냐는 확인의 물음이었다.

녀석이 그걸 또 어떻게 받아들이게 될지는 알 수 없었지만, 동우의 짐작은 대개 사실에 가까웠다. 그리고 이젠 녀석 앞에 긴 이야기 늘어놓고 싶지가 않았지만, 그처럼 단순한 사실에 가까운 일은 쉽게 확인을 해줄 수 있을 듯싶었고, 아비로선 또 그렇게 해줘야 할 일 같기도 하였다. 그 6·25전란기까지만 하여도, 사라진 학교의 내력을 되살려내려는 아들을 위해서나 그 시절을 살았던 자신을 위해서나 녀석이 알아둬야 할 일은 아직도 숱하게 많았기 때문이었다. 무엇보다 동우 놈이 그것을 쉽게 흘리고 넘어갈 기색이 아니었다. 그래 종선 씨는 이제부턴 될수록 자신의 들뜬 감상기를 누르고 아들의 물음에 차분차분 사실적인 대답으로 기억을 풀어나갔다.

—양쪽 사정이 대개 다 방사(倣似)했제. 어느 한쪽이 좀 나은 게 있었다면 외지 배가 더러 드나들던 회령리 쪽 분교가 어려움이 덜했달까…… 미구에 두 분교가 한 학교가 될 거라고 양쪽 학교 아이들이 서로 소풍 삼아 상대 쪽 분교를 몇 차례씩 견학 방문

한 일이 있어서 그때 보아 안 일인디, 회령리 쪽은 그래도 뭐시냐, 마을 꼭대기의 동청을 교사로 빌려 쓰고 있어 기와를 얹은 지붕에 마룻장을 깐 교실이 제법은 밝고 널찍했으니께…… 운동장으로 쓰이는 마당 가 한쪽엔 더러 화초도 심거놓고, 남녀를 분별하여 가마니때기로 제각각 칸을 나눠 둘러놓은 변소칸도 지어놓고…… 뭣보담도 그쪽엔 선생이 둘이라 일이 좀 수월하고 가닥을 지어나가기가 쉬웠을 테니께…… 하지만 다른 건 양쪽이 다 오십보백보 꼴이었제.

—그러니까 그 48년 가을에 정식학교 인가를 받아 두 분교가 한 곳으로 새 교사를 지어 합해 들어갈 때까진 계속 그런 식이었겠군요. 정식 학교 인가가 난 걸로 바로 새 교사를 지어 들어간 건 아니었겠지만 말씀입니다.

동우 쪽 역시 그 무렵의 일들을 쉽게 흘려 넘어가지 않고 확인에 확인을 거듭해가며 세세하게 따져묻고 들었다.

—그런데 정식 인가를 받고 난 뒤부터는 뭐가 어떻게 좀 달라지게 됐습니까?

—물론 정식 인가와 함께 두 분교가 새 교사로 옮겨 들어간 건 아니었제. 새 교사는 그때부터 겨우 신축공사가 시작됐으니께. 허지만 그쯤만 해서도 많은 것이 달라지기 시작했제. 우선 두 분교의 중간 거리쯤 되는 큰 산 밑 농장께에 새 교사가 지어지기 시작하고, 새 교장과 정식 학교를 나온 새 선생님들이 부임해 오고…… 이듬해 가을 녘엔 그 신축교사가 완공되어 성대한 낙성식과 함께 두 분교 아이들이 한 곳으로 합해 들어가 비로소 공부

다운 공부를 하게 됐고…… 허긴 그 신축교사로 합해 옮겨가기 전에도 몇 분 선생님들이 새로 부임해 오고부터는 이런저런 학교 모양새들이 제법 갖춰져가기 시작했제. 1948년 바로 그해 가을엔 두 분교가 함께 모처럼 큰 산 소풍도 올라가고, 이듬해 초여름에는 모래판 운동장에설망정 개교 후 처음으로 운동회라는 것도 시늉을 내봤으니께.

실제의 사실들만 되돌아봐줘야 한다 싶으면서도 종선 씨의 어조에는 그새 또 그 알알한 그리움과 흥분기가 젖어들고 있었다. 그런대로 마음만은 편하게 가라앉고 있는 탓인지 '그 뭐시냐' 따위의 더듬거림만은 이제 서서히 줄어가고 있었다.

하지만 동우 쪽은 그런 걸 괘념하거나 상관할 바가 없었다.

— 그때부턴 그러니까 운동시간이나 노래시간이 많이 줄어들어 서운하셨겠구먼요. 그때 처음 새로 오신 선생님은 어떤 분들이 몇 분이나 되셨는데요?

— 운동시간은 몰라도 노래시간은 별로 줄어들지도 않았었제. 그 뭐시냐, 학교 인가가 날 임시에 그 젊은 이열 교장과 한날로 나란히 부임해온 전정옥(全貞玉)이라는 멋쟁이 여자 선생님이 한 분 있었는디, 목소리나 몸매, 얼굴 맵시가 간들간들 곱고 가냘프기만 한 이 양반이 노래를 어찌나 좋아해서 노래시간이 참 많었으니께. 그 뭐시냐, '정이월 다가고 삼월이라네' '아가야 나오너라 달마중 가자' '고기를 잡으러 바다로 갈까나' 같은 노래들은 다 그때 그 여선생님헌티서 배운 노래들이었제. 이 양반은 자기 반 노래시간만이 아니라 다른 반 선생님헌티 무신 일이 생기

면 그반 아이들까장 자기 교실로 불러다가 대신 노래공부를 시키거나, 때로는 전교생을 한곳에 모아놓고 그 새로 온 교장이 지었다는 '큰 산 높은 봉에 푸른 저 솔은……' 어쩌고 하는 새 교가나 응원가 같은 걸 혼자 도맡아 가르치곤 했으니께. 그때 교장이 부임해와서 지어 써 붙인 그 학교 교훈이 '올바르게, 씩씩하게, 부지런히' 세 가지였는디, 여선생은 그 교훈에까지 요상시런 곡조를 붙여 노래처럼 외워 부르게 했거등…… 그러니께 그 여선생하고 이열 교장 선생 말고도 그 무렵에 새로 오신 선생님으론 젊은 남자 선생님 두 분이 더 계셨고, 이듬해 신축교사로 학교를 옮겨 들어갈 임시엔 당시에 그 고을의 군수어른 자제로 알려진 허무언가 하는 선생님도 한 분 계셨제……

― 그 선생님들이 새로 부임해 오시고 나서 전부터 양쪽 분교를 세워 맡아오시던 분들은 어떻게 되셨습니까. 그분들은 소정의 자격증이 없으셨을 텐데, 그대로 계속 학교에 남아 계셨습니까?

― 자격증이야 물론 없었겠지만, 처음 학교 문을 열고 열성을 바쳐온 분들인디 인정이나 도리상 당장 그만두게 할 수는 없었겠제, 새로 선생님들이 오셨다곤 하지만, 그걸론 아직도 손발이 모자란 형편이기도 했고, 신축교사로 학교를 옮겨갔을 땐 내가 벌쎄로 4학년이 되었을 땐께 두 곳 아이들을 합해놓은 아래 학년들은 수가 많아 분반까지 불가피해져 담임을 맡을 선생님도 수가 모자라는 판이었거등. 헌디다 그 뭐시냐, 우리는 4학년이 되어서도 아직 아랫반 아이들모양 구구단이나 한글책 읽기 따위를 익히고

있던 참이었으니께. 그참에 무신 정식 교사 자격 같은 건 따질 형편도 못 되었고, 나중에 듣기로는 그 양반들 강산가 뭔가 그런 좀 옹색한 명의로다 자리보전을 해오고 있었던가보드라마는……

— 그런데 학교 설립 인가 시에 교장으로 부임해온 이열이라는 분과 다른 세 남자 선생님분들은 지금도 학교 기록에 남아 보관되어오고 있는데, 초창기 양쪽에서 학교 문을 열었던 세 분 분교 선생님들의 재직 사실에 대해서는 아무런 기록도 남아 있지가 않았거든요. 게다가 늘상 그 노래를 좋아했다는 여선생님에 대해서도 전정옥이라는 이름 석 자밖에는 다른 기록이 없었고요. 그런데도 저는 그 곡절을 전혀 알아볼 수가 없었어요.

동우는 종선 씨가 그 곡절을 풀어주기를 기대하듯 말을 끊고 은근히 궁금한 눈길을 보냈다.

하지만 이 대목에선 종선 씨로서도 쉽사리 대답을 할 수가 없었다. 그 아들아이의 수수께끼 같은 궁금증에 대해 그로선 어느 정도 짐작이 안 닿는 바는 아니었다. 6·25난리 통의 화재가 직접적인 원인이었을 터이지만, 그런 일은 정직 교사 자격 유무와 상관없이 무슨 사단으로 해서든 한번 기록이 사라지고 나면 당사자들의 노력이나 특별히 거기에 관심을 기울여 사실을 되살려내려는 사람이 없이는 뒷날까지 흔적이 전해지기 어려운 사안이었다.

한데다 그 6·25전란 통의 화재사건 이후로 세 남자 선생님들의 처지는 그 일의 시비를 가리고 나설 만한 형편이 못 되었거니와 주위에서도 함부로 그 일을 거론하고 들기엔 적지 않이 껄끄럽고 조심스런 데가 있었다. 더욱이 종선 씨는 그 세 사람의 일에 대해 아직도 다른 사람들의 이야기나 소문들과는 달리 소상한 속사정을 알 수 없는 데가 많았고, 그 때문에 쉽사리 해답을 풀 수 없는 수수께끼가 되어온 터였다.

다름 아니라 세 사람은 그 49년 가을께에 학교가 신축교사로 옮기고 나서 50년 초여름 6·25전란이 일어날 때까지 한 사람 한 사람 시나브로 학교를 떠나고 말았었다. 이임인사 한마디 없이 슬그머니 먼저 학교를 그만둔 것은 회령리 쪽 두 선생님들이었고, 그 처녀 교사 전 선생을 가운데 두고 나중에 부임해 온 군수 영감 자제라는 허 무슨 선생과 좀 점잖지 못한 소문이 나돌던 선유리 쪽 방진모 선생은 50년 신학기부터 자취가 사라졌다.

그러다 6·25로 세상이 뒤바뀌고부터는 세 사람이 면 청년 조직들에서 뜻밖에 중요한 활약들을 하고 있다는 소문이었고, 학교 초창기부터 열성으로 분교 수업을 이끌어온 이들의 본 정체는 놀랍게도 이력 있는 좌익 지하운동가들이었다는 소리까지 나돌았다. 그 세 사람의 활약이나 숨겨져온 정체가 그런 소문들과 크게 다르지 않으리라는 추측은 그해 가을 졸지에 다시 상황이 뒤바뀌면서 회령리 쪽 두 사람이 전시치안책임조직에 의해 젊은 목숨들을 잃게 되고, 선유리 쪽의 방 선생 역시 반폐인 몰골로 간신히 명줄만 부지해 나왔을 정도로 무거운 문책이 가해졌던 사실로 대개 짐작이 가능한 일이었다.

그런데 사실 여부는 별도로 쳐두고, 그런 사정은 그 홍일점 전정옥 선생의 경우도 대개 비슷한 길을 간 셈이었다. 이열 교장과 같은 날 그 선유리 바닷가 분교로 부임해 온 전정옥 선생은 이듬해 가을 학교가 큰 산 밑께 신축교사로 옮겨가고, 군수영감 자제라는 성미 활달한 허 무슨 선생이 아이들의 훈육 담당을 겸해 새로 부임해 오고부터는, 그 청년과 앞서의 방진모 선생 사이에서 심히 석연찮은 염문의 주인공이 되고 있었다.

소문의 시초는 그 훈육 담당 허 선생이 음악수업 전문 격인 전정옥 선생에게 자기 반 아이들 수업시간을 별나게 자주 맡긴다는 데서부터 시작하여, 나중에는 돌연 전 선생을 혼자 좋아해온 방 선생이 그것을 몹시 못마땅해하다가 종당엔 정식 교원증이 없는 그쪽 자격지심 때문에 제물에 학교를 물러나게 되고 말았다는 데에까지 이른 것이었다. 그런데 얼마 뒤 세상이 뒤바뀌고 나자 이번에는 그 훈육 담당 허 선생이 슬그머니 자취를 감추고, 학교 밖에서나마 방 선생의 기세가 다시 등등해진 판이었는데, 그런 처지에서도 변함없이 학교에 남아 색다른 북쪽 체제의 노래를 열심히 가르치던 전 선생은 어언간 또 한번 세상이 뒤집히면서 끝내는 그 누구도 생각지 못했던 바, 이번에는 젊고 야멸찬 이열 교장을 뒤따라 저 유치산 공산유격대 소굴로 동반 입산을 해 들어가버린 것이었다.

뒷날 떠돈 소문으로는, 그러니까 그 이열 교장 역시도 사실은 전날부터 깊이 정체를 숨겨온 좌익 골수 지하 조직원으로, 임시 분교 시절의 세 선생들은 오히려 그의 수하 조직원으로 그의 부임 전부터 이미 어떤 음밀스런 내통이 있어온 처지였다는 것. 적치하 3개월간의 그의 학교 일에 대한 열성도 그만큼 대단한 것이었는데, 그간의 진짜 곡절이 어떤 것이었든지 전정옥 선생은 그

3개월 동안을 그대로 그냥 이 교장의 수족처럼 북쪽 노래들을 가르치다, 종당엔 옛 염문 속의 방 선생도 허 선생도 아닌 이열 교장과 마지막 행동을 같이해 가버린 것이었다.

이 교장은 그나마 직위가 교장이라서 이름이라도 남을 수 있었겠지만, 그런 식으로 사라져간 전정옥이라는 여선생의 재직 사실은 뒷날의 화재에서 그 기록을 굳이 되살려낼 필요가 없었을 터였다.

그야 종선 씨로선 그 여자 선생의 흔적이 아무것도 남아 있지 않다는 사실에 마음이 더 유난히 추연하고 허망스러울 수밖에 없었다. 그의 가장 청명한 삶의 모태와 그 추억의 뿌리를 자신도 모르게 잃고 만 듯한 허전하고 망연스런 기분. 그 맑고 잔잔한 웃음기와 부드럽고 고운 목소리, 늘상 부끄러움을 타고 있는 듯한 조용한 손짓과 고갯짓들, 그녀의 목에 걸린 색수건처럼 따스하게 느껴지던 다정한 마음씨. 그런 것들로 하여 그 50년 6·25 때까지로 마감된 그의 짧은 학교 시절의 마지막 무렵을 더욱 애틋하고 그립게 기억시켜준 여선생.

그러나 종선 씨는 나어린 아들 앞에 다른 세 남자 선생들의 불행한 종말에 대해선 물론 그 여자의 석연찮은 행적들에 대해서도 부질없이 긴 이야기를 늘어놓고 싶지가 않았다. 성분이 정반대격인 두 남자 선생 사이의 염문이 사실인지 아닌지를 알 수도 없었거니와, 무엇보다 자신이 가슴속에 지녀온 그녀의 일들은 그의 가장 청정한 어린 시절의 꿈을 곱게 수놓아준 자신의 소중한 추억의 한 부분인 때문이었다. 추억은 어떤 사실의 모습으로서가 아니라, 형언할 수 없이 확연하고 그리운 것이면서도 결코 실체를 그려 말할 수 없는 신비스런 감정의 향기 같은 것이었다.

—그 분교 선생님들이나 여선생의 재직 흔적이 남아 있지 않게 된 건 알고 보면 그 뭐시냐, 벨로다 이상시럽게 생각헐 일도 아닐지 모르겠다.

종선 씨는 결국 그 동우 놈의 범상찮은 의아심에 그런 식으로 간단히 얼버무려 넘기려 하였다.

—그 뭐시냐, 초창기 때 세 남자 선생들…… 새 학교로 옮겨 가서 그놈의 난리 통 전까지 제물에들 시슴시슴 학교들을 떠나고 말드니 그 뭐시냐…… 삼일천하 격 적치 시절 몇 달간을 지내고 나선 또 웬 알량한 사상 문제다 부역 혐의다 해서들 젊은 인생들이 대고 결딴나고 말았으니께. 선유리의 방 선생은 사람이 변할 만큼 모진 고초 속에서도 목심만은 근근이 구해 나온 모양이었지만, 회령리 쪽 두 사람은 목심까지 잃게 되고, 뭐시냐, 그 교장허고 전씨 성 여선생도 저쪽에 대한 협력과 열성적인 활약 끝에 결국엔 빨치산으로 동반 입산을 해가고 말았응께.

동우 쪽은 그러나 그런 식으로 이야기를 얼렁뚱땅 넘어가려는 종선 씨의 태도가 오히려 심상찮게 느껴진 듯 눈빛이 달라졌다.

—그분들이 사상 문제나 부역 혐의로다요? 그렇담 그분들이 모두 사회주의나 공산주의 신봉자들이었다는 말씀입니까. 더욱이 나중에 함께 입산까지 해 들어가지 않을 수 없었다면 그 이열 교장이나 여자 음악 선생까지도요?

눈빛뿐만 아니라 목소리까지 이상한 열기에 들떠 오르고 있는 동우의 어조는 이미 그 사람들을 진짜 공산당 한 무리로 단정 짓고 있는 식이었다.

그분들이 진짜 사회주의 좌익 운동가들이었다면 시기가 언제부터였을까요. 야학이나 분교를 세워 지역 교육운동을 벌인 것도 그런 사상운동의 한 방법이었을까요. 그 이 교장이 하필 그런 벽지 시골학교로 부임해오게 된 것도요?

제 말속에 이미 제 대답을 담고 있는 확인과 다짐의 물음일 뿐이었다.

종선 씨는 역시 안 되겠다 싶었다. 지나치게 성급한 아들아이의 열의도 심상치가 않거니와 그 일에 대해선 자신도 더 이상 분명한 확신이 없는 데다 가슴까지 이상하게 아려온 때문이었다.

— 글씨다. 솔직히 말해서 그것은 나도 잘 알 수가 없는 일이었제. 뒤에서 들은 이런저런 소문들이 많았지만 그걸 다 곧이들을 수는 없는 일이었으니께. 그 사람들이 뭐시냐 진짜로 모두 속이 뻘건 사람들이었다면 학교가 왼통 시뻘건 물통 속이었게? 그렇지는 않았을 게라는 게 내 생각이었제. 학교 일이 다 그런 꼴이었다면 나부터도 웬만큼은 세상이 불그레 해 보였을 텐디, 이날 이때까장 내게는 그런 생각이 한번도 들어본 적이 없었응께. 나 역시 그때는 소년단이다 뭐다 해서 그쪽 노래를 앞장서 부르고 다녔으면서도 그 노릇이 신명나고 자랑스럽기보다는 고여시 지겹고 속이 뒤틀리곤 했으니께. 그때는 그리 맘에 없는 짓들도 많이들 했었제……

— 시류를 좇은 단순한 협력이나 불가피한 부역일 수도 있다는

말씀이신데요. 그러나 그분들 중에 한두 분은 진짜 사상 무장이 잘된 핵심 인사가 있었을 수도 있지 않았겠습니까. 나중에 동반 입산을 해간 이열 교장이나 여자 선생 같은 분들의 경우는 말씀입니다.

동우 쪽은 제 일의 진척에 매우 중요한 단서를 붙잡은 듯, 그 수상쩍은 관심과 기대에 쫓기는 목소리로 끈질기게 뒷사연을 캐고 들었다. 종선 씨는 그럴수록 더 대답을 애매하게 얼버무려 넘어갈 수밖에 없었다.

— 글씨다. 그 교장이나 다른 남자 선생들 중에선 몰라도, 내중에 함께 입산을 해갔을망정 그 여자 선생은 분명 그런 사람은 못 되었을 게다. 뭐시냐, 그 여잔 이쪽 세상에서나 저쪽 세상에서나 그저 아무 노래나 가리지 않고 제 목소릴 뽐내는 데만 마음이 팔려 지내는 듯싶어 뵀은께. 어찌 생각하면 그 여잔 그놈의 노래 땜시 그 산속까지 교장을 따라 들어가지 않았을지 모르겄다.

— 노래 때문에 교장을 따라 입산을 하게 되다니요?

— 그 이열이라는 젊고 야멸찬 미남 교장, 그 양반이 처음 선유리 창고학교로 부임을 해올 때 그 뭐시냐, 자기 사물로 풍금 한 대를 가지고 왔거등. 그런디 그게 그저 아무렇게나 되어먹은 물건이 아니라 모양새가 썩 고급스럽고 소리가 은은한 일본제 풍금이었는 디다. 교장과 함께 부임해 온 그 어린 여자 선생이 그놈의 풍금에 담박 반해빠지고 말었지 않았겄나. 그래 교장은 뭐시냐, 그 여선생 땜시 자기 풍금을 아예 학교로 내어다 놓고 그 여자헌티 맘대로 치게 해줬다는 소문이었제. 그러면서 그 여자 선

생헌티 자기가 지은 교가나 응원가, 「섬 밑에 귀뚜라미」 같은 새 노래들을 맘껏 가르치게 해줬다고. 여선생은 실지로 그 풍금으로 그런 노래들을 열성으로 가르쳤고 뭐시냐, 운동회 같은 때는 그 풍금을 바깥으로 내다놓고 '어둡고 괴로워라' 같은 행진곡들이나 여자아이들의 단체 무용노래들을 신명나게 쳐 울려주곤 했으니께. 각설하고, 그 여잔 노래시간이거나 아니거나 시종 그 교장의 풍금하고 제 목소리 자랑에만 반해 매달려 지낸 셈이었제. 그러다 갑자기 세상이 바뀌고부터는 다시 그쪽 「애국가」나 혁명노래들을 또 한결같이 열심히 가르치고 지냈는디, 나중에 교장이 그 여선생과 함께 입산을 해갈 땐 그 풍금도 함께 산으로 끌고 들어갔다는 소문이 있었을 정도였으니께. 실지로 그 늦여름 학교가 아직 불에 타기 전부터 그 풍금은 교장이나 여선생과 함께 종적이 사라졌다는 소문이었거등. 허니 그런 여자라면 교장이 그 풍금을 가져가자, 자기도 뭐시냐, 엉겁결에 그 풍금을 뒤따라 교장과 항꾸네 산으로 갈 수도 있었지 않았겠냐.

— 그 교장과 여선생은 후일 어떻게 되었습니까.

어딘지 자꾸만 여선생을 가려 서고 싶어 하는 듯한 종선 씨의 비호 투에 동우 쪽은 왠지 뭔가 아니라는 듯 신중하게 고개를 가로젓고 있었다. 그리고 이번에는 아깟번보다도 심각한 표정 속에 새삼 더 기대에 찬 눈빛을 빛내며 물어왔다. 하지만 그에 대한 종선 씨의 대답은 여전히 핵심을 벗어나고 있었다.

— 글씨다…… 그 유치산 빨치산으로 들어간 사람들, 그해 겨울로 다 이쪽 토벌부대헌티로 투항을 해오거나 붙잡히고 말었는

가 보드라. 끝까지 산에 남아 버틴 이들은 나중 다 전멸을 면치 못한 꼴이 됐고. 헌디 투항이나 포로가 된 사람들 가운데 이 교장이나 여선생이 끼어 있었다는 소리는 없었던가 보드라. 죽어 시신이 돌아왔다고 허지도 않았고, 그 산중 어디에서 시신도 남기지 못헌 원혼들이 되었거나 재수가 따랐다면 지리산 줄기로나 쫓겨들어갔겄제. 나도 그 뒷일은 벨다른 소릴 못 듣고 네 조부를 따라 고을을 떠나오고 말었응께.

종선 씨는 그쯤 아들아이가 알아둬야 할 최소한의 사실들만 일러주고 나서, 이번에는 그쪽에서 오히려 주문을 덧붙였다.

—그러니 그 속사연이나 뒷일들이 나도 궁금허기 짝이 없구나. 그 교장이나 여선생은 뒤에라도 무신 소식이 있었는지. 애비로선 별로 그리 생각되지가 않는 일이다만, 그 이 교장이나 초창기 선생님들의 머릿속이 정말로 첨서부터 붉은색들이었는지…… 잊혀져 없어진 학교의 내력을 네가 다시 찾아 되살려놓겄다면, 네가 헐 일이 바로 그런 것 아니겄냐. 그런디 네가 잠시 그곳 사정을 돌아보고 이 애비의 유년사를 되레 딱하게 여기는 듯싶어 덧붙이는 소리다만, 모쪼록 그런 애비의 지난날을 위해서도 네가 그런 일을 잘 알아 가려주었으면 싶구나.

2. 바람의 신화

> 황량한 시대의 유산으로
> 황량한 전설을 남기다.

— 그놈의 고을엔 갯바람이 너무 드세어. 때 없이 설쳐대는 미친 갯바람 등쌀에 인간들이 왼통 제 심성들을 지니고 살 수가 없었던 게여.

종선 씨는 이날따라 그 아버지 황 영감의 거친 목소리가 자꾸 귀청을 가까이 울려오곤 하였다.

아들 동우가 집엘 다녀가고부터 그 옛날 고향 시절과 그곳을 떠날 무렵의 일들이 유난히 자꾸 떠오른 때문이었다.

초등학교 5학년의 어린 나이에 그가 그 유년의 고향 고을을 등겨 나오게 된 것은 그 늙은 아버지의 저주 어린 결단 때문이었다. 노인은 나이 예순을 넘긴 다 늘그막에 이르러 그 남쪽 해변가 윗갯골 마을을 훌쩍 등겨 떠나지 않으면 안 되었던 소이를 늘상 그 거친 갯바람 탓으로 돌리며 오랜 뒷날까지 짐짓 진저리를 쳐대곤 하였다.

— 늬도 안 일이겄지만 그 경인년 전란 땐 그놈의 갯바람기의 패악질이 막판잽이로 더 그악스러웠제. 잠시 잠깐 새에 그놈의 바람기가 왼동네 사람들을 말짱 미치꽹이 꼴로 실성시키고 말었웅께. 그 갯바람기의 모진 맛을 겪고 나서 어찌 더 그 동넬 지키고 앉았겄더냐……

하지만 그 아들 종선 씨의 고향 시절 기억으로 말하면 누구보다도 아버지 황 영감 자신이 그 사나운 갯바람의 넋에 씌워 살아온 바람 둥지 한가지였다. 그는 장년 시절 종선이 철이 들기 전부터 이미 집을 나가 종적을 감춘 매정한 지어미를 다시 찾아볼 생각조차 않은 채, 더욱이 어린 종선까지 안중에도 없는 듯 혼자 내버려둔 채 늙은 홀아비로 그지없이 황량스런 세월을 보내고 있었다.

그는 그렇듯 비가 오나 눈이 오나 늘 밤낮조차 가리지 않고 거친 바다로만 나가 지낸 것이다. 뭍에서나 바다에서나 별로 말이 잦은 편이 아니었고, 게다가 지어미가 집을 나간 뒤부터는 고주망태 술주정도 자주 볼 수가 없었지만, 어쩌다 한 번씩 그 거친 술버릇이 되살아나고 보면 온 동네가 너나없이 머리를 절레절레 저으며 외면을 하고 돌아설 정도였다. 바위처럼 우람하고 단단한 체구와 까닭 없이 곁엣사람을 주눅 들게 만드는 평소의 침묵은 온데간데없이 술잔을 한번 입에 대었다 하면 사람이 완전히 달라져버렸다. 무서운 황음 끝에 술을 더 내놓으라고 가게를 온통 들부숴놓기도 하였고, 으허허헝으헝…… 사나운 들짐승 같은 울음소리를 내지르며 달아난 당신의 여자를 찾아내라 골목골목

밤새껏 헤매고 다닐 때도 있었다.

　당신에 대한 소문이나 숨은 행적들 가운데엔 그만큼 믿기 어렵고 위태로운 일들이 허다했다. 어느 해던가는, 그 인사불성의 취기를 핑계 삼아 이웃 어느 청상의 밤 처소를 범해 들어갔다가 그 물색없는 과수댁의 안달로 헛소동만 피운 끝에 동네 멍석말이의 수모까지 겪을 뻔했다던가. 누구네 집에선가는 또 배급으로 타다 놓은 마루 끝의 석유병을 소주병으로 잘못 알고 불기름 너 홉을 단숨에 들이켜고도 아무 탈이 없더랬다. 다른 한번은 또 어느 추운 겨울날 바다를 갔다 와서 언 몸을 녹이려다 더운 군불방 바닥에 등짝과 종아리가 다 데어 무를 때까지 코를 골고 잔 바람에, 그때의 상처로 하여 이후부터 그의 걸음걸이가 조금씩 뒤뚱거리게 됐었다고……

　바다와 상관해서는 당신의 그런 기행과 파행의 소문이 더더욱 빈번했다. 어느 날 밤 그물질 때 형체는 보이지 않고 말소리만 건네오는 바다 도깨비가 나타나 녀석과 밤새껏 고기몰이를 함께하다 새벽녘에 놈과 함께 동구 밖까지 어두운 길을 함께해왔었다는 이야기, 비바람이 몹시 심하던 어느 여름날 밤 부득부득 당신의 그물 쪽으로 떠밀려드는 정처 없는 시신을 당신 일 제쳐두고 뭍으로 떠메어다 묻어주고 온 일이며, 그로부터 날이 날마다 그물이 미어지도록 고기 떼가 겁 없이 몰려들기 시작했다는 보은 횡재 이야기 등…… 실수나 낭패가 더러 없었을 수는 없겠지만, 그리고 어린 종선이 자신의 눈과 귀로 직접 보고 들은 일들이 아니어서 확인할 수는 없었지만, 어쨌거나 장심이 웬만큼 실한 장정이 아니고선 그 정도나마 다스리기가 썩 어려운 바람기요 그 사연들이었다.

그러나 그런 노인으로서도 그 50년 여름의 사나운 핏빛 바람기는 좀체 당해낼 수가 없었던 모양이었다. 아니면 한동안 제철을 맞은 듯 더 그악스럽게 설쳐대는 자신 속의 바람기에 스스로 진저리가 나고 만 때문일 수도 있었다.

전란 초기 노인은 어느 누구 못지않게 위아래가 뒤바뀐 새 세상의 도래를 반기는 눈치였고, 그 새로운 세상의 위태로운 열기에 취해 들떠나는 낌새였다. 동네에서는 그동안 늘 이웃다운 이웃이 없이 마음이 편치 않은 외톨박이처럼 바닷일에만 매달려오던 그가, 세상이 하루아침에 뒤바뀌고부터는 어느샌지 금세 사람이 달라진 듯 그 오랜 생계책인 그물질을 내던진 채 밤낮없이 계속되는 동각(洞閣) 회의만 쫓아다녔다. 그리고 그때마다 회의장의 맨 앞쪽 자리를 차지하고 앉아 '새 공화국 건설을 다그치는 사업'을 위한 토론과 결의들에 누구에 뒤질세라 '옳소'와 '대찬성'의 열띠고 큰 박수를 보내곤 하였다. 게다가 이제 갓 5학년이 된 어린애로 제 학교를 대표하여 새 공화국 「애국가」를 배워온 종선을 더없이 대견하고 자랑스러워하면서 틈만 나면 그를 그 마을 회의장으로 불러내어 마을 사람들 앞에 새 「애국가」를 불러 보이게 하곤 하였다.

하지만 그의 그런 신명은 그리 오래가질 못했다. 어느 날 저녁 그는 밤 마을 회의가 채 끝나기도 전에 혼자 슬그머니 집으로 돌아와 그동안 뒤꼍에 아무렇게나 팽개쳐두어온 그물을 다시 찾아

메고 그길로 바로 바다로 밤 물질을 나가버렸다.

—몹쓸 인간들 같으니라고. 그래 백줴 남의 조상 땀이 배고 혼 백이 밴 논밭자리, 세간살이 공짜로 나눠 갖자고들 한동네 이웃 끼리 생사람을 잡을 궁리를 해! 것도 김칫국부터 마시는 격으로 다 서로 미리 제 몫들을 점지해놓고서들. 그 모가지들을 비틀어 뽑아다 똥장군 마개를 삼을 인간들 같으니라고!

그가 그물을 지고 어두운 사립께를 나서면서 건가래침과 함께 뱉어낸 저주의 소리였다. 그리고 이후부터 그는 다시 마을 회의 쪽에는 발걸음을 하지 않았다.

마을에 정말로 살벌한 인민재판 소동이 벌어지고, 아침 녘에 시퍼렇던 사람의 생목숨이 저녁녘엔 한동네 이웃 사람들 손에 무 참히 상해나가는 참극이 벌어져도 그는 도대체 오불관언 알은체 를 하지 않았다. 날이 어두워지면 다시 무서운 도살극을 예고하 는 꾕과리 소리가 뒤를 쫓아오든 말든, 일을 치른 집들의 쓸 만한 세간물을 차지하려 이웃 간에 서로 아귀다툼 굿판을 벌이든 말 든, 그는 도대체 남의 콩밭 소 보듯 무심스런 먼산바라기 식으로 늘 바다로만 나가 지냈다.

어느 정도 철이 들어 눈치가 제법 튄 종선 쪽이 외려 마을 사람 들의 잦은 뒷소리에 겁이 더럭더럭 나곤 했지만, 노인은 그 어린 자식의 걱정기도 전혀 아랑곳을 안 했다.

—두 발 지닌 짐생이 무서운 줄 알았으면 내는 상관 말고 니놈 이나 그 인두겁들 앞에서 새 노래들을 힘써 불러! 그것이 니가 니 몫의 세상살이 무사히 부지해나갈 길일 게여. 니 혼자 세상 살아

나갈 방도를 쓰란 말여!

자신은 좌우간 해코질 당할 바가 없거나, 아니면 어떤 앙화를 당하게 되더라고 상관이 없다는 식이었다. 그러던 노인이 그 동네 사람들 일에 마지막으로 다시 그다운 모습과 행투를 부린 것은 그해 늦여름, 그새 또 한번 세상이 뒤바뀔 무렵이었다.

새 교장이 오고부터 인근 동네 사람들의 울력과 기성회비 모금으로 근근이 지어 올린 그 큰 산 밑 농장께의 네 교실짜리 새 교사 건물이 채 1년도 못 가서 다시 같은 고을 사람의 손길에 바야흐로 잿더미로 변해가고 있을 때였다.

확실한 사실은 끝내 밝혀지질 않았지만, 그때 그 신축학교를 불태워 없앤 것은 애초 당 상부 사람들의 명령을 따른 일로, 일을 직접 떠맡고 나선 건 옛 회령리 쪽 임시분교 시절의 선생이었다고도 하였고 혹은 어느 무지한 인근 동네 좌익분자의 소행이라고도 하였는데, 노인이 어디선지 수상쩍은 화염을 알아보고 성난 멧돝처럼 금방 현장으로 달려와 그 사나운 불길을 정신없이 맴돌면서 무섭게 울부짖어대고 있었다는 것이다.

— 인간들아, 이 인간들아! 이 더러운 갯바람에 홀려 미친 인간들아!

그러고 그 얼마 뒤 그해 초겨울 그는 돌연 자신과 평생을 함께해온 바다와 고향마을 윗갯골을 등지고 나어린 아들 종선을 길잡이로 앞세워 이곳 산골 오지까지 정처를 옮겨오고 만 것이었다. 어느 이른 새벽 문득 고향 동네를 나선 그가 그저 무작정 북쪽으로 발길을 놓고 있었던 것도 그 몹쓸 갯바람을 피해가기 위해서였고, 걸어걸어 며칠 만에 장성(長城) 고개를 넘어선 부자 앞에 홀연 등뒷바람결이 잦아들며 부드러운 훈기가 온몸을 감싸드는 산골 동네가 나타나자 이것저것 더 가리지 않고 바로 거기 정처를 정해 주저앉아버린 것도 바람 길목을 막아선 이 입암산 북쪽 한 자락의 천연 방풍마을이 그 남녘 해변 갯바람기가 더 이상 기척을 미쳐올 수 없을 듯싶어 보인 때문이었다. 그게 당신이 두고두고 되새겨온 이 입암리 이주의 숨은 내력이었다.

허물은 어차피 그 갯바람에 있었던 셈이었다. 그리고 그런 식으로 이 입암리 쪽으로 새 정처를 정해온 당신의 여생은 그런대로 제법 당신다운 말년의 행적을 남기고 생애를 마감해간 것이었다.

뿐더러 그런 노인네의 마지막 행각과 성취가 종선 씨의 삶으로 내림을 해온 것이 일테면 오늘의 그 야속한 더덕 밭 같은 꼴인 셈이었다.

그러니 어찌 생각하면 두고두고 낭비와 헛세월로만 보내온 종선 씨 자신의 허망스런 삶까지도 바로 그 남녘 해변 고을의 미친 바람기와 그로부터 연유한 노인네의 말년 행적, 그리고 그 뜻조차 알 수 없는 고집스런 성취에 깊이 뿌리가 닿아 있는 격이었다.

그러나 종선 씨는 이제 거기서 더 이상 허물을 따지고 들고 싶지가 않았다. 그 허물이 어디에 있든지 더덕 밭은 어차피 갈아엎어야 하였다. 그것으로 별반 거둠다운 거둠이 없어온 그의 삶에 다시 한 번 허망하고 쓰디쓴 낭패를 더하게 되어 있을 뿐이었다. 종선 씨는 이미 그것을 감수할 각오가 되어 있었다. 이제는 더 미련 없이 일을 서둘러 끝내는 것뿐이었다. 그런데 동우 녀석이 집엘 다녀가면서, 이제는 차라리 묵어 익숙해지기까지 한 상처의 딱지를 건드려놓고 간 때문인가.

그는 아무래도 그 일을 쉽게 밀어붙여 끝낼 수가 없었다. 녀석이 다녀간 지 사흘째가 되는 이날까지도 그냥 밭 가에만 나앉아 있을 뿐, 어제런 듯 새삼 더 눈앞에 선해오는 그 바닷가 학교 시절과 노인에 대한 회상 속에, 삽질 한번 제대로 떠 들어갈 수가 없었다. 무엇보다 이제는 헛일건지에 불과한 그 늘펀한 더덕 밭이 그의 발길을 좀처럼 받아들여주려질 않는 기분이었다.

지금도 그는 당장 꼬리를 물고 이어지는 머릿속 생각을 털고 일어나 더덕 밭일부터 가닥을 지어놓고 싶었다. 그러나 그는 마치 무슨 안정제에 취하거나 불안한 선잠기 속의 가위눌림에라도 빠진 듯 계속 같은 상념 속을 맴돌며 부질없이 헛 안간힘만 쓰고 있었다. 그런 종선 씨를 몽롱한 상념의 늪에서 일깨워준 것은 때마침 근처를 지나가던 포전 건너 이웃집 김대복 씨였다.

— 그것 참 이번엔 항가쿠(엉겅퀴) 벌이가 제법 괜찮을라는가 싶더니, 그도 벨로 재미가 없어 보이던갑제! 대관절 맨날 심궜다 갈아엎었다. 그것이 무신 놈에 취미여. 허허……

새 작물 재배 때마다 온전히 끝장을 못 보고 줄창 낭패만 거듭해온 그를 이웃에서 늘 고소해해오던 동년배의 위인이 그때 하필 근처 밭두렁을 지나가다 지게 작대까지 짚고 서서 껄껄대고 있었다.

— 그거 죄 자네라는 사람에 머릿속 요량이 세상을 너무 앞서

간 탓 아닌가베. 안 그려? 그런디 거년엔 더덕벌이를 시작하는갑 다 했더니 어느 참에 또 그러크럼 항가쿠 벌이로 돌렸던고?

그 역시 종선 씨의 별스런 농사법에 대한 집착과 야생 엉겅퀴가 밀생해 우거진 포전 꼴을 두고 심통스레 오갈을 박아오는 소리임이 분명했다.

포전을 요절내기 시작한 첫날이던가, 그렇게 정 더덕 밭을 갈아엎고 말 양이면 살진 뿌리들을 공연히 흙 속에 썩여 없애느니 동네 이웃 사람들 반찬거리라도 주워가게 하는 게 좋겠다는 위인의 참견에, 종선 씨가 아예 들은 척을 안 한 것이 그의 심술기를 더 더치게 한 것 같았다. 밭고랑을 그냥 다 갈아엎어 썩일망정 내 이놈의 더덕꽁댕일 하나라도 입에 대나봐라! 경계의 뜻이 분명한 그의 결연스런 침묵에도 지천으로 뒤집혀 나온 탐스런 보신물에 너나없이 눈길이 무심해지긴 어려웠다. 그의 아내까지는 몰라도 위인은 오며 가며 손길을 스치곤 하는 눈친데도 그걸로는 성이 아직 안 찬 모양이었다. 그래저래 종선 씨는 처음 그의 심한 비소 투에도 그저 들은 척 만 척 응대조차 보내질 않았다.

그런데 작자가 거기서 더 몇 마디 흰소리를 지껄이다 제물에 슬그머니 길을 가버리고 나서였다. 종선 씨는 그때 비로소 그동안 마음속에 걸려 있던 불편스런 일 한 가지가 머리를 쳐들었다.

— 딴은 이놈에 더덕 밭 꼴이라는 것이……

바로 그 더덕 밭이 언제 엉겅퀴 밭으로 변했느냐는 작자의 비아냥 때문이었다. 더덕 밭의 몰골은 실상 위인의 말을 탓할 수 없을 만큼 엉겅퀴 천지였다.

더덕 줄기가 어리던 첫해부터 밭 주위의 엉겅퀴 씨앗이 날아들어 제물에 싹이 터오르더니, 두 해째에는 굴러든 돌이 터줏돌 뽑아내는 격으로 더덕 순을 에우르며 포기와 줄기가 억세게 번져 뻗어갔고, 그때부터 별반 장거리 출하에 대한 희망이 안 보인 탓으로 마음이 깃든 뒷손길이 뜸해진 틈을 타 이해 봄 들어선 더덕밭 몰골이 차라리 엉겅퀴 일색으로 보일 만큼 형세가 어지럽게 뒤바뀌어가고 있었다.

한데도 종선 씨는 그저 그 헐수할수없는 자기 낭패감 속에 빠져들어 마음도 쓰지 않은 채 내팽개쳐둬온 일이었다. 어차피 더덕포를 갈아엎고 말 마당에 엉겅퀴 따위에 굳이 마음을 쓸 바가 없었기 때문이었다. 꼴 보기가 싫어 대충 손을 대 쳐내보자 한 적도 있었지만, 억센 줄기와 가시잎사귀들 때문에 그도 썩 간단한 일거리가 아니었다. 채전의 어린 포기들도 자주 그런 괴로움을 주었지만, 이번에 밭을 절반쯤까지 갈아엎어 나오면서도 그것을 족히 경험해온 그였다. 그것들은 마치 사람에게 기를 쓰고 대들 듯 손발을 자주 할퀴고 따가운 가시박이를 해오곤 했던 것이다.

어찌 보면 그가 이 며칠 밭갈이를 그렇듯이 망설이고 있는 것도 동우 녀석이 집엘 다녀간 일로 해서보다는 그처럼 억세게 대항을 하고 드는 그 엉겅퀴 포기들의 괴로운 할큄질과 악다구 때문이었는지 모른다.

그래 어느 정도냐 하면 그는 이미 갈아엎은 밭이랑에 지천으로 뒤집혀 나온 그 더덕 뿌리들을 애석해하는 늙은 장성댁의 눈길조차 짐짓 모른 체하면서, 더덕이고 엉겅퀴고 어차피 다 요절을 내고 말 묵은 텃밭의 꼴새엔 더 이상 마음을 쓰려 하지 않고 지내온 참이었다. 그런데 그 김가 놈의 시답잖은 농지거리를 듣는 순간 종선 씨는 무언지 가슴속을 섬뜩하게 스치고 지나가는 것이 있었다. 그때는 그것이 무엇 때문인지 금방 알아차릴 수가 없었는데, 위인이 사라지고 나서 그 억세고 무성한 엉겅퀴들 잔치판이 되어 있는 더덕포의 흉한 꼴에 그는 비로소 마음속이 섬뜩해진 소이가 저절로 감득되어온 것이다.

한마디로 더덕 밭 꼴이 그래서는 안 되었다. 더덕포의 내력은 그의 선부 황 노인의 말년 행적에서부터 비롯된 것이었다. 당연히 그것은 종선 씨 자신이 일궈온 것이기보다 노인네의 삶의 대내림이었다. 수확을 하건 안 하건 더덕포를 그 꼴로 내팽겨쳐두는 것은 그 선부와 그의 생애의 한 성취를 욕스럽게 방치해두는 것 한가지였다. 그동안 진작에 그걸 깨달았어야 마땅할 일이었다.

……노인넨 실상 당신 자신이 사나운 바람기에 씌어 그 육신과 혼백 속에 그것을 품고 다니는 바람의 둥지 한가지였다. 그해 초겨울 노인은 그 오랜 고향 고을을 등지고 나옴으로써 그 그악스런 남녘의 갯바람기는 피해낼 수가 있었지만, 이 격절스런 산골 동네까지 와서도 당신 자신 속에 깃든 바람기의 종주먹질은 쉽게 잠재울 수가 없었던 것 같았다.

노인은 이 입암마을에 새 삶터를 잡아 앉고 나서도 가까운 이웃 간에 사람을 찾아 만나거나 어울리는 일이 별로 없었다. 대개는 그저 뒤켠 입암산으로 올라가 종일토록 숲 속을 헤매 다니기나 하였다. 입암산에서는 남녘의 갯바람 대신 아득한 산바람이

철따라 당신을 산으로 불러내곤 한 것이었다. 이번에는 그 산바람의 은밀스런 쏘삭임에 넋이 팔려 어린 아들 종선의 남은 학교 공부나 호구지책까지도 내팽겨쳐둔 채였다. 그러면서 그 하릴없는 산행으로 이루어놓은 것이 집 둘레 텃밭을 촘촘히 채워나간 갖가지 야생화초와 식약초 목류들의 어지러운 포전이었다.

노인이 그렇듯 날이면 날마다 뒤켠 입암산과 멀리 내장산까지 깊은 숲 속을 헤매고 다니면서 이런저런 산채류와 더러는 희귀 약초목들을 눈에 띄는 족족 캐어다 집 주위에 텃밭을 일궈나간 것이, 어느 추운 겨울날 당신이 얼어붙은 바위벽을 타오르다 미끄러져 불의의 죽음을 맞게 됐을 때까지 10여 년간 어림잡아 4, 5백 평의 넓이에 달했다.

그 품목을 대충만 헤아려도 우선 관·완상 화초목류로 갖가지 자생란들을 비롯하여 사철·산작약·쪽동백·백선·홍매·금낭화 따위 꽃빛이나 수형이 볼만한 것에서부터 철쭉이나 으아리·노란주·자귀 따위 이 땅의 산과 들녘 어디서나 지천으로 볼 수 있는 잡초목류에 이르기까지 무려 백여 종을 넘어섰고, 향미재나 약재용 초목류로는 각종 산마와 원추리·취나물류·도라지·더덕류 등속에서 산부추·노루발·때죽·골담초·천궁·자생차에 이르기까지 그 이름조차 다 외워 헤아리기가 어려울 지경이었다. 애당초 야초목에 대한 깊은 지식이 없던 노인이라 더러는 자신도 모르게 우연히 희귀품종을 거둬오게 되는 수도 있었지만, 대개는 특별한 가치가 없어 보이는 것들이 많았다.

그런데 노인은 나이가 칠십대로 깊어가면서 그중에서도 유난히 약재류와 독초목류 쪽에 마음이 기울고 있었다. 뿐더러 그는 그 약재류들을 찾아 캐어다 모아 심어두는 것으로 만족하지 않고, 당신 스스로 그 이로운 약성과 해로운 독성을 가리는 데에 많은 정성을 기울였다. 약용재는 그 효능과 용처를 더욱 분명히 하고, 독초목은 특별한 용처와 용법에 따라 그 독성을 거꾸로 유용한 처방재로 바꾸어놓을 궁리에 끼니때조차 유념을 못한 채 내처 텃밭에만 매달려 지낼 때가 많았다.

약재의 적응증과 부작용, 독초의 해독 방법 따위를 밝혀내기 위해 당신 자신의 지병에 어떤 약재의 처방을 직접 시험해보기도 하고, 심지어 해초목의 진액이나 독즙을 짜내어 자신의 맨살갗이나 상처에 발라보거나 혀끝으로 독성 정도를 가늠해보는 일까지 서슴지 않았다. 산행 중에 체증을 느껴 시험 삼아 옻나무 순을 따 먹었다가 입과 뒤끝이 온통 다 짓물러 터진 일, 유독초로 알려진 삿갓풀을 부러 나물거리로 데쳐 먹었다가 부자가 함께 심한 구역질과 설사기로 몸져누운 일, 아들 종선의 오줌소태 증세에 으름열매 술을 한 됫박이나 둘러 마시게 했다가 어린 그를 꼬박 하루 밤낮 동안이나 대취해 누워 지내게 했던 일. 뿐이랴, 한번은 동네 이웃 아낙의 안구 충혈 증상에 선뜻 개구릿대 즙을 짜다 눈에 발라주었다가 그 매운 독성에 아예 눈을 멀게 하고 말 뻔한 일하며, 심지언 까닭 없이 모이를 잘 쪼지 않는 이웃집 김대복 씨네 닭들에게 때죽나무 열매즙을 짜 먹였다가 그 집 닭장을 아예 텅텅 비우게 만든 일 등, 한마디로 노인은 이미 이름이 알려진 독초들까지 포함하여 이 땅의 모든 산야초목을 더없이 유용하고 값진 식용이나 약재들로 둔갑시켜놓을 방책을 찾아내느라 그야말로 온갖 궁리와 헌신적인 노력을 다 기울이는 모습이었다. 어찌 보면 노인 속에 그런 어떤 독성을 부르는 것이 숨어 있어, 그것이 노인을 그렇게 취해 끌리게 하고 있는 것 같기만 하였다.

그렇다면 노인에게 그렇듯 그 독기를 부르고 찾아 헤매게 한 것이 무엇이었을까. 그 또한 끊임없이 당신 속에 설쳐대는 그 바람기의 다른 모습이거나 그것을 다스리기 위한 모진 자기 비방이 아니었을까.

— 이곳에서도 그 몹쓸…… 지독시런 바람기가…… 천지의 바람기가 내 뼛속까지 스며들어…… 이걸 끝내는 무엇으로도 다스릴 수가 없구나.

그 겨울날 얼어붙은 빙벽에서 미끄러져 사경을 헤매다가 뒤늦게 달려온 종선의 등에 업혀 산을 내려오면서, 그 등 뒤에서 눈을 감기 전에 당신이 웅얼거린 마지막 말이었다.

당시로선 경황 중에 그 뜻을 잘 알아들을 수가 없었지만, 이후로 차츰 다시 세월이 흐르면서, 당신은 그 남녘 해변 고을의 갯바람뿐만 아니라 천지의 바람기가 속에서 끊임없이 회오리를 쳐대는 바람의 둥지였음을, 그리고 그 당신의 불운한 죽음 또한 그 그악스런 바람기의 패악질 때문이었음을 종선 씨는 막연히나마 지금껏 짐작해오고 있는 터였다.

그런데 그 황량스런 죽음까지를 포함하여 그렇듯 거칠고 오연스럽기 그지없던 노인의 한 생애가 그 아들 종선 씨에게는 어쩐지 이상하게 거대하고 힘이 넘쳤던 것으로 기억되고 있었다. 당신이 남기고 간 갖가지 산야초목들의 드넓은 포전처럼 당신의 한 생애가 자신의 삶에까지 어떤 확고한 지주나 의지로 깊이 내림을 해오고 있는 듯싶었다. 아들 종선 씨에겐 그것이 그만큼 든든하고 은혜롭게 간직되어온 것이었다.

하지만 종선 씨는 처음, 노인을 그렇듯 평생토록 괴롭혀왔고 당신 스스로도 그 임종의 순간까지 두고두고 저주를 금치 못해했던 극성스런 바람기나 그 바람기의 원소굴 격인 남녘 땅 해변 고을, 나아가 이런저런 그곳에서의 일이나 기억들을 별반 좋게는 생각할 수가 없었음이 물론이다.

그것들은 실제로 즐겁게 기억될 수도 없었고, 일부러 그렇게 받아들이고 싶지도 않았다. 사람의 한 생애가 원래 그리 긴 것이 못 되는 것인 데다, 수십 년 가까운 그간의 세월마저 늘 낭패만 거듭해온 그 농삿일 한 가지에 매달려 지내온 탓인지 모른다. 그 바람기와 고향 고을에 대한 종선 씨의 뜨악한 기오감(忌惡感)은 그가 이후 다시 나이를 까맣게 더해온 이날 이때까지도 그곳을 한번쯤 찾아가볼 엄두를 못 냈을 만큼 은근히 끈질긴 데가 있었던 것이다.

그러나 언제부턴가 종선 씨는 조금씩 생각이 달라지기 시작했다. 거칠고 척박한 고향 시절이 어쩐지 애틋하게 그리워지고, 그 사나운 갯바람기와 노인네의 삶까지가 더없이 힘차고 소중스러운 것으로 되새겨지기 시작한 것이다. 그것은 종선 씨가 나름대로의 열정과 지혜를 다 바쳐 산 젊은 농사꾼으로서의 한 시절이 알고 보니 어느새 허망스럽기 그지없는 낭비와 도로에 그치고 만

것을 깨닫게 되면서부터였다. 말하자면 그때부터 그 노인네의 거칠고 고집스런 생애는 세월이 흐를수록 별 거둠이 없이 살아온 종선 씨의 삶 앞에 비할 바 없이 힘차고 확고한 모습으로 그를 압도해오기 시작한 것이다.

때로는 그 삶을 그대로 내림받아 거기 의지해 살아온 상속자로서, 그러면서도 내내 부질없는 낭비와 소진으로 일관해온 어쭙잖은 반생의 부끄러움으로, 종선 씨는 도대체 어느 한 대목 더하고 덜할 구석을 찾을 수 없는 노인의 완강한 성취 앞에 제물에 망연자실 아득한 무력감에 젖어들 때마저 허다했다. 그래 그는 그때부터 노인과 노인의 바람기에 부러움과 시샘기를 참으면서 다시는 돌이킬 수 없는 그 생애의 아쉬움 속에, 아직은 어떤 거둠이나 잃음의 짐을 짊어지지 않아도 좋았던 그 유년의 한 시절을 우정 더 소중스레 그리게 되었는지 모른다.

어쨌거나 더덕포는 그 노인의 드센 바람기가 첫 씨를 뿌리고, 다만 그 아들의 손을 빌려 일구어왔을 뿐인 당신의 확고한 성취의 표상인 셈이었다. 종선 씨로서는 그것을 소중한 대물림으로 가꿔나가지 않으면 안 되었다. 그는 이미 그것을 알고 있으면서도 지금까지 함부로 눈 밖에 내팽겨쳐둬온 자신의 불효가 새삼 송구스러웠다.

그는 그 소중한 대물림을 제대로 건사해오지도 못한 처지에 고인을 차마 더 욕되게 할 수는 없다는 절박한 심정으로 훌쩍 자리를 털고 일어섰다. 그리곤 절반쯤 먹어 들어간 갈아엎기를 버려두고 남은 더덕 밭으로 들어가 이번에는 그 더덕 넝쿨보다 억세게 웃자라 오른 엉겅퀴 줄기들을 거칠게 쳐내던지기 시작했다.
나중엔 어차피 밭을 다시 갈아엎게 될망정 우선은 밭 안팎으로
제 세상을 만난 듯 밀집한 엉겅퀴들을 뽑아내어 더덕 밭 꼴부터
제대로 찾아놓기 위해서였다.

   그러나 그 모처럼 만의 종선 씨의 작업은 이날도 그리 길게는
갈 수가 없었다. 긴긴 봄날 해가 어느새 서쪽의 방장산 너머로 가
라앉아 들어버린 데다, 그의 밭일엔 항상 남의 집 칙간께라도 지
나치듯 해오던 장성댁이 이날따라 웬일로 텃밭머리까지 그를 찾
아 나온 때문이었다.
   ─더덕 밭 갈아엎으면서 무슨 조상님들헌티 고사라도 지내고
계셨는갑네요. 날이 날마다 포전 꼴은 그냥 그 꼴로만 있게요. 고
사든지 공사든지 웬만큼 해뒀으면 집으로 좀 들어와보시겨요.
   40년 가까운 세월을 함께해오면서도 그림자처럼 늘 말없이 그
거둔 것 없고 누추한 살림을 그럭저럭 잘 참아 견뎌온 아내였다.
그러던 여편네가 길이라도 막아서듯 즐비한 엉겅퀴투성이의 밭
둑 한쪽 끝에 서서 전에 없이 옹이가 박인 말본새로 그를 불러대
고 있었다. 외면을 하다시피 지내왔다고 하지만, 그녀의 심사가
그렇게 꼬인 것은 그동안 적지않이 공을 들여온 더덕포를 일언반
구 의논 한마디 없이 다시 제 손으로 파 뒤집어나가고 있는 남정
의 옹고집에다. 그마저 며칠째 일손을 개어 얹은 채 밭일이 지지
부진해 있는 때문일 터였다. 하지만 그녀가 전에 없이 밭둑머리
까지 그를 부르러 나온 까닭은 짐작이 가질 않았다.

─ 해 떨어지면 어련히 제 둥지 찾아 들어가지 않을라고, 오늘은 어째 무신 열녀라도 났던가. 자네가 웬일로 안 하던 짓거리를 하고 나서게?

그럭저럭 벌써 시장기도 들기 시작했겠다. 종선 씨가 천천히 손을 털고 밭 가 쪽으로 나가며 아내에게 물으니, 그녀는 여전히 심기가 편치 않은 안색으로

─ 동우가 전화로 당신을 찾는 성부르데요.

뒤늦게 태평스런 한마디를 남기고는 혼자 먼저 휑하니 사립을 들어가버렸다. 종선 씨는 은근히 부아가 치밀었으나, 우선은 동우 놈의 전화부터 받아보려 황황히 집 안으로 쫓아 들어가 전화통을 찾았다. 그러다간 이미 통화가 끊겨 얹혀 있는 전화기를 보고서야 그 아내의 은근한 심술기와 늘어터진 행신을 뒤늦게 타박하고 들었다.

─ 원, 늙다리 여편네하곤…… 어째 사람 허는 일이 겨우 고 모양이여! 전화가 벌쎄로 끊어져버렸잖은가 말여. 먼디 전화가 왔으면 서둘러 소릴 해주잖고 여름 소내기 끝 구렝이 모양 놀림새가 느리기는. 자네가 지끔 무신 첫애 밴 새각씨 팔자여?

하지만 아내는 그러는 남정을 더 물색없어하였다.

─ 아무러믄 내가 전화를 통해논 채 거기까장 쫓아갔을랍디여. 귀한 아들이 하도 숨이 넘어가는 소리로 지 아배를 찾길래, 전화를 끊고 좀 기대리라 해놓았소. 아배를 불러 대령할 테니 이 쪽에서 하든지 지가 다시 걸든지 하라고라.

종선 씨더러도 전화를 먼저 걸든지 어쩌든지 알아서 하라는 투

였다.

　─그래 무신 일로 그리 급한 소릴 해? 지 애비 비행기 태워줄
일이라도 생겼대여?

　─비행길 태울 일인지 칠성판을 태울 일인지 난들 알겄어요.
지 에미 소리는 들은 체도 안 하고 아배만 찾아대니 무신 일이냐
고 물어볼 짬도 없었제……

　─쯧쯧, 곯아빠진 밴댕이 속 같은 아녀자 요량이라니……

　녀석이 급하게 아비를 찾았다는 소리에 종선 씨는 웬일인가 싶
어 그쯤 아내를 나무라고 나서 전화기를 집어 들었다. 그리고 그
걸 집자마자 다시 신호음을 울려온 동우 쪽과 곧바로 통화가 이
어졌다.

　─아버지세요? 저 동웁니다.

　동우는 이쪽이 제 아버지인 것을 확인하자 인사도 제대로 치른
둥 만 둥 하고 대뜸 목소리가 들뜨기 시작했다.

　─아버지, 제 말씀 기쁘게 들어주십시오. 이번 주말쯤 직접 가
뵙고 말씀드릴까도 했습니다만 그럴 여가가 없을 것 같아 이렇게
전활 드렸습니다. 그래 오늘은 통화가 좀 길어질 것 같으니 전화
요금 걱정은 제게 맡겨주시고요.

　전에 없이 조급하게 덤벙대는 어조 속에 동우는 거두절미 누구
에겐지 좋은 일로 통화가 길어질 것부터 다짐했다. 종선 씨는 그
런 아들의 흔치 않은 수선기에 미상불 궁금증이 더해갈 수밖에
없었다.

　─사내놈이 그 무신 경망시런 호들갑이냐. 여긴 아무도 쫓아

올 사람 없으니 안심하고 차근차근 선후를 추려 말해보거라.

짐짓 여유를 부리고 드는 종선 씨의 질책에 동우 쪽은 그러나 제 홍분기를 가라앉히려는 기미가 없었다.

─다시 말씀드립니다만, 제 말씀을 정말 기쁘게 들어주십시오. 아버지께선 진정 누구보다 소중하고 뜻깊은 한 시대를 사신 분이셨습니다!

그가 여전히 제 기분에 겨운 목소리로 웬 요령부득의 사설들을 줄줄이 늘어나갔다.

─제가 이 며칠 운 좋게 그걸 직접 확인할 수 있었습니다. 모든 게 아버지께서 말씀하신 그대로였습니다. 그것은 진실로 순결하고 성스러운 민족사의 힘찬 한 페이지였습니다.

듣다 보니, 녀석의 이야긴즉 필시 그 아비의 고향 해변가 학교 시절을 말하고 있는 것 같았다. 그러나 이야기가 워낙에 요령부득의 것인 데다 그쪽의 목소리까지 아직 들뜬 열기에 젖어 있어 종선 씨는 도대체 아들의 심중을 제대로 헤아려나갈 수가 없었다.

─이 아이가 대체 무엇이 어떻게 되었길래 갑자기 몽유병 환자모양 저 혼자 이 소란이여? 글씨 그 뭐시냐, 내가 무신 숫처녀간디 순결하고 소중헌 한 시대를 어쩌고 민족사라는 걸 어쨌다고? 내 알아듣기 쉽게 좀 차근차근 말해보란 말여. 그런다고 이 애비 흰머리가 더 세지는 일은 없을 테니께……

동우 쪽이 겨우 그 들뜬 기분을 가라앉힌 듯 목소리가 조금씩 침착해지기 시작한 것은 종선 씨의 그런 질책이 잠시 더 계속되고 난 뒤였다.

— 아, 아버지, 그럼 그러겠습니다. 제가 오늘 너무 반갑고 귀한 사실을 접하게 된 바람에 가슴이 벅차 그만 경망을 떨었나 봅니다.

동우가 새삼 다짐을 하고 나서 이야기를 처음부터 다시 차근차근 풀어가기 시작했다.

— 그런데 전일 아버지께서 말씀하신 그 임시분교 시절의 선생님들 말씀입니다. 그분들이 해방 후 정식인가 전부터 먼저 그곳 학교 문을 열고 아이들을 가르친 일이나, 나중에 6·25전란을 거치면서 그분들의 사상성이 화근이 되어, 선유리 쪽 한 분은 심한 고초 끝에 간신히 목숨만을 부지해 나오고, 회령리 쪽 다른 두 분은 아깝게 목숨까지 잃고 만 일들이 다 사실이었더구먼요. 뿐만 아니라 그간에 정식 학교 설립 인가가 나면서 초대 교장으로 부임해 오셨던 이열 교장이라는 분과 여자 선생 한 분이 그 6·25 수복 무렵 빨치산으로 함께 입산하여 영영 종적이 사라지고 만 일도요……

— 그럼 니놈은 이 애비가 백줴 거짓말을 한 걸로 알았더란 말이냐.

종선 씨도 이젠 그 아들의 목소리에 차츰 가닥이 잡혀가기 시작했다. 그 목소리를 통해 회령리 앞바다의 갯바람과 파도 소리들이 아련히 묻어오고 있는 것 같기도 하였다. 더불어 그 선유리 바닷가의 하얀 모래밭과 조그만 유자섬의 정겨운 풍경들이 눈앞에 선하게 떠올랐다.

하지만 그는 아직도 동우 놈이 그런 일로 그리 급한 전화질까지 해대면서 호들갑을 떨어대는 소이를 알 수 없었다. 응대가 아직도 퉁명스러울 수밖에 없었다.

그러나 동우 쪽은 이제 그쯤 그러는 종선 씨를 안심해버린 모양이었다. 그의 목소리엔 어느새 아깟번의 흥분기가 차츰 되살아나고 있었다.

— 아버지 말씀을 가볍게 여긴 것이 아니라 제 말씀은…… 전에는 여기서 그것을 입증해줄 사람이 없었는데, 이번에는 그런 사람을 몇 분 만날 수 있었다는 말씀입니다. 모두가 아버지께서 제게 확실한 자료를 전해주신 덕이었지요. 그분들을 만나 이야기를 듣고 보니, 아버지께서는 정말로 그 시절 좋은 분들을 만나서 뜻깊고 자랑스런 유년을 보내셨다는 느낌이 들었다는 말씀입니다.

— 일트면 애비의 어렸을 적 학교 시절이 썩 행복시러웠다는 소리도 여지껏은 진언으로 곧이들질 않았다는 소리럿다……!

— 죄송한 말씀입니다만, 이 학교까지 부임을 해온 뒤부터 제 느낌은 사실 그런 식이었습니다. 그리고 이곳 어른들의 이야기를 듣고 나서 제 생각이 바뀌게 된 것도 그런 아버지와 같은 생각에서는 아니었고요. 아버지께서 그 시절을 아름답고 자랑스럽게 간직하고 계신 건 그 소박하고 자유스런 학교 분위기 때문이셨지 훌륭하신 선생님들 때문은 아니셨을 테니까요. 더러는 선생님들 때문인 대목도 없지 않으셨겠지만, 그건 그분들의 너그러운 외양이나 성품들 때문이셨지, 솔직히 말씀드려 그분들의 고매한

생각이나 인격을 존경해서는 아니셨을 테구요.

—그러면 네가 그 시절이 좋았을 거라는 건…… 그 뭐시냐, 그분들의 외양이나 너그러운 성품 때문이 아니라, 그분들이 몰래 맘속에 품고 때를 기다려왔다던 그 좌익사상 때문이었다는 게냐?

종선 씨는 동우가 제 아비의 짧은 식견을 돌보지 않고 대고 어깨를 짚고 넘어서려는 듯한 말투에 속으로 짚여오는 것이 있어 우정 더 직설적으로 거칠게 추궁해 들어갔다. 하지만 녀석은 그런 아비 앞에 제 속을 단속해나갈 만큼 한 조심성은 있었다.

—그분들의 사상이 어떤 것이었든 전 그런 건 상관하지 않습니다.

동우는 일단 아비의 화살을 피해놓고 나서 요령껏 제 이야기를 부연해나갔다.

—전 그분들의 순수한 열정, 어떤 부정한 세력이나 힘의 간섭에도 흔들림이 없이 내 나라 내 민족의 미래를 제 힘으로 일으켜 세워나가려 한 그 꿋꿋하고 고결한 주체적 의지와 헌신적 실천력, 그런 것들 때문에 그분들과 함께한 아버지의 그 시절이 진정 값지고 자랑스러워 보인 겁니다. 그 시절엔 참으로 그런 뜨거운 열정과 헌신적인 실천력의 고양이 필요했고, 그것만이 이 민족과 나라의 밝은 미래를 힘있게 담보해나갈 수 있었을 테니까요. 제가 알기로 비록 그분들만이 유일한 경우는 아니었겠지만, 그 시절 온갖 불순한 힘의 득세 속에 그런 꿋꿋한 자기결단의 실천은 이 나라의 앞날을 위해 무엇보다 귀하고 믿음직스러운 것이었

을 테구요. 그런 뜻에서, 그토록 힘들고 고귀한 삶의 자세를 지켜
나가기 위해서는 좌익이든 무엇이든 어떤 유력한 사상적 지표가
필요했을지도 모른다는 점에서, 저는 비록 그분들이 그 좌익사
상을 신봉하고 의지했다 하더라도 어느 면 그것이 불가피하고 무
방한 일이었으리라 생각하고 싶습니다.

전화가 길어질 거라 미리 다짐을 주더니, 동우 쪽은 숫제 이제
제 아비를 상대로 데데하기 짝이 없는 설교와 연설조를 서슴지
않았다.

인공 시절 때 그쪽 노래를 배우는 데에 누구보다 열심이었다는
제 아비를 웬만큼은 안심을 한 때문인가. 주체니 자주니, 방송 뉴
스 같은 데서 흔히 들어온 그 불온한 소리들을 녀석이 중뿔나게
더 앞세우고 나서는 데서부터 종선 씨는 새삼 그 아들 녀석의 머
릿속 생각이 부쩍 더 의심스러워지고 있었다. 한데다 종당엔 녀
석이 그 선생들을 좌익 운동가들로 치부하며 자신도 거기 노골적
인 동조를 표하고 나선 판이었다. 오로지 민족과 나라의 앞날을
위한 일이었을 바엔 좌익사상을 신봉하고 거기 의지하려 했던 것
도 어느 면 불가피하고 무방했을 일이 아니냐. 제 신명에 겨워서
아비의 수준까지 무시한 일방적인 설교였지만, 종선 씨로서도
그쯤은 다 짐작이 가고 있었다.

그 시절의 일을 이야기해줄 수 있는 사람을 만난 건 심히 다행
스러운 일이라 할 수 있었지만, 종선 씨는 아무래도 동우 녀석이
젊은 혈기에 뭔가를 잘못 알고 있는 것만 같았다. 녀석의 일이 잘
못 풀려갈 것은 불문가지의 일이었다.

그러나 그는 그것을 녀석에게 금방 어떻게 짚어 말해줄지 몰라 어정쩡해 있으려니, 이쪽 기미를 알 리 없는 녀석의 연설조가 다시 틈을 메우고 들었다.

—그러니 저는 비록 그분들이 진짜 사회주의나 공산주의자였대도 그것을 탓하고 싶지는 않습니다. 중요한 것은 그분들의 뜨거운 열정과 꿋꿋한 의지로 하여 이 학교의 창설기가 참으로 순정하기 그지없는 우리 역사의 한 장을 마련하게 됐다는 사실이니까요. 아깝고 애석한 일은 그 고운 꽃봉오리가 끝내 온전한 개화를 못 보고 비극적으로 졸지에 시들어가고 만 것이지만, 그렇더라도 그것은 분명 우리 현대사에서 가장 아름답고 자랑스런 꽃봉오리의 하나였을 것입니다. 그것도 주위의 여러 가지 상황 여건들이 유례없이 힘들고 궁핍스런 시대의 일이었기에 더욱더 고결한 꿈과 빛을 품은 역사로요. 그러니 아버지께선 그 시절 아직도 그분들의 숨은 뜻을 헤아리시거나 마음을 함께해나가실 연배는 못 되셨겠지만, 그분들 곁에서 큰 공부를 배우면서 그 시절을 내내 함께 지내게 되신 것만도 더없이 값지고 자랑스런 유년기의 행적이 되셨을 거라는 말씀입니다. 그 시절이 비록 외관상은 어렵고 궁핍스러웠을망정, 아니 모든 것이 어렵고 궁핍스러웠을수록 그분들의 고결한 뜻은 아버지와 세상을 더욱 따스하고 밝게 비췄을 테니까요.

녀석이 다시금 제 아비의 어린 시절을 귀히 여기게 된 것은 당사자인 종선 씨로선 어쨌든 고마워해야 할 노릇인지 모를 일이었다. 그러나 녀석이 그걸 좋게 보는 것은 제 아비와 같은 연유에서가 아니었다.

그것은 오로지 어린 시절에나마 제 아비가 그런 선생님들의 옹골찬 속뜻과 고결한 인격을 직접 곁에 해볼 수 있었다는 데에서였다. 게다가 그것이 더욱 값지고 빛을 더하게 된 소이가 그 시절의 어려움과 궁색함 때문에서라는 데에 이르러선 녀석이 그 아비자신의 당시의 처지를 자랑스럽게 여기기보다 동정과 구제의 대상으로나 치부해두고 있는 식이었다. 그것은 차라리 제 아비의 아름다운 유년을 말하려는 게 아니라, 그 시절 선생들의 사상적 성향을 예찬하는 소리일 뿐이었다.

녀석이 잘못 풀려도 한참이나 잘못 풀려가고 있었다. 세상이 어렵고 궁핍스러울수록 그 뜻이 더욱 고결하고 세상을 밝게 비추다니. 제 놈은 숫제 그게 좌익사상이래도 무방하다는 그 분교 선생들의 뜻이? 녀석은 이제 이해나 동조의 정도를 넘어서 그 자신 영락없는 좌익 패거리들의 소리를 지껄이고 있었다.

……너는 늘 빼앗기며 어렵게만 살아왔는데, 자신은 그렇게 빼앗기며 비참하게 살아온 줄도 모른다. 지금까지 그렇게 제 처지를 모르고 살아온 거다…… 다시 빼앗고 앙갚음을 할 줄도 모른다. 그것을 가르쳐주고 이끌어줄 깃발을 따르라. ……믿고 따르면 과거의 불행을 씻고 복되고 행복스런 새 세상을 맞게 될 것이다.

과거사나 남의 처지를 부득부득 억울한 원망과 앙갚음거리로 몰아붙이며 무조건의 동조와 복종을 강박해오던 소리들, 그 여름 한 철 종선 씨가 곳곳에서 진저리나게 들었던 소리들, 아는지 모르는지 녀석이 이제 와서 그 앞에 어쭙잖게 그 비슷한 소리들을 다시 지껄여대고 있는 것이다. 게다가 이제 그 아들아이의 목소리에는 어디에도 축축한 바닷바람기나 파도 소리 같은 것이 한 방울도 묻어 있지 않았다.

종선 씨는 녀석의 설교 조가 그만큼 위태롭고 생퉁스럽기만 하여 더 이상 가만히 듣고만 있을 수가 없었다. 무엇보다 그 선생님들의 기억으로 말하면 성품이 퍽 소박하고 너그러웠다는 정도뿐 속뜻이 얼마나 참되고 고결한 것이었는지는 아직도 잘 알 수가 없었다. 하나밖에 없는 목숨까지 잃고 만 일이나 당시의 흉흉한 소문들로 해서도 그 위인들의 생각이나 세상살이의 자세는 이제 와서 참되고 고결하다기에 앞서 어딘지 새삼 섬뜩하고 음산스럽게 느껴지기까지 하였다.

종선 씨는 녀석의 설익은 장광설을 꺾어놓을 겸 모처럼 몇 마디 비아냥 투를 내던져보았다.

—그래, 그 뭐시냐, 그러니께 그 시절을 니가 그르크럼 좋게 보게 된 것은 그 초창기 선생님들이 계시던 시절뿐이더냐? 이 애비헌틴 나중 이열 교장이나 정식 자격 선생님들이 계시던 시절도 그 못지않게 좋았더니라마는……

내친김에 녀석에게 행여 무슨 뒷소식이라도 들을 수 있을지 몰라 빨치산으로 입산한 뒤 영영 종적이 사라지고 말았다는 그 이 교장과 여선생의 일을 염두에 두고서였다. 한데 녀석은 역시 아직 제 생각뿐이었다.

—그 선생들이 계실 때도 물론 마찬가지로 좋은 시기였지요.

녀석은 이번에도 그걸 기다리고 있었기라도 하듯 종선 씨가 대충 예상하고 있던 소리들만 일사천리 제 식으로 지껄여오기 시작했다.

— 하지만 그것은 그 50년 6·25 때 여름까지뿐이었습니다. 그때까지는 그분들이 계셨기에 그 학교 교육의 창조적 주체성이 그대로 지켜질 수 있었으니까요. 하지만 그 6·25 혼란으로 그분들이 모두 학교를 떠난 뒤부터는 사정이 전면 달라지고 말았지요. 그때부터는 민족의 바른 역사나 주체성은 사라지고 새로운 외래 식민자본주의와 독재 권력 세력이 이 나라 천지를 온통 휩쓸기 시작했으니까요. 아직은 확실히 말씀드릴 수가 없지만 온 나라 사정이 그런 판국에 이 학교라고 예외가 될 수는 없었겠지요.

— 6·25전란 때까지는 그 사람들로 해서 아직 좋은 시절이었다면…… 그 사람들의 무엇으로 해서 말이냐. 그 사람들도 모두 숨은 공산당들이어서, 그 사람들이 속에 지녀온 붉은 사상으로 해서 말이냐?

어쩔 수 없는 일이었다. 속 껄끄러운 노릇이지만 녀석이 시종 그렇게 나온 김에 아비로서도 일단은 그 속을 깊은 데까지 마저 짚어두는 게 좋을 것 같았다. 통화 시간이 길어지거나 말거나 그는 새판잡이로 전화기까지 바꿔 잡으며 이번에는 아예 그 아들 녀석의 심장께를 겨누고 들었다. 그런데도 녀석은 그 아비를 피할 생각이 조금도 없는 듯 어조가 한층 더 당돌스러워져갔다.

— 아까도 말씀드렸지만, 저는 굳이 그분들이 골수 좌익 운동가나 공산사상 신봉이 목적이었던 분들이었다고는 말씀드리고

싶지 않습니다. 그러나 그분들이 이 나라의 바른 역사와 자주적 민족 교육을 터 잡아나가기 위해서 달리 어떤 이념적 지표를 구할 수 없어 거기 의지하게 됐다면 저는 굳이 그것을 아니라지 않겠습니다. 이 교장과 여선생이 결국 유격대로 입산까지 감행하게 된 사실도 그것을 부인하기 어려운 대목이고요……

제 아비를 상대로 연설 연습을 하고 있는 것인지, 아비를 제 생각대로 세뇌시켜놓을 참인지, 동우 쪽은 또 그 소리가 그 소리에 불과한 장광설을 다시 한 번 되풀이하고 있는 식이었다.

종선 씨는 이제 더 들을 필요가 없었다. 그쯤만 해서도 아들아이의 속생각은 이미 다 분명해진 셈이었다. 아비의 추궁에도 동우는 시종 아니라고 하질 않았다. 녀석의 생각이 너무 가파르게 기울고 있었다. 그것이 언제부터의 일인지는 알 수 없었지만, 그런 생각을 혼자 마음속에 묻어두지 않고 계속 그런 식으로 나간다면 그 옛 학교의 사라진 내력을 찾아 정리한다는 일도 어떤 모양으로 되어갈지 짐작이 뻔했다.

학교를 위해서나 놈의 신상을 위해서나 멋대로 지껄이게 두고만 볼 수가 없었다. 녀석에게 말을 더 길게 시키는 것은 제 함정을 자꾸 더 깊게 파들어가게 하는 격이었다.

— 알았다. 그만하면……

종선 씨는 마침내 동우의 장광설을 무지르고 들었다. 그리고 우선에 이쪽의 마땅찮은 심기를 전하여 부질없이 길어진 전화부터 끊으려 하였다.

— 니가 뭐시냐, 이 애비의 어린 시절과 그 학교 일을 위해 썩

열심인 모양 같다만 정작에 나헌티 그리 달갑지가 않구나. 헌디
니놈은 지금 그 소리를 하자고 그리 급한 전화를 넣은 게냐? 이
제 그만 끊어라.

그런데 실상 동우 쪽엔 아직도 전화를 걸어온 진짜 다른 용무
가 남아 있었던 모양이었다.

— 아닙니다. 아버지, 잠시만 더 기다려주십시오. 그 말씀도
물론 전해드리고 싶었지만, 그보다 실은 한 가지 아버지께서 반
가워하실 소식하고, 의논을 드릴 일이 있어 이 전활 드렸습니다.

동우가 황급히 아비를 만류하고 나서 뒤늦게 새 용건을 털어놓
기 시작했다.

— 아버지께선 그 뒤 한 번도 이쪽 발걸음이 없으셨으니 옛날
일들을 되돌아보실 겸 이곳을 한번 다녀가주시는 것이 어떠실까
해서요. 선유리에서 처음 학교 문을 여셨다는 그 방진모 선생님
말씀입니다. 알고 보니 그분이 아직 이곳에 생존해 계시거든요.

아닌 게 아니라 뜻밖에 반갑고 놀라운 소식이었다. 그리고 종
선 씨로선 생각지도 못해온 녀석의 제의였다. 아니 그것은 의논
이나 제의보다 아비에게 그 방진모 선생을 한번 찾아봐달라는 분
명한 주문이었다.

녀석에게 그럴 만한 까닭이 있을 터였다. 아비의 발걸음이 소
용됨 직한 그 일 덕분에 그런 망외의 귀한 소식까지 얻어 듣게 됐
을 터였다. 어쨌거나 그 방진모 선생의 생존 소식은 종선 씨를 새
삼 놀랍고 어리둥절하게까지 하였다. 6·25 무렵의 그 심한 고초
의 소문이나 다른 선생님들의 불행한 종말 때문인지 종선 씨에겐

왠지 그 방진모 선생이 오래전부터 고령에 들어섰을 당신의 연세와는 상관없이 이미 이 세상 사람이 아닐 것으로 여겨져오고 있었다. 그런 분이 아직도 생존해 계신다니 그보다 반갑고 다행스런 일이 있을 수 없었다.

종선 씨가 뒤늦게 놀라워해야 할 일은 그뿐만이 아니었다.

—너헌티 내가 그 어른을 한번 찾아 만나뵈어야 할 일이 있는 성부른디, 소이가 무었이냐. 그 어른이 아직도 그곳에 생존해 계신 건 유없이 반가운 일이다만, 그 뭐시냐, 그렇다고 내가 굳이 그분을 거기까장 쫓아가 뵈어야 할 도리까진 없는 성싶어 말이다.

종선 씨가 짐짓 한번 넘겨짚고 들어보는 소리에 동우 쪽은 짐작대로 금세 솔직하게 나왔다.

—바로 말씀드리면, 그분을 만나 뵙고 당시의 일들을 좀더 상세히 듣고 싶어섭니다. 제가 지금 손보고 있는 교지(校誌) 정리 작업이 이젠 웬만큼 윤곽이 잡혔습니다만, 초창기 시절은 아직도 확실하게 밝혀지지 않은 일들이 많아서, 그 일에 직접 뛰어들어 젊음을 바치신 그분의 증언이 몹시 필요한 처지거든요. 아버지께서 한번 그분을 찾아뵙고 그런 증언을 들을 기회를 마련해주십사는 소청입니다.

—그런 일이라면 거기도 주선해줄 사람이 있을 게 아니냐. 그게 어째 해필 나여사 헌단 말이냐.

—여기서도 물론 여러분들한테 부탁을 드려봤지만, 거진 다 허사였습니다. 그분은 지금 옛날 선유리의 창고학교 터 앞에 있는 유자섬에다 조그만 거처를 마련해 낚시질로 소일하며 오랜 칩

거 생활을 계속해오고 계신 중인데, 누구도 좀처럼 바깥사람을 만나려질 않으신다거든요. 더욱이 옛날 학교 일에 대해선 전혀 입을 열려고 하질 않으시고요.

— 그런디 낸들 어떻게 그런 양반을 만나서 입을 열게 할 수 있단 말이냐.

피차간 그런저런 소리를 주고받던 끝에 동우 쪽이 무심결인 듯 놀라운 사실 한 가지를 새로 일러온 것이었다.

— 아버지를 만나시고 그분이 정 입을 열지 않으시면, 전 그분이 보관하고 계신 헌 풍금이라도 한번 제 눈으로 직접 확인해보고 싶으니까요. 그분은 도대체 그 헌 풍금까지도 누구에게 보여주신 일이 없으셨다니까요. 제게는 물론 더 말할 것도 없구요. 그런데 이곳 사람들 이야기가 그 풍금은 실상 그 어른보다도 아버지하고 더 인연이 깊을 거라고들 하시던데, 그래저래 아버지께서도 그 풍금을 다시 보실 겸, 웬만하면 이번 참에 여길 한번 다녀가주십사는 겁니다. 저는 사실 그 풍금에 얽힌 아버지의 사연도 궁금하기 그지없는 참이니까요.

그 이열 교장의 풍금 이야기였다. 이열 교장이 부임 때 함께 가져왔다가 6·25 때 여선생과 함께 산으로 가지고 들어갔다던 그 일본제 야마하 상표의 풍금, 동우 녀석 말마따나 그 시절 종선 씨 자신과도 이런저런 남다른 인연과 사연들이 많았던 풍금. 그러나 풍금은 학교가 불타 없어지기 전에 이 교장들이 먼저 산으로 가져가버렸다는 물건이 아닌가. 그것이 어떻게 아직 그 방 선생에게 간수되고 있단 말인가. 하지만 동우 쪽은 필시 그 교장의 풍금을 말하고 있음이 분명했다.

  ─풍금이라니 무신 소리냐. 옛날에 그 이 교장이 부임 때 가지
고 온 일본제 풍금 말이냐.

  종선 씨는 한편으론 놀라고 다른 한편으론 아직도 설마하는 심
사 속에 녀석을 짐짓 한번 더 다그치고 들었다.

  ─그 풍금 이야기라면 뭐시냐, 이 교장이 나중 산으로 들어갈
때 다시 가지고 갔다던 물건 아니냐……

  하지만 그는 더 의심할 필요조차 없었다.

  ─그렇습니다. 제가 미처 말씀을 못 드렸습니다만, 일전에 아
버지께서 말씀하셨던 그 교장 선생님의 풍금이 나중에 이 학교로
다시 돌아왔답니다.

  동우가 뒤늦게 설명을 덧붙여왔다. 그리 들어 그런지 그 동우
의 목소리가 먼 전화선 저쪽에서 유난히 더 또렷또렷 분명하게
들렸다.

  ─아버지 말씀대로 그 풍금은 이열 교장이라는 분이 입산해
들어갈 때 함께 가지고 간 것이 사실이었던 모양입니다. 그런
데 그 51년 봄철 유치산 일대의 빨치산 근거지 토벌 작전이 끝나
고 나서 진압부대에서 이 학교로 연락이 왔답니다. 빨치산 부
대의 한 근거지를 소탕하고 보니, 무슨 군가 훈련이나 선동사업
소 같은 것으로 쓰인 듯한 동굴 안에 그 풍금이 옛 주인의 시체들
과 함께 나뒹굴고 있었다고요. 운 좋게 목숨이 살아 잡힌 사람들
에게 뒷날 사연을 알아보니, 전날 이 학교에 교장으로 재직했던
사람이 산으로 들어올 때 함께 가지고 들어와 한날로 그를 따라

들어온 여선생 출신과 조를 이뤄 군가 투쟁을 해오던 물건으로 밝혀져, 이미 주인을 잃은 노획물인 데다 그런대로 소리만은 제법 온전해 보여서 가능한 대로 옛 연고지 학교로 되돌려 보내기로 하였으니, 의사가 있으면 사람을 보내어 인수해가라고요⋯⋯ 그래 학교에서 그것을 다시 찾아와 한동안 음악 수업 기재로 사용해오다 55년인가 56년쯤엔 물건이 너무 낡아서 교재 창고에다 처박아두게 되었는데, 그걸 방 선생님이 학교에 청을 넣어 당신의 유자섬 거처로 옮겨다 지금껏 소중히 보관해오신 거라고요. 그런데 아버지께선 그해 겨울에 이미 할아버지를 따라서 이곳을 떠나셨으니, 그런 뒷날의 일들은 알고 계시질 못하셨던 거지요. 물론 그 이 교장이나 그를 따라간 여선생이 유치산 동굴 진지에서 함께 군가 투쟁을 하다가 마지막엔 그 유서 깊은 풍금만을 남긴 채 두 사람 다 장렬한 최후를 맞게 됐다는 사실도요.

— ⋯⋯

이미 어렴풋이 예상해온 일이긴 했지만, 그리고 동우 놈이 그것을 대단한 순절이나 되듯이 떠벌리고 있었지만, 녀석에게 실제로 그 이 교장과 여선생의 마지막을 전해 듣자 종선 씨는 이미 오래전부터 이 세상 사람이 아니었던 고인들의 뒷소식에 새삼 헤아릴 길 없는 부재감과 허망스러움이 밀려왔다. 그래 그저 망연히 먼 기억들만 좇고 있는데, 동우 쪽은 계속 열에 들뜬 목소리로 그를 채근해오고 있었다.

— 그런데 이곳 사람들 말씀이 그 풍금 일도 방 선생님보다는 아버지 쪽에 더 인연이 깊을 거라는 겁니다. 그만큼 아버진 늘 그

풍금과 여선생 주변을 맴도시며 노래 연습을 많이 하셨고, 그 때문에 그 여선생과도 못 잊을 추억거리가 많으실 거라고요. 그러니 자기들은 늙은 방 선생님께 무슨 봉변을 당할지 몰라 엄두를 못 내지만, 아버지라면 어떻게 그 어른의 마음을 움직이게 하실 수도 있으실 거라고 말입니다. 그분들의 정의롭고 순명한 생애와 죽음, 특히 그 아버지의 척박한 유년을 곁에서 뜻있게 가꿔주신 여선생의 아름다운 삶과 죽음을 위해서라도 아버지께선 이 일을 모른 척하실 수는 없으신 것 아닙니까? 부디 제 소청을 물리치지 마시고 방 선생님을 한번 찾아 만나주십시오…… 기다리고 계시면 제가 일간 모시러 갈 테니까요.

— 이참에는 더덕 쳐내고 아편이나 둬 마지기 심거볼 염사 없어? 해보겠다면 나 앵속 씨를 원하는 대로다 구해다 줄 요량이니께 말여!

포전 건너 김가 위인이 또 아침 녘 들일을 나가다 밭둑에 지게 작대기를 짚고 서서 심통스런 참견을 해오고 있었다. 동우가 며칠 안에 다시 아비를 데리러 올 것 같아 그 안에 대충 더덕포 일이나 마무리를 지어놓을 양으로 아침 일찍부터 기를 쓰고 나대다 잠시 담뱃불을 붙여 물고 쉬어 앉았던 참이었다.

— 자네 여편넨 뭐시냐, 요새도 아침 끼니 짓다 말고 고쟁이 가랑일 여는가. 허구한 날 선밥 먹고 아침부터 선소리나 하고 돌아댕기게 말여!

무슨 작목이건 파종 때부터 결국엔 실패를 보게 될 때까지 그의 밭일엔 짓궂게 배를 채고 다니는 그 위인의 못된 심통기를 종선 씨는 내처 고개도 돌리지 않은 채 역시 실없는 악담으로 천연덕스럽게 되받아쳐 넘겼다. 그러나 대복 씨는 이웃사촌 소리가 무색할 만큼 남의 속을 뒤집어놓는 데도 도가 튼 위인이었다.

— 나는 선밥이라도 감사하고 지내서 다행이제만, 한평생 두고두고 너무 곱게 익은 밥만 넘보다가 아예 밥그릇까지 잃는 꼴이 될성부른 딱한 인사가 있어 걱정이제…… 으째, 아편이 맘에 안 들믄 천남성이나 영란초 같은 독초들을 심거서 나물거리로 내보는 게? 이도 저도 도대체 손을 불러 모을 수가 없다믄 자네가 해볼 것이라곤 인저 독초 작물 같은 것밖에 더 있겄어. 자넨 선친 때부터 독초목포전도 가꿔온 터고 말여. 요즘 사람들 오장육부가 말짱 농약으로 찌들었다니께 웬만한 독기 따윈 지져 덮쳐 발라도 벨랑 위험할 것도 없을 테고……

위인은 양보할 기미가 조금도 없었다. 근근이 어떻게 배창새기나 채우고 살아온 주제에 제 팔자는 한평생 무얼 중뿔나게 내놓을 게 있다고 종선 씨는 더 이상 맞대거리를 하고 싶은 생각이 없었다.

그는 위인이 무슨 소리를 지껄여대든 더 상대하지 않고 못 들은 척 다시 더덕포 앞에 세워둔 경운기로 올라가 앉았다. 그동안 삽이나 괭이질로 일을 하다 보니 작업 진척도 늦고 엉겅퀴들도 귀찮아져, 더덕과 엉겅퀴들을 한몫에 갈아엎어버릴 요량으로 그동안 할 일 없이 창고에 처박아둔 구식 경운기를 다시 몰고 나온 그였다. 어차피 수확을 다 포기한 마당에 더덕 뿌리가 상해나가는 건 이제 괘념할 바가 없었기 때문이었다.

그런데 이번에는 경운기 손잡이를 거머쥔 손에 좀체 힘이 오르질 않았다. 엔진과 바퀴의 진동이 그대로 손과 몸을 뒤흔들어 자세를 제대로 잡아나갈 수 없었다. 그는 이내 다시 경운기의 불을 끄고 김대복이 지나쳐간 밭둑 가로 나와 앉았다. 동우가 집엘 다녀간 뒤부턴 밭일품 노릇이 계속 그 모양이었다. 게다가 전날 저녁 녀석의 전화질 탓인지 이날은 그 손길과 마음이 유난히 더 헷갈리며 자꾸만 옛일들을 더듬어들곤 하였다. 그만큼 지금의 자기 몰골이나 밭일 꼴들이 하잘것없어 보이고, 지나온 세월이 허망스럽기만 하였다.

어찌 생각하면 그 김가 놈의 조소거리가 되고 남아도 쌀 일인지 몰랐다. 아버지 황 노인이 그 불의의 사고로 세상을 뜨고 나자, 그 얼마 전에 군복무를 마치고 돌아와 아직 일손도 채 익히지 못한 그에게 남겨진 것이라곤 허름한 오두막 한 채와 몇 년에 걸쳐서 집 주변에 사들인 여섯 마지기의 텃밭, 그리고 그 텃밭을 차근차근 채워나가고 있는 산야초목포가 전부였다. 배운 것도 많이 모자라고 의지할 친척 하나 없는 그에게 오직 그밖엔 다른 것이 아무것도 없었다. 노인의 행적이 워낙 그런 식이어서 제 몫으로 따로 마련해온 재물은 물론 앞일을 함께 의논해갈 가까운 이웃조차 없었다. 종선은 혈혈단신 제 젊은 육신 하나로 오직 그 몇 마지기의 땅뙈기에 힘껏 매달려 사는 수밖에 없었다.

처음엔 미련하게 보리나 콩, 고구마 따위의 곡작물 농사만 철철이 일삼다가, 한 해 두 해 차츰 해가 바뀌어가고 요령이 들면서부터는 땅의 효율을 높이고 소득을 늘리기 위해 소나 돼지 같은 가축을 함께 기르기 시작했다. 다시 몇 해가 지나고 얼마간 힘이 펴면서부터는 딸기나 참외, 토마토, 포도 같은 원예작물들까지 시험재배를 시작했다.

그의 끈질긴 정성과 성실한 근면성은 그런대로 서서히 빛을 보기 시작했다. 그는 이런저런 이웃들의 칭송과 부러움을 함께 사면서 새로 얼마간씩 토지를 사 보태기도 하였고, 때로는 관내 농협이나 농촌지도소 같은 기관들의 과분한 도움을 받기도 하였다.

그러다 그는 마침내 소망하지도 않았던 농가소득 증대사업의 모범일꾼으로 선정되어, 농협과 지도소 같은 유관기관들의 지원 속에 마을에서 제일 먼저 비닐하우스를 둘러치고 경운기까지 들여놓은 새 영농 선도자의 혜택과 영예까지 누리게 되었다.

일테면 그는 그 유관기관들의 새 영농법과 융자금을 지원 받아 본격적인 대규모 시범 영농을 시작한 셈이었는데, 호사다마 격으로 실은 그게 외려 화근이었다.

이때부턴 일이 혼자 노력을 쏟아올 때보다도 오히려 실패만 거듭했다. 딸기나 수박, 고추나 마늘 같은 원예 소채 작물류들을 좀 나수 심어놓고 보면, 그해 따라 하필 원근 지역들이 수확량이 넘치거나 출하 조절이 잘못되어 손해를 보기 일쑤였고, 앞서가는 영농의 시범을 보인답시고 남의 땅까지 장기 임차, 포도나 사과 같은 속성 과수류를 심어놓고 몇 년씩 기다려보면, 어느새 여기 저기 온 나라 산야가 유실수 천지로 변하여 첫 수확부터 오히려 처치 곤란이 되곤 하였다. 뽕나무 묘목을 구해다 심고 몇 년을 기다려 겨우 누에를 치게 되나 싶으면 일본인가 어디에서 때를 기다렸다는 듯 고치 수입을 안 해가 그야말로 상전이 다시 벽해로 변해가는 꼴이었다.

한마디로 정부 관서나 농사 관계 기관에서 권장한 새 수입 사업이라는 건 거의 한 가지도 수지타산이 안 맞았다. 예상수지 전망이 맞아떨어지기는커녕 털어 부은 밑천을 건져내기조차 힘들었다. 돼지를 길러놓으니 돼지고기 값이 폭락하고, 당국의 장려책에 따라 비육우입식을 서둘러놓고 보니 어린 송아지가 채 성우가 되기도 전에 당국의 농정 시책이 이리저리 바뀌다가 종당엔 그마저도 다 흐지부지되고 말았다.

하다 보니 세월과 함께 쌓이느니 실망이요, 느느니 빚이었다.

젊은 혈기의 종선은 뒤늦게나마 그 정부나 지도소 같은 곳들의 말을 더 믿고 따를 수 없었다. 그런 곳은 애당초 어려운 농사일이나 농사꾼을 위해서보다 그 기관 사람들의 생계 마련책으로나 세워진 곳이요, 그래 그곳에 제 밥줄을 대고 있는 위인들은 당연히 자기들의 월급 마련에 이로운 쪽으로 일들을 처결해나갈 수밖에 없을 거라는 공분 조 반감과 뼈아픈 후회뿐이었다. 그는 설령 누군가가 진정으로 농사꾼들을 위하고 농사일을 열심히 살펴준다 하더라도 제각기 나름대로 이해가 다를 수밖에 없는 온 나라 방방곡곡 농사꾼들의 처지를 골고루 다 공평하게 살펴주고 그 이득을 챙겨줄 수는 없으리라는 무력하고 체념적인 자기각성에 이른 것이었다.

그는 결국 자신의 농사일은 제가 제 힘과 지혜를 짜 모아 자신이 모든 것을 책임지고 챙겨나가야 한다는 결론에 이르렀다. 그리고 그는 다시 이를 악물고 그 결심을 실행에 옮길 방도를 찾기 시작했다.

그런데 그 황종선 청년 앞에 돌아가신 노인이 남기고 간 묵은 산야초목포전이 하나의 큰 희망이자 든든한 디딤돌로 솟아올랐다.

다름 아니라 종선 씨는 이때부터 일반적인 가축 사육이나 원예 작물 재배 같은 데서는 손을 떼고 곡물 농사도 근근이 가계나 꾸려나갈 정도만 남긴 채, 어린 동우의 양육이나 학비 마련 같은 일은 대개 그의 아내의 책임으로 맡겨두고, 자신은 오르지 그 산야초목포 일에만 전념하기 시작한 것이다. 남의 눈길이 아직 미치지 않은 농사, 남이 쉬 할 수 없는 희귀한 특작물 재배, 그것도 점차 소득이 나아져 지역특산물이나 생약제, 건강식품 들에 대한 수요가 서서히 늘어가는 저간의 별식 선호 풍조를 남 앞서 내다보고, 그 의당한 신토불이(身土不二)의 섭생법, 우리 전래의 고유한 섭생법을 이 땅에 다시 심어나갈 독자적 영농법을 자력으로 성공해 보이고 말겠다는 야심에 찬 결의에서였다.

그는 첫번째로 재래 희귀 산야초들, 흰색 산작약이나 백선, 개미 머리, 천마, 금낭화 따위를 먼저 넓고 기름진 재배포로 옮겨 심고 그 씨앗과 뿌리들로 포기를 크게 늘려나갔다. 그것은, 돌아가신 노인이 유일한 유산으로 거기 묻어두고 간 그 귀한 지혜의 씨앗을 당신의 후계자이자 비로소 진정한 농사꾼이 되고 싶어 하는 아들로서의 종선 씨가 뒤늦게나마 그 싹을 틔우고 포기를 성

장시켜 세상 사람들로 하여금 그것을 식용이나 약재로서뿐만 아니라 더없이 귀한 이 땅의 관상 화초로까지 취해가게 하여 그 진가와 소득을 함께 드높이자는 목적에서였다.

그러나 미리서 결과부터 말하면 이번에도 일이 별로 신통치가 못했다. 사람들이 아직 재래 산야초들의 진가를 대수롭지 않게 여긴 탓이었다. 그가 사람들의 평균적인 정서나 취미의 수준을 앞질러 간 허물 탓인지도 몰랐다. 산야초들은 대부분 포전 제자리에서 보아줄 이도 없는 꽃을 몇 년씩 피웠다 시들어갔다.

종선 씨는 끝내 다시 생각을 바꾸지 않을 수 없었다. 산야초포를 버려두고 이번에는 좀더 현실적인 여건을 고려하여 바야흐로 서서히 바람기가 일기 시작한 분재목류 쪽으로 눈길을 돌리기 시작했다. 노인이 약재용으로 캐어다 모은 교목류 중에서 홍매나 동백나무, 노송, 노간주 따위, 줄기가 단단하고 꽃이나 잎이 볼만한 수종을 골라다 뿌리와 줄기들을 곱게 손질하여 갖가지 보기 좋은 수형의 분재목으로 가꿔나갔다. 한편으론 팽나무, 탱자, 보리수 같은 인근에서 구하기 쉬운 다른 관상수들의 어린 묘목을 구해다 새 분재목 감으로 왜성재배를 시도하며 어느 때보다도 신중하게 기대 속에 시의적절한 수요기를 겨냥해나갔다.

그런데, 이번에는 또 그 시기가 거꾸로 너무 늦고 있었다. 나무들이 두어 해 동안 차분히 분재목으로서의 절제된 생명력을 조절해나가고 있는 동안 남쪽 해안가나 섬 지방들에서 동백과 소사나무 분재들이 트럭째 반출되기 시작하고, 인근의 산야에서도 느릅이나 자귀, 주엽 같은 나무 들이 씨가 다 말라나가는 판국이었다.

사람의 일이란 처음에 한번 불운의 갈고리에 코가 꿰이고 보면 그것을 다시 벗어나기가 좀체 어려운 모양이었다. 이후로도 종선 씨는 하는 일마다 낭패요, 손대는 일마다 남 뒷걸음질뿐이었다. 산야초와 분재목 재배에 거듭 실패를 보고 나서 한동안 마음의 의지를 잃고 맥이 풀려 지내던 끝이었다. 때마침 시장에 나도는 소채들에 농약 공해가 너무 심하다는 걱정들이 분분했다.

종선 씨는 다시 한 번 마음을 고쳐먹고 그로부터 몇 해에 걸쳐 깨끗한 산부추와 들달래 밭을 보기 좋게 넓혀 일궈놓았다. 하고 보니 이번에는 비닐막에서 대량으로 재배해낸 개량 달래, 타래들이 지천으로 온 장바닥을 뒤덮었다. 5, 6년 저쪽이던가, 다른 또 한 번은 어린 두릅순 나물을 즐기는 도회 사람들이 많다는 말을 그대로 곧이듣고, 두릅이라면 개두릅으로 알려져온 멍구나무(봉구) 순 향미가 더 고급이라는 데에 생각이 미쳐, 노인이 전에 몇 그루 구색 삼아 옮겨다 놓은 그 가시나무 가지를 잘게 잘라 포전 한쪽을 그 삽목으로 가득 채워놓은 일도 있었다.

그러나 종선 씨는 이번 역시 그 삽목들이 새싹을 피우고 다시 몇 년에 걸쳐 연한 줄기와 가시들이 제법 단단하게 굳어 여물 때쯤 되고 나선 그 철조망보다 사납고 완강한 가시 숲더미를 쳐내느라 다시 한 번 무진장 애를 먹어야 했었다. 그새 벌써 그와 비슷한 요량을 품고 한 충청도 고을 위인이 질은 좀 못하지만 번식력이 월등한 땅두릅 종류를 속성으로 대량재배해 내놓은 때문이었다. 처음엔 그래도 이만한 넓이의 수확쯤 내다 팔 데가 없을까

냐고 소경 제 닭 잡아먹듯 동네 인심까지 써가며 때를 기다렸지만, 그것도 한두 해 세월이 흐르다 보니 마땅한 때는커녕 이제 더 공인심을 쓸 데조차 어려운 지경이 되어갔다. 덕분에 그동안 공것을 실컷 즐겨온 동네 이웃들은 물론이고 그의 아내조차 나중엔 그 단골 찬거리에 지긋지긋 입에 물려 하는 눈치였다.

더 이상 두릅포를 드나든다거나, 후일을 도모하고자 공력을 보낼 수가 없었다. 어차피 때를 놓친 헛일이 되고 말았을 바엔 탐스럽게 자라 오른 새 나뭇잎들 꼴이라도 눈에 안 보는 것이 차라리 맘 편할 노릇이었다.

— 이보소, 자네도 인저는 그놈의 개두릅나물 무침에 진절미가 난 모양인디 말여, 내년 봄에도 또 시퍼런 두릅잎 똥 싸고 싶지 않으면 우리가 어째야 쓰겠는가……

그래 결국은 그 개두릅 일로 어언 네 해째나 허무한 봄철을 넘어서 가던 서너 해 전 어느 날 아침 조반상에 올려진 두릅나물 무침을 혼자서 고집스레 다 처치하고 난 종선 씨가 장성댁 앞에 문득 선언하고 나섰던 것이다. 그리고 그날부터 종선 씨는 그 억세게 얼크러진 멍구가시 숲더미를 파 엎어나가면서 손과 팔다리에는 물론 속에 지닌 가슴 깊이까지 수많은 찔림과 아픈 상처들을 함께 새겨나가야 했던 것이다.

일일이 그런 꼴이다 보니 종선 씨는 그쯤에서 아예 농사일을 작파해버린 쪽이 나았을는지 모른다. 거기엔 필시 그럴 만한 허물이 있게 마련이기 때문이었다. 제 요량만 믿고 너무 세상일을 멋대로 읽었거나 다른 사람들의 생각을 쉽게 앞서나가려 했거나, 또는 취향이 너무 고집스럽거나 그 야심이 너무 허황되었거나, 그도 저도 아니면 오히려 그 혼자 지레 공연히 헛 시류만 열심히 뒤쫓아 다니고 있었거나. 그런 점을 깊이 되돌아보고 자신을 단속했더라면 더 이상의 실패는 없었을지 모른다.

그러나 그는 끝내 고집을 버리지 못했다. 실은 그도 번번이 그런 점을 되새겨보고, 이번에도 그 두릅일로 그만 특작물 농사에선 손을 털고 싶었지만, 그래 봐야 그 나이에 달리 손을 대볼 만한 일도 없었고, 진득하게 미련을 삭여 넘길 여유를 얻을 수도 없었다. 오히려 그의 미련을 부채질하고 속을 깊이 끌어대는 일들만 자꾸 더 눈앞에 밟혀 들었다. 이번 참에 또 한차례 수확을 작파하고 만 그 헛더덕 벌이를 시작하게 된 것도 그런 아쉬움과 우연찮게 마주친 매력적인 기회 앞에 돌연 그의 마음이 들뜨고 만 탓이었다.

하니까 그 허망스런 더덕재배 놀음도 첫 시초부터 말하면 앞서의 두릅 때와 사연이 대개 비슷했다.

그 보기 싫은 개두릅포를 갈아엎고 나서 겨우 봄 한 철 지나고 난 저 서너 해 전의 여름철 어느 날.

종선 씨는 모처럼 전주 나들이를 다녀오던 길에 노변 일대에 보라색과 흰색의 도라지꽃밭이 즐비하게 잇대어진 것을 보게 되었다. 도회 지역에서 근자 근채류 소비가 늘어가는 바람에 일부 농촌에서 그 도라지를 집단으로 재배하여 적지 않은 수입들을 올리고 있다는 것이었다. 나들이에서 돌아오자 그는 그 도라지 밭에서 얻은 착상을 한 단계 더 전향적으로 발전시켰다. 도라지 정

도가 환영을 받는다면, 더덕벌이 쪽은 훨씬 더 승산이 컸다. 산더
덕은 예부터 향미나 약효가 산삼에 버금간다는 것이어서 단순 식
용 근채류인 도라지 따위와는 성가를 비교할 수 없었다. 그리고
무엇보다 그의 텃밭 한구석엔 오랫동안 묵혀 버려둔 바람에 뿌리
가 번질 대로 번진 더덕포가 남아 있어 종묘판까지 이미 마련돼
있는 셈이었다. 이리저리 서둘러 추이를 알아본 바 큰 도회지 근
방 촌락들에서도 그새 몇 곳 소문 없이 더덕포를 일구고 있다는
소리까지 있었다. 수요와 수익성에 그만큼 전망이 밝다는 증거
였다.

그는 거의 확신을 가지고 그 더덕벌이 농사에 착수해 들어갔
다. 씨를 받아 모으고 어린 뿌리를 캐어다 두릅을 쳐낸 텃밭에 새
더덕포를 조성해나갔다.

파종 상태나 작황 또한 그의 기대에 호응하듯 매우 순조로운
편이었다. 새로 싹이 터오른 건강한 더덕 순들이 달과 철과 해를
더해가면서 포전을 무성하게 뒤덮어나갔다.

종선 씨는 그 아릿아릿한 더덕 향에 취하여 2년 여의 세월을
새로운 꿈에 부풀어 지냈다. 새 포전을 늘리려 오래 묵혀온 산작
약밭을 더 미련 없이 설거지해버렸는가 하면 더러는 밀식된 묵
은 뿌리를 솎아내다 잔돈푼깨나 만들어 쓰는 재미를 누리기도
하였다.

그러나 본격적인 출하기에 즈음하여 새 뿌리들이 제대로 살이
올랐을 만한 3년째 되던 지난 초봄께. 그는 근동의 더덕 작황이
나 시황을 살펴볼 겸, 제법 느긋한 기분으로 아내까지 대동하고

읍내 나들이를 나간 일이 있었다. 그리고 그때 종선 씨는 기왕지사 안식구와 함께 짝 나들이를 나선 김에 한번쯤이라도 남의 손을 빌린 밥을 먹어보고 싶어 내장산까지 들어갔다.

그런데 종선 씨는 그 내장산 입구의 가겟길을 지나다가 한 가지 뜻하지 않는 광경에 가슴이 덜컹 내려앉고 말았다. 가겟집 진열대마다 칡덩이만큼씩 한 더덕 뿌리가 무더기무더기 즐비해 있었던 것이다. 게다가 그 더덕들의 산지와 교활한 유통 방법이 그를 더욱 아연하게 만들었다. 종선 씨의 간청에 못 이겨 한 가게 주인이 털어놓은 얘긴즉, 더덕들은 거개가 물 건너 중국에서 싸게 들여온 수입물이라는 것이었다. 더욱 놀라운 일은 그 중국산의 가격이 국내산의 절반 정도도 못 되어 근자에 이르러선 국내 시장을 온통 다 휩쓸고 있는 형편인데, 일부 장사꾼들은 그 수입 더덕을 국내산으로 둔갑시켜 떳떳치 못한 이익까지 챙기고 있다는 것이었다. 떳떳지 못한 돈의 출처를 숨기기 위해 은행을 여러 번 거치는 것을 돈세탁이라 한다더니, 그 수입 더덕이 이젠 산골짝까지 대량으로 밀려들어 쌓인 것도 일테면 본산지를 숨기기 위한 품질 세탁인 셈이라고 중국산을 형편없는 값에 들여와 국내산지 시장이나 큰 산 근처의 절간 앞 가게 거리 같은 곳을 거치면서 국내산으로 둔갑, 현지 산품 행세를 하고 있는 실정이었던 것이다.

— 더덕이고 도라지고 심지어는 고사리나 취나물까지도 국내산은 이제 볼 장 다 본 게요. 가축들 사료 값에 불과한 가격이나 그 엄청난 물량을 국내산으론 당해낼 재간이 없을 테니께.

가게 주인의 무심스런 푸념에 종선 씨는 차츰 눈앞에 노랗게 변해갔다. 이번에야 설마하면…… 기대가 한창 부풀어 오르던 참에 예상치도 못했던 사태로 하늘이 무너져 내리는 기분이었다. 그는 모처럼 벼르고 나선 외식도 포기한 채 그길로 정신없이 길을 되돌아오고 말았다. 그리고 바야흐로 새순이 돋아나고 있는 그 대망의 더덕포를 그날로 반 나마나 요절내고 만 것이었다.

어찌 생각하면 그가 지레 너무 낙망하고 일을 경솔하게 그르치고 나선 것인지도 몰랐다. 하지만 그는 이제 손해가 크고 작고 따위는 문제가 아니었다. 그놈의 시기를 번번이 잘못 짚고 나선 것이 문제였다. 중국산 농산물의 무절제한 수입에 더해 텔레비전 같은 데서 지껄여져 나온 소리들은 그를 새삼 더 허탈하고 맥 빠지게 만들었다. 정부의 농업 정책은 오히려 믿지 않는 게 상책이다. 정부의 시책이나 유관 단체들의 권고는 거꾸로 받아들이고 엇가는 것이 이익이다…… 종선 씨는 진작에 그런 생각이 많았고, 그래 근래엔 혼자 경험과 요량으로 일을 경영해온 터였지만, 그러나저러나 결과는 매한가지였다. 그의 세상읽기와 시류짚기 요령 역시도 바보 멍청이 노릇 허사만 일삼기는 어차피 마찬가지였다.

요컨대 그는 이제 아무래도 운이 더 닿지 않는 것 같았다. 그에게서 한 번 떠나간 운세가 다시 돌아와줄 것 같지 않았다. 그것도 이미 오래전에 자신 곁을 떠나버린 운세였다. 그런저런 낭패를 거듭해온 사이 이제는 육신까지 나이를 훨씬 앞질러 늙어가고 있었다. 그런 육신과 쇠락한 마음새로는 다시 어디 대들어볼 만한 일거리도 없었다. 돌이켜보면 그렇듯 씁쓸하고 허망스런 기분은 저 80년대 초반 녘 어느 날 그가 마지막 민방위훈련을 마치고 돌아오면서 혼잣속으로 경험했던 서글픈 느낌과도 비슷했다.

이런저런 요령을 써서 힘든 군복무를 피해나간 사람들이 많은데도 두어 해 동안이나 때를 모르고 넘긴 신검기피의 사실을 알고 나선 제물에 겁을 먹고 덜컥 입대부터 자원하고 나선 것이 그 기나긴 줄서기와 명령 받이 놀음의 사슬에 코가 꿰이게 된 시초였다. 3년간의 현역 복무에 뒤이은 일주일 동안의 제대병 영농 교육과 1년 뒤에 재소집된 2주일 동안의 근무 소집 훈련까지 착실히 다 마치고 나왔을 때는 다시 무슨 제복이나 줄서기 같은 일과는 이별인 줄로 알았다. 그런데 또 거기서 얼마 안 가 예전의 영농 교육이나 근무 소집 교육 대신 새 예비군 제도가 생겨나 그는 다시 달거리 요란한 얼룩무늬 제복 차림에, 나오라 붉은 무리 침략자들아…… 우렁찬 예비군가 합창 속에 10년 가까이 소집과 동원 훈련을 나다녀야 하였다. 예비군 복무기가 거의 끝나갈 무렵 해서는 때를 기다리고 있었듯 '어제 용사들이 다시 뭉쳐' 나선 민방위 제도가 새로 탄생하여 달마다 철따라 제 나이를 모르는 향토 역군으로 방재·방공 훈련의 선두에 나서야 하였다. 한 가지 동원 조직에서 벗어나고 보면 바로 그의 나이 대에서부터 또 다른 새 제도가 계속해서 생겨나 그는 어느 다른 나이 층보다 두 번 세 번 겹치기로 지겨운 줄서기 노릇이 불가피하게 되었고, 나아가 그 끝없는 동원과 줄서기의 굴레 속에 그는 언제까지나 제 인생을 계속 묶여 살게 될 것 같기만 하였다……

이 민방위 나이까지 지내고 나면 이번에는 또 무슨 알량한 새 제도가 생겨나려는고. 종선 씨는 때로 그런 짜증스런 체념 속에 설령 그의 소중한 생애의 한 부분이 몽땅 잘려나가는 꼴이 될망정 남은 어느 한 시절이라도 좀 맘을 편히 펴고 살 수 있게 그 민방위나 또 다른 동원 대상기의 나이를 한꺼번에 훌쩍 먹어 넘어서버리고 싶기도 했었다.

그런데 그날 마침내 쉰둘의 나이로 마지막 민방위 훈련을 마치고 나니, 그는 아닌 게 아니라 이제는 그 인생에 무슨 새삼스런 계량을 지녀보기조차 힘이 들고 부질없어 보일 만큼 몸과 마음이 폭삭 다 늙어버린 기분이었다.

— 왜 그토록 진절머리 내쌓드니, 그 나이가 다 지나고 보니 맘이 외려 서운허요? 그렇게 맥이 없고 풀기 빠진 몰골을 하고 오시게?

그날 아침 아내의 무심스런 듯하면서도 뼈가 박인 푸념 투에 종선 씨는 그렇게 흔적 없이 지나가고 만 세월이 얼마나 덧없고 허망스럽기만 했었던가. 그리고 문득 그 아버지 황 노인의 바람기, 당신 자신도 그걸 못내 저주스러워하면서 스스로 그 충동에서 벗어날 수가 없어하던 그 사나운 갯바람기가 새삼 얼마나 부럽고 그리워지고 있었던가.

작살난 더덕포를 대하는 심사도 대동소이했다. 그는 이번에도 마치 빈 들판만을 달려오다 어느 굽이에선가 예정도 없이 문득 그 거둔 것 없는 생애의 황량스런 모습과 마주 서게 되고 만 느낌이었다. 젊었을 한때 제법 운이 뻗치던 시범농 시절부터 늙은이가 다 되어간 지금까지 그 앞에 남아 있는 거라곤 어두컴컴한 창고에 박물관처럼 즐비한 신구식 농기구들, 괭이나 삽, 호미, 지게, 서까래, 쟁기 따위의 재래식 연모들에서부터 분말분무기, 양수기, 탈곡기, 건조기, 경운기 같은 기술 장비에 이르기까지의 갖가지 폐농기구 물목과, 심었다 갈아엎기를 되풀이하면서 종묘판 삼아 얼마간씩 흔적을 남겨 묵혀둔 갖가지 작물들의 그 자연 전시포와도 같은 황량스런 넓이뿐이었다……

김대복의 비아냥을 그저 실없는 농지거리로만 들어 넘길 수가 없었다.

— 한평생 두고두고 곱게 익은 밥만 넘보다가 아예 밥그릇까지 잃을 성부른 딱한 인간……

위인의 소리가 그의 가슴 깊은 곳을 베고 지나가는 것 같았다. 위인을 나무라거나 허물할 생각은 더더욱 생겨날 수가 없었다.

일이 거기에 이르고 보니 종선 씨는 전가(傳家)의 묘방을 찾은 아들 동우 놈에게로 급히 생각을 달려갔다. 주변사가 고단하고 암담스러울 때마다 자주 있어온 일이었다. 녀석이야말로 그의 하잘것없는 생애 가운데서 그런대로 제법 쓸 만하게 일궈놓은 유일한 보람이요. 언제나 신선한 기운 속에 되살아나는 해변학교 시절의 소중한 추억과 함께 두고두고 잊지 못할 마음의 의지였다. 녀석 하나라도 그만큼 사람 구실을 하게 해놓은 것이 그로선 무엇보다 다행스럽고 흐뭇했다. 이런 때 그에게 마음을 의지하고 위안을 구하는 것은 너무도 의당하고 자연스런 일이었다. 더욱이 제 아비의 처지가 이렇고 심기가 이런 판에 녀석이 때맞춰 나타나 옛 고향 고을 일이라도 떠올려주고, 뒤이어 전화로 웬 도움까지 청해준 것이 종선 씨로는 새삼 고맙고 든든하기 그지없었다.

종선 씨는 애써 그 흉한 더덕포 쪽에서 눈길을 피해 앉은 채 동우 놈의 일들을 되짚어나가기 시작했다. 기운이 팔팔한 그의 젊음과 사려 깊은 중정을 대견해하고, 그가 손대고 있는 교지의 일을 걱정하고, 그리고 그가 오랜만에 다시 상기시켜온 먼 해변학교의 추억에 시간 가는 줄을 몰랐다. 처지가 처진지라 그 어린 날, 해변학교의 아득한 추억이 이날따라 그를 더욱 애틋하고 하염없는 그리움에 젖게 한 것이다. 그중에도 유난히 더 심회를 절절하고 아프게 해온 것은 그 주인을 잃고 뒷날 옛 학교로 되돌아왔다는 이 교장의 풍금과 거기 얽힌 가지가지 사연들, 그리고 그 풍금의 주인과 함께 산을 따라 들어갔다가 영 세상을 등져가고만 여선생, 그 전정옥 선생에 관한 일들이었다.

종선 씨에겐 실상 그 풍금이나 여선생과 상관하여 동우나 누구에게도 아직 기미를 흘린 일이 없는 그에겐 그만큼 맘속 깊이 새겨진 은밀스런 사연들이 많았기 때문이었다. 그를 공연히 늘 가까이 맴돌면서 혼자 안타깝고 가슴 아파하게 했던 그 여선생과 두 남자 선생님과의 부끄러운 소문들, 그리고 이 교장과의 동반 입산 후문이 남긴 뒤늦은 의혹과 주제넘은 배반감…… 뿐이랴. 참아내기 어려울 만큼 위험한 상상과 불결스런 궁금증에 시달리면서도 지레 겁이 나서 감히 질투조차 엄두를 낼 수 없던 아버지 황 노인과의 예기치 못한 조우와 원망스런 사건들…… 그러고 보면 실상 그녀는 이리저리 번갈아가며 남정들의 마음을 홀려대는 몹쓸 요망기가 심한 여자였는지도 몰랐다. 그런 깐엔 또 어느한 가지도 앞뒤 곡절이 석연하게 드러난 일이 없이 — 심지어는 그 교장과 산으로 들어가기 전에 마지막 붉은 노래들을 가르칠 때까지도 — 그녀는 늘 부드럽고 밝고 구김 없는 웃음기를 잃지 않는 얼굴이었다. 그리고 이제 와선 그 모든 것이 외려 더욱 애틋하고 그리운 모습으로 그의 가슴을 채워오고 있는 것이다. 하지만 그래 더욱 누구에게도 털어놓기 저어되고, 그럴 수도 없던 사연들……

— 그러니 네가 어찌 알랴. 어찌 그걸 알고 그 풍금의 일을 거론하랴. 그 풍금의 깊은 사연을. 내 속에 혼자 품어온 그 풍금과 여선생과의 일들을. 그 여자가 풍금 앞에 앉아 있을 때마다 늘상 그 긴 파마머리채에서 은은히 풍겨 나오곤 하던 정결스런 향수 냄새를. 그 황홀한 냄새가 되레 그녀를 얼마나 멀게 느끼게 하고 이 애비를 절망스럽게 했던가를……

동우 녀석은 짐작조차 할 수가 없을 것이었다. 그래 녀석은 잘못 알고 있을 것이었다. 교장과 풍금과 여선생과 제 아비를. 그 방 선생의 임시분교 시절을 포함한 학교와 그 시대의 모든 일들을. 녀석의 일이 잘못되어갈 수밖에 없었다. 그리고 그는 그런 녀석의 일을 가만히 두고 볼 수가 없었다.

그는 어디선지 그 전정옥 선생의 머리칼 향수 냄새가 문득 코 끝을 스치고 지나가는 듯한 아슴한 느낌 속에 갑자기 몸을 불끈 일으켰다. 이제는 거기 더 그러고 앉아 있을 수가 없었다. 더덕 밭일 따위는 이제 안중에도 없었다.

— 그 교장의 풍금까지 되돌아와 있는 마당이라면……

그는 경운기까지 그대로 밭 가운데에 버려둔 채 집을 향해 서둘러 밭둑길을 건너갔다. 그리고 시늉뿐인 그 사립문을 들어서는 길로 정제간에서 그제사 아침 설거지를 끝내고 나오는 늙은 아내를 향해 불시에 길나들이 채비를 시켰다.

— 나 지금 나들이옷하고 노잣돈 좀 챙겨주어. 그 뭐시냐, 동우놈 전화 말여. 아매도 녀석을 즘 거달어줘야 헐 일이 생긴 모양인디 그쪽에서 다시 성화를 대고 쫓아오기 전에 애비가 미리 가봐주는 게 나을 것 같으니께……

3. 젊은 교장과 여선생과 풍금

교장과 여선생은 산으로 들어가 원혼이 되고
주인 잃은 풍금만 돌아왔다.

—허허…… 이게 네 에미다. 인제부텀은 이게 네 새에미란 말
이다.

아버지는 점점 깊은 바다로 배를 저어 나가면서 거친 웃음소리
속에 그 '새에미' 소리만 연거푸 외쳐댔다. 여선생은 그 아버지
의 배에 실려 강제로 바다로 끌려 나가면서도 왠지 바닷물로라
도 뛰어들어 배를 뛰쳐 나오려기는 고사하고, 겁을 먹거나 놀라
는 기색 하나 없이 물가에 서 있는 그를 멀거니 건너다보고만 있
었다.

—아니라요. 그건 우리 선생님이여요. 새엄니가 아니란 말여
요. 우리 선생님을 내려줘요!

몸이 떨리고 가슴이 터질 것처럼 애가 타는 건 이쪽 물 끝의 어
린 종선이 자신뿐이었다. 떠밀리듯 거리가 멀어져가는 선생님을
바라보며 속수무책 발이나 구르며 안타까워할 뿐 목소리조차 제

대로 뱉어낼 수가 없었다. 그의 절규는 답답하게 목구멍 깊이 갇혀 맴돌고 있을 뿐인데, 노를 저어 나가는 아버지의 웃음소리는 뭍에서 멀어질수록 더 크게 울려왔다.

— 이놈아, 이 여자가 네 에미여. 네 새에미. 허허허……

웃음소리에 짓눌리듯 숨결이 몹시 답답해지다 마침내 생기침을 토해내며 깨고 보니 실없는 가위눌림이었다. 예의 그 갯바람 꿈이었다.

종선 씨는 제물에 좀 싱거운 생각이 들어 얼굴을 매만지며 정신을 가다듬고 보니, 아닌 게 아니라 왼쪽 차창 밖 소나무 숲 사이로 그새 먼 옥빛 봄바다가 언뜻언뜻 스쳐 지나가고 있었다. 오후 3시께 광주에서 버스를 탄 지 두어 시간 만이었다. 회령포구를 종점지로 잡아 나선 버스가 한가한 포장도로를 예상보다 빨리 달려온 바람에, 종선 씨는 나주와 영산포 근방을 지나면서 나른한 졸음기에 잠시 눈만 붙이고 있다는 것이 어느새 장흥과 관산읍까지 지나쳐 마지막 해안도로를 접어들고 있었다.

바다가 내다보이면 회령포구는 지척 간이었다. 만처럼 굽어 들어온 득량바다의 한 자락을 외로 끼고 20리 남짓 천관산(天冠山) 기슭길을 타고 돌아 들어가면 대흥(大興)이요, 거기서 다시 맞은편 해변도로로 10리가량 달리면 그의 옛 모교 — 새로 옮겨온 — 이자 동우의 학교가 있는 회령리 포구였다. 그렇듯, 갯내까지 완연할 만큼 바다 가까이에 이르렀으니 갯바람 꿈인들 안 꾸어질 리 없었다. 더욱이 그것은 아무 근거가 없는 허황스런 개꿈이라 웃어넘길 수도 없었다. 그건 실제로 그와 그 여선생과 아버지 황 영감이 함께 엮어낸, 그로선 퍽이나 절망스런 원망과 알수 없는 두려움이 앞을 서던 그 불가사의한 사건이 이날로 그런 안타까운 꿈으로까지 변해 나타난 것일 터였다.

……어머니란 여자가 홀연 자취를 감춰버린 뒤에도 변함없이 거친 갯바람기를 머금은 아버지의 성깔은 그 까닭 모를 팔씨름 놀음 이외에 그를 크게 괴롭히거나, 당신의 아들로선 그닥 두려워해야 할 바가 없었다. 그런데 그런 아버지에 대한 진득한 미더움이 오히려 더 괴로운 의구심과 원망으로 돌변케 한 사건이 생겼다.

애초의 사단은 어릴 때부터 누구에게선지 소리흉내 재주를 타고난 종선의 노래 솜씨가 그 전정옥 선생의 눈에 띄어, 담임반이 아니면서도 그녀의 각별한 귀여움을 사온 데에 있었을 터였다. 여선생은 언제부턴지 종선의 반 음악시간이나 전교생이 한꺼번에 교가 같은 것을 배울 때면 대개 그를 따로 불러 세워 시범 조 노래를 시키는 일이 많았고, 수업을 파한 뒤에 혼자 풍금을 치다가도 부러 종선을 불러다 그녀 곁에 세워두고 그에게만 특별히 새 노래를 가르쳐준 일이 흔했다. 그래 그는 나중 그렇게 남 먼저 배워준 노래들 가운데서, 「아기별 삼형제」로는 그 큰 산 밑 새 교사 준공 기념 학예회 때 독창을 하였고, '가을이라 가을바람'의 「가을」이라는 노래를 가지곤 전 학교 대표로 군내 초등학교 노래 경연대회에까지 참가하여 당당 2등을 입상을 해온 일도 있었다. 그리고 50년 여름의 인공 치하 시절에는 이 교장 인솔하에 그와 여선생이 군당부에서 시행한 '공화국 노래교육반'이란 델 참가

하여 여선생에게 미리 배워간 그쪽 「애국가」와 「×××장군의 노래」를 맘껏 뽐내 보인 외에 그쪽의 여러 군가 혁명가들을 새로 배워 돌아와 학교와 동네 사람들에게 널리 불러 가르친 일까지 있었다.

전정옥 선생은 일테면 그 학교에서 종선의 노래 소질을 시종 그만큼 아껴줬고, 그의 학교 일이나 신상까지도 남다른 관심과 보살핌을 베풀어준 것이었다. 오후 늦게까지 지루한 수업이 계속되던 어느 날엔가 그를 짐짓 교무실로 불러 풍금 손질을 시키는 척하다가 자신은 배가 아프다며 넌지시 그녀의 새 도시락을 건네 먹게 한 일도 있었고, 싸락눈 바람이 몹시 사납던 어느 추운 겨울날엔가는 하굣길을 나서려는 그를 불러 세우고 그녀의 부드럽고 고운 목수건을 풀어 손수 그의 귓불을 따스하게 감싸 매준 일도 있었다.

그 여선생이 저 방진모 선생과 현직 군수님 자제라는 허 모 선생 사이를 오가며 한동안 불미스런 소문을 자아내다 방 선생 쪽이 마침내 학교를 흐지부지 그만둬버리고 난 뒤였다. 그리고 그때가 바로 저 49년 가을 녘 신축교사 준공 기념 학예회가 끝난 데 이어 종선이 새 학교를 대표해 군내 초등학교 노래경연대회엘 나가기 며칠 전 일요일이었다.

그날 오후 여선생은 자기 담임반 아이들도 없는 참나무골(일명 윗갯골)까지 10리 가까운 길을 걸어 예고도 없이 갑자기 종선네를 찾아왔다. 아마도 어머니가 없는 종선의 처지를 짐작하고 학예회 때조차 얼굴을 내비치지 않는 그 무심스런 아버지를 직접 찾아 만나, 며칠 뒤에 있을 노래경연 참가 사실이나 그에 필요한 일들을 미리 상의하고 단속하기 위해서였을 터였다.

여선생이 종선네의 그 비좁은 골목 안 집을 찾아 들어섰을 때는 방금 전에 종선과 늦은 점심 요기를 끝낸 아버지가 바로 저녁 나절 물질 차 갯가로 내려간 뒤였다. 집에 혼자 남아 있던 종선에게 사정을 전해 들은 여선생은 어쩌면 아직도 배가 떠나지 않았을지 모르니, 종선더러 구경 삼아 한번 갯갓길을 나가보자는 것이었다.

하지만 종선은 왠지 그 5리 길이 훨씬 넘는 갯가까지 여선생과 어정어정 함께 길을 내려가기가 몹시 어색했다. 아버지가 이미 배를 띄워 선창을 멀리 떠나가버렸을지도 걱정이었다. 그는 선생님을 혼자 천천히 뒤따라오게 하고 그 먼저 쏜살같이 아버지를 쫓아 내려갔다.

다행히 아버지는 아직 닻을 올리지 않고 선창께서 뱃바닥에 스며 고인 갱물을 바가지로 퍼내고 있는 중이었다.

— 아부지. 선생님이 오셨어요. 우리 학교 여자 선생님이 우리 집엘요. 지금 아부질 만나려고 이리로 오고 있어요.

아버지의 배를 발견하자 종선은 반가운 김에 우선 멀찌감치서부터 헐떡헐떡 그 선생님의 갑작스런 방문 사실을 외치며 아버지 쪽으로 달려갔다. 하지만 종선이 그 배와 가까운 방파제 중간목까지 이르러서도 아버지는 아직 그가 그토록 숨이 차 달려온 까닭을 알아듣지 못한 것 같았다. 물을 퍼대고 있는 그의 거동에 아무런 반응이 없었다. 누가 오든 가든 내 알바 아니라는 듯, 혹은 종선의 기척이나 소리를 아예 못 알아차린 듯, 몸짓이나 손길에 아무 변화가 없었다. 아들의 선생님을 맞을 채비는 더더욱 기미가 없었다.

아버지의 그런 무심스럽고 덤덤한 태도는 한 식경이나 지나서 아예 신발 한 짝을 벗어 들고 따라 나타난 그 여자 선생을 보고도 마찬가지였다.

— 선생님이 오셨어요. 지금 여기 우리 선생님이 말여요.

바로 등 뒤에 다가서 있는 여선생과 아버지 쪽을 번갈아보며 종선이 울상을 지으며 소리를 쳐댔지만, 아버지는 여전히 이쪽을 거들떠보지도 않은 채 어딘지 몹시 골이라도 난 사람처럼 무한정 그 물바가지질만 계속하고 있었다.

하지만 당신은 실상 들어야 할 것 보아야 할 것들을 다 듣고 보면서도 일부러 그런 식으로 무심스레 딴전을 피우고 있었음이 분명했다. 그리고 그 갑작스런 여선생의 출현에 당황하여 그녀를 어떻게 응대해야 할지를 혼자 곰곰이 궁리하고 있었는지 모른다. 닻을 올리거나 배를 저어 나갈 기색을 안 보인 채 더 퍼낼 것도 없는 물바가지질만 내처 몰두하고 있는 행색이 그런 증거의 하나였다. 그런 종선의 민망스런 짐작은 크게 빗나간 것 같지 않았다.

드르륵, 드르륵……

그의 바가지질이 이윽고 마른 뱃바닥을 긁어대는 소리를 내기 시작했을 때였다. 그가 마침내 물바가지를 내던지며 허리를 펴고 일어섰다. 그리곤 마치 길을 지나가다 잠시 발길을 쉬고 서 있는 이웃 사람이라도 대하듯 묵묵히 두 사람이 서 있는 축대 쪽으로 배를 저어왔다. 여선생에 대한 알은체는 물론 그 여선생이 뒤늦게 건넨 인사조차 제대로 받는 둥 마는 둥 반외면을 해버린 채였다.

하더니 그는 천천히 축대 중간쯤 서 있는 두 사람 앞으로 뱃머리를 대어놓고 그 선생에 대한 첫 인사말 대신 갑자기 이상하고 엉뚱한 소리를 건네왔다.

— 저 섬 뒤쪽엔 말을 할 줄 아는 물괴기들이 살고 있제.

한 손에 노를 쥐고 다른 한 손으론 멀리 수평선 쪽 엷은 해무 속에 떠 있는 대구(大口)섬께를 가리키면서였다.

— 내가 그 물괴기들이 물 위로 올라와 사람 말을 하면서 노는 것도 봐뒀시니께.

아버지가 다시 말했다. 그리고서 그는 왠지 성이 난 사람처럼 한동안 여선생을 뚫어지게 쏘아보고 있더니 그녀를 문득 당신 배 쪽으로 손짓해 불렀다.

그런데 참으로 알 수 없는 일이었다. 아버지의 말은 종선이 듣기에도 분명 새빨간 거짓말이었다. 종선으로선 전혀 듣도 보도 못 해온 아버지의 거짓말이었다. 아버지가 그녀를 손짓해 부른 것은 아마도 그 섬으로 말하는 물고기를 구경 가자는 뜻 같았지만, 이해 봄철 소풍 때 이미 섬을 다녀온 종선으로선 그런 일은 더더욱 상상할 수가 없었다. 그 소풍 때 함께 섬을 다녀온 여선생에게도 그것은 도대체 말조차 안 돼 보일 실없는 헛소리였다. 아버지가 무엇 때문에 여선생을 상대로 전에 없는 엉뚱한 헛수작을 부리고 나서는지 종선으로선 아무래도 그 어둔 속셈을 헤아릴 길이 없었다.

하지만 종선이 정작으로 더욱 알 수 없는 일은 그때 그 예기찮은 여선생의 반응이었다. 바다 일에 대해선 그리 물정이 없을 여자라 자기가 이미 한번 갔다 온 뱃길인 것도 잊고 아버지의 그 실없는 소리를 곧이듣고 만 것일까. 아니면 뻔히 거짓말인 줄 알면서도 일부러 시치밀 떼 보이는 것인지도 몰랐다. 종선의 예상과는 달리 그 아버지의 말도 안 되는 소리에 여선생은 왠지 꽤 귀가 솔깃해하는 얼굴이었다. 아버지의 말에 싱거운 웃음커녕은 놀랍고 신기하다는 듯 진지한 표정 속에 혼자서 간닥간닥 고개를 주억이고 있었다. 그리고 마침낸 그 아버지의 손짓에 홀연 맘이 홀려버린 듯 스적스적 제물에 발길이 배 쪽으로 이끌려가고 있었다.

종선은 마치 자신도 무엇엔가 깊이 홀려든 기분이었다. 어이가 없기도 하였고 겁이 나기도 하였다. 선생님은 왠지 그 아버지의 알 수 없는 계략에 제 발로 속아 끌려들고 있음이 분명했다. 여자가 멋모르고 어떤 무서운 재앙을 쫓아 나서고 있는 것만 같았다.

아버지의 속셈은 알 수가 없었지만, 어쨌거나 그녀에게 그 아버지의 배를 타게 해서는 안 되었다. 전에 없이 이상하게 괴상한 거짓말로 사람을 홀리려 드는, 종선으로서도 어딘지 새삼 낯이 설어 보이기까지 한 그 거친 아버지와 그녀가 함께 바다로 나가게 해서는 안 되었다.

그는 자신도 모르게 한 발짝 급히 여선생 앞으로 나서며 그녀의 발길을 말리려 하였다. 하지만 그뿐 그는 금세 다시 배 위에서 멀거니 이쪽을 건너다보고 있는 아버지 앞에 더 이상 그녀를 말리고 들 용기가 안 났다. 그녀 앞에 아버지나 제 석연찮은 맘속을 뒤집어 보일 수도 없었고, 그렇다고 무작정 그녀의 옷자락을 붙들고 늘어질 수도 없었다. 무엇보다 그는 그 말 없는 질책기를 담고 있는 아버지의 눈길 앞에 갑자기 독침에라도 쏘인 듯 입이고 사지고 간에 말을 들어주는 것이 없었다. 아버지는 종선의 그런 속내를 알아차리고 아까부터 줄곧 그를 노려보고 있는 품인 데다 그새 여선생까지도 그 아버지의 한 손에 의지해 이미 뱃전을 넘어서고 있었다. 종선으로선 이도저도 다 속수무책일 뿐이었다. 더욱이 여선생은 그녀 혼자 아버지 쪽으로 배를 건너간 다음에도 종선 쪽에는 아직 별 관심을 안 둔 채 왠지 그 꿈을 꾸는 듯한 몽롱한 눈길을 예의 대구섬 쪽으로만 흘리고 서 있었다.

종선은 답답하고 두렵고 원망스러웠다. 하다못해 자신도 배를 함께 올라타고 선생을 쫓아가고 싶었지만, 그의 예상대로 미리 그런 기미를 알아챈 아버지가 그마저 지레 무참하게 윽박질러버렸다.

— 넌 여기서 그냥 기다리고 있어. 아니면 집으로 올라가 있든지. 난 선상님헌티 좋은 구경 시켜디리고 올 거니께.

그리고 아버지는 고구마 줄기를 뽑아들 듯 한손으로 가볍게 닻줄을 걷어 올린 다음, 다른 한 손으론 계속 빠른 손놀림으로 노를 저어 축대를 성큼 뒤로 밀어내버렸다.

— 이거 정말로 섬까지 가시는 건가요?

여선생은 그제서야 진짜 사정을 알아차린 듯 뒤늦은 불안기 속에 새삼 아버지를 돌아보고 물었으나, 이미 노질에 힘을 태우기 시작한 아버지는 이제 와서 그런 건 물어 뭣 하느냐는 듯 아랑곳이 없었다. 그리고 종선이 그렇게 보아 그런지 뒤늦은 불안기와 말없는 호소기가 번져 오르기 시작한 여선생을 실은 배는 그런 식으로 유유히 흰 물살을 가르며 섬을 향해 가물가물 모습이 멀어져가고 말았다.

그런데, 그 뒤늦은 놀라움과 두려움기 속에서도 왠지 아무 말을 못하고, 지레 혼자 겁에 질려 숨결만 가빠 오르고 있던 이쪽의 종선을 향해 그 말 없는 호소의 표정만 보내오던 그날의 그 여선생에 대한 원망과 안타까움이 이날 다시 차 속에서 생생한 꿈으로 재현되어 나타난 것이다.

—그 여잘 네 새에미로 만들어주랴, 허허…… 네놈이 그 여잘 썩 좋아하는 모양이든디…… 허허……

그 요술놀이 같은 뱃길에서 시뻘건 황혼 속으로 혼자 돌아온 아버지가 제풀에 공연히 눈알을 부라리며 얼러 매던 소리나, 까닭 없이 그를 두렵고 상심스럽게 하던 그 우악스런 웃음소리까지도 아직 귓가에 어제 일처럼 쟁쟁했다.

그러니까 그날 종선은 아버지가 정말로 섬 근처까지 멀리 배를 저어 나갈 때까지, 그리고 그 배가 끝내 섬 뒤쪽으로 가물가물 사라져 들어간 뒤에까지도 바닷가 축대 근처에서 배가 다시 돌아오기를 하염없이 기다리고 있을 수밖에 없었다. 하지만 배는 아무래도 다시 섬 뒤를 빠져나오는 기미가 없었고, 그러는 사이 어느

새 찬 저녁 갯바람과 함께 날이 저물어가고 있었다.

종선은 그 갯바람을 참으며 계속해서 기다렸다. 등줄기가 몹시 시리고 턱이 덜덜 떨려왔지만, 배가 돌아오는 걸 보지 않고는 아무래도 그 혼자 길을 돌아설 수가 없었기 때문이었다.

그런데 그새 곡절이 어찌되어서였는지 모른다. 갈수록 거칠어진 갯바람기를 피해 잠시 장말뚝 더미를 의지 삼아 몸을 웅크리고 앉아 있는데, 어디로 해선지 그 아버지의 배가 불쑥 눈앞까지 다가와 있는 게 아닌가. 게다가 여선생은 어찌된 것인지 배를 타고 돌아온 것은 아버지 혼자뿐이었다. 여선생을 섬에다 혼자 남겨두고 온 것인지, 아니면 어디 물목에라도 던져 넣은 것인지, 배위엔 아버지 한 사람의 모습뿐 여선생은 그림자조차 찾아볼 수가 없었다.

한데다 그 수수께끼에 대한 아버지의 설명이 더욱더 미심쩍었다.

— 어허? 너 여태까장 거기서 선상님을 기다리고 있는 게냐. 네 선상은 신발까지 벗어 들고 다시 물길로 걸어가시게 할 수 없어 내가 벌쎄로 회령리 선창까지 실어다 디리고 오는 길이다, 이 멍청아.

배를 내려오면서 종선이 아직 거기서 추위에 떨고 있는 것을 보고 아버지가 질책 투로 내뱉었다. 이를테면 그사이 당신은 섬을 다시 빠져나가 여선생의 숙소가 있는 회령리 포구까지 그녀를 실어다주고 온다는 소리였다.

종선은 물론 그 말이 쉬 곧이들을 수가 없었다. 먼 거리와 갯아

지랑이에 눈이 흐려 배가 섬을 빠져나가는 건 보질 못했다 치더라도, 아버지가 바다와 뱃길에 아무리 익숙한 사람이라도, 그새 그가 회령리까지 배를 저어 갔다 왔다는 건 도저히 믿을 수가 없었다. 선생을 섬에 혼자 남겨두고 왔거나 아니면 아버지도 어쩔 수 없는 어떤 불의의 사고를 당했거나, 여선생에 어떤 말 못 할 변고가 생긴 것만 같았다.

종선에게 모든 게 석연찮고 두려운 수수께끼였다.

하지만 아버지는 그런 종선의 속내까지도 훤히 다 꿰뚫어본 모양이었다. 그래선지 그가 그 파도가 깨지는 듯한 까닭 모를 웃음소리와 함께 느닷없이 내뱉어온 소리가 바로 그 '네 새에미' 운운의 느닷없는 토설이었다. 게다가 그 역시 어디선지 그 여선생과 두 남자 선생들 간의 얌전치 못한 소문을 얻어들은 듯, 공연히 가당찮은 시비 투까지 덧붙이며 종선을 다시 한 번 얼러왔다.

— 계집이란 누가 뭐래도 제 몸뚱이를 여자로 만들어주는 사내를 못 잊는 법이다. 헌디, 너의 핵교 선상님네란 놈덜은 무얼 허는 위인들이라더냐. 내 오늘 그 여잘 물구뎅이에다 집어 던져 용왕님 제사나 지내드릴까 했다만, 그 밴밴한 얼굴에 아직 제 배꼽 값도 못 챙긴 듯싶어 그냥 다시 온전허게 데려다주고 온 거다…… 그러니 네놈이 원하기만 헌다면 오늘 그 여자 허는 걸로 봐서 나도 방도가 그리 어렵진 않을 게다. 어쩔래! 그 여잘 차라리 네 새에미로 삼아볼 생각이 없었더냐. 허허……

여선생이 종선의 새어머니가 되다니. 늙고 거친 아버지의 여자가 되다니…… 도대체 어림 반푼어치도 없는 소리였다. 두 사람 사이에 섬에서 무슨 일이 있었든, 그녀를 아버지가 회령리까지 뱃길로 실어다주고 온 것이 사실이든 아니든, 그녀가 그의 새엄마가 되고 아버지의 새 여자가 된다는 건 애당초 상상조차 할 수 없는 일이었다. 그것은 여선생에게도 늙은 아버지에게도, 누구보다 언감생심 종선 자신에게도 도대체 가당한 일이 못 되었다.

그런데도 아버지가 무슨 생각에서 갑자기 그런 엉뚱한 소리를 지껄이는지, 종선은 그 컴컴한 속을 알 수가 없었다. 애초의 원인은 여선생이 선창께까지 아버지를 보러 갔다가 생각 없이 그를 덥석 따라나선 데에 있었지만, 종선은 그런 여선생이나 아버지의 속맘을 알 수가 없었기에 일이 더욱 난감하고 위태로워 보였다. 그는 그 아버지의 '새에미' 소리만 생각해도 공연히 혼자 겁이 나고 가슴이 심하게 두근거리곤 하였다.

그나마 일이 퍽 다행스러웠던 것은 종선의 깊은 원정과 의구심과는 달리, 그날 실상 여선생은 아버지의 말처럼 그리 큰 재액은 당하지 않은 것처럼 보인 점이었다. 얼마쯤 어려운 난경을 치렀다 하더라도 여선생이 그것을 별로 대수롭지 않게 여겨 넘기고 말았는지도 모른다. 아버지가 어디로 어떻게 배를 저어다 대어주었는지는 몰랐지만, 이튿날 종선은 그 여자 선생님이 여느 때와 전혀 다름없이 명랑한 얼굴로 다시 학교를 나오는 걸 보았고, 오후에 그 노래경연대회 일로 종선을 대해오는 태도에도 평소와 조금도 달라진 데가 없었다.

하지만 종선은 그것으로 그 두려운 수수께끼가 풀리고 마음이 편해질 수는 없었다. 그는 여선생과 얼굴을 마주칠 때마다 전에 없이 얼굴이 자주 붉어지고, 그날의 일이 머리에 떠오를 때마다 알 수 없는 질투로 가슴속이 달아오르곤 하였다. 그 여선생과 그녀를 좋아한다는 군수님 아들 허 선생, 그리고 그 거칠고 늙은 아버지, 모든 사람들이 원망스럽고 저주스럽기만 하였다.

그러나 여선생은 그날 이후로 그 일을 입에 올리는 일이 전혀 없었다. 입에 올리기는 고사하고 이미 까맣게 잊어버리고 있거나 아예 그런 일이 있지도 않았던 것처럼 종선 앞에 표정 하나 달라진 것이 없었다. 여선생 쪽에서 알은척을 않는 한 그가 먼저 말을 꺼낼 수는 없었다. 종선은 혼자서 끙끙 속을 앓는 수밖에 없었다. 그리고 그는 그런 식으로 그녀의 지도를 받아 그 「가을」이란 노래로 군내 노래경연을 치러냈고, 2등 입상의 영예까지 얻게 된 것이었다.

하지만 그 여선생의 덕을 입은 2등 입상의 영예도 그녀에 대한 의구심을 씻어줄 수는 없었다. 일이 그쯤 그럭저럭 끝난 게 아니었다.

여선생은 실상 아버지나 그날의 일을 잊고 있었던 게 아니었다. 노래경연을 다녀와 전교생 앞에서 한번 더 자랑스런 시상식을 가진 날 오후, 여선생은 종선 아버지에게 그 자랑스런 사실을 치하하러 다시 한 번 참나무골을 찾아온 것이다. 이번에는 종선의 남자 담임 선생님과 함께 종선을 앞세우고서였다. 그런데 그건 알고 보니 그저 종선의 입상만을 치하하려는 발걸음이 아닌 듯싶었다. 그것은 오히려 구실에 불과할 뿐 진짜 속셈은 아버지를 다시 만나보고 어떤 개인적인 부탁을 건네려는 데에 있었던 것 같았다.

예기찮게 선생님들의 방문을 맞은 아버지의 태도도 종선으로선 여태 전혀 예상을 못한 것이었다. 그 여자 잘 지내고 있다더냐…… 너희네 학교 그 노래 선상이란 여자 말이다. 생각나면 이따끔 그 여자 선생이 자기 여자나 자기 마음대로 할 수 있는 여자쯤 되는 것처럼 막된 소리를 던져와 종선의 가슴을 덜컥덜컥 내려앉게 해오던 아버지였다. 그런데 그 아버지가 정작 그 선생님들 앞에선, 특히 그 나이 어린 여자 선생님 앞에서 어찌할 줄을 모르고 우왕좌왕 허둥대고 있었다. 이거 참 세상에 귀헌 분들이 찾아오셨는디, 워낙에 허고 사는 꼴이 이래 놔서…… 부러 이리 어려운 걸음까징 마시고 저놈헌티 무슨 말씸이든 일러 보내도 되시는디…… 그나저나 어디 좌정부터 좀 하시고…… 손까지 부벼대며 지레 민망스러워하는 거동새가 그렇게 싹싹하고 고분고분할 수가 없었다.

그런 아버지 앞에 여선생은 또 반대로 좋은 일로 치하를 전하러 온 사람 같지 않게 이상하게 태도가 쌀쌀맞고 오만스러워 보였다. 이번에 종선이 상을 탄 것 알고 계시지요, 참 장하고 자랑스런 아드님이에요, 앞으론 아이를 더욱 잘 보살펴주셔야 할 거예요, 종선인 노래뿐만 아니라 다른 공부도 우수한 모범생이니까요, 종선의 장래는 아버지 하시기에 달렸다는 걸 아시고…… 담임 선생님에 앞서 그의 집을 찾아온 용건을 설명한 그 여선생의 어조는 치하나 축하보다 무슨 사무적인 통보와 일깨움 투에다 거의 일방적인 당부 조였다. 그리고 그녀는 부러 먼 길을 찾아온 사람답지 않게 이내 담임 선생님을 재촉해 자리를 일어서면서 뒤늦게 생각난 듯 썩 엉뚱한 부탁을 내놓았다.

— 그러보니 참…… 뵌 김에 한 가지 부탁을 드려야겠네요. 며칠 뒤에 노력도(老力島)까지 배를 좀 내주셨으면 하는데요. 거기섬 예배당에서 제가 풍금을 쳐드릴 일이 생겼는데 학교 근방에서 사람이나 배를 얻기가 쉽지 않아서 말씀이에요.

나중에 알고 보니 실은 그것이 그날 그녀가 먼 길을 찾아온 진짜 용건 같았는데, 시종 손을 부벼대며 쩔쩔매는 시늉뿐 자리를 일어서는 것조차 막아볼 엄두를 못 내고 있던 아버지에게 그 역시 무슨 부탁이나 의향을 물은 것이라기보다는 일방적인 요구나 명령에 가까운 어조였다.

그러니 뒷일은 말하나 마나였다. 종선의 짐작대로 아버지는 며칠 뒤 일요일 큰 산 밑 농장 방죽 너머에다 배를 저어다 대어놓고 다시 학교에서 방죽길로 풍금을 짊어져 내려다가 그 풍금과 여선생을 섬까지 실어 날랐다. 그리고 여선생의 일이 다 끝나기를 기다렸다가 해거름 녘쯤 그 여선생과 풍금을 다시 거둬 싣고 아침 녘에 건너갔던 뱃길을 되돌아왔다. 그런 아버지의 뱃길 울력은 그 한번만으로 끝이 난 것이 아니었다.

앞바다 일대엔 가난한 섬들이 많았고, 여선생은 그때부터 계속 그 가난한 섬사람들에 대한 풍금 소리 선물에 열을 내고 다녔기 때문이었다. 섬사람들의 주일예배나 결혼식과 같은 특별한 행사 때뿐만 아니라 노인들의 물렛방, 처녀들의 마실방 같은 데까지도 여선생은 가리지 않고 그 풍금 소리를 부지런히 끌고 쫓아다녔다. 나중엔 배를 내야 하는 섬 동네뿐만 아니라 학교에서 멀리 떨어진 뭍 동네들에까지 그 풍금 소리 선물을 다니느라 여선생은 거의 토요일이나 일요일도 쉬는 날이 드물었다. 그리고 그런 날이면 아버지도 번번이 당신의 바닷일엔 손을 놓고 그 여선생의 풍금 소리 적선 길을 함께 쫓아다녀야 하였다. 그것이 뱃길이건 뭍길이건 풍금을 져 날라가는 일은 언제나 아버지의 몫처럼 되어버리고 있었다.

하지만 아버지는 그것을 마다하거나 못마땅해하는 일이 거의 없었다. 이번에도 또냐? 젊은것이 대체 무신 풍악쟁이 바람이 들어서…… 나 말고 누구 다른 사람은 없다더냐 ─ 종선이 여선생의 전갈을 전할 때마다 아버지는 짐짓 좀 귀찮아하는 시늉뿐. 그녀의 주문을 나무라거나 무시해버린 일이 한 번도 없었다. 오히려 그것이 당연한 일이라는 듯, 그리고 그걸 으레 자기 일로 여기는 듯, 결국은 때를 좇아 소리 없이 집을 나서곤 하였다.

그 여선생이나 여선생의 일에는 사람이 달라진 듯 그저 충직스럽고 고분고분하기만 한 노인, 다른 때 다른 사람에게라면 도무지 상상조차 할 수 없는 아버지의 수수께끼 같은 행각이었다. 그 아버지와 무슨 마녀처럼 그를 함부로 부리고 드는 여선생 사이의 수수께끼 같은 행각이었다.

두 사람 사이엔 필시 서로 간에 깊이 알고 있고 믿고 있는 어떤 것이 있는 것 같았지만, 그리고 서로가 그것을 잊지 않고 있는 것 같았지만, 그 첫번 날 대구섬에서의 두 사람간의 일처럼 종선은 도대체 그것이 어떤 것인지를 알 수가 없었다. 그가 알 수 있는 것은 다만 두 사람 사이에 갑자기 사람이 달라져버린 듯한 그런 괴이한 변화가 생긴 것이 아버지가 그 대구섬으로 '말하는 고기' 를 구경시켜준다고 여선생을 꾀어 싣고 갔던 날 이후부터의 일이라는 것뿐이었다.

그래저래 종선은 그해 겨울로 접어들면서부터는 가슴이 답답해서 견딜 수가 없었다. 그 무렵엔 더구나 학교 선생님들 사이에서까지 그 여선생의 풍금 소리 적선 행각이 자주 점잖지 못한 입살에 오르내리고 있다는 소문이었다. 여선생이 그 일에 마음과 시간을 다 쏟고 지내게 되면서부터 그 군수님 아들 허 선생과의 숨은 사랑 놀음에 돌연 열이 식어가고 있어서 그가 크게 실망을 하고 분개한 끝에 드디어 앙갚음을 벼르고 있다는 것이었다. 자연히 그녀의 일을 거들고 다니는 아버지나 그 아버지와 여선생 간의 일까지 이러쿵저러쿵 곱지 않은 소문거리로 떠오를 수밖에 없었다. 답답하고 창피한 노릇이 아닐 수 없었다. 그것이 모두 제 허물이라도 되는 듯 이제는 그 여선생을 앞에 대하기조차 자신이 외려 부끄러워지곤 하였다. 선생님을 위해서도 이젠 더 입을 다물고만 지낼 수가 없었다.

하여 어느 날 종선은 느닷없이 여선생에게 물었다.

— 그 섬 뒤에서 정말 말하는 고기를 보았어요? 그때 아버지하고 배를 타고 건너가신 대구섬에서 말여요.

그날도 풍금 앞 여선생의 곁에서 혼자 '넓고 넓은 바닷가에 오막살이 집 한 채' 운운의 새 외국 노래를 배우다가, 그 선생님의 진한 머리칼 향수 냄새에 불현듯 노여움이 치솟아 오른 때문이었다.

그런데 그런 종선의 속마음을 아는지 모르는지, 더욱이 그가 오랫동안 마음속에 별러오며 혼자 지레 예상을 해온 것과 딴판으로, 여선생의 대꾸는 싱거울 정도로 심상하고 수월했다.

— 무슨…… 말하는 물고기?

선생님은 처음 그게 무슨 말인지를 알아듣지 못한 척 어리둥절한 표정을 지어 보였다. 그러다 이내 생각이 떠오른 듯 입가에 부드러운 미소를 띠며 은근히 되물었다.

— 그래, 내가 그걸 여태 너한테 말해주지 않았나 본데…… 넌 그게 속으로 퍽 궁금했었나 보구나?

굳이 종선의 대답을 묻고 있는 소리가 아니었다. 종선이 잠시 입을 다문 채 어정쩡해 있으려니 그녀가 또 갑자기 눈빛을 반짝이며 자답하듯 혼자서 설명을 이어갔다.

— 그래, 그 섬엘 가서 말하는 물고기들을 만나봤구말구. 만나서 함께 말을 하고 노래를 부르면서 서로 친하게 어울려 놀기도 했는걸. 나중엔 우리가 모르는 신기한 물속나라 비밀들도 다 이야기해줬구 말야. 종선이 아버지 말씀은 모두가 사실이었어. 종선 아버진 뭍사람보다 차라리 바닷사람에 가까울 만큼 바다나 바닷속 일을 훤히 알고 계셨거든. 그래 우리가 소풍을 갔을 때는 볼수 없던 물고기들이 종선이 아버지한테는 모습을 나타내준 거야……

여선생은 새삼 그 바다나 물속나라 이야기에 넋이 흘려들어간 듯 그 눈빛이나 목소리가 차츰 몽롱해져가고 있더니, 이윽고 다시 눈빛을 진지하게 고쳐 지으며 느닷없이 협박조 다짐을 해오고 있었다.

— 그런데 말야, 그 물고기들과 헤어질 때 녀석들이 내게 마지막으로 한 가지 다짐을 시킨 일이 있었어. 세상에서 혹시 말하는 물고기를 보았다는 말을 곧이듣는 사람이 있으면, 그런 말을 하는 사람이나 그걸 곧이듣는 사람이나 양쪽 다 차츰 벙어리나 귀머거리가 되고 만다고 그러니 그런 일을 말하지도 곧이듣지도 말라고 말야. 종선 아버지나 내가 여태 그 말을 하지 않고 비밀로 해온 것도 그 물고기들과의 약속 때문인 거야. 그런데 이제 어떻게 하지? 내가 오늘 종선이한테 그 비밀을 말해버렸으니, 종선이 만약 이 소릴 곧이듣고 다른 사람들한테 말하면 선생님이나 종선인 모두 벙어리가 아니면 귀머거리가 되고 말 텐데?

맘속을 너무 쉽게 털어놓는다 싶더니 결국은 이번에도 별 실속 없는 말요술놀음 꼴이 되고 있었다. 종선은 그 어거지 동화 같은 소리들이 도대체 곧이들릴 수가 없었다. 더욱이 그 마지막 은근짜 당부 투에는 그녀가 짓궂게 자신을 놀려대고 있는 것 같은 느낌마저 들었다.

그러나 종선은 이제 그것으로 그 일엔 더 마음을 쓰지 않기로 작정했다. 그도 이젠 그날 일을 더 말하고 싶어 하지 않은 여선생의 맘속을 알았기 때문이었다. 그녀의 이야기들도 물론 사실일 수가 없었다. 하지만 그 마지막에, 말하는 물고기에 대한 말을 하거나 그 말을 곧이듣는 사람은 벙어리나 귀머거리가 되고 만다는 그녀의 허풍은 그저 그를 놀려주려고만 한 소리가 아니었다. 그것은 종선에게도 비밀을 지켜달라는 당부의 다짐이었다. 장난스러워 보이면서도 갑자기 은근스러워진 목소리로 물어오던 진지한 눈빛 속에 종선은 그런 그녀의 말 없는 호소를 새삼 맘속 깊이 새겨들이게 된 것이다. 한데다 그는 실상 그 여선생의 엉터리 물고기 이야기에 대해서도 그렇게 기분이 나쁜 쪽만은 아니었다. 어차피 사실은 밝혀질 수가 없음을 알아차린 때문이었을까.

어느 편이냐 하면 그는 될수록 그것을 사실로 곧이듣고 믿고 싶어진 쪽이었다. 그리고 그만 그 일을 기억 속에 기분 좋게 묻어 두고 싶어 한 편이었다. 그래야 그와 아버지, 아버지와 선생님, 무엇보다 그 선생님과 자신 사이의 일들이 전날처럼 말없이 잘 풀려나갈 것 같았기 때문이었다.

하고 보면 그 선생님과 아버지 사이의 일은 끝끝내 어린 종선의 기억 속에 그쯤 아리송한 수수께끼로 남고 만 셈이었다. 아니 그저 알 수 없는 수수께끼로서가 아니라 오히려 은밀스런 추억거리로까지 변해가고 있었다. 여선생은 이후도 그 풍금 노래 선물에 변함없이 아버지를 불러냈고, 종선 역시도 그 '넓고 넓은 바닷가에 오막살이 집 한 채' 운운의 고기잡이 노인 노래 따위를 어딘지 더 절절하고 새로워진 느낌으로 부르면서 그 한 시절을 제법 나름대로 행복하고 뜻깊게 보낼 수 있었기 때문이었다.

그러니까 그 50년 여름의 뜻하지 않은 전란과 그 전란 끝의 변고, 자의에서든 아니든 그녀가 이 교장과 함께 산으로 들어가 목숨까지 잃고만 그 불가사의한 비극의 종말만 없었다면 그것은 더욱 그립고 행복한 추억으로만 남게 되었을는지 모른다. 그런데 일이 불행히 그렇게 되질 못했다.

여선생이 그 극성스런 풍금 소리 선물을 중단한 것은 그해 겨울방학이 되어 한 달쯤 고향집엘 다니러 가면서부터였다. 그때도 그녀는 한두 주일 깊은 겨울만 보내고 돌아와 다시 노래 선물을 다니겠다고 했지만, 어쩐 일인지 그녀는 그 한 달간 방학을 내내 다 고향에서 보내고 돌아왔다. 학교로 돌아온 뒤에도 봄 한 철이 다 가도록 가까운 동네들만 서너 차례 돌아오고 나서는 그걸로 흐지부지 발을 끊어버리고 말았다. 그리곤 이내 그 여름 전란기로 접어들어, 이 교장과 새판잡이 노래 보급 부역 끝에 종당엔 그 비극적인 종말을 맞아가고 만 것이다. 허망스럽고 가슴 아픈 인생사가 아닐 수 없었다.

하지만 어찌 생각하면 그녀의 그런 비극적 종말로 하여 종선 씨에겐 오히려 그 여선생과 그 시절의 일들이 더욱 애틋하게 그리워지는 것인지도 모른다. 그녀의 부역과 입산, 게다가 그 가슴 아픈 종말에도 불구하고 종선 씨는 차츰 세월이 흐를수록, 어언간 나이 예순을 바라보게 된 이 늘그막까지도 그 시절의 일들이 늘 아름답고 행복스런 기억으로, 더욱더 애틋하고 그리운 추억으로 마음 깊이 자리 잡아오고 있었던 것이다.

그런데 사람은 가고 풍금이 다시 돌아와 있다니. 종선 씨에게 그것은 가위눌림을 당하고 남을 만큼 괴로우면서도 그립고 아름다우면서도 창연스런 사실이 아닐 수 없었다……

버스는 이미 소나무 숲길을 빠져나와 왼쪽으로 멀리 득량만 바다를 바라보며 시원스런 해변 길을 달리고 있었다. 그 뽀얀 봄바다 빛 너머로 눈에 익은 '큰 산'의 높은 봉우리가 서서히 가파른 자태를 드러내기 시작하더니 이윽고는 완만하게 바닷물까지 흘러내린 왼쪽 능선 기슭 끝으로 옛날 임시창고 교사가 자리해 있던 선유리 마을과, 그 마을 앞 바다 위에 점점이 모여 앉은 유자섬, 꽃섬들의 모습이 아득히 떠올라왔다.

— 큰 산 높은 봉의 푸른 저 솔은……

그 연푸른 큰 산의 봉우리와 아득한 바다 기슭의 모래판 운동장 자취가 눈길에 들어오자 종선 씨는 어디선지 아이들의 어지러운 훤소(喧騷) 속에, 옛날 교가의 양양한 합창 소리가 귓속에 쟁쟁하게 되살아나고 있었다. 그는 어느새 그 아스라한 선율에 자신의 애틋한 심회를 실어나가고 있었다.

— 무궁화 삼천리에 꽃은 피어서
새 역사 창조해낼 우리 아닌가

그 이열 교장이 부임해 와서 손수 지은 노래. 그래서 함께 가지고 온 자신의 풍금으로 그 전정옥이라는 여선생에게 가르쳐 부르게 한 노래 —
이열 교장은 그러니까 자신의 풍금까지 따로 마련해가지고 다닐 만큼 풍금을 치거나 노래 부르기를 유달리 좋아했을 뿐 아니라, 그 손수 노래를 지어 부르는 일에도 재질과 열의가 남달랐던 사람이었다. 그가 그렇게 새로 지어 아이들에게 부르게 한 노래로는 교가 외에도, '신천지에 빛나는 우리 선수야…… 무쇠 다리 철창 팔로 나가 싸워라……'라는 가사의, 이듬해 늦은 봄 첫 운동회 때에 배워 부른 힘찬 응원가와, 그 운동회 때부터 그해 가을 송진내가 진동하는 큰 산 밑 신축교사 준공 기념 학예회 때까지 여학생 아이들의 단체 무용곡으로 부르게 한, '피었네 피었네 무궁화 꽃이, 이 강산 삼천리에……' 같은 어엿한 것들이 있었다.

하지만 지금 와서 돌이켜보면 뒷날 알려진 이 교장의 정체나 본색과 달리 그 시절 그가 새로 짓거나 함께 온 전 선생에게 새로 가르치게 한 노래들에서 그의 좌익 사상가다운 냄새는 조금도 찾아볼 수가 없었다. 소문처럼 그때부터 숨은 좌익 운동가였다면 어딘지 노래에 그런 냄새가 스몄을 법한데도, 새 노래들은 오히려 그와 반대로 잦은 무궁화꽃 축송에 그 가사나 곡조들도 대개다 순수하고 밝고 고운 것들뿐이었다.

— 이 세상 어린이가 서로 손을 잡으면
노래하며 지구를 돌 수가 있다네……

— 아침이 고을시고 삼천리강산
자유의 종소리 울려오누나……

그 시절의 노래 가짓수에 한정이 있는 데다 내용까지 대개 비숫했던 때문이기도 하겠지만, 어느 것을 다시 불러봐도 속이 붉은 사람의 생각이 실릴 만한 대목은 찾아보기 어렵고 그저 희망과 해방의 기쁨을 노래한 것들 일색이었다. 「송아지」나 「고드름」 「어린 음악대」 같은 저학년용 동요곡들은 말할 것도 없고, '어둡고 괴로워라'의 「해방 행진곡」이나 「금강에 살으리랏다」 같은 노래들도 그저 나라 해방의 기쁨이나 새 나라 건설의 밝고 힘찬 희망이 넘칠 뿐 뒷날 한때 붉은 세상이 되어 가혹한 편 가르기와 선동, 투쟁들만 일삼던 공산 혁명가풍과는 거리가 매우 멀었다. 음조나 가사에 비교적 애조를 많이 띤 '울 밑에 귀뚜라미……'의 「기러기」나 '해는 져서 어두운데……'의 「고향 생각」 같은 노래들도 그 '혁명가'들의 투쟁이나 선동기와는 상관없는 부드럽고 따스한 인간 정서가 주조였다.

그리 보면 이 교장이나 전 선생들이 그 시절엔 적어도 속에 숨긴 사상과 상관하여 부러 어떤 노래를 짓거나 가르치려 했던 건 아니었음이 분명했다. 속이 붉은 사람이 그렇듯 제 생각을 노래로 펴려 하지 않은 사실은 뒷날의 소문이나 열성적인 활동과는 달리 당시까진 아직도 진짜로 붉은 사상을 품은 사람들이 아니었거나.

그런 점은 두 사람에 앞서 혼자 아이들을 가르치다 떠나간 방진모 선생의 경우도 대개 비슷했다. 고운 풍금 소리와 여자 목소리에 맞춰 배운 것과는 비교할 수가 없었지만, 더욱이 남아도는 시간을 메우느라 그 음치에 가까운 목청과 일정하게 한정된 노래 가짓수 때문에 늘 애를 먹긴 했지만, 방진모 선생 역시도 노래

를 가르치는 일에는 못지않게 노력과 열성을 다했었다. 그리고
그가 그토록 헌신적으로 가르치고 되풀이 부르게 한 단골 노래
들, 「해방 행진곡」이나 '나아가자 동무들아'의 「어깨동무」—이
두 노래는 나중 전정옥 여선생이 다시 고쳐 배워줬지만—더욱
이 그가 알고 있던 몇 안 되는 동요곡 「고향의 봄」이나 '푸른 하
늘 은하수'의 「반달」 따위, 거기다 유행가인지 가곡인지 알 수 없
는 '빠르고 무정하다 흐르는 세월……' 어쩌고로 이어지는 「예술
나라」라는 괴상한 곡조까지 통틀어, 그 어느 노래 속에도 뒷날의
이 교장들이 그랬던 것처럼 가파르고 위협적인 혁명가풍을 띤 것
은 하나도 없었다. 그래 그런 노래를 알지 못했던 탓인지 어쩐지
모르지만, 방진모 선생 역시도 그때까진 소문처럼 크게 속을 숨
긴 좌익 운동가가 아니었거나, 노래만은 그런 것과 상관을 짓지
않았음이 분명했다. 이 교장이고 누구고 적어도 그 시절까지엔
속사상과 상관없이, 어쩌면 속에 숨긴 사상에 앞서서 노래를 더
좋아했고, 거기 남다른 열정을 바쳤던 게 분명해 보인 것이다.

— 들국화 핀 이 언덕 송아지 울음소리……

　종선 씨의 상념에 회답을 해오듯 바람결에 실려 허공 멀리 퍼
져나가던 어느 날의 이열 교장의 노랫소리가 홀연 그의 가슴을
아득히 울려오고 있었다. 그러자 어느새 종선 씨 자신도 마음속
으로 조용히 그 노래의 선율을 따라가기 시작했다.

─ 금물결 친 이 강변 쫓기는 참새 떼들……

큰 산 봉우리를 올라간 48년 가을께의 그 첫 소풍 날, 점심을
끝내고 난 선생님들의 허물없는 부추김에 이끌려 자리를 일어선
교장 선생님의 그 오장이 끓어오르는 듯하던 노랫소리. 미구에
닥쳐올 생애의 비극을 무심결에 예감하고 있었기라도 하듯 목청
이 너무 장중하고 창연스러워 주위를 일시에 숙연하게 하고 만
그 느닷없던 열창, 그리고 6·25가 일어나 붉은 세상이 되어서도
한동안 변함없이 불리던 그 까마득한 선율. '아 가을바람 석양은
재를 넘고……'
그때 그 교장은 마치 어떤 억누를 수 없는 갈망과 열정의 화신
처럼 보였다. 그래 그는 그 교장의 노래 앞에 어떤 알 수 없는 진
저리마저 쳐지고 있었던 기억이었다.
무엇이 그런 갈망과 열정을 낳게 하고 그 열정 속에 무엇이 담
겼으며, 그것으로 그들이 무엇을 말하려 했는지는 지금의 종선
씨로서도 잘 알 수가 없었다. 하지만 그는 어슴푸레 느낄 수는 있
었다. 그것은 젊음, 모처럼 되찾은 제 나라를 새로 꾸며나갈 꿈에
부푼 젊음의 갈망과 열정에 다름 아녔을 터였다. 그것이 어떤 다
른 이름으로 말해지든 종선 씨는 그게 어차피 거기서 크게 다를
것은 없으리라 여겨졌다. 그리고 그것이 그 비슷한 것이라면 동
우 놈의 말마따나 그 노래에 대한 열정 속에 다소 어떤 유다른 생
각이나 가파른 주장들이 담겨 있다 하더라도 그로선 그리 큰 허
물을 삼고 싶은 생각이 없었다.

이제 종선 씨는 이를테면 그때까지의 교장이나 전 선생, 방 선생들의 행적과 노래들을 그쯤 순수하고 범상스러운 것으로 여기고 싶어진 것이다. 이 교장들의 생각이나 사람이 안팎으로 정말 붉게 물든 것은 어쩌면 그해 초여름 좌우가 뒤바뀌고 붉은 혁명가가 세상을 휩쓸기 시작하면서부터 아니었을까.

　'유자섬아 떠나가라, 큰 산아 무너져라.' 소리소리 노래를 불러 대던 화창한 음악시간은 그해 그때부터 갑자기 딱딱한 행진곡이나 살벌한 혁명가들로 음조가 정반대로 바뀌었다. '아침은 빛나라……'의 그쪽 「애국가」나 '장백산 줄기줄기……'의 「×××장군 노래」 같은 것들은 그래도 그중 곡조가 유연하고 가사도 온건한 편이었다. '원수와 더불어 싸워서 죽은 우리의 죽음'이니 '총칼을 메고 결전의 길로 다 앞으로 나가자'느니, '높이 들어라 붉은 깃발을 그 밑에서……' 같은 선동 조 노래들은 곡조나 가사가 한결같이 가슴이 떨릴 만큼 공격적이고 위협적인 것뿐이었다. 전정옥 선생이 어디선가 그런 노래들을 미리 배워다가 옛날 노래 대신 아이들에게 신명을 다해 가르쳤고, 아이들은 생각 없이 그녀의 풍금 소리에 맞춰 그것을 열심히 따라 익혀나갔던 것이다. 그리고 그 노래들은 미구에 학교 밖 마을과 길거리 곳곳으로 극성스럽게 널리 불러 퍼져나갔다. 그쪽 노래들은 어찌 됐든 목청을 돋워 부를수록 전날의 그것들보다 마음을 쉬 들뜨게 하였고 알 수 없는 열기와 용력이 뻗치게 했기 때문이었다.

　하여 어린 종선이 참나무골 사람들 앞에 그런 노래들을 불러 보이고 어른들을 가르치기까지 하여 아버지 황 영감을 흐뭇하고 자랑스럽게 해드린 것도 바로 그 무렵의 일이었다. 그리고 그렇게 배우고 익힌 노래들로 모종의 목적 속에 군 당부 사람들의 마음을 움직이고, 다른 새 노래들도 함께 배워오기 위해 이틀 동안 이 교장과 전 선생들을 따라 셋이서 읍내 학교를 한번 더 다녀오게 된 일 역시도 그 무렵의 일이었다.

이 교장이나 전 선생들은 이번에야말로 그 노래에 그처럼 결사적이었다. 옛날처럼 그저 좋아서 마음을 쓰는 식이 아니었다. 붉은 혁명가를 배워다 아이들에게 가르치는 일에 좌익 운동가로서의 자신들의 온갖 사명과 보람이 걸린 듯, 그리고 그 일로 자신들의 혁명성이 결판나게 될 처지기라도 하듯 가지가지 정성과 열성을 다 바쳐나갔다.

이 교장들의 속생각이 진짜로 붉어진 것이 어쩌면 그런 열성적인 혁명가 교육 산업으로부터였을지 모른다는 종선 씨의 뒤늦은 추측은 그러니까 어느 정도는 사실과 부합한 것일 수도 있었다. 그것이 어느 만큼이나마 사실에 가까운 것이라면, 그렇듯 열성적인 노력과 헌신에도 불구하고, 나아가 그 속생각이 이미 더할 나위 없이 붉어진 처지였다 하더라도, 종선 씨는 또 한 가지 그런 열성과 헌신 뒤에 숨겨진 이 교장들의 다른 모습, 그 투철한 혁명성으로도 어쩔 수 없어 보이던 불안스런 인간들의 모습, 어쩌면 그것이 그 붉은 사상성보다 앞서는 본래의 모습이자 심지였을지 모르는, 지극히도 무력하고 나약한 모습들을 기억하고 있었다.

이 교장들에 대한 그 유별난 기억은 그해 여름 종선이 그 군 당부 사람들 앞에 시범 조 노래를 부르고 다른 새 노래들도 배워오기 위해 두 사람과 함께 읍내로 들어갔다 목도한 일들, 그중에도 아직까지 확실한 해답이 풀리지 않고 있는 몇 가지 수수께끼 같은 일들과 그의 머릿속 깊이 함께 얼크러져 남아 있었다.

그 여름 어느 날 전 선생은 또 종선만을 따로 불러다 풍금 앞에 세워놓고 그때까지 배우고 불러온 북쪽 노래들을 날이 저물 때까지 한 곡 한 곡 다시 세심하게 연습시켰다. 음정과 박자가 틀린 곳을 일일이 다시 바로잡아준 것은 물론, 목소리에 힘을 더 주어야 할 곳이나 때로는 주먹을 부르쥐고 가상의 상대를 노려보며 쳐부수는 몸짓 시늉에 이르기까지, 무슨 웅변이나 연극 연습을 시키듯 그의 노래를 전에 없이 꼼꼼하고 정성스럽게 보살펴나갔다. 그리고 그 노래 연습으로 날이 어두워지기 시작했을 땐 그때까지 일부러 시간을 기다리고 있었던 듯 이 교장까지 뒤늦게 두 사람을 살피러 나왔다가, 교습 성과가 어느 정도 만족스럽게 여겨진 듯 가볍게 고개를 끄덕이며 전 선생에게 당부 조로 말했다.

— 이제 그만하면 됐어요. 오늘 전 선생 수고가 많았소…… 그럼 내일 셋이서 일찍 군당부로 들어가야 하니, 오늘은 그만 아이를 돌려보내고 내일 아침 일찍 길 떠날 준비를 시키시오. 지금까지 별다른 조치가 없는 걸 보니 읍내까지 꼬박 100리 길을 걸어서 가야 할지도 모르니……

종선은 그제야 그 여선생으로부터 그날 새삼 길고 세심한 노래 교습을 받게 된 이유를 알게 됐고, 그렇게 바로 이튿날로 황황히 길을 이끌려 나선 것이 그 군당부 사람들 앞에서의 가슴 떨리는 혁명가 시범 부르기 길이었다.

그런데 이튿날 새벽. 어스름결에 길을 나선 세 사람이 도보로 30여 리를 걸은 끝에 다행히 이웃 관산면 쪽에 마련된 징발 화물차를 얻어 타고 다시 80여 리 읍내 길을 달려가보니, 거기엔 이날의 노래 부르기 시범보다 더욱 당황스럽고 가슴 떨리게 만드는 뜻밖의 사실이 기다리고 있었다.

중도에서 운 좋게 차를 얻어 타게 된 덕분에 예정 시간에 훨씬 앞서 읍내로 들어선 일행은 여유 시간을 이용하여 우선에 짙은 허기도 달랠 겸 이날 밤 숙식처로 정해진 곳부터 먼저 찾아들 갔는데, 그곳을 찾아들어가 보니 그게 바로 뜻밖에 얼마 전까지 옛 허 군수네의 사택으로 쓰이던 넓은 일본식 가옥이었다. 종선은 전해 가을 노래 경연대회엘 왔을 때도 이 교장이나 여선생과 함께 그 군수님의 아들인 허 선생네 집엘 인사차 들러 간 일이 있었기 때문에 세상이 뒤바뀐 당시엔 그 집의 사정이 어떻게 되었으리라는 것쯤 금세 다 짐작할 수 있었다. 그 집은 이미 군수나 허 선생네의 개인 살림집이 아니라 어느 당기관이나 단체 숙식처 같은 것으로 쓰이고 있는 듯 안팎에 꾸밈새가 깡그리 달라져버린 데다 한쪽 방에 책상을 들여놓고 무슨 사무를 보는 사람, 넓은 마루청에 늘어앉아 국밥 그릇을 비우고 있는 사람, 더러는 붉은 완장을 두르거나 대창 같은 걸 손에 거머쥐고 서슬 퍼런 기세로 대문간을 들고나는 사람, 그런저런 사람들로 사방이 북새통처럼 어지럽게 붐벼댔다. 옛 주인들의 모습 따윈 흔적조차 남아 있을 수 없었다.

그런데 정작 놀랍고 뜻밖인 일은 전란이 터지고부터 바로 모습

이 사라졌던 군수님 아들 허 선생이 아직도 그 북새통 속 어디엔
가 몸을 부지해 남아 있다가 조심조심 눈에 띄지 않게 세 사람을
맞아준 것이었다. 태연을 가장한 은밀스런 불안기하며 위태위태
조심스런 태도만 하여도 그의 어려운 처지는 한눈에 곧 알아볼
수 있었다. 필시 위인은 섣부른 설마통에 몸을 피해 설 때를 놓치
고 거기 발이 묶인 채, 방관스런 듯하면서도 속이 매서운 감시 속
에, 어느 땐가는 결국 닥쳐 들고 말 마지막 단죄의 날을 기다리
는 신세로, 모쪼록 그 음험스런 감시자의 눈길에서나 좀 오래 벗
어나 있어보려 하루하루 초조하게 피를 말려가고 있는 처지일 시
분명했다. 일행을 맞는 그의 거동새도 그만큼 풀이 죽고 불안스
러워 보일 수밖에 없었다. 그지없이 반가울 옛 학교 사람들을 맞
고서도 공연히 이리저리 주변 눈치를 살피며 인사말조차 제대로
못 건네오는 행색이었다.

　　—안녕하셨습니까…… 먼 길 오셨습니다.

　얼마 전까지만 해도 학교의 윗사람이었던 교장 선생님에 대해
서는 물론, 그와 한동안 염문을 엮어왔던 여선생 앞에서도 그는
언제 그런 일이 있었더냐는 듯, 차라리 초대면의 사람들처럼 데
면데면 싱겁고 형식적인 인사말뿐이었다. 그러니 자연 허 선생
을 맞는 이쪽도 그 못지않게 언동이 조심스럽고 은근해질 수밖에
없었다.

　　—그간 별일 없으시지요?

　　—여기서 또 뵙는군요.

　이 교장이나 전 선생들은 결코 무심스러울 수가 없는 모처럼

만의 인사말을 마치 이웃에서 늘상 보아온 사람을 대하듯 지극히 범연스러운 말투 속에 짧게 줄여버렸다. 그리곤 짐짓 더 태연스런 거동 속에 내밀한 눈짓말들을 주고받는 낌새였다.

하지만 그 만남은 결코 우연일 수가 없었다. 이 교장들은 이미 허 선생의 처지를 알고 있었을 뿐 아니라, 이날의 만남에도 미리 어떤 귀띔이나 서로 간에 교감이 이루어진 일이었음이 분명했다.

이날 오후 세 사람이 그 시늉뿐인 시래기국밥으로 대충 요기를 끝내고 나서 본 행사 참가를 위해 회합장으로 지정된 ㅈ중학교를 향해 그 집 대문을 나설 때였다. 얼굴을 우연히 마주친 사람처럼 인사만 간단히 끝내고 어디론지 한동안 모습을 감추었던 허 선생이 그때 다시 일행을 배웅하기 위해 문간께로 미리 나와 있다가 슬그머니 일행 곁으로 다가섰다. 그리고 때마침 다른 사람의 눈길이 미치지 않은 틈을 타서 모처럼 이 교장과 급한 속엣말을 나누었다. 그런데 그 끝에 이 교장이 그에게 다시 발길을 돌이키면서 뒤에 남은 허 선생에게 위로 삼아 건네고 온 마지막 나지막한 몇 마디가 종선에겐 또 이만저만 놀라운 것이 아니었다.

— 너무 염려하지 마시오. 모든 건 오늘 이 아이하고 전 선생이 하기에 달린 일이오. 오늘 다행히 이 아이하고 전 선생만 잘해주면 군당 간부들하고도 따로 면담을 가질 기회가 생길 거고, 일이 그리만 되어준다면 허 선생한테도 어떤 길이 트일 수 있을 테니……

그것은 물으나 마나 이 교장이 난경에 처한 허 선생의 신상사를 은밀히 돌봐주고 있는 증거 한가지 소리였다. 허 선생이 아직 그만큼이나마 무사하게 지내고 있는 것은 이 교장의 그런 은밀스런 비호가 있었던 때문인 것 같았다. 이번 행사 참가의 목적도 실은 그 허 선생에 대한 교장의 비호 활동의 기회를 마련하려는 데에 있기가 쉬웠다. 그 비호 활동의 첫번째 짐은 실제로 다름 아닌 전 선생과 어린 종선 자신이 함께 나눠지고 있는 꼴이었다. 알고 나섰든 아니든 허 선생의 신변이 온전하고 못하고는 그 교장의 말마따나 종선과 전 선생이 열쇠를 쥐고 있는 셈이었다.

일이 어떻게 돌아가고 있는지 자세한 내막까지는 알 수가 없었지만 종선은 어쨌든 마음이 더욱 무겁고 불안스러울 수밖에 없었다. 뿐더러 그 점은 종선뿐만 아니라 이 교장이나 전 선생들도 마찬가지였을 게 분명했다. 마을이나 학교에서 오가던 소문과는 달리 이 교장은 이전부터 숨은 이력을 쌓아온 골수 좌익 인사치고는 실제 지위가 그리 높질 못했던 것일까. 아니면 제법 만만찮은 능력에도 허 선생의 위태로운 처지를 돌보는 덴 그만큼 어려움과 위험이 컸기 때문이었을까. 이 교장 역시도 다른 일엔 매사늘 의연하고 자신 만만해 보이던 평소의 그답지 않게 이날 일엔 시종 별스럽게 불안스럽고 초조한 모습이었다.

― 잘해라. 오늘 너만 믿는다.

세 사람이 이윽고 행사장인 ㅈ중학교의 넓은 운동장으로 들어섰을 때 그 교장이 이번에는 종선의 손을 새삼스레 꼭 끌어 쥐며 그에게 직접 그런 다짐까지 해온 것이다. 넓은 운동장을 하얗게 말려대고 있는 한여름날 오후의 뜨거운 햇볕 탓도 있었지만, 종선의 손을 끌어 쥔 교장의 손아귀는 축축한 땀기와 불안기를 참는 어떤 완연한 떨림기까지 전해오고 있었다.

뿐인가. 그는 여전히 불안기가 가시지 않은 목소리로 그를 묵묵히 뒤따르고 있는 전 선생 쪽에도 한번 더 같은 다짐을 주었다.

— 전 선생도 특히 오늘 일을 잘 부탁합니다.

그리고 마침내 비로소 세 사람이 운동장을 거의 다 가로지르고 났을 때 교장은 비로소 종선의 손을 놓아주고 이날의 행사 본부 격인 학교 교무실 쪽으로 묵묵히 혼자 발길을 돌려가고 만 것이다.

교장까지 그처럼 조바심을 쳐대며 초조해하는 모습에 뒤에 떨어져 남은 두 사람은 마음이 더욱 무겁고 불안해질 수밖에 없었다. 그리고 그 불안감 속에 종선은 교장에 대해 다시 한 번 원망과 의구심이 치솟았다. 모든 어려움의 시초는 교장이 위험에 처한 허 선생을 돌보고 보호해주려는 데서부터였다. 교장은 대체 무엇 때문에 그런 위험을 무릅써가면서 허 선생을 돌보려 하는가. 종선은 도대체 그 숨은 이유를 알 수가 없었다. 전날에 교장이 지하운동을 하면서 군수의 아들인 허 선생에게 무슨 큰 신세를 진 일이라도 있었단 말인가. 그래서 이번에는 곤경에 처한 허 선생에게 거꾸로 보은을 하려는 것인가…… 두 사람 사이에 그런 어떤 숨은 곡절이라도 없고서는 교장의 처신을 이해할 수가 없었다.

하지만 거기에도 아직 석연찮은 대목이 많았다. 그것이 만약 사실이라면 허 선생은 처지가 훨씬 유리해질 수 있었다. 교장도 그를 돕는 일에 그렇듯 조심스럽고 은밀스러울 필요가 없었다. 게다가 교장에게 그런 숨은 활동 이력이 있었다면 세상이 거꾸로 바뀐 당시엔 그는 상당한 유력자의 지위에 있어야 하였다. 한데도 허 선생이나 교장의 태도에는 어느 하나 그래 보이는 대목이 없었다. 허 선생은 그저 불안하게 쫓기는 죄인처럼, 교장은 여전히 시골학교 책임자로, 주위의 눈치들만 봐 도는 식이었다.

종선은 특히 제 세상을 만나게 된 좌익 운동가답지 못한 이 교장의 허약한 모습에 그의 지난날의 지하활동에 대한 소문이 실제론 사실이 아닐지도 모른다는 의구심이 다시 고개를 들었다. 그는 어쩌면 여태까지의 기대와는 달리 좌익사상이나 지하활동과는 아무 상관도 없는 한 평범한 시골학교 교장의 순수한 인정과 의기로 그 어려운 시절을 함께한 허 선생을 남몰래 도우려 하고 있을 뿐인지 모른다는 생각에 가슴이 부쩍 더 답답해지고 있었다.

하지만 이제 일은 어차피 뒤에 남은 두 사람이 감당해나가야 할 상황이었다. 그리고 이날 두 사람은 그 교장으로부터 부여받은 숨은 과업을 그런대로 썩 만족스럽게 수행해낸 셈이었다.

이 교장은 물론 이후로도 계속 두 사람과는 행동을 따로 해나갔다. 지도 선생님과 학생들이 미리 모여 앉아 기다리고 있는 강당 행사장을 들어온 것도 그 행사 본부 격인 교무실 쪽으로부터 다른 간부급 사람들과 함께 앞문을 통해서였고, 본 행사가 진행되어가는 동안도 그는 다른 참관자들과 함께 계속 단 위의 자리를 지키고 앉아 있을 뿐 특별히 전 선생이나 종선 쪽으로 눈길을 보내오는 기미가 없었다.

하지만 전 선생이나 종선은 시종 그 교장의 눈길을 함께 느끼고 있었고, 그의 마음의 소리를 함께 듣고 있었다. 그래 그만큼 두 사람은 이심전심 서로 마음을 합해 이날의 힘든 과업을 무사히 감당해낼 수가 있었을 터였다.

이런저런 몇 가지의 의례적인 절차에 이어, 본 행사는 먼저 새 노래 교습에 앞선 붉은 혁명가 시범 부르기 순서부터 시작됐다. 종선은 미리 정해진 순서에 따라 다섯 명의 시범 부르기 학생 중 맨 마지막 다섯번째로 전 선생의 귀 익은 풍금 반주에 맞추어 두 곡의 노래를 불렀다. 물론 두 곡 다 전 선생과 충분한 연습을 해온 노래들로, 비장스런 힘이 넘치는 「×××장군의 노래」와 '오대산……' 운운의 빨치산 노래였다. 그런데 어떤 사전 주문이나 협의가 있었던지, 노래의 순서가 맨 나중인 데다 처음부터 끝까지 다른 학생들의 노래도 모두 전 선생 혼자서 반주를 도맡고 있어서 종선은 처음부터 안심하고 목청껏 노래를 부를 수 있었다. 곳곳에 손짓 몸짓을 적절히 곁들인 그의 활기찬 가창은 자연히 다섯 명의 시범 부르기 참가자들 중 누구보다 많은 박수와 찬사를 이끌어내기에 충분했다.

시범 부르기에서 시작이 좋았으니 다음의 새 노래 배우기 순서에서도 종선은 단위 참관자들의 눈길을 끌게 마련이었다. 전 선생과 종선은 계속 마음을 합해 그 기대에 충분한 값을 해나갔다. 전 선생은 이번에도 다른 학교의 선생들을 제치고 그 고운 목소리와 능숙한 풍금 솜씨로 전체 학생들의 노래 교습을 도맡아 지도해나갔다. 뿐더러 그녀는 새 악보의 노래들을 익혀나갈 때마다 앞에선 그녀의 곱고 열정적인 목소리의 선창으로, 뒤에선 종선의 정확하고 안정적인 목소리의 시범 부르기를 거쳐서 한 곡한 곡 개운하게 마무리를 짓고 넘어갔다.

아이들의 노래를 능숙하게 이끌어나간 전 선생의 화창한 목소리와 풍금 연주 솜씨, 그리고 전에 배운 노래의 시범 부르기에서나 나중의 새 노래 배우기 순서에서나 그녀와 서로 더없이 호흡이 잘 맞아 넘어간 종선의 노래 솜씨는 이날의 행사장을 온통 두 사람의 독무대로 만든 격이었다.

단 위 사람들의 호응과 박수의 열기로 보아 허 선생의 일에도 그만큼 기대해볼 만한 결과를 얻게 된 것 같았다. 그리고 뒷사연이야 어찌되어서였든 그날의 일이 실제로 허 선생에겐 어느 정도 도움이 됐던 것이 사실인 것 같기도 하였다.

하지만 그것은 물론 어린 종선이 그 당장 알아보거나 헤아려낼 수 있는 일이 아니었다. 교장도 전 선생도 이후의 허 선생의 처지나 그날 일에 대해선 어떤 말도 해준 일이 없었고, 그러다 얼마 후엔 세상이 다시 바뀌어 그 두 사람마저 홀연 종적이 사라지고 만 때문이었다. 이 교장이 그걸 기회로 또 무슨 일을 어찌 도모했든 그날의 일이 그런대로 도움이 되었으리라는 짐작은 초가을 녘 세상이 다시 바뀌고 나서 이번에는 그 허 선생이 그간의 난경을 무사히 살아 넘긴 듯 옛 학교로 두 사람을 찾아 나타난 모습을 보고서였다. 하지만 그때는 두 사람의 종적은 물론 힘들여 지어놓은 새 교사조차도 깡그리 불타 없어진 뒤였으니, 허 선생도 아마 그때까진 이 교장과 전 선생 처지가 그토록 가파르고 위험한 지경에 처하게 될 줄은 모르고 있었는지 모른다. 그래 그는 두 사람이 예의 풍금까지 운반하여 함께 산으로 들어간 사실도 모른 채 여유만만 뒤늦게 두 사람을 찾아 나타난 것이 아닌지.

게다가 나중에 흘러나온 소문으론, 허 선생이 전날에 교장의 어떤 곤경을 돌봐준 일 같은 것도 없었다는 것이었다. 사실인지 아닌지 확인할 길은 없었지만, 허 선생은 그때 이 교장들의 입산 소식을 듣고 나서, 자신도 이제는 교사 직을 그만두고 새로 창설되는 무슨 경찰토벌대로 자원해 입대해갈 작정이라며 혼자 싱겁게 중얼거리더라는 것이었다. ── 이제는 그 이 교장들과 총부리를 맞겨누게 됐구만. 그간의 사정이 그리 돌아가긴 했겠지만, 그 양반 생각이 어찌 그렇게 막판까지 흘러갔는지?

그리고 곁엣사람들이 이 교장은 원래가 골수 공산주의 신봉자가 아니었느냐, 허 선생은 출신이 남다른 처지로 그것을 모르고 있었더냐는 소리에, 그는 오히려 씁쓸한 웃음 속에 머리를 가로저어버리더라는 것이었다. ── 그분이 골수 공산주의자라? 그야 나도 그분의 사상이나 행동이 어느 정도 왼쪽으로 기울고 있는 것은 감지하고 있었지요. 허지만 별로 위험한 정도로까지는 느껴지지가 않아서 그냥 모른 척 지나쳐 넘기곤 했지요. 나는 그때 그 전정옥 선생한테나 넋을 뺏기고 있었으니…… 하지만 그 양반이 골수 좌익이라니……

그것은 허 선생도 그때까지 이 교장을 진짜 좌익으론 여기지 않고 있었다는 소리였다. 그리고 그 여름 이 교장의 구명 노력이 어떤 옛날 일에 대한 신세 갚음으로서가 아니었다면, 그것은 그 날 종선이 안타까워했던 것처럼 그 세상의 공로자나 유력자로서 가 아니라 옛 학교 동료 직원에 대한 교장으로서의 순수의 정리 와 신의에서였다는 소리가 되었다. 뿐더러 이 교장이 스스로 산 으로 들어가야 할 만큼 진짜 좌익으로 변한 것은 전란 이후에 닥 쳐든 주변의 처지와 그간의 부역 활동들 때문이라는 소리였다. 한마디로 허 선생도 그렇듯 이 교장을 그리 썩 이력 깊은 좌익으 로는 여겨주지 않은 셈이었다.

그러나 그 허 선생으로 해서도 이 교장에 대한 모든 일이 확연 해질 수는 물론 없었다. 허 선생이 이 교장을 제대로 깊이 알고 있었을 수도 없었고, 그가 아는 것을 사실대로 다 말하지 않았을 수도 있는 일이었다.

이제 와서 생각하면, 그 허 선생까지도 교장의 일에 대해선 어 느 면 풀 길 없는 수수께끼들만 더해놓고 간 꼴이랄까. 그가 교장 을 그리 대단찮은 좌경 인물 정도로 보아 넘기고 있었다는 게 정 말인가. 그래서 그에게 무슨 숨은 도움을 줄 일도 없었다는 게 사 실인가. 그가 그 교장의 본색을 제대로 알고나 있었던가…… 그 렇다면 그를 위한 이 교장의 그 여름날의 위험한 책모의 동기는? 그 활약의 내용과 실제의 성과는? 그리고 그는 뒷날 실제로 이 교장과 총부리를 맞겨누게 된 일이 있었을까. 뒷날 풍금이 다시 학교로 돌아오게 된 것은 그 허 선생의 어떤 주선으로 해서가 아 니었을까……

허 선생과 상관된 일들로 해서도 이 교장의 일은 여전히 의문거리투성이였다.

하지만 종선 씨는 어느 편이냐 하면 어쨌든 그 허 선생의 말을 믿고 싶었다. 교장이 원래는 그리 대수롭잖은 좌경 인사 정도였으리라는 것, 나중에 그가 골수 좌익 꼴로 입산까지 불가피해지게 된 것은 그 여름의 적극적인 부역 사실 때문이었으리라는 것, 그래 그 여름의 허 선생을 위한 활약도 숨은 유력자로서 지난 일에 대한 신세 갚음으로서가 아니라, 아직도 별 지위가 없는 시골학교 교장으로 그저 지난날의 정의와 신의에서였으리라 믿고 싶은 것이었다.

아마도 그래서 그 자신 굳이 이 노래 저 노래를 가리려 하지 않았는지 모르는 이 교장, 혹은 그 시절엔 누구나 그럴 수밖에 없었듯이 그저 부를 수 있는 노래만을 마다 않고 부르게 했었는지 모르는 이 교장. 어쨌거나 이제 그 이 교장이나 여선생은 가고 없고, 그 주인들의 넋과 꿈, 의문에 가려진 그 시절의 사연들이 이쪽저쪽 노래들로 함께 아로새겨진 옛 풍금이 말없이 돌아와 있는 것이다. 한데다 그 시절엔 그것을 칠 줄도 모르고 가까이하지도 않았던 방진모 선생이 그것을 여태까지 보관해오고 있다니……종선 씨는 미구에 그 풍금을 다시 볼 수 있게 된다는 생각에 가슴속이 새삼 조급하게 설레오기 시작했다. 풍금이 입을 열어 옛일을 말해줄 바는 아니지만, 종선 씨는 어쩐지 그 풍금을 다시 보면, 그리고 그 방 선생님이라도 다시 만나게 되면 모든 것을 저절로 알게 될 것 같았기 때문이었다.

— 아아 가을바람 석양은 재를 넘고

마을에 연기 나네……

종선 씨는 다시 맘속으로 그 까마득한 교장의 선율을 더듬으며,
눈에 어렴풋한 창밖 풍경들에 심사가 더욱 조급해지고 있었다.

그새 버스도 종점지 회령포구의 선창 쪽으로 길을 꺾어들어 서
고 있었다.

4. 꿈꾸는 벽화

청정한 꿈은 하얗게 바랜 화석의
세월 속에서도 시들 줄을 모른다.

　여선생은 밤새 여인숙 창문 밖 파도 소리에 젖고 있었다. 다 성
장한 아들을 굳이 한방에 재울 수 없어 저녁 후에 동우 놈을 제
하숙방으로 돌려보내고 돌아와 종선 씨 혼자 썰렁한 잠자리로 들
고서부터였다.

　차부에서 건 전화를 받고 허겁지겁 달려온 동우 놈은 우선 제
아비가 밤을 쉴 포구 변두리의 여인숙부터 정한 다음, 그를 다시
선창 쪽 횟집으로 끌고 갔다. 모처럼 물가까지 먼 나들이를 나왔
으니 고향 바다 횟물거리로 저녁을 대접하겠다며, 혹시 자리를
함께하고 싶은 옛 친지라도 있으면 말해보라는 것이었다. 녀석
으로선 물론 다음 날 방 선생을 뵈러 가기 전에 그를 알아볼 만한
동네 사람이나 옛 학교 친구로부터 미리 이야기를 좀 들어두는
게 어떻겠냐는 뜻이었다.

　하지만 종선 씨는 무심히 고개를 가로저어버리고 동우와 둘이

서만 저녁을 함께했다. 지금 포구의 서쪽 언덕 위에 자리 잡고 있는 동우네 학교는 그 50년 늦여름 큰 산 밑 농장께 신축학교가 불탄 뒤에 역시 같은 때에 소실된 이곳 어업조합 건물 자리에 새로 터를 잡아 지은 나중의 학교라서, 그 학교가 지어지기 전에 이곳을 떠난 종선 씨와는 크게 인연이 없었다. 채 1년도 못 간 큰 산 밑 시절이나 그 신축교사 이전의 임시분교 시절도 종선 씨는 이쪽보다 선유리 쪽 아이들과 더 가깝게 지낸 탓에 특별히 기억에 살아 떠오른 얼굴이 없었다. 게다가 무슨 즐거운 금의환향 길도 아니고 다 늘그막에 뒤늦게 옛날의 선생 일로 동네 사람들을 찾고 말고 할 생각이 없었다.

그러나 종선 씨가 모처럼 만의 고향 길에 왠지 그리 은근히 사람을 꺼리게 된 것은 단지 그런 단순한 이유 때문에서가 아니었다. 보다는 오히려 그의 마음속의 허허한 상실감 때문이었다. 어딘지 을씨년스럽고 누추한 피폐감, 뜻밖에 그런 어떤 황량스런 기분을 느끼기 시작한 것은 아깟번 차를 내려 이 포굿가 여인숙까지 선창 길을 걸어오면서부터였다. 그리고 아들놈을 따라 다시 선창거리 횟집으로 가면서 그 마을과 거리와 바다의 모습들에서 그런 구차스런 상실감은 점점 더 깊어갔다.

장장 40여 년 만에 다시 찾은 회령리 포구. 비록 선유리 쪽보다는 왕래가 덜했던 곳이라 하더라도 이래저래 발길이 적지 않았던 것으로, 선유리 쪽보다 오히려 이 지역의 중심지가 되어온 포구 마을이었다.

동우 놈이 지금 봉직하고 있는 새 학교가 지어진 것을 보진 못했어도 그곳은 엄연히 옛 선유리와 큰 산 밑 학교의 맥을 이은 그의 모교였고, 더욱이 이 마을의 꼭대기에는 이웃 선유리와 함께 두 곳의 중간 지점이 되는 큰 산 밑 농장께로 새 교사를 지어 들어갈 때까지 두 사람의 마을 청년이 회령리 분교를 이끌던 마을 회관이 자리하던 곳이었다. 뿐이랴, 이곳에서는 이미 그 방진모 선생의 선유리 갯마을이 물 건너로 가물가물 건너다보였고, 이열 교장이 부임해 와서 지은 교가 속의 '큰 산' 봉우리가 학교 터를 옮겨온 이곳까지 변함없이 의연하게 고을을 굽어 넘어 보고 있었다. 종선 씨로선 이 포구 마을만 찾아 들어서도 견딜 수 없는 감회가 벅차올라야 마땅했다.

그런데 웬일인지 차를 내려선 순간부터 기분이 기대 밖으로 자꾸 무겁게 가라앉아갔다. 모든 게 더할 수 없이 낯설고 비좁게만 느껴졌다. 그것은 물론 그간에 포구 일대가 많은 부분 변해 보인 때문이었다. 횟집들이 즐비한 선창가 일대나 거리 주변 풍경은 물론 사람들의 표정이나 차림새, 거동새들 모두가 그의 머릿속의 그것과는 전혀 딴판이었다.

마을 꼭대기 쪽에 높이 자리해 있던 옛 임시분교 건물 역시 흔적이 온데간데없어진 대신 고목이 다 된 늙은 구주목 아래 웬 축사 우리 같은 가건물들만 가득 들어앉아 있었다. 그가 숙소를 정한 포구 변두리 일대도 그동안 바다의 일부를 매립해 조성한 새 거주지로, 전에는 볼 수 없던 오랜 세월의 산물이었다. 그렇다고 그런 변화들이 퇴락하고 궁색한 쪽으로만 흐른 것은 물론 아니었다. 오히려 새롭고 높아지고 넓어진 것들이 많았다. 한데도 종선 씨는 그 모든 것들이 어쩐지 낯설고 옹색하고 황량스럽게만 느껴졌다. 밝은 생기와 활력을 느낄 수가 없었다.

생기와 활력을 느낄 수 없는 것은 무엇보다 선창가 횟집에 앉아 내다본 포구 앞바다 풍경이었다. 회령리는 옛날 시원한 앞바다와 녹동으로 완도로 뱃길을 드나드는 여객선, 어선 들의 부산한 움직임 속에 포구 마을다운 활기가 넘치던 곳이었다. 지금은 그런 활기를 조금도 찾아볼 수가 없었다. 우선 그 활력의 터라 할 바다가 반쯤으로 줄어들어 있었다. 천관산 아래까지 드나들던 마을 뒤쪽 물길을 막아 새 농토를 일군 바람에 바다 넓이 자체가 반으로 잘린 데다, 그로하여 조수의 흐름이 막힌 개웅길까지 얕게 비좁아져 있었다. 이제 그 개웅길을 드나드는 배라곤 보잘것없는 채취선 몇 척뿐이었다. 횟집 앞 선창의 기름투성이 개웅물에 닻줄을 담그고 있는 배들도 그런 채취선과 작은 낚싯배들뿐이었다. 이 무렵엔 썰물까지 멀리 물러나가 있어 좁은 개웅 양쪽으로 넓게 드러난 개펄이 더없이 지저분하고 황량스럽기만 하였다.

바다와 뱃길이 다 그 모양이니 포구에 무슨 활기가 있을 리 없었다. 폐항처럼 을씨년스럽고 퇴락한 분위기 일색이었다. 그 헐벗고 썰렁한 황량감이 어지러운 갯바람기와 함께 그의 기분을 그대로 우중충하게 해왔다. 지난 일은 기억에서 곱게만 변해간다더니 그가 긴 세월 그 옛 시절을 너무 곱게만 기억해온 탓인지 몰랐다. 그 포구 동네나 바다보다 더 심한 변화를 겪어온 것은 그간 이곳을 떠나 지낸 자신의 기억이나 눈길 쪽일 수도 있었다. 종선씨는 그쯤 한동안 자신을 탓하고 넘어가고 싶기도 하였다. 하지만 눈빛이 초롱초롱한 동우 놈 앞에선 그도 잘 마음같이 삭여 넘어가지지가 않았다. 녀석 앞에 왠지 그 아비의 궁색스런 기분을 들키고 싶지가 않았다. 가라앉은 기분을 가볍게 다잡아 일으켜 보려 할수록 녀석이 괜히 면구스럽고 거북하게만 느껴졌다.

그래 결국은 저녁이 끝나는 대로 녀석을 제 하숙방으로 들여보내고, 그 혼자 한 식경이나 어두운 선창 길을 이리저리 배회하다 들어온 잠자리였다. 그런데 그때부터 여선생이 거기 그 창문 밖 바닷바람과 개웅물 파도 소리에 어지럽게 젖고 있었다.

—이곳에 와 바다를 보니 회령은 세상 길이 끝나는 곳이 아니라 외려 새로 바닷길이 시작되는 것이구먼요. 이제부터는 내 인생길도 여기서 우리 학교와 함께 새로 시작해야 할까 봅니다.

방진모 선생은 옛날 새 선생님들의 부임 때마다 무슨 소풍 길이라도 나서듯 3학년까지의 많지 않은 아이들을 회령리까지 데리고 나와 이쪽 분교 아이들이나 선생님들과 함께 길게 줄을 짓고 섰다가 새 선생님들의 멀고 힘든 첫 부임길을 맞이하곤 하였다. 그 맨 첫번째로 피곤한 먼짓길을 달려 새 임지를 찾아온—풍금은 나중 이삿짐과 함께 따로 왔다—이 교장은 차를 내려서고 나서도 한동안 그 포구 앞 뱃길 쪽에 넋을 뺏기고 서 있었다. 그러다 뒤늦게 곁에서 기다리고 있는 선생님들과 아이들을 활기차게 돌아보며 인사말 대신 소리쳐댄 첫 마디가 그것이었다.

그런 바다나 포구 길에 대한 감탄은 같은 날 해거름 녘에 부두 쪽에서 배를 내린 전정옥 선생의 경우도 거의 비슷했다. 회령포 뱃길은 원래 동쪽으로는 여수와 녹동·수문포 등지로 이어지고,

서쪽으로는 완도와 마량·목포 등지까지 이어지며 크고 작은 배들이 수시로 오갔다. 그날 선생들은 먼저 이열 교장을 그렇게 맞아들여 보내고 나서도 아이들과 함께 계속 더 시간을 기다리고 있었다. 이번에는 부두 쪽에서 배를 타고 온다는 새 여선생을 맞기 위해서였다.

그날 해 질 녘 여수에서 녹동이나 수문포 등지를 거쳐왔을 한 작은 여객선에서 그 파마머리의 여선생이 조심조심 좁은 선교를 건너왔다. 그런데 그 첫 부임 길의 여선생 역시도 선창께를 금세 떠나갈 생각을 안 했다. 선교까지 다가선 방 선생들의 마중 인사가 끝나고 뒤에 줄을 지어선 아이들의 긴 환영 박수 소리가 가라앉은 뒤에도 여선생은 여전히 동네 길로 올라갈 생각을 않은 채 마치 그 배 위에다 무얼 빠뜨리고 온 사람처럼, 아니면 아직 더 어디론지 훌쩍 다시 뱃길을 떠나가려는 사람처럼, 자신이 타고 온 배와 그 포구 뱃길 쪽에만 계속 눈길이 머물고 있었다.

그런 식으로 자신이 타고 온 여객선이 다시 뱃머리를 돌려 멀리 포구 길을 빠져나가는 모습에 넋을 빼앗기고 있다가, 그때까지 말없이 그녀를 기다리고 있는 선생들이 미안해진 듯 비로소 저녁 바람에 나부껴대는 파마 머리카락을 한 손으로 비스듬히 쓸어 쥐고 돌아서며 변명처럼 큰 소리로 외쳐댄 것이었다.

— 뱃길은 자신이 타고 있을 때보다 바라보고 있을 때가 더 사람을 홀리네요.

모든 게 낯설고 을씨년스러워 보이기만 한 추연스런 심회 때문이었을까. 종선 씨는 그 횟집에서 동우 놈과 마주하고 앉았을 때부터 그날의 일들이 새삼 눈에 선했다. 변하지 않은 것은 오직 그 추억 속의 일들뿐인 듯싶었다. 추억 속의 일들은 변하기커녕은 세월이 깊을수록 더 생생해진 느낌이었다. 회령은 세상 길이 끝나는 곳이 아니라 외려 새로…… 키가 작달막한 그 안경잡이 이 교장의 활기찬 목소리가 어제 일처럼 아직도 귓전에 쟁쟁했다. 그리고 짙은 소라색 저고리 등깃을 반쯤이나 덮어 내린 긴 파마 머리를 비스듬히 쓸어 쥐며 부끄럽게 돌아서던 여선생, 그 전정옥 선생의 상기된 얼굴이 아직도 창밖의 어둠 속에서 밝게 웃고 있었다. 여선생은 언젠가는 다시 그 배를 타고 멀리 포구 길을 떠나갈 작정이었던가. 그러나 그녀는 그렇게 그녀를 홀려대는 뱃길을 가지 못했다. 그리고 그 포구 뱃길과 더불어 새 인생길을 열어나가지 못하고 그녀와 함께 그 유치 쪽 산속에서 자신의 젊은 삶을 마감해가고 만 것은 이열 교장의 경우도 마찬가지였다. 하지만 두 사람은 그래서 오히려 이 퇴락한 회령포구 선창가에 그렇듯 언제까지나 애틋한 모습으로 아로새겨져 있는 것인지도 몰랐다.

하여 종선 씨는 그 횟집에서부터 내내 가슴이 저리고 간절하여 바로 선창을 떠날 수가 없었다. 그 혼자 잠시 기억을 더듬으며 부둣가를 호젓이 거닐어보고 싶었다. 그래저래 횟집을 나선 길로 동우 녀석과 헤어져 그 혼자 오락가락 선창 길을 한참이나 배회하다 돌아온 길이었다.

그러나 추억은 추억이고 현실은 현실이었다. 종선 씨가 막상 다시 선창가로 나섰을 땐 추억 속의 교장이나 여선생들이 거기 남아 있을 리 없었다. 어둠 속으로 눈길에 닿아오는 것은 지저분한 포구 물과 작은 채취선들뿐이었다. 어느 주점가에서 흘러나오는 낭자한 노랫소리와 얼굴을 스치고 지나가는 찬 밤바닷바람기뿐이었다. 뱃길을 드나드는 여객선도 물을 차고 나는 바닷새도 없는 포구. 이 교장의 목소리도 여선생의 웃음기도 다 가뭇없는 선창가. 모든 것은 지나간 옛일일 뿐이었다. 종선 씨는 다만거기서 그간의 세월의 두께와 그 세월 속에 무심스런 변화를 실감했을 뿐이었다. 그리고 터덕터덕 여인숙으로 돌아와 그 망연스런 심사를 좋이 달래 재우려던 참이었다.

그런데 그의 심회가 그렇듯 간절했기 때문인가. 실망과 아쉬움이 그리 깊었던 때문인가. 게다가 늘 어렵고 조심스럽기만 하던이 교장보다는 가까이서 많은 시간을 함께했던 여선생의 기억들이 더 그립고 절절한 탓이었는지 모른다. 그 전 선생, 선창가 어둠 속에선 가뭇없이 모습이 사라져갔던 여선생이 언제부턴가 창문으로 그를 따라와 있었다. 그리고 간단없이 밀려드는 파도 소리에 젖고 서서 그의 아득한 잠자리를 더욱 망연스럽게 하고 있었다.

종선 씨는 결국 이날 밤 내내 그 어지러운 파도 소리와 여선생의 환상에 잠을 계속 설쳤다. 그것은 그저 일방적이거나 괴로운시달림만은 아니었다. 멀고 허망한 추억으로 해서나마 여선생의 애틋한 환상은 그의 지난날의 분명한 실재의 증거였다. 종선씨는 그것이 그나마 이번 여행길의 밝은 희망의 징조이듯 제물에 거기 집요하게 매달리고 들었다. 그러면서 모쪼록 기운을 잡치지 않으려 내일 일에 대한 궁리들로 자신을 달래갔다. 내일은 녀석에게 진짜 내 생애의 탯자국과 양명한 유년의 꿈터들을 찾아 보여주리라. 그 바닷가 창고학교 터, 갯모래판 운동장, 그 시대의 젊은 선각자 방진모 선생들을. 그리고 또한 이 교장과 여선생의 젊은 숨결이 밴 옛날의 풍금을 다시 만나 그 여름 이 교장과 전 선생의 노래들이 진짜 좌익을 위해 부른 혁명가들이었는지를 알아보리라. 그들의 마지막 죽음이 그 좌익 세상을 위한 것이었는지를……

　―그런데 대관절 방진모 선생은 그렇듯 험하고 오랜 세월을 어떻게 무사히 견뎌오신 것인가. 헌데다 그 헌 풍금은 무슨 생각에서 이날까지 그리 알뜰살뜰 곱게 간직해오신 건가. 이 종선에게라면 옛날 일을 생각해서 선생님이 그것을 반갑게 내보여주실는지……

　이튿날 아침은 밤새 밀물이 포구 앞바다를 가득 채우고 올라와 있어서 간밤 동안 내내 잠을 설치고 난 터에 종선 씨는 그런대로 기분에 제법 느긋하게 가라앉았다. 게다가 날이 밝자마자 일찍 여인숙으로 달려온 동우 녀석과 시원한 생선 국물로 아침거리를 들고 나니 그는 새삼 움츠려든 심기에 새로운 생기와 힘이 솟아오르는 것 같았다.

　그래 두 사람은 아침을 끝낸 대로 곧 가벼운 발길로 그 7, 8리 상거의 선유리 길을 나섰다. 회령리에서는 별반 할 일도 없으려니와 기왕에 방 선생부터 만나봐야 할 처지라면 그새 당신이 어디로 몸을 움직여 나서기 전에 길을 서두는 것이 나을 것 같았기 때문이었다.

그러나 기대에 찬 종선 씨의 발길은 선유리까지 노정의 절반께서부터 속절없이 기력이 다시 주저앉기 시작했다.

종선 씨 부자가 회령리 빠져나와, 옛날 같으면 크고 작은 여객선들이 드나들던 푸른 포구 물을 외로 끼고 소나무 숲 울창한 산비탈 길을 서너 마장쯤 휘돌아 넘으면 그곳이 그 큰 산 밑 농장가 학교 터, 그 비운의 학교 터가 내려다보이는 돌개둥 고개였다. 그런데 종선 씨는 허위허위 고개를 올라선 순간 자신의 눈을 의심하지 않을 수 없었다. 시야에 들어온 것은 눈 아래로 펼쳐진 늘편한 농장과 맞은편 큰 산의 묵연스런 모습뿐이었다. 오래전에 이미 불에 타 없어졌을망정, 네 교실짜리 새 교사가 들어섰던 학교 터는 흔적마저 말끔히 지워져 사라지고 없었다. 학교가 자리했던 농장가 산기슭엔 울긋불긋 색지붕을 인 높고 낮은 가옥들이 즐비하게 새 동네를 이루고 이었고, 농장 땅 한 자락을 둑으로 둘러막아 쓰던 넓은 운동장 부지는 그 경계선 둑과 함께 옛날의 낮은 논둑과 작은 논배미들로 되돌아가 있었다.

— 지금 이곳의 젊은 사람들은 저기에 언젠가 학교가 있었다는 사실도 알지들을 못하고 있드만요. 나이가 든 어른들도 그런 사실을 까맣게 잊어버리고 있거나 실제 위치가 어딘지 헷갈리는 사람이 많구요……

아비의 심사를 알아차리고 조심스럽게 거들고 나선 동우 녀석 말마따나 그 시절을 직접 겪지 않은 사람은 그 마을에 앞서서 거기 어느 한 시기 그런 학교가 있었던 사실조차 믿지 않을 성싶었다. 맞은편 큰 산이나 고개 기슭 따위의 눈가늠거리가 없었다면 종선 씨도 그것이 마을의 어디쯤이었는지, 정확한 위치가 헷갈릴 뻔했을 정도였다.

종선 씨는 새삼 모든 것이 낯설고 허망스러웠다. 그런 낯섦이나 아득한 허망감은 이번에도 무심스런 세월의 변화 때문만이 아니었다. 보다는 그의 유년의 모든 것을 갑자기 초라하고 비좁고 남루하게 만들어버리고 있는 학교 터와 일대의 궁색스런 정경들 때문이었다.

눈어림으로 가늠해낸 그 산기슭 학교 터나 운동장의 옹색한 규모, 가슴을 뛰게 하던 보물찾기나 진달래 만발한 바위틈을 누비며 숨바꼭질 놀이를 일삼던 뒷산 골짜기, 그 넓고 높고 깊숙한 곳들이 지금은 어느 하나 비좁고 헐벗고 궁색스러워 보이지 않은 곳이 없었다. 심지어는 시야가 제법 아득히 멀어 보이던 학교 앞 농장이나 활기찬 교가의 서두를 장식했던 맞은편 큰 산의 높은 봉우리마저도 형편없이 협소하고 낮아 보이기만 하였다. 거기다 때때로 한동네 아이들과 학교를 파하고 돌아오다 둥그렇게 배를 깔고 엎드려 함께 숙제를 하기도 하고 때로는 옷을 벗고 뛰어들어 헤엄 시합을 벌이기도 했던 그 선유리 쪽의 아득한 둑길은 또 얼마나 빈약하고 가깝기만 해 보이는지, 저 옹색한 농장 길이 우리를 그리 별천지처럼 신명나게 했었던가. 저 빈약한 산봉우리가 그해 가을 소풍 길에 우리를 그리 한나절씩 힘을 빼게 했었던가……

종선 씨는 그게 아무래도 자신의 잘못된 기억의 허물 탓이 아니라 그 농장이나 산봉우리 방죽 길들이 그동안 실제로 그렇게 볼품없게 작아지고 퇴락해오고 있었던 것 같았다. 그리고 자신도 그 산이나 농장들처럼 그간의 세월 속에 조그맣고 남루하게 졸아들고 있었던 듯싶기만 하였다.

하지만 종선 씨는 차마 동우 녀석 앞에서 그런 기색을 터놓고 드러내 보일 수가 없었다. 추궁기가 완연한 녀석의 말 없는 눈길이 내심 달갑잖기도 했지만, 아직은 그리 실망을 하고 말 단계도 아니었다. 그가 길을 나선 진짜의 목적은 선유리 쪽에 있었다. 선유리의 방진모 선생님을 만나보고 초창기 학교 시절의 일들을 알아보고, 당신이 간수해온 풍금의 사연을 통하여 그 시절 사람들의 참모습을 알아보는 것이 목적이었다. 그것이 그 학교의 숨은 역사를 바르게 찾아내는 길일 뿐 아니라, 소중한 자기 유년 시절의 가장 속 빠른 증거의 길이기도 하였다. 신축교사 이전의 초창기 시절 학교 터와 방진모 선생. 그 이 교장의 풍금들은 모두 선유리 쪽에 있었다. 흔적조차 찾을 수 없는 농장가 학교 터는 아직 중간 스침 길에 불과했다. 선유리 쪽까지 가봐야 하였다. 그리고 동우 녀석에게도 그걸 보여줘야 하였다.

그는 이윽고 기대를 새롭게 가다듬고 그 선유리 쪽으로 발길을 서둘러 나섰다. 고갯길을 내려서서 농장 둑길로 들어서니, 민물과 간물이 뒤섞인 방죽 밑 배수로까지 길을 잘못 흘러내려온 붕어들이 이따금 배를 허옇게 드러내고 떠도는 모습이나, 둑 너머쪽에서 파도를 철썩이며 물보라와 함께 넘어드는 세찬 갯바람들은 역시 아직 옛날 그대로였다. 종선 씨 자신이 이제는 그 죽은 붕어나 차가운 물보라에 옛날처럼 공연히 가슴이 두근거려지거나 기분이 들떠 오르지 않은 게 새삼스러울 뿐이었다.

그는 차라리 무심하고 조심스런 심사로 그 멀지 않은 둑길을 건넜다. 그의 그런 묵연스런 심사는 방죽 길이 끝나고 맞은편 물길로 올라서서도 마찬가지였다. 방죽 건너 선유리 쪽 길목께엔 그쪽 학교를 오가던 아이들이 갑자기 비바람이라도 몰아치면 서로 앞을 다퉈 몸을 의지했다 가곤 하던 높다란 흙벼랑이 있었는데, 그곳이 이제는 위쪽 흙더미가 흘러내려 사나운 가시덤불만 무성한 밋밋한 언덕으로 주저앉아 있었다. 그리고 다시 한참 길을 굽어 돌아간 동네 어귀께 우물 터, 더운 여름철이나 추운 겨울날이나 늘 빨래꾼 아낙들로 주위가 왁자하던 공동 우물 터 역시도 이제는 감감 사람의 발길이 끊긴 채 잡초들만 무성한 작은 웅덩이로 변해 있었다. 그 마을 입구의 맨 첫 번 집, 어느 날 등굣길에 그가 급한 볼일을 보러 들어갔다가 같은 반 여자아이가 정면으로 밑구멍을 까발리고 멀뚱멀뚱 쭈그려 앉아 있는 바람에 제물에 기겁을 하고 쫓겨 나왔던 변소간 집, 초입께의 쉬운 위치 때문에 등하굣길 아이들의 급한 출입이 빈번하던 그 고마운 공동 변소간 집도 이제는 흔적이 말끔히 사라지고 없었다. 하지만 종선 씨는 아직 그런대로 눈에 익은 주변 풍광을 되새기며 선유리 마을로 들어섰다. 그리고 마침내 옛날의 임시분교 터, 이제는 이미 흔적조차 찾아볼 수 없는 옛 어업조합 창고교실 터 앞에 다시 서게 되었다.

그런데 그때부터 조심조심 감싸오던 종선 씨의 심회는 속절없이 다시 막막하고 창연해지기 시작했다. 창고교실은 이미 오래 전에 불타 없어진 것을 알고 있었지만, 그 학교 터마저 주위가 너무 황량하고 쓸쓸했다. 옛 교실 터엔 새 붉은색 슬레이트 지붕의 가옥들이 들어서 있었고, 운동장으로 쓰이던 바다 쪽 모래밭은 지저분한 조수와 더러운 갯내 속에 거멓게 썩어가고 있었다. 비좁고 음습한 모래밭, 지저분한 바닷물과 헐벗은 개펄 바닥— 거기서 어떻게 아침조회와 운동시합을 하고 신명난 노래시간과 수영시합까지 가질 수 있었는지, 거기서 분명 그 시절을 함께했던 자신도 그것이 쉽사리 믿기지 않을 정도였다.

종선 씨는 사실 모든 것이 초라하고 낯설어 보이기만 한 그간의 이런저런 실망감에도 불구하고 이 선유리 임시학교 터에 대해서만은 기어코 한 가닥 기대를 부지해오고 있었다. 비록 옛 창고교실은 사라지고 없더라도 그 흔적만은 주변 풍광과 함께 곱게 남아 있다가 그의 아름답고 소중한 유년 시절을 증거해주리라 믿었다. 하다못해 어떤 행복스런 꿈의 흔적이라도 남아 있어주기를 바랐다.

그런데 이곳 역시 그것이 아니었다. 행복스런 꿈의 흔적은커녕 모든 것이 누추하고 을씨년스러울 뿐이었다. 그와 함께 자신의 머릿속 기억들까지도 어이없게 누추하고 궁상스럽게 변해갔다. 도대체 그 시절 방진모 선생은 이런 곳에 무슨 꿈을 심어 가꿀 수가 있었던가. 이열 교장이나 여선생이란 사람들도 이런 데서 무슨 노래를 짓고 부를 수가 있었단 말인가. 위인들이 이곳에 그 젊은 꿈을 묻고 간 사실을 누구라서 상상이나 할 수 있더란 말인가.

그는 자신도 모르게 장탄식이 흘러나왔다. 이제는 차라리 위인들이 원망스럽고 배신스럽기까지 하였다. 위인들의 일뿐 아니라 자신의 순정한 유년 시절의 일들을 아무것도 되돌이켜 보일 수 없을 것 같은 두려움, 동우 놈에게 제 아비를 증거해 보일 길이 전혀 없어 보이는 막막한 절망감에 이제는 진저리가 쳐졌다.

한데다 동우 놈까지 그런 제 아비의 심기를 더욱 황당하게 하였다.

― 긴 세월이 흘러 주변까지 많이 퇴락하고 삭막해 보이는구먼요.

길을 따라오면서 겨우 몇 마디 물음뿐, 아비의 기분을 건드리지 않기 위해 계속 눈치만 살피고 있던 녀석이 그 침울한 분위기를 바꾸어보려 어렵사리 입을 열고 나섰다.

― 하지만…… 아버진 심기가 좀 언짢으실지 모르겠습니다만, 이곳은 한때 그 방진모 선생님이나 이열 교장, 전정옥 선생님 같은 분들이 이 땅의 사람들을 위해 젊고 뜨거운 열정을 바쳤던 곳이 아닙니까. 억누르는 자와 억눌리는 자, 빼앗는 자와 빼앗기는 자가 없이 만민이 함께 잘살고 값진 삶을 누릴 수 있는 자주적 민족국가, 지금까진 이토록 무심히 버려져 삭막해 보이기만 하지만, 이곳은 바로 그런 독립 국가 건설의 신성한 꿈과 숨결이 밴 이 땅의 사람들의 소중한 성지가 아니겠습니까.

고양이 쥐 생각하는 격이랄까. 아비의 심기를 훤히 다 꿰뚫어 보고 제깐엔 제법 아비를 쓸어 만져주는 식이었다. 종선 씨는 더욱 입속이 쓰거워 헛기침 소리만 내뱉고 있으려니 녀석의 속은 실상 그런 것만도 아닌 것 같았다.

— 비록 그분들의 앞선 꿈은 당시의 제국주의 외세와 반민족적 분열주의자들의 책동으로 아직까지 그 열매를 거두지는 못했지만요. 그리고 그래서 지금 이곳이 이토록 황폐하게 버려져 있기도 하지만요……

녀석이 아비에 앞서 그 비분강개 조 헌사를 잠시 더 계속했다.

— 그렇다고 그분들의 주체적 민족주의, 그 자주적 사회주의의 숭고한 이념은 오늘에 와서까지도 조금도 빛을 덜할 수가 없는 것이지요. 그래서 저는 이 땅이 더욱 자랑스럽고 그분들의 이름이 자랑스럽습니다. 짧으나마 그분들과 남달리 각별한 인연 속에 그 시절을 함께 보내신 아버지와 아버지의 유년 시절도요…… 저는 이제 사라져 없어진 이 학교의 역사, 특히 그 초창기 시절의 역사를 되살려내는 일에 더할 수 없이 큰 보람과 자신을 얻게 되었다는 말씀입니다. 저는 긍지와 사명감을 가지고 망각 속에 묻혀간 이 아버지의 학교를 되살려내고 말 것입니다.

제 아비에 대한 위로의 목적에서든 무엇이든, 녀석은 낭패감에 젖어든 아비와는 반대로 그 삭막하기만 한 옛 학교 터 앞에, 그것이 하찮고 가망 없어 보일수록 웬 숨은 투지가 거꾸로 불타오르는 듯, 옛 교지의 복원 일에 대한 희망과 결의를 새로이 하고 있었다.

종선 씨는 그럴수록 마음의 위안은커녕 어떤 막막한 격절감만 더해갔다. 녀석은 그 울분 섞인 결의뿐만이 아니라, 방 선생들의 사상 성향에 대한 이해의 면에서도 아비와는 자꾸 엉뚱하게 엇나가고 있었기 때문이었다. 종선 씨는 사실 얼마 전까지만 해도 그 방 선생들의 본색을 대충 정체를 깊이 숨긴 채 한 세월을 기다리고 있던 지하 좌익쯤으로 여겨버리고 있었다.

그러다 그 사라져간 초창기 교지의 복원 일로 동우 놈과 이런저런 이야기들이 오가면서부터는 당시 이 땅의 헐벗은 백성들의 일을 생각하는 젊은 사람들의 열정으로 좌익이든 무엇이든 굳이 가릴 바가 있었겠느냐는, 자신들의 꿈과 주의 주장, 행동 들을 거기 의지하기가 마땅해 그리되지 않았겠느냐는 아들아이의 소견 쪽으로 생각이 많이 기울어온 터이었다. 전란 중 위인들의 행적이 분명하여 좌익과는 전판 무관하달 수는 없었지만, 그 전란 중의 처신들도 어쩌면 사정이 불가피하여 그리될 수밖에 없어서였을지 모른다는, 심지언 이제 와서 그 사람들이 정말로 좌익이었으면 어떻고 아니면 어떻겠느냐는 무관스런 심사 속에 그 열정과 의기를 새삼 높이 우러르고 싶어 해온 터이었다. 그런데 그쯤 제 아비의 생각을 바꿔놓은 동우 쪽은 그 생각이나 태도가 오히려 훨씬 더 가팔라지고 있었다.

그간에도 몇 차례 그런 기미가 있었지만, 이제는 방 선생이나 이열 교장, 나아가 그 이열 교장의 노래와 풍금에나 매여 지내다 그리되었을지 모르는 전 선생까지를 한 몫에 진짜 좌익, 진짜 속이 붉은 공산주의 운동가들로 못 박고, 그 사람들의 생각과 행적을 침이 마르게 칭송하고 있었다. 그리고 제 아비의 학교 시절은 흔적도 찾을 수 없었다던 전날과는 반대로 그 허망스런 정경 앞에 오히려 새 힘과 투지가 솟아오르는 듯, 일방적인 경탄과 결의를 금치 못해 하고 있었다.

종선 씨는 차라리 그러는 녀석이 껄끄럽고 같잖게 여겨졌다.

─ 네까짓 놈이 무얼 안다고 이 아비 앞에…… 노래 부르기를 그리 좋아하던 사람들이 어찌 진짜 좌익이나 공산당이 될 수 있다는 거냐. 내 알기로 진짜배기 공산당들은 전쟁 군가 나부랭이뿐 그 사람들 같은 노래는 좋아하질 않았어! 더욱이 그 공산당들이 나중에 남쪽으로 쳐 내려온 것은 입으로나 인민을 위한 혁명을 내세웠제 진짜 속내는 그 모진 붉은 사상으로 남쪽 땅과 정부를 빼앗아 물들이려는 거였고……그런 뜻으로다 그 교장과 전 선생들은 네가 말한 혁명가나 선각자라면 몰라도 좌익 공산당하곤 거리가 먼 사람들일 게여!

그러나 종선 씨는 녀석의 아비로서 그 데데한 말버릇을 우겨 눌러버리거나, 갈수록 위태로워지는 녀석의 머릿속을 뜯어 고쳐 줄 맘에 앞서 우선에 진실을 만나게 해줘야 한다는 생각이 앞을 섰다. 그 진실은 이제 유자섬의 방 선생에게밖에 의지할 데가 없었다. 옛날 선생들의 사상 성향, 종선 씨 자신의 유년 시절의 참 모습, 그리고 그 모든 일들에 대한 사실 여부의 마지막 결단은 이제 오직 그 방 선생에게 달려 있었다.

방 선생에 대한 그런 희망과 기대는 눈앞의 정경에 그의 허망감이 깊을수록, 그런데도 동우 놈은 더 의기양양하기만 할수록 점점 더 간절하게 그를 손짓해 불렀다. 그를 찾아 나선 길이니 당연한 노릇이기도 했지만 그에겐 이제 그 방 선생을 서둘러 찾아보는 것만이 마지막이자 유일한 자기 증명의 길이었다.

─가자, 어채피 그 어른을 한번 찾아뵙고 가얄 테니. 그 어른 거처가 지금 유자섬이라 했더냐?

동우 쪽의 사설 따윈 들은 척도 않은 채 그저 쓴 담배만 몇 모금 빨아 뱉고 섰다가 그는 마침내 녀석을 앞장서 천천히 발길을 떼어놓기 시작했다. 녀석의 당돌스런 언동만 같아서는 이제라도 녀석의 그 요란스런 사명감과 긍지에 모든 것을 맡겨두고 그냥 발길을 돌이켜버리고 싶기도 하였다. 하지만 사실은 자신도 지난날에 대한 누군가의 증언이 그만큼 간절했을 뿐 아니라, 그 지난날의 모습을 대신하고 있다 할 방 선생에 대한 그리움도 그렇듯 깊었기 때문이었다. 여기까지 온 김에, 다행히 당신이 아직 생존해 계실 적에, 일이야 어찌되든 그분이라도 우선 한번 찾아봬야 할 일이 아니냐.

─그간의 거처는 늘 유자섬이었습니다만, 지금 그 어른이 집에 머물러 계실지 어떨지는 아직 잘 알 수가 없습니다. 어제 제가 그 사위 되는 사람을 찾아가 미리 당부를 해놓기는 했습니다만요.

긴 침묵 끝에 비로소 발길을 움직이며 물어오는 종선 씨의 소리에, 동우 쪽도 새삼 한결 마음이 가벼운 듯 이내 발길을 뒤쫓아 나서며 대답을 건네왔다.

종선 씨는 이제 아들의 대답도 들은 둥 만 둥 그 학교 터 건너쪽 유자섬을 향해서 검게 젖은 모랫길을 터벅터벅 걸어갔다. 동우의 대답인즉 들으나 마나 그도 이미 알고 있는 일이기 때문이었다.

─그 어른은 지금 부인을 사별하고 외동딸 내외가 들어와 거

처를 함께 돌봐드리고 있다는데요. 하지만 전에 제가 몇 번 찾아
뵈러 갔을 때는 한 번도 선생님을 만나 뵐 수 없었어요……

지난밤 포구 횟집에서 녀석이 미리 발뺌 삼아 귀띔해온 소리였
다. 그때는 적이 심사가 추연하여 무심결에 말없이 들어넘기고
말았지만 그런대로 기억에는 남아 있던 말이었다.

—그러니 옛날의 학교 일은 말할 것도 없고 요즈음 지내고 계
신 형편도 제대로 들을 수가 없었지요. 낮 동안엔 어른이 어디서
무얼 하고 지내시는지, 선생께 대한 일은 당신께서 원하시지 않
는다면서, 그 딸네 내외도 통 입을 열려 하질 않았으니까요. 아까
어머니한테서 아버지가 오신다는 말씀을 듣고 제가 일부러 그 섬
까지 찾아가 사위 되는 사람에게 이번엔 선생님을 꼭 한 번 뵙게
해달라고 미리 당부를 드려놓았습니다만, 그 사람 일도 실상은
믿을 수가 없습니다. 그 말을 듣고 선생님께서 외려 자리를 피해
버리실 수도 있으니까요.

그 괴팍스런 노인네를 상대하는 요령에 녀석은 이미 이력이 난
말투였다. 그런 동우 놈 생각에 일리가 있다 싶어 이날은 그냥 무
턱대고 길을 찾아나서다시피 한 참이었다. 일이 여의치 못하면
길을 돌이켜서면 그만일 터. 종선 씨는 계속 말없이 아들을 앞장
서 걸어갔다.

그 유자섬 길, 옛날 학교 터에서 맞은 켠 유자섬으로 건너가는
5백 미터 남짓한 연육로는 하루에 두 차례씩 밀물 때가 되면 길
양쪽에서 밀려드는 물결 속으로 깊숙이 감겨들었다가 썰물 때
가 되면 서서히 솟아올라오곤 하는 모랫등 길이었다. 그런데 때

마침 아침 녘 썰물에 검은 뻘물이 밀려 내려간 그 좁은 모랫등 길 중간쯤에 웬 늙은 개꾼 아낙 하나가 헌 넝마뭉텅이처럼 조그맣게 다리를 쪼그리고 앉아 호미질에 열중해 있었다. 가까이 다가가 보니 모랫속에 파묻힌 국바지락을 캐고 있는 중이었다.

─썩어 더러워진 이 모랫길이 아직도 조개를 키우고 있는가.

종선 씨는 옛날 야외 수업이나 특별한 행사 때면 그 수백 년 노송들이 빽빽한 유자섬을 드나들며 이 모랫등 길목에서 책보자기 하나 가득씩 국조개를 파 나르던 기억이 되살아나 잠시 아낙 곁에 걸음을 멈춰 섰다. 그리고 한동안 개꾼 아낙의 잽싼 손놀림을 구경하다 문득 혹시나 하는 생각이 들어 조심스럽게 물었다.

─아줌니, 잠시 말씀 좀 물읍시다. 그 뭐시냐, 전일 이 선유리 초등학교 분교에서 교편을 잡고 계시던 방진모 선생님이라고…… 그 어른이 근자 저 유자섬에 거처를 의탁하고 계신다는디, 지금 들어가면 그 어른을 상면헐 수가 있을란지요.

혹시 그새 방 선생님이 섬을 나가는 걸 못 보았느냐는 물음이었다. 하니까 아까부터 인기척을 알면서도 내처 고개를 숙인 채 호미질만 계속하고 있던 늙은 개꾼이 비로소 얼굴을 빼꼼히 들어 보며 좀 시큰둥한 어조로 반문해왔다.

─누구라고요? 방진모 선생님이라고 하셨소?

그리고는 이미 이쪽의 말을 알아들었으면서도 부러 한번 그래 봤던 듯 첫마디부터 웬 비소기가 어린 어조로 자답을 해왔다.

─글쎄라, 저 섬에 그런 어른이 살고 기시긴 하지라. 근디 그 섬 귀신 같은 독불장군 늙은이한티 무신 볼일이 있는지 모르지만

찾아간다고 누가 만나주기나 한답디여?

— 섬 귀신에다가 또 독불장군 늙은이라?

그럴 리가 없으니 헛수고 말라는 뜻이 분명했지만, 종선 씨는 아낙의 갑작스런 어깃장 투에 유다른 곡절이 있을 듯싶어 그녀의 말꼬리를 단박 되받아 잡고 나섰다. 하니까 입이 열린 아낙의 말투는 때를 만난 듯 험한 공박기를 더해갔다.

— 나이 들어 한평생 섬에만 들어앉아 지내니 섬 귀신이 분명하고, 한동네 살면서도 사람 면대를 마다하고 통하는 말이 없으니 독불장군이 아니고 뭣이었소. 아무리 재게 혼자 섬에만 들어백혀 산다지만, 1년 가야 제대로 얼굴 한번 대면하고 지내기가 어렵고 누구하고 말소리 한번 주고받는 걸 들을 수가 없는 늙은이라니께요…… 그러니 댁들은……

아낙은 계속 험담을 늘어놓을 낌새였다. 그러나 종선 씨는 이제 더 그녀를 상대하고 있을 생각이 없었다.

— 그만 알았소. 그 어른을 만나고 못 만나고는 우리가 알아서 할 일이니 조개나 많이 캐가도록 하시오.

그는 아직도 무슨 소린가를 구시렁대고 있는 아낙을 뒤로하고 다시 유자섬으로 향했다. 남의 일에 초장부터 험담을 일삼고 나서는 여편네가 좀 별나 보이기는 했지만, 종선 씨는 이제 대충 방 선생이 지내온 처지나 당신에 대한 마을 사람들의 마음새를 짐작할 수 있었다. 한마디로 방 선생은 섬 바깥 사람들과는 거의 왕래를 않은 채 사람들의 일이나 시시비비에도 전혀 아랑곳을 않고 지내는 괴벽스런 노인으로 늙어가고 있음이 분명했다. 당신의 거처가 유자섬 쪽인 것은 분명했지만, 동우 녀석 말로는 그 거처를 비우는 일까지 많다니 이래저래 종선 씨는 선생을 만나보기가 아무래도 쉽지가 않을 것 같았다.

— 이거 어쩐다지요, 노인네가 오늘도 아침 일찍 섬을 나가셨는디요.

지레 상서롭지 못한 생각을 하고 온 탓일까. 방 선생은 예상대로 이날도 유자섬 거처를 비우고 없었다. 쓸 만한 텃밭 한 자락 제대로 가꿀 수 없는 모래흙투성이의 만여 평 남짓한 소나무섬, 그 섬 한복판에 얼기설기 얽어 세운 오막살이 사립을 종선 씨 부자가 들어섰을 때 두 사람을 맞은 것은 선생의 데릴사위 격인 40대 중반의 사내뿐이었다. 그나마 전날 동우의 통기가 있었기 탓에 당자 대신 자기라도 바깥일을 미뤄두고 집을 지키고 있던 참이랬다.

— 제가 어제 여기까지 일부러 찾아와서 그리 간곡한 부탁을 드리고 간 일인데, 선생님께서는 그런 말씀이나 드려보셨습니까. 옛날 이 선유리 분교 시절에 선생님한테서 공부를 배운 제자가 옛 은사님을 찾아 뵙자고 모처럼 먼 길을 온다고 말입니다.

제 일에 대한 낭패감에다 아비를 헛걸음시킨 민망스러움까지 더하여 동우 놈은 속이 상할 대로 상해 사내를 채근하고 들었지만, 사내 역시 별수가 없었던 모양이었다.

— 왜 그 말씀을 드리지 않았겠어요. 말씀을 디렸지만 대관절 이렇다저렇다 대꾸 한마디가 없으시다 오늘은 외려 더 별스럽게

일찍부터 나들이 채비를 서둘러 나가버리시는디, 지가 게서 더 무얼 어쩌겠습니껴.

동우가 걱정한 것처럼 미리 통기를 한 것이 외려 일을 그르쳤다는 말투였다. 부자의 일이 귀찮아 사내가 부러 발뺌을 하고 있는 것만은 아닌 것 같았다. 사내 역시 일이 그렇게 된 것이 심히 민망스러운 듯 노인을 원망스러워하는 기미가 역력했다. 그리고 그 부자의 사정을 진심으로 거들어주고 싶은 듯 예상외의 친절까지 베풀어왔다.

— 일이 이러크럼 되어 지도 면목이 없습니다만, 그렇다고 부러 먼 길을 오셔서 이대로 그냥 돌아서시랄 수도 없는 노릇이니, 누추하지만 좀 안으로 들어가 기다려보실랑가요? 지금은 물이 빠져 어차피 뱃길이 어렵지만, 이따가 물이 들면 생각을 다시 고쳐묵고 돌아오시게 될지도 모르겠으니께요.

그만만 해도 종선 씨는 제법 심기가 차분해졌다. 이쪽도 얼마쯤 허행을 각오하고 온 터에 사내는 여태 동우에게 입도 뻥끗한 일이 없었다는 그 선생의 행선지나 근황들까지 일러왔다.

— 그럼 선생님께선 지금 바다로 갯일을 나가셨다는 말씀입니까?

종선 씨와는 달리 무턱대고 조급스럽기만 한 동우의 다그침에 사내가 해명을 겸해 그 선생의 근황을 한 가지씩 털어놓기 시작한 것이다.

— 바다가 아니면 이 좁은 골에서 섬을 나가 어디 달리 갈 데가 있으시겠어요. 노인네 혼자서 바다낚시를 나다니신 지가 20년도

더 넘었을 거라요. 이젠 헐수할수없는 뱃사람 꼴이지라우.

— 낚시질을 나가셨다면 그럼 선생님께서 자주 찾아가시는 물길이 있을 거 아닙니까. 우리가 배를 타고 그쪽으로 나가보면 안 될까요. 그래 주신다면 제가 충분히 사례를 해드리겠습니다만요.

— 지금은 썰물 때라 여기선 배를 띄울 수도 없지만, 노인네가 어디 한곳에 마음을 붙이고 다니셔야지요. 낚싯대만 지녀 가실 뿐 고기를 낚는 일엔 마음이 없는 어른이 돼놔서요.

— 낚시질에 마음이 없으시면 바다엔 무얼 하러 가십니까?

— 그거야 지도 잘 알 수 없는 일이지라. 무신 세월을 낚는지 망념을 낚는지…… 그래도 늘상 낚싯대만은 잊지 않고 지니고 다니시니께요. 그러니 당신 가신 곳을 종잡을 수도 없는 노릇이지만, 설사 그곳이 어딘질 안다 치드래도 어차피 소용없는 일인게라요. 그간에 당신을 10여 년 동안이나 모시고 겪어온 지가 그 노인네 성미나 고집을 모르겠어요. 그러니 그냥 여기서 차분히 기다리고 계시는 쪽이 상수라요.

— 배가 돌아올 시간은 언제쯤 될까요.

— 그야 물이 들고 해가 저물면 들어오시겠지요. 노인네가 돌아오시더라도 지가 일을 이렇게 길게 끌어놓고 있는 걸 보시면 또 무신 칭찬의 소리를 얻어듣게 될지 모르지만요.

어이없이 태평스러워 보이긴 했지만, 인사치레로 한 소리가 아닌 것만은 분명했다. 종선 씨는 이제 그 사내를 믿고 기다리는 수밖에 다른 도리가 없었다. 동우 쪽도 이제는 더 채근할 말을 잃은 듯 그쯤 입을 다물고 아비 쪽 눈치를 살피고 있었다.

부자는 결국 사내의 권유대로 마음을 추근히 다져먹고 선생이 돌아오기만을 기다리기 시작했다. 그런데 실상은 그편이 일이 더 잘된 것 같기도 하였다. 그렇게 예정 없이 노인을 기다리는 동안 종선 씨 부자는 그간 선생의 생애나 괴벽스런 행적들에 대해 사내 내외로부터 보다 많은 이야기를 들을 기회를 얻게 된 때문이다. 오래잖아 점심때가 되어 바깥일을 나갔던 이 집 안식구가 돌아오고, 사내의 주문에 따라 그녀가 서둘러 차려 들인 점심 요기상까지 염치없이 비워내고 난 뒤였다. 그리고 종선 씨가 심심 파적으로 그 유자섬과 조합창고 분교 시절에 대한 이런저런 회고담까지 바닥을 내고 났을 때였다.

— 장인어른이 해필 이 섬으로 들어와 거처를 정해 지내신 건 이 섬에서 당신 혼자 닭을 치기 시작하시면서부터였다드만요……

세 사람이 한동안 무료하게 앉았다 보니 무작정 시간만 기다리고 있기가 민망스러웠던지, 이번엔 주인 사내 쪽에서 제풀에 불쑥 이야기를 받아 이어나가기 시작했다.

— 그 6·25전란 중에 당신이 겪었던 고초는 이미 다 알고들 기실 일이니 더 말을 않겠습니다만, 당신은 아마 그때부터 세상이 당최 무섭고 귀찮아져 여기서 혼자 닭이나 치면서 사실 생각을 하셨던가베요.

그도 누구에겐가 한번쯤은 그런 속을 털어놓고 싶은 생각을 품어온 탓이리라. 사내는 슬그머니 그의 장인 영감이 엮어온 숨은 인생역정의 뒷부분을 들춰내고 있는 것이었다.

―닭을 치는 일로 당신의 생계지책을 삼으려 하셨다면 뭐시냐, 그 닭들이 대체 몇십 수 몇백 수나 되었길래?

　뜻밖의 사실에 종선 씨도 새삼스런 호기심이 발동했다. 그런 종선 씨 부자의 부추김에 이끌려 사내의 이야기는 갈수록 흥미를 더해갔다.

　―20여 년 전 지가 저 사람하고 혼인을 해서 저 건너 뭍동네로 살림을 차려 들어왔을 때는 당신이 그 닭벌이를 그만두고 바다를 나다니기 시작한 뒤였으니께 그걸 지 눈으로 직접 본 일은 없었지요. 하지만 뒷소문으로 듣기에 그게 한때는 좋이 3백여 마리는 되었을 거라드먼요. 그런디 그 노릇을 10여 년간이나 하면서도 실지로는 그걸로 생계를 보탠 적이 한 번도 없으셨다누만요. 그 일을 두고 늘 돌아가신 장모님이 당신 원정을 하곤 하셨으니께요.

　푸념기가 완연한 그 사내의 장인에 대한 이야기는 엉뚱하게 희극적인 일면까지 길게 이어져나갔다.

　―지금은 벨로 들즘생이 설치고 댕기는 일이 없지만, 그때는 뭍에서 족제비나 살쾡이 같은 즘생들이 밤만 되면 어둠을 타고 이 섬까지 헤엄을 치거나 모랫등길을 건너와서 당신의 닭들을 마구잽이로 해치고 가는 일이 많았답니다. 그 시절엔 어디나 흔히 있던 일이였지라. 그런디 장인 어른은 그 노릇을 벨시럽게 못 참아 하셨다는구만요. 그것을 무신 증정을 지닌 사람의 행투라도 되는 양 부득부득 이를 갈며 분해하시곤 했답니다. 그 못된 얌생이꾼들을 지키러 밤마다 섬 구석구석을 돌면서 날을 새우곤 하

셨다니께요. 그러니 동네 사람들의 비소가 오죽했겠어요. 그런
다고 바닷물로 헤엄질까지 쳐가면서 섬을 건너오는 것들을 씨
를 말릴 수도 없는 노릇이고, 거기다 때때로 돌림병까지 돌아서
닭 마리 수를 마음같이 늘려가지도 못한 형편에 밤마다 그 가증
시런 야반 약탈꾼을 상대로 부질없는 밤샘놀음만 일삼고 기셨으
니…… 동네 사람들한테 차라리 정신 나간 사람의 밤날굿이, 우
스꽝시런 광기 놀음으로나 보였겠지라.

 말없이 이야기에 귀를 기울이고 있는 부자 앞에 사내는 거기서
새삼 긴 한숨을 토하고 나서 잠시 더 푸념을 계속했다.

 ─그러니 당신께 대한 지 장모님이나 집사람 이야기가 한 번
도 곱게 나올 때가 없었지요. 집안살림 일은 거의 알은척도 않으
셨다니께요. 몇 마리까지나 요량을 잡고 기셨는지 당신의 속맘
을 통 헤아릴 길이 없어 놓으니, 장모님이 어쩌다 당신 몰래 몇
마리씩 집어 내다 쓰신 일뿐, 당신은 그저 돌보고 지키려는 욕심
밖에 닭들을 내어다 생계를 보탤 생각은 한 번도 지녀본 적이 없
으셨을 거라고요. 더구나 처음엔 장모님하고 저 사람을 저쪽 뭍
에 남겨두고 당신 혼자 여기서 발을 끊고 지내는 바람에 장모님
이 이리저리 따로 생계를 꾸려대시다가 한 5, 6년 뒤쯤엔 아무래
도 그냥 더 두고 볼 수가 없어 거처나마 반 어거지로 이리 함께 합
쳐 들어오게 되셨다니, 그간의 장모님의 고초나 심화가 어떠셨겠
어요, 행인지 불행인지 막판 녘에 들어선 닭들이 새 돌림병으로
떼죽음을 당해나가는 바람에 그럭저럭 손을 털게 되고 말았다지
만서도요.

그러나 그렇게 닭장을 닫은 후에도 장인의 생각이나 처신엔 별로 달라진 데가 없었다는 것이 그 노인에 대한 원망과 장모에 대한 동정을 겸한 사내의 부연이었다.

— 장인어른은 그 닭장 일에 실패를 보고 나서 오만사가 다 시들한 듯 한동안 넋을 놓고 지내시더랍니다. 그러다 어느 날부터 생각을 바꿔먹은 듯 느닷없이 바다를 나다니기 시작하시더라고요, 허지만 당신이 바다를 나가면 또 뭣 합니껴. 그물질을 할 줄 압니까, 낚시질을 제대로 할 줄 압니까. 바람을 낚는 것인지 구름을 낚는 것인지, 그저 건성으로 낚싯대나 메고 다니실 뿐, 세상일 집안일엔 통 관심을 둬본 일이 없으신 양반이셨으니께요. 집사람과 저는 수삼 년 전 장모님이 돌아가시고 나서 노인 양반 처지가 더 올데갈데없어진 바람에 이번에는 우리가 이쪽으로 살림을 합쳐들어와서 보고 그런 장모님의 고초를 새삼 가슴 아프게 헤아리게 됐지만 말입니다.

사내의 이야기는 시종 그 주변머리 없고 고집스런 장인영감의 세상살이 자세에 대한 푸념으로 일관한 꼴이었다. 어찌 보면 사내로선 당연한 노릇일 수밖에 없었다. 사내에겐 어른이 그저 답답하면서도 속이 빈 독불장군 노인일 뿐이었다.

종선 씨는 그런 사내를 나무랄 수가 없었다. 하지만 그는 사내와는 생각이 많이 달리 되는 것이 있었다. 이야기를 듣다 보니 그는 선생으로부터 그 요량 없고 고집스런 섬 노인, 두통거리 독불장군 이상의 어떤 아픈 집념과 남모르는 기다림의 세월을 살아온 사람의 하염없는 숨결 같은 것이 짙게 느껴졌다. 그 하릴없는 바닷나들이도 물론 심상한 세상살이 모습이 아니었지만, 닭 치기에 집념했던 첫 섬 시절의 일화는 특히 광적이고 처절스런 데가 있었다. 입 한 번 뻥끗하지 않은 채 잠잠히 듣고만 있는 품이 동우 쪽의 기색도 대개 비슷한 느낌에서였겠지만, 그 저주스런 야반 틈입자들로부터 자기 방비의 힘이 없는 약해빠진 닭 새끼들을 지키려는 악착스런 싸움에는 사내의 말마따나 우선 우스꽝스러운 느낌이 앞을 섰다. 하지만 그보다 그의 그런 광태 속엔 어떤 가슴 서늘한 증오심, 사그라들 수 없는 집념과 집착의 그림자들이 숨어 웅크리고 있었음이 분명했다.

그 외롭고 처연스런 집념과 기다림의 세월, 종선 씨는 사내에게 그런 선생의 지난날의 인생사를 듣게 된 것만으로도 이날의 발걸음이 허행이 되지 않은 것 같았다.

거기다 이날 종선 씨 부자가 선생을 기다리며 거두게 된 또 하나의 수확은 나중 참에 부엌 건너 선생의 거처에서 그 사연 많은 풍금을 직접 확인한 사실이었다. 장인 영감에 대한 사내의 푸념도 어지간히 열기가 가라앉고 난 뒤였다. 바다 쪽 기미를 살피기 위해 셋이 함께 방을 나와 마당을 서성이던 끝에 동우 녀석이 얼핏 부엌 건넌방 쪽으로 제 아비를 눈짓해 불렀다. 종선 씨가 얼른 눈치를 알아차리고 다가가보니, 거기 부엌 건너 선생의 비좁은 거처방 한구석에 예의 눈에 익은 풍금이 곱게 들어앉아 있었다.

— 장인어른이 오시기 전에는 방문을 제 손으로 열어드릴 수가 없구먼요.

눈치를 알아차리고 금세 난처한 안색이 되어 사정 조로 나오는 사내를 모른 척할 수 없어 차마 그대로 방문을 열고 들어가 그것을 가까이서 볼 수는 없었다. 그래 그 우아한 몸체나 고운 가지빛 건반 덮개 위의 금색 초상화 열, 동전 닢이 길게 겹쳐 이어져나간 것 같은 양악인들의 원형 초상화 열들도 — 그것이 그 풍금을 더욱 신기하고 고급스러워 보이게 했으니까 — 자세히 살펴볼 수가 없었지만, 종선 씨는 어쨌거나 그것이 옛날 교장의 풍금임을 한눈에 곧 알아볼 수 있었다. 그것도 그간의 세월에 비하면 보이지 않는 정성과 손길이 많이 간 듯 그런대로 옛 모습이 잘 보존되어온 물건이었다.

풍금은 과연 동우의 말대로 다시 돌아와 있었고 선생은 그것을 무슨 귀한 보물단지처럼 당신 방에 함께 잘 건사해오고 있었던 것이다.

— 당신은 도대체 입을 여신 일이 없으시지만, 저 사람 말로는 어른이 아직 젊었을 적 저쪽 초등학교에서 쓰다가 창고 속에 버려둔 것을 웬 사정까지 해가며 얻어다놓은 것이라는구만요. 저런 귀신이 날 것 같은 헌 물건짝을 무신 소용에서 저렇게 알뜰히 모셔다놓고 있는지 모르겠어요.

방을 함부로 들어가지 못하게 한 미안스러움에서 짐짓 그러는지 사내는 이번 역시 그 노인의 괴벽스러움을 도대체 헤아릴 수가 없다 했다. 그렇다고 어른이 그 물건으로 무슨 노랫가락 소리를 울리거나, 시험 삼아 건반을 건드려보는 소리조차 들은 적이 없었다는 것이다.

— 저나 집사람은 물론 장모님 살아생전에도 저 물건이 소리를

내는 건 들은 적이 없었다는 게라요. 그러면서 다른 사람들헌티는 손끝 하나 섣불리 스치지 못하게 하시니, 우리는 저게 글쎄 제 소리나 낼 수 있는 물건인지도 알 수가 없구만요, 그 어른이 저 물건에 손이 익지 못하시다는 건 돌아가신 장모님이나 지 집사람이 이미 다 알고 있는 일이고요.

선생이 가끔 그 풍금을 치시는 일이 있었느냐는 동우의 물음에 그 무슨 어림없는 소리냐는 듯 면박에나 가까운 설명을 늘어놓은 사내고 보면, 그에겐 달리 짐작할 길이 없을 터였다.

하지만 종선 씨는 이번에도 그런 사내와는 감회가 전혀 달랐다. 이제 와서 그에게 그 풍금이 소리를 내고 못 내고는 큰 상관이 없는 일이었다. 선생이 무슨 생각으로 여태 그런 물건을 소중스럽게 간수해오고 있는지 굳이 그 속을 알아야 할 일도 없었다. 그는 풍금을 다시 보게 된 것만으로도 가슴 벅찬 반가움과 감회를 감당할 수 없었다. 그리고 그걸 여태 곱게 간수해온 선생이 가슴 저리도록 고마웠다. 처연스럽고 외로운 기다림, 야반 틈입자들로부터 닭들을 지킬 때의 가슴 서늘한 집념기, 선생이 지금까지 풍금을 간수해온 소이나 마음가짐으로 여겨지는 그런 어떤 느낌들은 그 깊은 감회와 선생에 대한 망외의 고마움 속에 이미 자명해지고 있었다.

지난 세월의 유일한 삶의 지주가 무너져 내린 듯한 종선 씨의 어떤 절박하고 망연스런 허망감에도 불구하고 부자가 섬을 찾아온 일이나 그 한나절 사내와 노인을 기다린 시간은 그래저래 그런대로 꽤 뜻이 있었던 셈이었다. 아쉬운 것은 다만 그런 기다림

뒤에도 끝내 선생을 만나지 못한 일이었다.

선생은 그러니까 이날 저녁 밀물이 다시 섬 쪽으로 밀려들어오고 석양 녘 해풍 속에 바닷물빛이 차츰 어두워질 때까지도 끝내 뱃길을 돌아오는 기미를 보이지 않고 있었다.

— 선생님께서 뱃길을 밤늦게 돌아오신 때도 있으신가요? 우리가 아직 어른을 기다리는 줄 아시고 부러 다른 데로 배를 대어 가신 건 아닐까요?

날이 저물기 시작하면서부터 마음이 다시 조급해진 동우의 채근에 사내 쪽에도 그때부턴 썩 자신이 없는 대답이었다.

— 바닷길을 다니는 사람이 물때를 맞추다 보면 밤뱃길을 다니게 되는 수도 허다하지라. 허지만 오늘은 아닌 것 같구만이라. 물길이 이미 배를 저어 들어올 만큼 차올라 들어왔는디…… 그렇다고 당신을 찾아와 기다리는 사람 피하자고 일부러 다른 데로 뱃머리를 돌려댔다고 할 수도 없는 일이고, 이 근동에만도 마량이나 녹동, 저 건너 회령리 같은 포구들이 많지만 그 양반이 이때껏 그런 디로 배를 대간 건 한 번도 없었으니께요. 언제고 결국 돌아오시기는 하겄지만, 때가 너무 늦어지면 선생님들 나가실 길이 걱정이군만요.

선생이야 언제고 돌아오기는 하겄지만, 그걸 기다리다가 모랫둑 길이 물에 잠기면 섬을 나갈 때를 놓치게 되리라는 걱정이었다. 내놓고 사람을 내모는 식은 아니었지만 사내로서도 이날은 그쯤 일을 마무리고 싶은 눈치가 완연했다. 게다가 어느 틈에 섬을 나갈 모랫둑길까지 양쪽에서 밀려드는 물결에 잠겨들어 길목이 반쯤을 좁아들어 있었다.

종선 씨는 더 이상 기다릴 수가 없었다. 사내의 거북스런 처지도 처지지만, 무리하게 더 눌러앉아 선생을 기다렸다가 일을 아예 통째로 그르치게 될 수도 있었다. 늦게나마 선생이 돌아오는 것을 본다 한들 당신이 그 끈질긴 불청객들을 대해올 심기를 알수가 없었다. 기왕에 밤을 새워 기다릴 처지가 못 될 바에, 다음날이라도 곱게 기약하고 자리를 떠야 하였다.

그래 결국 부자는 이날 선생을 만나지 못한 채 다음 날을 다시기약하고 섬을 서둘러 나오고 말았다. 사내 내외에게는 물론 다음 날 일에 대비해 선생이 모쪼록 부자의 일에 대해 심기를 편하게 지내고 계시도록 해달라는 심심한 당부를 남기고서였다. 그러니 비록 이날로 선생을 만나진 못했을망정, 그것을 그리 서운해하거나 일을 다 그르친 걸로 낙담을 할 것까지는 없었다. 동우쪽도 대개 같은 마음이었던지, 빈 바다를 바라보는 아쉬운 눈길에도 불구하고 그쯤에서 순순히 아비를 따라 나섰을 정도니까.

아니, 실상 그 동우 쪽으로 말하면, 그에게도 이날의 기다림의시간이 제 아비에 못지않은 감동과 흥분을 자아내게 했음이 분명했다.

─참 대단한 기다림이시군요. 그 험난하고 긴 고난의 세월을 견디시며……

부자가 이윽고 사내와 헤어져 나와 그새 더 부쩍 좁아든 연육로 어스름 길을 서둘러 건너오던 중이었다. 바쁜 발길 중에도 녀석이 참지 못하고 기어코 한마디 제 감회를 털어놓고 나섰다. 더

들을 것도 없이 노인의 고집스런 외톨박이 섬살이와 속을 헤아릴 길 없는 괴벽스런 집념기들을 두고 한 소리일시 분명했다.

― 선생님이 살아오신 지난 세월이 말이냐. 그 괴벽시런 노인 양반이 무엇을 그리 대단하게 기대려왔다는 소리냐.

종선 씨는 동우의 속뜻을 알면서도 부러 좀 마땅찮은 어조로 어깃장을 놓았다. 녀석의 말을 듣고 보니 종선 씨는 새삼 노인의 묵연스런 세월, 그 격절스런 세월의 흐름 속에 그저 한 괴벽스런 늙은이의 옹고집이나 집착기 이상의 그 심상찮은 격정의 웅크림이 되살아 느껴져온 때문이었다. 그것은 미상불 대단한 기다림이었을 터였다. 하지만 종선 씨에겐 그 은밀스런 웅크림이나 기다림의 숨결이 아까 참에도 그랬듯 무슨 숨겨진 격랑처럼 다시 심사를 망연하게 해왔기 때문이었다.

그러나 동우 쪽은 이미 그런 아비의 속심사 따위는 아랑곳할 여유가 없는 것 같았다. 뿐더러 선생의 그 말없는 기다림에 대해서도 훨씬 더 이해가 투철해져 있었다.

― 그거야 부당하게 짓밟힌 민족의 꿈이 되살아나고 끊어진 역사가 다시 이어지기를 기다려오신 것이지요.

숫제 제 아비를 일깨우려 드는 듯한 녀석의 말투는 조금도 거침이 없었다. 자연히 티격태격 말이 더 오갈 수밖에 없었다. 이곳까지 선생을 찾아온 일에서부터 아비와는 매사 생각이 달랐던 녀석이니 으레껏 그러려니 치부하고 넘어갈 요량이었으나, 녀석 쪽에서 그리 자신만만하게 나오는 마당에 아비로서도 몇 마디 분명히 해야 할 것은 해두고 싶었기 때문이다.

—그 뭐시냐…… 네가 말한 꿈이니 역사니 허는 것들이 원래 사람을 그렇게 만드는 것인지 모르겄다마는, 당신 곁에서 당신과 항꾸네 한 세월을 살아온 사람들 꼴은 뭣이라냐. 옆엣사람들 일은 마음에도 한번 뒤보지 않고 당신 혼자 그렇게 자기 세월만 기대리면 뭐시냐, 당신헌티선 그 세월이 흐르질 않는다드냐……?

　그는 어수선한 갯바람기 속으로 누군가를 나무라듯 갑자기 목소리를 돋워 올렸다. 아까 섬에서부터 마음 한구석을 줄곧 아프게 파고들던 어떤 절박스럽고 불편스런 느낌을 녀석에게 대신 털어놓는 격이었다.

　—이 애비도 물론 당신의 뜻이나 처신을 전판 다 그른 일로 비하허자는 건 아니다. 학교를 시작하던 옛날 생각이나 열의들이야 훌륭했겄지야. 좋은 세상 만들자고 좌익이든 우익이든 생각을 모돠 먹고 몸을 던져 나선 것도 굳이 나무랄 일이 못 되겄고, 헌디 그런 일은 옳았건 글렀건 그 한 시절로 다 지나간 과거지사들 아니냐. 내 말은 거 뭐시냐, 그러니께 과거지사는 과거사 현재지사는 현재사, 그런디 선생은 여태도 그 까마득한 지난날의 미련에만 파묻혀 지내신 듯싶으니, 그 아니 딱하고 민망스런 노릇이 아니더냐. 그야 네 말대로 무신 꿈인가 뭣인가 하는 것 땜시 당신이 지금껏 그리 취해 살고 계신다면, 그 세월이 원판 다 헛공사로 끝난디도 당신헌틴 그게 다 자업자득지사로 별 억울해야 할 일은 못 되겄지만, 너도 아까 두 귀로 똑똑히 들었다시피 그 돌아가신 사모님허구 딸 사위 자식들 같은 옆엣사람들 인생살인 다

어찌 되고 말었드냐……

— 그야 선생님께선 옳은 뜻을 힘들여 지켜나가시려니 주위를
자상하게 살펴주실 여력이 없으셔서였겠지요. 그게 외려 선생의
넓고 큰 사랑일 수도 있겠고요.

짐작대로 결코 만만히 물러설 리 없는 동우 쪽의 서슴없는 비
호 투 한마디에 종선 씨의 긴 푸념은 비로소 끝이 났다. 녀석을
상대해선 팔씨름이라면 몰라도 말입질은 아무리 오가봐야 소용
없는 짓거리였다. 더욱이 녀석은 젊은 것의 머릿속이 너무 외곬
인 데다, 종선 씨로서도 제 혀놀림이 본심을 훨씬 앞서고 있는 느
낌이었다.

종선 씨는 아직도 그 동우 쪽을 겨냥하여 목구멍을 치받쳐 오
르는 반박의 소리들을 꾹 눌러 참아 삼킨 채, 어스름 속에 검게
젖은 모랫길만 묵묵히 가늠해나갔다. 그런데 동우 쪽은 그런 아
비의 갑작스런 침묵에 외려 속이 미심쩍어진 낌새였다.

— 선생님이 섬에서 당신 혼자 밤마다 닭 도둑들을 쫓으려 밤을
밝히곤 하신 것도 바로 그런 사랑의 구현이라 할 수 있지요……

이번에는 녀석이 그 아비를 깔축없이 설복시키고 말 심산인 듯
발길을 급히 따라 붙이며 새삼 더 자신에 찬 설명을 덧붙여왔다.

— 선생님의 닭들은 당신에겐 그냥 당신의 생계를 마련키 위한
단순한 가축이 아니었겠지요. 그 닭을 해치려 드는 짐승들도 그
냥 배가 고픈 들짐승들이 아니었을 테구요. 그 닭들은 무고하게
쫓기고 억울한 희생을 당해온 이 땅의 힘없는 민중들이었어요.
그 들짐승들은 그 민중을 때 없이 침탈하고 희생시켜온 압제자들

176

이고요. 선생님은 바로 그 압제자들의 무도한 강압과 약탈에 대항하여 무고하고 무력한 이 땅의 민중을 지키고 보호하려는 외로운 파수꾼이셨습니다……

귀에 익은 역사 타령, 예의 그 녀석의 오연스런 연설 투는 결국 노인의 밤샘 일에까지 이르러, 어딘지 괴벽스럽고 증오의 정이 역력한 그 노릇을 당신의 사랑풀이로 자신 있게 단언했다.

하지만 동우의 일방적인 사랑 타령은 그쯤에서 아쉽게 장단을 접어야 하였다. 그리고 종선 씨도 더 이상 녀석에 대한 마음속 시비기를 참아나갈 필요가 없게 되었다. 나중에 가서야 알게 된 일이었지만, 두 사람 앞에는 이때 그 선생이나 당신의 일들에 대해 대신 더 분명히 해줄 일이 기다리고 있었던 것이다.

종선 씨 부자가 밀려드는 파도에 쫓기듯 좁은 모랫둑 길을 거진 벗어날 무렵이었다. 창고 교사 터가 있던 마을 쪽으로부터 웬 갯사람 몰골의 아낙 하나가 방금 두 사람이 건너온 길을 거꾸로 거슬러 가는 듯싶더니, 이쪽의 예상과는 달리 길을 비켜서는 척하던 그녀가 두 사람 앞에 멈칫멈칫 발길을 머물러 섰다. 그리고는 쭈뼛쭈뼛 이쪽을 지목해 묻고 있음이 분명한 알은쳇소리를 건네왔다.

— 저 혹시 예전에……

어스름 속에나마 가까이 살펴보니 아침 녘에 섬 길을 들어가며 몇 마디 말을 묻고 지나갔던 조개잡이 아낙이었다.

— 나 벌써로 망녕이 든 소린지 몰겄소만, 예전에 저 참나무골 윗갯골 동네 살던…… 이름이 누구드라! 그 이름은 잘 몰겄소

만…… 하여튼지 어렸을 적에 이 선유리 창고학교를 댕겼던 사람 아니오?

그녀가 계속해서 떠듬떠듬 물었다. 참나무골에도 살았고 이곳 학교도 댕겼고, 이름이 종선이라고…… 헌디 댁은 뉘시오?

종선 씨는 어쨌거나 아낙 쪽에서 이미 이쪽의 얼굴을 대충 알아본 눈치여서 짐짓 더 점잖게 자기 이름까지 대주고는 이어 상대방이 누군지를 되물었다. 아낙은 긴가민가하던 짐작이 제대로 들어맞은 데 대한 놀라움으로 새삼 반색을 하고 나섰다.

— 아, 그래, 종센이. 그리고 본께 내 눈구녁이 그새 아주 멀어 뿌리지는 않았구먼그랴. 아 글씨 그 소문난 괴병쟁이 늙은이를 물색 모르고 부러 섬까장 찾아가는 사람치고 그 시절 이 창고학교엘 댕겼던 제자밖에 더 있겠더라고? 그라고 그 얼굴도 어딘지 많이 눈에 익어 뵈고…… 아까참 일 땀시 오늘 진즁일 기억만 가물대더니 지금 다시 본께 정말로 그 종센이, 황종센이가 틀림없구만잉?

금세 허물없는 반말지거리에 이름자까지 대고 불러가며 혼자서 한참 수다를 떨어대고 나서야 아낙은 아직도 그냥 머쓱하게 침묵을 지키고 서 있는 두 남정을 보고는 비로소 목소리가 좀 가라앉아들었다.

— 아 참 그런디 내 정신 좀 보거라. 나, 양심이 최양심이…… 아니면 울보쟁이 콩녜라면 기억이 날까 몰라? 알고 보면 나도 지하고 이 동네 창고학교를 몇 년이나 같이 댕긴 처진께. 저 동네 큰 산 밑 농장 새 학교가 불타 없어진 뒤로는 어디로 멀리 타행살

이를 갔다고 이날 이때까지 얼굴 한번 볼 수가 없더니만 그새 그 망할놈의 세월이 흘렀다고 그 콩녜를 몰라보아? 이 키가 작아 늘 줄 앞만 서 댕김시로 학교를 그리 힘들어하던 이 울보 콩녜를?

아침 녘과는 사람이 영 딴판으로 달라진 수다쟁이 아낙 앞에 이번에는 종선 씨의 심중이 크게 흔들렸다. '울보 콩녜'라는 흔치 않은 별호에 그의 눈앞에 금세 선하게 떠오르는 얼굴이 있었다. 그녀의 말대로 공부를 할 때나 줄을 지어 설 때나 키가 작아 늘 앞자리를 도맡아 차지하곤 하던 조그맣고 예쁜 얼굴. 어리고 순해빠져 콩알이 굴러다닌다는 아이들의 놀림질에 울음보를 자주 터뜨려 기왕의 '콩녜'에다 '울음보'까지 덧얹어 '울보 콩녜'가 되었던 양심이.

그러나 종선 씨는 나이보다도 더 늙어 보일 게 분명한 그 아낙의 얼굴에서 그간의 세월을 감안해보려 해도 그런 옛날의 콩녜의 모습은 흔적조차 찾아볼 수 없었다. 그녀의 허물없는 대거리에도 불구하고 그는 숫제 아낙이 거짓말이라도 하고 있는 양 그녀가 그 콩녜라는 것을 믿을 수가 없었다. 그동안 그만큼 긴 세월이 흐른 것이었다. 그 세월만큼 세상도 사람도 변해간 것이었다. 떠나 살아왔다고 뒤에 남은 세월이 그를 위해 흐르지 않고 기다렸을 리 없었다. 그가 그녀를 쉽게 알아보지 못한 것은 당연했다.

그러나 늙고 변한 것은 허물이 아니었다. 무슨 허물이라면 아낙처럼 그것을 스스럼없이 받아들이지 못한 자기 쪽에 있었다. 종선 씨는 그것을 아낙으로부터 한번 더 뼈아프게 배워 새겨야 하였다.

—인생사하곤 참, 헌다고 그 복성시럽던 어릴 적 모십이랑 고운 심성들은 다 어디 가고 그새 이런 쭈구렁텅이 할망구로 다 늙어버렸을꼬……

어쨌거나 이제는 이쪽도 허물기를 벗어야 한다는 생각으로 짐짓 짓궂은 탄식기를 섞어 나선 소리에, 상대편은 다시 한 발 앞서 그를 더 무안스럽게 해온 것이다.

—그래, 나는 그런다고 치고, 그러믄 자기는 다른가? 저라고 늙지 않고 어디 알아볼 디가 있는 중 아는가베. 내가 니를 알아본 것은 니 늙어 비틀어진 얼굴이 아니라 저…… 아매도 지 자식 아인가분디, 저 젊은 총각 얼굴에서였단 말여. 니는 생각도 못하고 저 총각 얼굴만 어디서 많이 눈에 익은 듯싶어 왼종일 이리저리 기억을 더듬다 보니, 어쩌다 겨우 니 얼굴이 짚여들더란 말여.

종선 씨는 새삼 자신의 처지를 되돌아보지 않을 수 없었다. 그리고 그가 흘려보낸 긴 세월의 골을 다시 한 번 깊이 실감해야 하였다.

그런데 그 귀로에 종선 씨 부자가 그녀를 다시 만난 것은 어쨌든 퍽 다행스런 일이었다. 종선 씨는 미처 알지 못한 일이었지만, 아낙은 우연찮게도 뒷날 그 전란이 끝날 무렵 방진모 선생의 처제가 되었던 인연이 있었기 때문이었다. 그리고 부자는 그녀의 눈에 비친 방 선생을 다시 한 번 생생하게 엿볼 수 있었기 때문이었다.

이젠 종선 씨로서도 바로 길을 갈라설 수 없는 처지가 되어, 두 사람 사이에 잠시 더 이런저런 이야기들이 오가고 나서였다.

― 그런디 이러콤 다 늙어서 어떻게 이 어려운 길을 찾아왔을 꼬? 그것도 이리 훤칠한 아들내미까지 앞세우고?

아낙은 다시 한 번 반가움에 겨워 하며 종선 씨의 예상찮은 고향 길 목적을 물었고, 그것을 기회로 종선 씨는 옛날 제 아비가 다닌 학교로 첫 임지를 자청해온 아들 자랑을 겸해서 그간의 곡절을 대충 다 털어놨다. 그리고는 다시 아낙이,

― 그러른 지금 그 영감태기는 만나보고 나오는 길여?

선생에 대한 심상찮은 비아냥기가 되살아난 물음에 종선 씨가 무심히 고개를 가로저을 때였다.

― 내 그 영감태기가 그럴 중 알았제. 그래도 난 저무도록 길을 돌아 나오는 기미가 없길래 혹시나 이참에는 위인이 어떻게 좀 맘을 달리 바꿔 먹고 사람을 만나주는가 했더니……

여자 쪽이 오히려 더 맥이 빠진 목소리로 다시 한 번 노인을 저주하기 시작했다.

― 그래 나도 지금 귀한 귀경하고 싶어 이러큼 길을 나서 온 참인디, 허기사 그 위인이 누구 땀시 하루아침에 몇십 년 묵은 괴팍기를 바꿀 수가 있을라고.

― 도대체 거기선 무신 일로 그 어른을 그리 못마땅해하는 게여! 아까 아침 녘에도 그 어른 일에는 말끝마다 험구더니…… 지가 무신 그 어른네 새 안방노릇이라도 들어가고 싶은 겐가? 그댁 안어른 세상 버리신 지가 꽤 오랜가 보든디. 허허.

종선 씨로선 선생에 대한 그녀의 참견이 아무래도 좀 심하다 싶었다. 그래 실없이 눙쳐 들어본 소리에 그녀가 새삼 정색을 하

며 그럴 만한 자기 처지를 들이대온 것이다.

— 이 남정네가 지금 무신 죄받을 악담을 하고 있는 참여? 이 골을 떠나 살아 몰랐던 모양인디 그 영감태기 먼산바라기 턱밑에서 제정신 돌아오기만 기다리다 제풀에 지쳐 저 먼저 세상을 버리고 간 여편네가 누군디? 그 애도 없고 쓸개도 없는 여편네가 그 화상을 나중 서방으로 삼아간 우리 미련한 성이었단 말여. 그런디 뭣이 어쩌고 어째? 지가 무신 정감록 속에서 나온 정도령이라고 저 혼자 하냥 헛꿈만 꾸고 살아온 위인, 그런 얼빠진 신선님 안방 노릇? 그런 위인이 우리 성 한 사람 팔자나 그르쳤으면 그만이제, 누구 성한 입 무너지려고 어디다가 또 함부로 남의 팔자를 비껴 얹어!

5. 노래의 사슬

사랑을 잃은 노래는 그들의
삶을 묶는 괴로운 질곡이 되었더라.

이튿날 아침.

종선 씨는 이날도 학교까지 빠져가며 여인숙으로 달려온 동우
와 아침을 함께하고 나서도 공연히 미적미적 시간을 미루고 있
었다. 간밤의 일 때문에 아들 녀석을 대하기가 아무래도 어색하
고 찜찜했다. 동우 놈은 도대체 내색을 하지 않고 있었지만, 그걸
로 녀석을 안심해버릴 수는 없는 일이었다. 그렇다고 녀석이 입
을 다물고 있는 마당에 이쪽에서 곡절을 캐고 나설 수는 더더욱
없는 일. 이쪽도 그냥 입을 다문 채 찜찜한 기분을 견뎌 넘길밖
에 없는 처지였다. 하지만, 녀석이 부러 모른 척 시치밀 떼고 있
거나, 아니면 사실이 그래서거나 간에, 종선 씨로선 그렇듯 거북
스런 기분으론 녀석과 또 하루를 같이하러 나서기가 맘에 내키질
않았다. 오늘은 선생을 만날 수 있을지, 이번엔 선유리까지 차로
가는 게 어떨지, 이런저런 녀석의 길채비 소리들조차도 귀에 잡

히질 않았다.

모든 게 자신의 견실치 못한 마음가짐 탓이었다. 하지만 첫 사단은 그 동창 여편네 때문이었다. 아니, 보다 더 깊은 연고는 그저 시치밀 떼고 있는 동우 녀석의 의뭉스런 흉중에 숨어 있을 수도 있었다.

— 아 참 내가 깜빡 잊어묵을 뻔했어야.

좋은 상대를 만난 듯 한동안 선생에 대한 심한 푸념을 털어놓고 난 동창녀가 겨우 아쉬운 발길을 돌이키려다 말고 뒤늦게 다시 덧붙여온 당부 말이 있었다.

— 그 아야배라고…… 여그 학교 때 선생님이 숙제 검사만 시작하면 배가 아프다고 금방 뒷간 가는 시늉을 넘서 교실을 쫓아나갔다 그길로 아주 집으로 내빼버리곤 했던 느그 동네 아그 기억 안 나냐. 거그가 엊저녁에 밤마실을 나서다가 갑재기 정신을 놓고 쓰러져 그길로 그냥 이 시상 밥숟가락까지 놓아버졌단다. 내일이 아마 그 위인 장삿날일 것인디 기왕에 여그까지 먼길을 왔은께 오랜만에 옛날 고향 동네도 찾아볼 겸 짬 있으먼 거기까지나 한번 들여다보고 가그라……

공교롭게 하필 좋지 않은 소식이었다. 하지만 그 참나무골은 그러지 않아도 그가 한번은 찾아보고 가야 할 곳이었다. 그것은 애초 이번 길을 나설 때부터 마음에 두어온 일이었다. 그 모질고 극성스런 갯바람기가 설쳐대던 바다, 아직도 아버지 황 영감의 거친 한 생애를 생생한 추억으로 물결치고 있을 바다, 그리고 그동안 이룬 것이 궁색한 종선 씨에게는 여전히 소중하고 그립기만

184

한 꿈의 바다, 그 바다를 다시 찾아보는 것은 동우 쪽의 용건이나 방 선생과의 일보다 어쩌면 이번 여행길의 절실한 목적일 수 있었다. 게다가 그 방 선생의 허무한 기다림, 곁엣사람들 대신 종선 씨 자신이 무슨 큰 못 당할 일이라도 당한 듯 허망스런 서글픔과 노기마저 일게 하던 선생의 한량없는 기다림, 그 사위와 동창녀의 푸념 속에 당신의 길고 허망한 꿈의 행색을 보고는, 그 아버지 황 영감의 거친 바다가 새삼 더 절박하게 보고 싶었던 터였다.

그러나 당일엔 저녁 날이 너무 저문 데다 다음 날 선유리로 다시 선생을 찾아뵈야 할 일이 마음에 무겁게 걸려 있었다. 그래 이날은 그냥 회령리로 나가 쉬고 나서, 이튿날 가부간에 방 선생과의 면대 일을 끝낸 뒤에 홀가분한 걸음으로 길을 넘어가보고 싶었다.

그런데 뜻하지 않게 옛 동창녀로부터 어릴 적 한마을 친구의 불행한 소식을 접하고 보니 그는 곧 마음을 바꿔먹지 않을 수 없었다. 아야배라면 종선 씨도 아직 기억이 생생한 그 시절의 한반 학교 길 동무였다. 공부하곤 처음부터 담을 쌓고 지냈어도 수업을 빠지거나 허기를 달래기 위해 남의 밭작물 손보는 일에는 누구보다 요령이 앞섰던 위인이었다. 그런 장난꾼이 벌써 세상살이를 끝내고 저승길을 나서는 마당에 종선 씨로서도 공연히 발길을 지체할 수가 없었다. 마을엘 들어간대야 허물없이 찾아 만나볼 사람도 마땅찮던 판에 옛 친구의 빈소라면 차라리 발길이 가벼울 수도 있었다.

그래 결국 종선 씨는 동창녀의 당부대로 이날 저녁으로 바로 예정을 앞당겨 모처럼 만의 고향마을 길을 찾아들게 되었다.

  그런데 참나무골은 종선 씨가 그간 대충 예상했던 것보다도 세월이나 변화의 골이 훨씬 더 깊었다. 마을로 들어서서 상가는 쉽게 찾아갈 수 있었다. 그러나 막상 상가 문을 들어서고 보니 아는 얼굴이 한 사람도 없었다. 50여 가호가 넘는 동네에 이쪽을 아직 기억하거나 이쪽에서 기억을 더듬어낼 수 있는 사람이 남녀를 불문하고 아무도 없었다. 망인의 가족 중에도 그럴 만한 사람이 없었다. 몇몇 기억에 떠오르는 사람을 대보아도 이미 세상을 떠나고 없거나 자신과 한가지로 옛 마을을 떠나고 없어서 그 이름조차도 기억을 남기고 있는 사람이 드물었다. 그렇다고 망자가 다시 일어나 옛 벗의 문상을 맞을 수는 없는 노릇이었다. 그런 중에도 장지일을 단속하러 온 동네 어른 한 분이 간신히 기억을 되살려내고는, ……종센이라, 황종센이…… 그 어른헌티 그런 핏줄이 하나 있었제. 그런디 자네가 정녕 그 종센이란 말이제? 뒤늦게 반가운 알은체를 해오지 않았다면 영락없이 남의 집 초상 문상 길 꼴이 되고 말았을 터였다. 그러나 그 전란 시절 민청자위대장을 지냈던 열성 청년으로 기억되는 그 노인 역시 어딘지 끝내긴가 민가 싶은 표정으로 일찍 자리를 일어서버린 바람에, 종선 씨는 더 길게 자리를 지키고 있을 수가 없었다. 잘하면 한둘쯤 옛 얼굴을 만나 함께 밤을 지새우게 될 수도 있을까 싶던 애초의 기대를 거두고 그도 곧 자리를 일어설 수밖에 없었다. 반가운 얼굴을 만나 밤을 지새우긴커녕 다 늦은 밤길을 걱정하고 나서주는 사람 하나 없는 멋쩍은 문상 길이요. 아쉬운 고향 동네 길이었다.

그 거짓말 같은 인간사의 유전(流轉)이라니.

종선 씨는 마치 동우 녀석과 고향 동네를 다시 쫓겨나는 기분 속에 밤길을 돌아오면서 그 선유리에서부터의 허망하고 추연스럽던 심회가 더욱 절절해지고 있었다. 어둠 속으로 지나쳐본 마을 풍경은 골목길 하나 돌담 하나도 눈에 설기만 하였다. 오래전에 이미 텃밭으로 변해버린 동네 변두리께의 옛날 집, 노인과 함께 살던 그의 옛 오막살이 부근은 제 위치조차 제대로 어림해내기가 어려웠다. 그는 여태 그 세월의 흐름 밖에서 혼자 살다 남의 엉뚱한 세월로 되돌아온 느낌이었다. 아니면 잠시 잠깐 눈을 감고 조는 사이 제가 자리해야 할 세월의 흐름을 순식간에 멀찍이 놓쳐버린 것 같은 불안한 느낌이기도 하였다. 아직도 자위거리로 남은 일이 있다면 그 노인의 바다를 다시 보는 일이나마 밤이 너무 늦어 밝은 날로 미루고 온 것이랄까.

하지만 이날 저녁 그 종선 씨의 허망하고도 추연스런 기분은 부자가 그 회령리 포굿가 숙소 앞까지 이르러서도 되살아날 줄을 몰랐다. 그리고 그 아비의 저조한 심기는 동우에게도 결코 마음 편할 리 없는 것이었을 터였다.

— 진종일 너무 먼 걸음을 하셨는데, 옷 벗으시기 전에 지금 이 앞에서 저녁 겸해 간단히 약주나 한잔하고 들어가시지요.

아비의 저조한 기분을 다치지 않으려 참나무골을 들어서면서부터 내내 부질없는 말참견을 삼간 채 제 아비만 묵묵히 뒤따르고 있던 녀석이 이윽고 그 전날 밤의 숙소 앞에 이르러 조심스럽게 권해왔다. 종선 씨로서도 굳이 그 아들 녀석의 권유를 마다할 이유가 없었다. 자신도 기분이 허허해 있기만 하던 판에 종선 씨는 녀석의 마음 씀을 기특해하기까지 하면서 무심히 발길이 이끌리게 되었다. 그리고 녀석 말마따나 전날의 선창거리와 달리 숙소에서 그리 멀지 않은 아담한 주점에서 늦은 저녁 요기를 겸해 나온 몇 가지 정갈스런 안주 접시와, 술기는 깊고 입맛은 순하다는 그 물 건너온 술 몇 잔을 좋이 다 비워내게끔 되었다.

그런 끝에 자정쯤 둘이 함께 주점을 나와 숙소 앞까지 따라온 동우 놈을 먼저 제 하숙집으로 올려 보내고 그 혼자 찾아들던 간밤의 잠자리였다. 주점에서 나올 때나 녀석과 헤어질 때나 누구한테서도 별다를 낌새가 없었던 건 물론이었다.

그런데 이때부터 참 맹랑한 일들이 뒤따랐다. 종선 씨가 일차 전날 밤부터의 객실을 살피고 나서 여관 뒤껼의 공동세면실에서 몸을 대충 씻고 돌아왔을 때였다. 뜻밖에도 아깟번 주점에서 잠시잠시 자리를 함께했던 여자아이가 어느 틈엔지 남의 방 아랫목을 차지하고 앉아 그를 기다리고 있었다.

하지만 그것까지는 아직 크게 이상해할 것이 없었다.

— 목도릴 빠뜨리고 가셨길래. 이걸 돌려드리러 왔어요.

나이 이제 겨우 서른 줄에나 들어섰을 만한 젊은 여자가 그의 목수건을 한쪽으로 개어 밀어놓으며 스스럼없이 말했다. 갯바람이 사납다고 이날 아침 선유리 길을 나설 때 동우 녀석이 아비 목에 둘러 매어준 것이었다. 주점을 나올 때 어디가 좀 허전한 듯싶더니 그걸 언제 거기다 벗어두고 모르고 나왔던가. 하지만 그게 애초 자기 몸의 것이 아니었으니 알알한 취기 중에 그러기도 쉬운 일이었다. 더욱이 여자는 '내일 아침 이쪽에서 찾으러 가면 될 것을 야심한 때 여기까지 지난 술손 숙소는 어떻게 알고 왔느냐'는 종선 씨의 석연찮아 하는 물음에도, '제집 술손 잠자리야 문을 나서는 발걸음 하나만 보아도 뻔한 것이고, 저의 집은 아침 녘엔 문을 열지 않기 때문'이라고 대수롭잖아 하는 대꾸였다. 제집 손 물건을 바로 되돌려주러 온 사람을 굳이 이상해하거나 허물할 일이 아니었다. 종선 씨는 그쯤 여자를 좋게 여겨 내보내고 늦은 잠자리를 펴려 하였다.

그런데 진짜로 맹랑하고 석연찮은 노릇은 그다음부터의 일이었다. 결과부터 말하자면 여자는 이날 밤 종선 씨의 방에서 밤을 함께 새우고 간 것이다. 하긴 그것도 애써 여자를 의심할 일만은 아닐는지 모른다.

— 저 오늘 밤 여기서 자고 가면 안 돼요?

여자에게 이제는 방을 나가라는 시늉으로 종선 씨가 이부자리를 손대려 하자 여자가 냉큼 먼저 몸을 일으켜 잠자리를 펴주며 장난 투로 말했다. 종선 씨는 여자의 그 거침없는 행투에도 아직 그런 일을 하는 여자들의 대범스런 친절이나 몸에 밴 희롱기겠거니 여기고 실없이 몇 마디 농지거리까지 주고받았다.

— 젊은 사람이 나이 먹은 사람을 놀리면 못쓰는 법인디. 이 늙은일 어찌 보고 하는 소린고?

— 제가 놀리긴 누굴 놀려요? 저는 아저씨가 좋아서 진심으로 하는 소린데요. 아저씬 그리 나이를 먹어 뵈지도 않구요.

— 아까 내 멀쩡한 아들놈 못 봤던가. 그 아이 들을까 무섭네.

—아드님이 들으면 외려 좋아할지 알아요. 아버님이 아직도 젊음이 넘치신 줄 알고요. 하지만 아드님은 안심 놓으세요. 저는 새벽에 일찍 나가요. 문을 나가선 없는 일로 쳐드릴게요. 뭣하면 그냥 목수건만 돌려드리고 돌아간 걸로 해두시든지요.

　여자는 점점 정색을 하고 나왔다. 일이 아무래도 심상치가 않았다. 그 반질반질한 도회풍의 말씨하며 여자는 필시 어수룩한 농사꾼 늙은이가 객지의 아들을 찾아와 그새 용돈푼이라도 얻어 지녔을 줄 짐작하고 그것을 단숨에 울궈낼 심산임이 분명했다. 종선 씨도 이제는 목소리가 정색스러워질 수밖에 없었다.

　—이제 보니 자네 아무래도 사람을 잘못 본 모양일세그랴. 난 아무것도 볼 것 없는 농투사니 늙은일세. 주머니 속도 텅텅 빈 처지고……

　그는 노골적으로 여자의 심중을 찔러대며 그녀를 그만 방에서 내보내려 하였다. 그러나 여자는 실상 그것도 아닌 것 같았다.

　—아저씨가 농사꾼이면 어때요? 전 좁은 머릿속 굴려 사는 사람들보다 아저씨같이 근력 좋은 육신을 굴려 살아가는 농사꾼이 더 좋단 말예요. 요새 같은 세상에 그런 농사꾼이 돈이 없는 건 당연하지 않아요. 누가 지금 그런 농사꾼 속주머니 바라고 이러는 줄 아세요?

　여자는 서운하다는 듯 그의 가슴을 치고 들었다. 그녀의 벗은 발까지 어느새 이부자리 속으로 파고들어 그의 늙고 메마른 육신의 잠을 서서히 깨워가고 있었다……

　일의 곡절인즉 그리된 것이었다. 술기까지 제법 깊었겠다, 그러니 당시엔 여자를 더 의심하거나 타박할 여지가 없었던 셈이었다. 허물이나 의심을 하자면 여자 쪽보다는 저녁을 핑계로 아비를 그 집으로 끌고 가 그녀를 미리 보게 한 동우 놈 쪽이라야 하였다. 거기다 두어 잔 술에 젖어 오른 어쭙잖은 감상기를 여자에게 빗대 말한 자신의 허물도 있었다. ……그러니까 동우 녀석이 몇 차례 상시중을 왔다 가는 그녀를 아예 곁으로 불러 앉히고 제 아비의 술잔을 돌보게 한 것이 종선 씨가 그녀의 탐스런 머리채에서 옛날 여선생의 긴 파마머리를 떠올리며, 전정옥이라는 그 시절 여선생도 저런 머리채를 하고 다닌 여자였제……, 무심결에 한마딜 중얼거린 뒤였던가. 하지만 녀석도 그때까진 여자와 무슨 숨은 계략을 꾸며놓고 있는 것 같지는 않았다. 아비를 일부러 그곳으로 끌어갔거나 여자를 미리 면대케 한 낌새가 없었다.

하지만 아침에 자리에서 일어나 맑은 정신이 들고 보니, 기분이 아무래도 석연치가 못했다. 여자는 간밤의 자신의 약속대로 새벽 일찍 기척 없이 방을 나가고 없었다. 자리를 들어서나 나서나 제 몸값 같은 건 물론 입도 뻥긋 안 한 채였다. 어찌 보면 정말로 제가 좋아 제 발로 들고 난 여자 같았다. 세상엔 가끔가다 그런 여자도 있다니까.

그러나 그렇게 안심을 해버리자니 새삼스레 머리를 치켜드는 꺼림칙한 소리가 떠올랐다.

─아드님이 퍽 효자신가 봐요. 아버지 근력을 그리 살펴주니……

간밤에 그녀가 설핏 졸음기 속으로 가라앉아 들어가며 그 노곤

한 성취감에 겨운 목소리로 흘려낸 소리였다. 종선 씨가 불현듯 새로운 의혹에 휩싸이며 무슨 소린가 다그치니, 그녀는 아까 주점에서 아들이 아버지를 모시는 극진한 태도나 부자간에 오간 말로 짐작한 일이라며, 어쨌거나 그런 아들을 보러 왔다 제같이 젊은 여자까지 안아보게 됐으니, 이래저래 그 아들이 큰 효자 아니냐고, 어물어물 아양기로 말꼬리를 흐리고 만 것이었다. 하지만 그녀가 다시 졸음기를 못 이겨 하며 몸을 돌아누워버린 데다 그것이 동우 놈의 사전 계략이든 아니든 자신도 더 누구를 허물할 일이 아니다 싶어 그 역시 나른하게 몰려드는 잠결 속 깊숙이 묻어두고 만 소리였다.

그런데 여자가 아무 소리도 없이 새벽 일찍 방을 나가버린 사실을 알고 나니, 요즘 정말로 그런 여자도 있나 싶은 기특한 생각과 함께 그 소리가 문득 다시 귀청을 울려온 것이었다. 아드님이 퍽 효자신가 봐요. 아버지 근력을 그렇게…… 그 소리가 귓가에 맴돌면서부터는 여자가 소리 없이 방을 나가준 것도 다른 숨은 곡절이 있었기 때문인 듯 속이 몹시 켕겨왔다.

동우 놈이 새삼 다시 의심스러워진 것이다. 녀석이 혹시 여자를 내세워 제 아비의 근력을 시험해보려 한 건 아닌가. 여자가 그걸 두고 효도 운운 눙치다가 불시에 말꼬리를 돌려댄 게 아닐까. 녀석이 여자를 사서 둘이 짜고 꾸민 일이라면, 여자가 얼마든지 그리 나올 수도 있는 일이었다. 그리고 간밤의 수수께끼놀음의 곡절도 저절로 해답이 다 풀리게 마련이었다.

종선 씨는 차츰 생각이 그쪽으로 기울면서 간밤의 일들이 하나

하나 다시 수상쩍어지고 있었다. 목도릴 돌려주러 왔다면서 남의 남정의 밤늦은 침소를 여자 혼자 찾아들어 뭉기적대고 있던 일, 목수건은 그저 핑계거릴 뿐 여자는 처음부터 그런 꿍심을 숨기고 찾아든 것이 아니었는지, 그렇지 않고선 그의 숙소를 방 호수까지 어찌 그리 소상히 알 수 있으며, 그걸 굳이 한밤 길에 돌려주러 온 정성은 또 무어란 말인가…… 게다가 새벽 일찍 문을 나가면 다 없었던 일로 할 테니 아들 쪽 일은 안심을 하랬던가. 이것저것 이쪽 처리를 제 쪽에서 미리 확실하게 챙겨주고 나선 것도 새삼 석연치가 못했다. 심지언 자신이 그 참에 목수건을 빠뜨리고 온 것마저도 진짜 자신의 실수였는지 다른 누구 수작 탓인지 앞뒤가 아리송해질 지경이었다.

종선 씨는 아침 내내 그 생각뿐이었다. 그럴수록 그는 아무래도 그 동우 놈의 보이지 않는 함정에 말려 빠져든 기분이었다. 하다못해 그는 그것이 녀석의 계략이라면 어떠랴 싶은 배포 유한 생각을 먹어보기도 하였다. 그도 아직은 남정의 기가 살아 있는 나이였다. 동우 놈과는 사내대장부, 그것도 남남 간보다는 서로 허물을 깊이 감싸줘야 할 부자간 사이였다. 녀석이 설령 그런 일을 꾸몄다 한들 제 아비의 허물을 만들기 위해서는 아닐 터였다.

이 근자 제 학교와 방 선생 일로 자주 생각이 엇갈려왔던 아비와의 화해를 도모해볼 겸 모처럼 집을 나선 그의 객고를 풀어준답시고, 여자의 말마따나 그럭저럭 침체된 그 아비의 심신에 새 활력을 불어넣어보려는 갸륵한 위무의 '효심'에서 꾸며진 일일 수도 있었다. 그것이 녀석의 숨은 계교였대도 그가 크게 부끄러

위할 일만은 아니었다.

그렇다고 그것을 아들 앞에 허물없이 털어놓을 수 있는 일은 아니었다. 내놓고 궁금증을 물을 수는 더욱 없었다. 사실이래도 그런가 보다, 아니래도 그런가 보다, 아는 척 모르는 척 어른답게 의연히 덮고 넘어가야 할 일이었다. 종선 씨도 누차 그런 쪽으로 생각을 다져먹고는 있었다. 그러자니 마음속이 이만저만 찜찜하지가 않았다. 그리고 이 일 저 일이 다 귀찮고 거북살스러워지면서, 그 괴벽스런 방 선생을 다시 찾아가는 일에조차 공연히 짜증이 나고 자신이 없어졌다. 생각 같아서는 오늘 선유리로 선생을 뵈러 가는 일엔 동우 녀석을 혼자 보내고 자신은 밝은 날로 다시 참나무골로 넘어가서 옛날 제 조부의 바다나 보고 왔으면 싶었다.

하지만 일은 물론 그리 될 수가 없었다. 사실이야 어찌 됐든 동우 쪽이 끝내 모른 척 시치미를 떼고 있는 마당에 그가 지레 그런 식으로 움츠러드는 기색을 보였다간 일이 더 긁어부스럼으로 우습게 될 판이었다. 사달의 책임은 애초 자신의 신실치 못한 행실 쪽에 있었지만, 녀석 앞에 섣불리 제 허허한 심기를 들키게 된 허물도 컸다. 그는 그럴수록 더 녀석 앞에 의연해야 하였다. 그래서 아비 앞에 우쭐대는 녀석의 코빼기와 주제넘은 동정심을 제물에 거둬들이게 해야 했다.

말이야 어떻게 했든지, 녀석이 제 아비를 그리 쉽게 보고 든 것은 제 눈에도 그 아비의 자랑스런 기억 속의 유년이 실제로는 너무 미천하고 초라해 보인 때문일 터였다. 녀석의 그런 아비에 대한 달갑잖은 연민은 전날의 그 선유리 유자섬과 남루한 동창녀와의 뜻하지 않은 해후, 그리고 그 어이없는 고향 동네 초상 길까지 거치면서 더욱더 깊어갔을 게 분명했다. 무엇보다 동창녀의 누추한 행색과 그녀가 서둘러 찾아가게 한 참나무골의 무상한 세월. 그것이 바로 오늘 자신의 모습이었다.

종선 씨 자신도 이제는 그것을 부인할 수가 없었다. 그래 녀석이 그 아비의 아픈 속을 헤아려 그를 위로한답시고 일을 꾸몄을 수 있었다. 하지만 종선 씨는 녀석에게 아직 그런 식으로는 물러설 수가 없었다. 그것들은 다만 오늘의 겉모습일 뿐 그의 옛 유년의 참모습은 아니었다. 그 정겨운 꿈을 되새겨볼 만한 것들도 못 되었다. 그 꿈이 아직도 오롯이 지켜지고 있는 곳이 따로 있었다. 방 선생에겐 그 꿈이 살아 있었다. 당신은 그 젊음과 온갖 세상살이의 영욕을 다 바쳐 오로지 그 꿈만을 지켜오고 있었다. 그로 하여 이제 와선 종선 씨를 더욱 아프고 망연스럽게 했을망정, 그 꿈 자체는 그에게도 아름다운 유년의 빛이었고 시들지 않는 세월과 기나긴 삶의 향기인 것이었다. 그 꿈을 이날까지 온몸으로 앓고 살아온 노인이야말로 이제는 당신의 그 수척한 생애에도 불구하고 그의 마지막 증거의 희망이었다. 동우 녀석에게 노인을 만나게 해줘야 하였다. 그래서 그 풍금과 풍금으로 간직하고 지켜온 당신의 꿈을, 아니 그 종선 씨 자신의 유년과 그 유년의 꿈을 보여줘야 하였다.

종선 씨는 결국 그쪽으로 마음을 다잡아먹었다. 그리고 불끈 자리를 털고 일어서며 뒤늦게 동우 쪽을 재촉하고 나섰다.

—일어서거라, 가자. 어차피 한번 더 댕겨올 길이라면 서둘러

서 일찍 댕겨오는 게 좋겠제……

  ─죄송합니다. 어제는 이리저리 헛걸음만 치시게 하고 오늘
까지 또 먼 걸음을 하시게 해서요.

  의뭉스레 제 아비의 기척만 엿보고 있는 듯싶던 동우 쪽도 그
제서야 한결 얼굴색이 밝아지며 황급히 자리를 따라 일어났다.
녀석의 그 천연덕스럽고 여유만만한 언사 속이라니.

  그러나 방 선생이 집에 남아 계셔주실지 어쩔지를 알 수 없는
상황이라 이날의 선유리 길 역시 종선 씨는 그리 큰 기대를 가질
수가 없었다. 거기다 길을 나서기 앞서 전날의 민망스런 빈손걸
음이 생각나 이날은 미리 약주 병이라도 마련하러 선창거리를 걸
어간 것이 그의 마음을 더욱 움츠리게 하였다.

  ─이거, 자네가 황종선이란 말여? 나 어젯밤 이 황 선생이 일
부러 자네가 왔다는 전화를 주었길래 이참에 얼굴이라도 한번 봐
야겄다고 생각하고 있던 참이었는디 여기서 이렇게 만나게 되고
말았구먼그래.

  동우가 미리 전화 통기를 해줬다가 부러 그쪽으로 발길을 이끌
어간 모양으로 부자가 찾아들어간 일용품 가게 주인이 바로 종선
씨의 옛 큰 산 밑 신축학교 시절의 급우였다. 나중에 알고 보니
젊었을 적 한때는 이 동네 이장일까지 맡아본 고을 유지급으로,
동우 놈이 그동안 교지 복원 일로 이따금 자문을 얻어온 사람 중
의 하나였다. 하지만 두 사람은 각기 선유리와 회령리 분교를 따
로 다닌 데다 두 분교가 합해 들어간 큰 산 밑 시절이 채 1년도 못

된 터여서 얼굴이나 이름을 서로 익히 기억할 수가 없었다.

양쪽이 상대방을 옛 학우로 대한 것은 동우 놈의 새삼스런 설명이 있었기 때문이었다. 허다 보니 두 사람 간엔 무슨 구정을 되새기거나 긴 말이 오갈 일이 없었다. 동우의 일로 몇 마디 치레소리가 오간 끝에 두 사람은 저녁쯤에 약주나 한잔 나누자는 가벼운 약속을 남기고 곧 헤어졌다.

그런데 그때 가게 문을 나서는 종선 씨 부자를 보고 위인이 고개를 내저으며 뒤늦게 격정의 소리를 해왔다.

—아마 당신의 옛 제자 되는 사람 중에 일부러 그 양반을 찾아보러 가는 것은 근년 들어 자네 부자뿐일걸세. 허지만 그렇게 먼걸음을 해가서 당신을 만나보게 될 수나 있을지 몰라. 만나본들 무슨 이야길 들을 보장도 없는 일이고, 황 선생도 다 아는 일이지만 그 양반 옛날에 닭귀신들허고 지내면서 사람의 소리를 말짱다 잃고 지낸 지가 오래거든. 사람의 말을 모르고 사람의 일을 아는 척하지 않으니 바깥에서부터 발길을 해 들어가는 사람도 없어졌제……

전날에 이미 겪고 난 일이었지만, 한 고을 제자들까지도 사람의 일을 모르는 '닭귀신'쯤으로 젖혀둔 노인이 너라고 쉽사리 만나주겠느냐는 소리였다.

위인의 소리가 종선 씨에겐 차라리 비웃음기 어린 만류의 소리로 들렸다.

이날도 선생을 만나보게 될 희망은 빛을 잃고 있었다. 사람의 말을 잃고 만 노인을 만난들 무슨 이야기를 들을 수 있을 것 같지도 않았다. 하지만 어차피 가야 할 길일 바엔 마음속 각오라도 미리 다져둬야 하였다.

하여 종선 씨는 이날도 거의 헛걸음이 될 것을 예정하고 선유리로 건너갔다.

그런데 그게 사실을 빗나간 예상이었다. 이날은 모든 일이 전날과 딴판이었다.

— 어른께서 안에 기다리고 계십니다.

종선 씨가 유자섬 오막살이 거처의 사립을 들어섰을 때 전날의 사내가 외려 두 사람을 기다리고 있었던 듯 마당가를 서성이고 있다가 금세 부자를 반갑게 맞이해주었다. 뒤이어 안에서 기척을 알아차린 선생이 몸소 방을 나와 뜻밖에 온화하고 정감 어린 태도로 두 사람을 맞았다.

— 어서 이리 안으로…… 어저께는 미처 이렇게 먼 길을 찾아온 걸 모르고 다른 볼일이 좀 생겨서……

이쪽에서 제대로 문안인사를 치를 새도 없이 선생은 덥석 옛 제자의 손을 맞잡아주며 두 사람의 전날 허행에 대한 미안엣말과 함께 부자를 급히 방 안으로 이끌어 들였다.

전날에 비해 무척 공손해진 사내의 태도나 그 온화하고 정감 어린 선생의 응대들 모두가 종선 씨가 혼자 내내 속으로 예상해온 것과는 딴판이었다. 선생의 사위가 되는 사내의 앞선 기다림이나 공손해진 태도는 바로 선생의 심중을 대신하고 있음에 다름 아니려니와, 봄철이라곤 하지만 아직 갯바람기가 시려운 섬살이 노인답지 않게 깨끗한 새 한복 바지저고리 차림을 한 선생의 정갈스런 모습도 평소 당신의 입성 그대로는 아닌 것 같았다.

　그런데 그보다 더 뜻밖인 것은 그런 입성이나 마음새에도 불구하고 당신의 옛 모습은 거의 흔적을 찾을 수 없을 만큼 흘러간 세월의 골이 아득히 깊어져 보인 터에, 그 70객 황혼기의 노쇠한 선생이 아직도 옛날의 어린 제자를 놀랍도록 생생히 기억하고 있는 일이었다.

　선생의 손으로 밖에 문을 열 수 없는 당신의 거처방──, 윗목 한쪽 구석에는 예의 갈보라색 풍금이, 아랫목 머리맡으론 나지막한 선반과 작은 서탁 하나가 위아래로 위치해 있을 뿐인 그 선생의 방으로 들어가 종선 씨 부자가 비로소 큰절 인사를 올리고 선생과 자리를 마주해 앉고 났을 때였다.

　─참 오랜만이네. 마음엔 모든 것이 바로 어제 일만 같은데, 자네 주름진 얼굴을 보니 그간에 세월이 참 많이 갔구만, 그래 그동안 어디서 어떻게 살아왔을꼬……

　홀연히 나타난 옛 제자의 늙음 앞에 선생은 반가움과 서글픔이 한데 교차해가는 듯 잠시 착잡한 안색이 되고 있었다. 종선 씨는 그 선생이 자기를 정말로 기억하고 있는 것인지, 혹시 사람을 잘못 알아보고 있지나 않은지, 아무래도 좀 의심적은 생각이 들었다. 그래 얼마간 죄송한 생각을 무릅쓰고 솔직하게 선생의 흉중을 짚어보았다.

　─지가 선생님의 가르침을 받든 지가 뭐시냐, 어언 40년 저쪽의 어릴 적 일인디 어떻게 저를 금방 알아보시겠습니까. 전 선생님께서 그 시절 일을 벌쎄로 다 잊고 계실 줄 알고 걱정이 되었습

니다만, 뭐시냐 이렇게 아직 기억이 정정해 계시니 뭐라 감사하고 반가운 말씀을 드릴 수가 없구먼요.

하지만 그런 종선 씨의 미심쩍은 생각은 전혀 부질없는 기우에 불과했다. 선생은 이내 그 종선 씨의 내심을 알아차리고 주름살 깊은 얼굴에 잠시 헤픈 웃음기를 흘리더니 대답 대신 천천히 자리에서 일어났다. 그리고는 탄식조 비슷이, '알아보다마다, 기억을 하다마다……' 혼잣소리를 흘리며 머리 위켠 선반에서 다 낡은 서류 봉투 같은 걸 하나 찾아들고 다시 자리로 주저앉았다.

선생이 다시 자리를 잡아 앉고 나서 무슨 귀중한 물건이라도 다루듯 조심스런 손길로 봉투 속에서 꺼낸 것은 누렇게 색이 바랜 옛날 사진 몇 장이었다. 선생은 그 사진들 중의 한 장을 옛 제자 앞으로 밀어놓으며 서슴없이 손가락을 짚어 보였다.

— 이게 황종선이 바로 자네 아닌가.

종선 씨는 선생의 정확한 지적에 다시 한 번 놀라지 않을 수 없었다. 옛 창고교실 건물을 배경으로 젊은 방 선생과 2백 명 가까운 아이들이 한 장 안에 다닥다닥 붙어 서서 찍힌 사진. 2백 명 가까운 학생 수에 선생님이 방 선생 한 분뿐인 것으로 보아 학교가 정식인가를 받기 전인 3학년 초반 때쯤 찍은 듯싶은 것으로, 종선 씨로선 언제 그런 사진을 찍었는지조차 기억이 없었다. 사진을 사두지 못한 탓에 그런 기념물이 남아 있으리라는 생각은 더구나 해본 적이 없었다.

그런데 선생은 그 깨알 같은 아이들 무리 속에서 당자도 잘 알아볼 수 없는 종선 씨의 어린 얼굴을 금방 짚어 보인 것이었다.

그는 예기치 않게 그 선생이 짚어 보인 자신의 조그맣고 낯선 모습 앞에 반가움이나 그리운 감회보다 놀라움과 당혹감이 앞을 섰다.

선생은 정확히 그를 기억하고 있었다. 그저 그만을 기억하고 있는 것도 아니었다. 그때의 아이들과 그 시절의 일들을 선생은 어제 일처럼 하나하나 다 생생하게 기억하고 있었다. 사진과 함께 늘상 그 시절의 일들을 되돌아보아온 탓일 터였다. 아니, 어쩌면 선생은 그때 이후 이날까지 오로지 그 시절의 일과 생각에만 파묻혀 세월의 흐름 같은 건 아예 잊고 살아온 것인지도 몰랐다. 옛 꿈에만 파묻혀 한평생을 지내온 그 기약없는 기다림, 그 오늘이 없는 삶, 이날 선생이 뜻밖에 종선 씨를 그렇듯 반갑게 맞아들여준 것도 그런 데에 이유가 있었는지 몰랐다.

—이것은 나중 그 이열 교장 선생님이 부임해 오시고 나서 회령리 분교 아이들까지 함께 삭금리 앞 대구섬으로 봄 소풍을 가서 찍은 사진인데, 자네도 아마 기억이 있을 거네.

봉투를 꺼낸 김에 선생이 이번에는 다른 사진 한 장을 마저 종선 씨 앞으로 밀어주며 설명을 덧붙였다.

—그러니까 그게 49년도 4월 초순쯤이었제. 그 소풍은 이열 교장이나 전해 가을에 함께 부임해 온 전 선생들이 특별히 뱃길을 원해서 거기로 정해 간 것이었으니께. 그런데 실상은 사진에서 보이듯 섬엘 들어가서 점심때까지는 날씨가 참 좋았는데, 오후가 되면서부터 갑자기 바람기가 사나워져 돌아오는 길에는 혼쭐들이 났었제……

이번 역시 선생은 사진에도 담기지 않은 그날의 일들을 사람 수나 날씨에 이르기까지 세세하게 다 기억해내고 있었다.

—그 섬이 뱃길로 아마 한 5리쯤 되는 거리제…… 그런데, 동원해간 배는 모두 다섯 척뿐인데 배 한 척으론 기껏해야 스무 명 남짓밖에 실어 나를 수가 없었거든. 그날 소풍을 나선 인원이 선생님들까지 합해서 모두 320명쯤 되었으니까 배 한 척이 각기 그 사나운 파도 속을 두세 번씩이나 오가야 했었제……

사진 속에는 이열 교장과 방 선생, 그리고 회령리 쪽 선생들과 홍일점 여선생 전정옥 선생까지 함께 갯바위를 배경으로 어깨동무를 하고 찍은 것이었다. 그날의 일은 선생의 말처럼 종선 씨도 기억에 선명하게 떠올랐다.

무엇보다 그 사나운 바람기와 세찬 파도를 뚫고 돌아올 때의 위태롭고 춥고 두렵던 뱃길의 기억, 선생님 중 유일하게 노를 저을 줄 알던 방 선생이 동네 선주들과 교대로 끝까지 배를 저어 오가던 강건한 모습, 그런 중에도 세찬 바람기와 물보라 속에 떨고 있는 아이들에게 저고리를 벗어 던져주고 자신은 맨 와이셔츠 바람으로 혼신의 힘을 다해 노질에 매달리고 있던 정경들이 어제 일처럼 머릿속에 생생하게 되살아났다. 신축교사 이사 이전의 분교 시절은 흔적도 찾아볼 수 없더라고, 그래서 정말 그런 시절이 있었는지도 의심스럽더라고, 눈앞의 선생과 두 장의 사진은 전날 그런 동우의 당찮은 비하에 대한 가장 확실한 실재 증거인 셈이었다.

—이분이…… 이열 교장 선생님이시고, 이 여자분이…… 전

정옥 선생님이시구면요.

그 누렇게 바랜 사진의 얼굴들 앞에 종선 씨는 새삼 자신도 모르게 뜨거운 심회가 끓어올라 말소리를 더듬대며 손가락을 짚어 보였다.

하지만 선생은 이제 사진을 보고 있지 않았다. 사진 앞에 당신도 감회가 새삼스러운 듯 두 눈을 꾹 감은 채, 그러나 보지 않고도 그 얼굴들이 눈앞에 선한 듯 조용조용 그 시절의 일들을 회상해나가기 시작했다.

— 자네도 아직 그분들을 똑똑히 잘 기억하고 있구만. 하긴 자넨 그 시절 전정옥 선생의 각별한 귀여움을 받았었으니께. 어쨌든 그분들이 48년 가을에 함께 부임해 오신 것은 우리 학교로선 큰 행운이었제. 두 분 다 워낙에 성품들이 좋고 재주도 많은 분들이었으니. 특히 두 분은 노래를 좋아해서 교가나 응원가나 다 그분들이 와서 새로 만들어 가르쳤지 않은가. 그래 자네는 그 전 선생한테 따로 노래를 지도받아 49년 가을께엔가는 군 대회까지 나가서 상을 타 온 일도 있었고……

49년 가을, 그것이 아직 선생이 학교에 계실 때의 일이었던가. 당신이 이미 학교를 그만두고 나간 다음이어서 그런지 선생은 종선 씨가 그 50년 여름 적치 시절 북쪽 노래 일로 하여 세 사람이 함께 군 당부까지 들어갔다 온 일은 알지 못하고 있었다. 그러나 종선 씨는 그 선생의 정확한 기억력에 다시 한 번 놀라움을 금할 수 없었다. 그래 속으로 혼자 감탄을 삼키면서 잠시 방 윗목 구석에 들어앉은 옛 이 교장의 풍금 쪽으로 시선을 흘려보냈다. 생각

같아서는 이제 그쯤해서 그 풍금에 얽힌 뒷사연과 두 사람의 사상 성분, 죽음에 관한 일들을 물어보고 싶은 생각이 간절했다. 하지만 섣불리 말을 잘못 꺼냈다간 선생의 아픈 곳만 다치게 할 염려가 다시 앞을 섰다. 그는 보다 자연스런 기회를 기다려볼 생각으로 선생의 회상을 잠시 더 함께해나갔다.

— 교장 선생님은 그 시절 저희 같은 어린 눈에도 참 멋쟁이신 것 같았습지요.

— 멋쟁이셨제. 그 옛날에 벌써 어디선가 작은 손사진기까지 구해가지고 다니신 분이었으니께. 이 사진들도 그때 당신의 손사진기로 찍은 것이제. 거기다 노래 잘 부르지 춤 잘 추고 붓글씨 잘 쓰시지, 풍금 솜씨도 그 전 선생 못지않으셨거든. 멋이라면 하여튼 우리 퉁소까지도 썩 잘 부셨으니께. 하지만, 멋쟁이라기보다는 역시 훌륭한 인격자셨제. 뭐랄까. 생각이나 실천이 늘 남을 앞서가는 지도적 인격자……

선생은 거기서 감았던 눈을 뜨고 잠시 사진의 이 교장을 들여다보고 나서 천천히 다시 말을 계속해나갔다.

— 키 작은 천재랄까. 아니면 작은 거인이랄까. 체구는 조그만 분이 어디서 그런 정력이 솟아나는지 쉴 새 없이 생각하고 행동으로 실천하면서 당신 자신도 배우며 남을 깨우치곤 하셨거든. 거기다 남의 생각을 미리 읽어내는 독심술까지 대단하여 누가 어떤 얼굴로 나타나고 어떤 몸짓을 해 보이기만 해도, 그 사람의 얼굴빛이나 눈빛, 기침 소리 하나로도 상대편의 속마음이나 용건 등속을 거의 다 정확하게 짚어내는 식이었으니께. 당신은 항상

부드러운 웃음기를 띤 얼굴이었지만 그런 웃음기와 작은 체구에
도 그래서 더 주위 사람을 휘어잡는 위엄이 제절로 풍겨났었제.

그 이 교장에 대한 선생의 변함없는 경사(敬事)와 경모의 정이
라니. 사상적 선배나 지도자 따위의 말은 나오지 않았지만, 그
선생의 한결같은 심정으로 보아 당시의 당신의 사상적 혐의는
필시 그 이 교장과 깊은 관련이 있었음직해 보이는 게 사실이었
다. 그리고 이제는 그 사상적인 문제든 풍금의 사연이든 이야기
를 꺼내볼 시기가 온 것 같았다. 한데다 이때쯤엔 두 사람 이야기
에 입을 다물고 듣고만 앉아 있던 동우 쪽도 대개 같은 생각이던
모양이었다.

— 말씀 중에 함부로 끼어들어 죄송스럽습니다만, 당시에 그
이 교장 선생님의 사상적인 면모는 어떠하셨던지요.

곁에서 내내 기회를 기다리고 있었던 듯 동우가 마침내 그 종
선 씨를 앞질러 나섰다. 동우로선 물론 그게 더 급하고 궁금했을
게 당연하지만, 이 교장의 됨됨이나 생애의 한 흔적에 불과한 헌
풍금의 사연보다는 그가 벼르고 온 일의 핵심 목적이라 할 사상
운동 문제를 직접 들추고 나선 것이었다.

— 교장 선생님은 나중 당신의 이념을 위해 유격대 활동에까
지 투신하셨다가 진중에서 장렬한 생애를 마치셨다고 들었습니
다만, 당시 이 학교 교장 재임 중에도 선생님들을 상대로 한 사상
교양 활동 같은 것이 계셨습니까.

녀석 나름으로 이 교장을 이미 붉은 사상의 영웅으로 치부해놓
고, 같은 혐의로 고초를 겪고 나온 방 선생도 그 교장과 함께 같

은 지하활동을 해온 것이 아니냐는 물음이었다. 물음이기보다는 사실을 전제한 추궁, 추궁이기보다는 자신에 대한 동조와 시인을 구하는 주문의 어투였다.

하지만 그걸로는 아직 선생의 마음을 움직여 그 의중의 깊은 문을 열게 할 수는 없었다. 녀석이 진력해오고 있는 일과 그 진심을 다 헤아릴 수 있다 해도, 녀석과의 면대를 여태까지 한 번도 허용치 않아온 노인이었다. 그런 침묵 속에 혼자 평생을 견디며 하염없는 세월을 기다려온 노인이었다. 더구나 옛일을 마음으로 함께할 처지도 못되는 젊은 것의 당돌스런 주문에 노인이 간단히 사실을 털어놓을 리 없었다.

예기치 못한 동우의 참견에 선생은 금세 안색이 무겁게 가라앉으며 입을 닫아버리고 말았다. 그리고 얼핏 노여움기가 스민 눈길로 두 사람의 얼굴을 물끄러미 바라보고 있다가 종당에 그마저 부질없는 노릇이라는 듯 빈 천장을 향해 천천히 몸을 흔들어대기 시작했다.

노인의 심중을 잘못 읽고 일을 너무 조급하게 서둘고 나섰음이 분명했다. 그러나 이미 엎질러진 물이었다. 명색 녀석의 아비 되는 위인까지 옛 사제 간의 인연을 앞세우고 찾아온 자리에서 그것으로 일을 아주 그르쳐버리고 말 수는 없었다. 무슨 수를 써서라도 마음을 돌려놓아야 하였다. 내친김에 터놓고 설득이라도 시도해보아야 하였다.

─뭐시냐…… 그간에 선생님을 뵐 수는 없었지만, 저 아이가 몇 차례 말씀을 전해 올리기도 하고 여기까장 빈 걸음을 하고 간

일도 있었다니 뭐시냐······ 선생님께서도 어느 정도 저 아이의 생각이나 하고자 하는 일에 대해선 대게 짐작이 계시리라 사료되는구만요. 이참에 지가 이렇게 선생님을 찾아뵙게 된 것도 그러니께 뭐시냐 실상은 선생님의 귀한 도움을 받들어서 저 아이의 일이 어떻게 좀 되어나가게크럼 해보고자 하는 생각에서였는지라. 뭐시냐, 행여 선생님의 심기를 불편시럽게 해드렸는지는 모르겠습니다만, 명색이 저 아이 애비 되는 옛 제자의 얼굴을 보아서라도 나어린 것의 허물을 널리 헤아려주시고 뭐시냐 저 배운 것 없는 것의 일을 좀 바르게 이끌어주십사 제가 대신 소청드리겠습니다.

종선 씨는 이제 그 동우를 대신하여 자신이 직접 선생을 설득하고 나섰다.

—지도 물론 쉽게 장담할 수 있는 일은 못 되는 줄 압니다만, 뭐시냐 지 미욱한 생각으로는 이 일로 해서 선생님께 크게 누를 끼칠 바가 덜할 것이 뭐시냐, 녀석이 실은 선생님과 그 시절 어른들의 일을 많이 자랑시럽게 생각하고 있는 듯싶어서구먼요. 그래 뭐시냐 흔적이 말짱 다 사라진 옛날 학교 일이나 선생님들의 훌륭허신 족적들을 뭐시냐, 지금의 학교 역사 속에다 되살려내어서 두고두고 기려 나가게크럼 하겠다는 뜻이 기특해 보이기도 하고 해서······ 헌디 지가 알기로 당시 선생님께선······

종선 씨가 새삼 몸을 들썩여 무릎을 꿇는 시늉까지 해 보이며 그 시절 방 선생의 일들을 들추어 들려 할 때였다.

종선 씨의 어눌하면서도 간곡한 소청을 듣는 둥 마는 둥 계속 허공만 맴돌고 있던 선생의 눈길이 불시에 그의 말길을 가로막고 나섰다.

　─그 대관절 내게 무얼 알고 싶은 겐가……

　여전히 노기가 가시지 않은 눈길이 종선 씨를 무시한 채 막바로 동우 쪽을 향하고 있었다. 이번에는 동우 쪽이 그 반격 조 추궁 투에 졸지에 막다른 골목으로 몰리게 된 격이었다.

　하지만 그는 이미 마음의 준비를 갖추고 있었다.

　─그 학교가 아직 정식 인가를 받기 이전의 임시분교 시절의 일들을 소상하게 알고 싶습니다……

　다른 선택이 있을 수 없는 동우로서는 어떤 식이 되었든 기회가 온 김에 벌려온 일들을 다 들이대볼 심산 같았다. 그는 마음속 주문들을 서슴없이 털어놓기 시작했다.

　이제는 흔적조차 찾아볼 수 없는 정식 인가 이전의 학교 일들뿐 아니라, 인가 이후의 신축교사 시절과, 그 50년 여름의 교사 소실 때까지의 적 치하 2개월과 그를 전후한 학교 안팎 일들을 모두 알고 싶다 하였다. 그리고 그 어려운 시절을 함께한 선생님들의 일과, 그 가운데서도 특히 전란의 와중에 젊은 목숨을 잃고만 회령리 쪽 두 선생님과 이열 교장 선생님, 전정옥 선생들의 삶과 죽음의 사연들을 소상히 알고 싶다고 하였다.

　─하지만 오늘은 허락해주신다면 우선 선생님의 일부터 말씀 듣고 싶습니다. 선생님께서 당시 지니셨던 생각과 겪으셨던 일들, 그런 데서부터 말씀의 실마리를 풀어나가시는 것이 옳은 순서 아니겠습니까.

동우는 이미 선생의 승낙을 받아놓기라도 한 듯 이야기 순서까지 내세우며 노인을 몰아붙였다. 하지만 그건 아직도 동우 쪽의 조급스런 희망일 뿐이었다. 녀석의 힘든 책모와 간청에도 불구, 노인은 이번에도 고개를 천천히 가로젓고 말았다.

　— 어업조합 창고를 빌려 아이들을 모아 가르치게 된 경위라. 학교 설립 인가를 전후해서 새 교장과 선생님들이 부임해 오고 큰 산 밑 농장에 새 교사를 지어 학교를 옮겨갈 때까지의 일들은 그럭저럭 말해주기가 쉽겠제. 그것은 내가 직접 겪어낸 일들이니……

　처음엔 선생도 어느 대목은 좀 이야기를 쉽게 털어놓을 것 같았다. 그러나 본심은 그것이 아니었다.

　— 하지만 자넨 아까부터 내가 그 학교 일에 무슨 다른 뜻이 있거나 숨겨진 의도가 있었을 것으로 여기는 모양인데, 그런 거라면 난 아무래도 해줄 이야기가 별로 없네. 나는 그저 능력껏 못 배운 아이들을 가르쳐 사는 것답게 사는 길을 열어가게 해주고 싶었을 뿐 다른 건 아무것도 아는 것이 없으니께. 그리고 그 학교의 설립 과정에 관한 것도 오늘은 모처럼 자네 어른까지 만난 자리에서 길게 늘어놓기가 마땅찮고……

　선생은 한마디로 이날이고 저날이고 말을 해줄 수 있는 것은 그 학교 설립 과정에 대한 사실적인 일들뿐 당신의 마음속이나 사상 성향에 대해서는 아예 기대를 말라는 소리였다. 학교 설립 과정의 전후사에 대해서도 듣기를 정 원한다면 그 혼자 따로 뒷날을 잡아오라는 소리였다.

하지만 동우로선 거기서 물러설 수가 없는 입장이었다. 제 아비까지 두 번씩 먼 걸음을 시켜온 김에 이날은 무슨 이야기든지 꼭지라도 떼어놓아야 할 처지였다.

—선생님의 이야기가 뭣하시다면 그럼 회령리 쪽 선생님이나 이열 교장 선생님 같은 분들에 관한 말씀을 먼저 해주시면 어떠시겠습니까. 아니면 당시 전정옥 선생님이라는 분이 제 가친을 몹시 아껴주셨다고 들었습니다만 그 여선생님부터라도요.

선생이 자신의 이야기를 불편스러워하는 기미에 동우 쪽은 다시 순서를 바꿔 노인의 고집을 끈질기게 달래고 들었다.

그러나 노인에게는 그것도 소용이 없었다.

—내가 내 일도 이야기를 못하는데, 그분들의 일을 어찌 왈가왈부할 수가 있겠는가. 더욱이 그분들의 어지러운 행적이나 불행스런 종말들은 내가 이미 학교를 떠난 뒤의 일들인걸.

선생의 어조나 표정은 갈수록 거부의 뜻이 역력했다. 뿐더러 계속 말꼬리를 물고 늘어지는 동우의 다그침에 대한 당신의 완강한 거절 속엔 나름대로의 분명한 이유가 있었다.

—그분들의 일에 선생님께서 시비를 가려주시라는 말씀이 아닙니다. 그분들에 대해 선생님께서 겪어 알고 계신 사실들만 말씀해주십사는 것입니다. 저는 다만 이곳 학교의 바른 역사를 기록해두기 위해 당시에 있었던 사실들만 알고 싶을 뿐이니까요.

—내가 아는 사실? 내가 아까 내 일도 말할 수가 없다고 한 것은 나 자신이 내 일을 잘 알 수가 없었기 때문이네. 내 일을 내가 모르는 처지에 항차 남의 일에 어떻게 사실을 운운해?

—선생님의 일을 어떻게 선생님 자신이 모르신단 말씀입니까. 그것을 선생님 아닌 누가 알 수 있단 말씀입니까?

　어떻게 들으면 두 사람 간의 이야기는 부질없는 입씨름에 불과해 보이기도 하였다. 하지만 선생의 마지막 술회는 목소리는 낮았으나 눈앞의 젊은것에 대한 대꾸의 뜻을 넘어 자신과 자신의 생애, 혹은 그 모든 것을 넘어선 어떤 큰 운명과 섭리에 대한 항변의 절규처럼 비장하게 들렸다.

　—그래, 자네는 그것을 알 수 있겠는가. 자네가 제 지난날에 겪고 감내해온 일들이 진정 무엇이었는지를? 자넨 혹여 그럴 수 있을지 모르지만, 이 늙은인 그게 어려워. 나는 내가 어째 내 한 생애를 이렇듯 가뭇없이 흘려 살아야 했는지, 그 이유도 모르겠고, 알다시피 젊었을 적 한때는 못 당할 고초도 겪었지만, 이제 와선 그 고초의 이유도 뜻도 잘 모르겠거든. 그 시절 내가 무슨 생각으로 어떤 사람들과 속뜻을 함께하며 무슨 일을 도모하려 했던지, 내가 실제로 한 일은 아이들을 가르치고 새 학교를 짓는 일뿐이었으니께. 그것도 어디서 어떤 생각을 얻어 들여와서든 아깟번에 말한 대로, 사람 사는 일이 좀더 나아지고 나아져야 한다는, 사람들이 모두 제 값대로 살아가게 되기를 바라는 희망과 믿음 때문이었으니께……

　선생은 거기서 격해오르는 감정을 주저앉히려는 듯 잠시 뜸을 두었다가 다시 말을 이어나갔다.

　—그런데 그것이 내 젊은 시절의 고초와 막막하고 무력한 생애의 씨앗이 되었제. 사람들이 서로 편을 갈라 내게다 그런저런

이름들을 붙여줬거든. 그러니 부득불 그것을 다 수긍하고 살아온 내가 그런 내 일을 어떻게 알아…… 그런데 이제 와서 옛 제자의 아들이 내게 와 다시 그 말 그릇에 내 이름과 생애를 지어 담고 싶어 하니 내가 대체 어떤 말을 해줘야 하겠는가. 내가 무슨 말을 어떻게 해주기를 바라는가 말이네.

이번에는 아예 제자의 젊은 아들에 대한 원망과 나무람을 대신한 노골적인 추궁이었다. 그리고 그것으로 선생은 할 말을 다한 듯 다시 입을 굳게 다물고 말았다. 그 깐깐하고 결연스런 어조로 보아 선생의 심중엔 쉽게 털어놓을 수 없는 단단한 무엇이 깊이 도사리고 있음을 어렵잖이 짐작할 수 있었다. 하지만 선생은 그런 거부의 말속에서도 자신의 지난날이나 근자의 생각들을 대충 다 내비쳐 보인 셈이었다. 동우 쪽도 그쯤 선생에 대해 어느 정도 이해의 윤곽이 잡혔을 터였다.

선생이 대답을 주문한 물음은 아니었지만, 그는 이제 더 말을 이어나갈 여력도 없어 보였다. 종선 씨 생각엔 더 소상한 이야기는 뒷날을 기약하고 이날은 그쯤 자리를 일어서는 것이 좋을 것 같았다. 말을 끝내고 다시 두 눈을 감은 채 천천히 몸을 흔들어 대고 있는 선생의 표정은 더 이상의 물음을 용납할 기색이 아니었다.

동우 쪽도 이미 그걸 알아차렸을 게 분명했다. 하지만 그는 아직도 자리를 일어설 기미를 보이지 않고 있었다. 그 무겁고 결연스런 선생 앞에 녀석은 노인의 고집을 어떻게 허물어뜨릴까, 어디서 어떻게 다시 공략을 해 들어갈까, 마땅한 틈을 노리고 기다리고 있는 낌새였다. 방 안은 노소간 두 사람의 침묵의 대결장처럼 팽팽한 긴장감이 가득했다. 종선 씨는 그것이 민망스럽고 답답했다. 어느 쪽을 편들고 나서기가 어려웠다. 그렇다고 그냥 싱겁게 자리를 지키고 앉아 있기도 거북했다.

그는 말없이 용변 길이라도 나서는 양 자리를 일어섰다. 죽이 되든 밥이 되든 뒷일은 두 사람에게 맡겨두고 그길로 슬그머니 혼자 방을 빠져나갔다.

그 종선 씨가 그새 바깥일을 나간 듯 모습을 볼 수 없는 이 집 사내를 찾다 말고 마음에도 없는 용변소를 들러 나와 빈 마당가를 서성이며 담배 한 대를 거의 다 피울 때까지도 방 안에선 별다른 변화의 기미가 없었다. 새로 무슨 이야기가 시작되기는 고사하고 잔기침 소리 하나 없이 팽팽한 침묵기만 여전했다. 이날로는 역시 더 이상의 소득이 어려울 것 같았다.

동우 녀석은 그 부질없는 욕심으로 노인의 심기만 더 불편하게 하고 있는 꼴이었다. 아비로선 녀석을 선생 앞에서 얌전히 물러세워야 했다.

그는 그만 녀석을 데리고 나올 양으로 피우던 담배를 버리고 다시 방 안으로 들어갔다.

그런데 그때부터 일이 뜻하지 않은 쪽으로 흘러가기 시작했다. 종선 씨가 얼핏 방으로 들어서는 기척에 감았던 눈을 다시 뜬 선생은 그 아비가 새삼 제 아들 일에 합세를 하고 들려는 줄 알았던지 이상하게 지치고 체념스런 얼굴이 되어갔다. 그리고 동우의 일에 이미 생각해둔 바가 있었던 듯 녀석을 향해 차분한 목소리로 물었다.

　—그래, 자네 지금 교편을 잡고 있다니 풍금을 칠 줄 알겠구
만?

　동우 쪽이 오히려 그 선생의 속을 몰라 어리둥절한 얼굴로 쳐
다보았지만, 그는 이제 그런 동우의 대답 따위는 기다리지도 않
은 채 불끈 자리에서 일어나 방 윗목에 놓여 있는 풍금 쪽으로 다
가갔다. 그리고 손수 그 낡은 풍금의 뚜껑을 열어젖히고 아무 곳
이나 두어 번 건반을 짚어보며 혼잣소리처럼 말했다.

　—아직 제 소리가 나는지 모르겠구만. 난 그저 이렇게 보관만
해왔지 칠 줄을 모르니께. 30년 너머 동안이나 한 번도 제 소리를
들은 일이 없거든. 자네는 정식 교사 자격으로 아이들을 가르치
니께 이것도 다룰 줄을 알겠제.

　말할 것도 없이 동우더러 풍금을 한번 쳐보라는 뜻이었다. 뒤
이어 선생은 그 풍금 속 한구석에서 지질과 크기가 다른 여러 장
의 묵은 종이철을 찾아내어 뚜껑 위로 펼쳐놓았다.

　동우는 선생의 그 뜻밖의 주문에 다시 한 번 어리둥절해진 얼
굴로, 그러나 불감청이언정 고소원이라듯 자리를 냉큼 일어나
선생 곁으로 다가갔다.

　—이건 옛날 노래의 악보들이군요.

　동우가 그 풍금 뚜껑 위에 펼쳐진 종이철을 들여다보다 말고
새삼 선생 쪽을 쳐다보며 물었다. 그러자 선생은 의외로 선선히
그 악보들의 내력들을 털어놓았다.

　—그래, 옛날 노래의 악보들이지. 벌써 한 40년도 더 지난 옛

노래들의 악보…… 내가 재직하고 있을 때 모은 것도 있고 더러는 뒤에 풍금을 가져올 때 구해다 둔 것도 있고…… 이 악보들의 노래들 역시도 이 풍금과 같이 이후론 한번도 불리거나 연주가 된 일이 없었제. 아까도 말했지만 난 풍금을 다룰 줄 모르니께. 그저 언젠간 누가 나타나 이 풍금으로 그 시절의 노래들을 다시 쳐주기를 기다려왔달까. 나는 내가 직접 칠 줄은 몰라도 그 시절의 노래들을 좋아했던 건 사실이니께. 난 그 시절 다른 건 몰라도 이 노래 속의 밝은 꿈만은 지켜가고 싶었거든. 하지만 이날까지 누구 하나 이 노래들을 다시 쳐준 사람이 없었제. 노래는 그만두고 이 섬을 들어서는 것조차 공연히들 꺼려 하고 발길을 멀리해왔으니께…… 오늘은 자네가 처음으로 그걸 쳐줄 수가 있겠구만. 자, 그러니 자네가 지금 여기서 몇 곡을 쳐보게. 제목이나 가사 같은 건 상관하지 말고. 그래 보면 자네가 내게 알고 싶은 걸 알 수 있을지 모르니. 내겐 그것밖에 말해줄 것이 없고……

악보의 내력을 설명하는 중에 선생은 그 노래들의 순정한 꿈을 빌려 자기 내심의 일단까지 슬쩍 털어놓고 있었다. 그리고는 오래 잊혀져온 소망이 되살아난 듯 악보의 한 장을 손수 동우 앞으로 펼쳐놓았다. 선생의 기대에 찬 눈길과 은근한 다그침 앞에 동우 쪽 또한 망설이고 있을 계제가 아니었다. 그는 선생이 끌어내놓은 작은 의자 위로 엉거주춤 엉덩이를 걸치고 앉아 시험 삼아 우선 그 풍금의 건반을 한번 넓게 짚어나갔다. 이어 선생이 펼쳐놓은 악보의 선율을 조용조용 그대로 연주해나가기 시작했다.

풍금 소리는 오랜 방치와 침묵의 세월에도 불구하고 생각보다

맑고 음색이 또렷했다. 동우가 처음 건반을 짚었을 때의 소리는 선생도 종선 씨도 흠칫 놀랐을 만큼 방 안 가득히 울려 퍼졌다. 그가 연주를 이어나간 선율 역시도 옛날의 양명하고 고운 소리 그대로였다.

선생은 굳이 가사 같은 건 상관을 말라 했지만, 그 곡조는 종선 씨도 아직 기억에 남아 있는 노래였다. 이열 교장이 오고 나서 그 첫 운동회를 치를 때 여학생 아이들이 단체무용과 함께 합창으로 부르게 했던 노래, 이 교장 자신이 노랫말과 곡조를 만들고 전정옥 선생이 풍금으로 가르친 동요 조 노래, 바로 그 「무궁화」라는 노래였다. '피었네, 피었네, 무궁화 꽃이, 이 강산 삼천리에……' 속으로 혼자 가사를 따라가다 보니 종선 씨는 그 낭랑한 여선생의 음성과 함께 여학생 아이들의 가지런한 합창 소리가 귓가에 새록새록 되살아나면서, 수백 송이의 진보라색 꽃송이들이 염원의 함성처럼 일제히 피어오르던 모습이 선해왔다.

— 이건 해방 뒤 40년대쯤에 부르던 동요곡 같구먼요, 저는 처음 듣는 노랜데요.

첫 곡의 연주를 끝낸 동우가 선생을 향해 한마디하고 나서 다시 악보철을 들추며 다음 곡을 찾았다. 그러나 선생은 처음 동우를 풍금으로 이끌 때부터 생각해둔 것이 있었던 듯 이번에도 자신이 직접 악보를 한 장 골라서 동우 앞으로 말없이 펼쳐놓았다.

동우는 다시 선생의 주문 곡을 쳐나갔다. 그 역시 종선 씨의 기억에 아직 너무 생생하게 남아 있는 노래, '들국화 핀 언덕, 송아지 울음소리……' 이틀 전 이곳을 찾아오는 차 속에서도 그 이 교장과 함께 내내 마음속에 떠돌던 그 가을 석양 녘의 한촌 풍경을 노래한 것이었다. 아이들이 어려서 배우기가 좀 힘들고 격이 많이 넘치는데도 전정옥 선생이 유난히 힘을 들여 가르쳐준 노래, 그렇지만 그 시절의 다른 많은 노래들과 달리 그 여름 두어 달간의 적치 시절에도 새 혁명가들과 함께 변함없이 더욱 활발하게 불리던 노래, 그 노래의 악보를 선생이 여태까지 간직해오고 있었다니……

— 전 이것도 처음 듣는 노랜데요. 곡조가 무척 서정적이고 애절한 느낌이군요.

연주를 끝내고 난 동우가 이번에도 그 노래에 대한 느낌을 덧붙이고 나서 새삼 의문에 찬 눈길로 선생을 쳐다보았다. 이런 노래가 어째서 계속 불리지 않게 되었느냐는 눈빛이었다. 선생은 그런 동우의 기척에도 한동안 말이 없이 그저 노랫소리에만 취해 들어 텅 빈 눈길을 허공에 매달고 서 있었다. 그러다가 겨우 정신이 되돌아온 듯 손길을 멈추고 있는 동우 쪽을 내려다보며 혼잣소리 투로 말했다.

— 그래, 참 고운 노래지. 그 이 교장이 특히 이 곡을 좋아해서 전교 아이들에게 가르치게 했으니께. 그런데…… 그런데 나중에 일부 사람들이 그 노래의 가사 한 대목을 바꿔 부르기 시작했거든. '금물결 친 이 강변 쫓기는 참새 떼들……' 이 대목에서 쫓기는 참새 떼를 쫓기는 이 겨레로…… 그것도 지하사상운동을 하던 사람들 사이에서…… 그러니 노래가 오래갈 수가 없었제.

말을 끝내고 나서 선생은 뭔가 다시 깊은 상념 속으로 빠져들고 있는 얼굴이었다. 오랫동안 잊혀져온 옛날 노래들을, 그것도 그 시절의 풍금 소리를 되살려 다시 듣게 되고 보니 감회가 깊을 건 당연한 일이었다. 종선 씨로선 그렇게밖에 생각할 수가 없었다. 그런데 선생은 실상 그게 아니었는지 모른다.

— 우리우리 용사 승리의 용사, 피로 물든 산과 들……

동우가 그 선생을 놔두고 이번에는 제가 직접 다른 노래의 악보를 골라 다시 풍금을 쳐나가고 있을 때였다. '영광의 옛 강산을 다시 찾아와, 환희의 새날이다……' 종선 씨의 기억에 그것은 50년 수복 직후부터 많이 불려졌던 「승리의 노래」라는 행진곡이었다.

그런데 그 노래의 씩씩하고 힘찬 음조에도 불구하고 동우의 연주가 진행되어나감에 따라 선생의 안색에 다시 어둡고 무거운 그늘이 드리우기 시작했다. 더욱이 동우가 그 노래를 끝내고 또 다른 악보를 찾아 연주를 계속해나간 애틋한 음조의 자장가, '해바라기 그림자 울 넘어가고, 초저녁별 영창에 졸고 앉았네, 자장자장자아장……'

그 역시 오랜 세월 불린 일이 없어 온 옛 자장가의 애조 어린 선율이 방 안을 채우기 시작했을 때, 선생은 이제 그 어두운 표정을 지나 안색이 아예 창백하게 굳어져가고 있었다. 그리고 끝내는 뜻하지 않은 충격 속에 더 이상 연주를 지켜보고 서 있을 수가 없어진 듯 아랫목으로 슬그머니 몸을 접어 앉고 말았다.

끙— 알 수 없는 탄식조의 깊은 신음 소리에 이어 웬 어지럼증을 풀고 있는 듯한 세찬 고갯짓까지 뒤따르고 있었다.

하지만 한창 연주에 열중해 있던 동우 쪽은 그런 선생의 기미를 미처 알아차리지 못한 모양이었다. 아니면 선생이 노랫소리를 좀 편히 들으려 몸을 개어 앉으시는 줄로나 알았던지. 녀석은 선생의 심상찮은 기척에도 그 애조 어린 자장가의 선율을 계속해서 연주해나갔다. 자장가를 끝내고 나선 다시 악보철을 뒤적이다 어느 대목에선가 그 옛날 학교의 교가를 찾아내고는 그것을 또 계속 힘차게 연주해나갔다.

　　—큰 산 높은 봉의 푸른 저 솔은
　　자라나는 우리들의……

종선 씨로선 마디마디 애틋한 추억의 사연들이 어려 있는 그리운 선율이었다. 그는 새삼 다시 가슴이 벅차올라 선생의 일도 잊은 채 잠시 눈을 지그시 감고 그 그리운 선율과 가사를 쫓고 있었다.

　　—비단물결 넘실거린 넓은 바다는
　　장할손 우리들의 마음이로세
　　깨끗하고 씩씩하게 크는 동무들……

그렇게 그 동우의 연주가 교가의 1절을 끝내고 '무궁화 삼천리에 꽃은 피어서'의 2절까지로 이어지려는 순간이었다.

— 그만. 그놈의 부질없는 짓 이젠 그만두어!

선생이 갑자기 찌렁찌렁 노기를 띤 목소리로 동우의 연주를 저지하고 나섰다. 종선 씨가 놀라 눈을 번쩍 뜨고 보니 선생은 그간 혼자 무언가 안간힘을 다해 참아온 듯 백지장처럼 하얗게 질린 이마에 송글송글 가는 땀방울이 솟아 맺히고 있었다. 그 노여움 기 가득한 선생이 눈길엔 어떤 참담스런 절망기마저 어려 흐르고 있었다.

하지만 선생은 이내 그런 당신의 행동에 자신이 후회스러워진 듯 연주를 멈춘 채 어리둥절해 있는 동우 앞에 힘없는 손사래짓과 함께 독백을 짓씹고 있었다.

— 그 소리가 아직도…… 설마하니 그 풍금 소리가……

그리고 한동안 마저 마음이 진정되기를 기다리듯 조용히 눈을 감고 있다가 이윽고 그 신음 섞인 독백 조를 다시 이어나갔다.

— 그래 그 노래들이 다 저 풍금의 꿈이었제…… 그런데 그 꿈들은 어째 시들어 죽을 줄을 모르제? 이날까지 긴 세월 무엇을 기다리제? 그 깨끗하고 고운 소리? 그 소리로 변함없이 되살아나는 것?

그새 거짓말처럼 그 노여움기나 낙담기가 말끔히 가시고 난 선생의 어조는 이제 지극히 체념적이고 평온스럽기까지 하였다. 그리고 무언가 자신 속에 속절없이 무너져 내리는 것을 하나하나 차분히 확인해나가듯 그 회한기 어린 독백 투의 자문자답을 계속해나갔다.

— 하긴 이제 와서 그것을 탓할 수는 없는 일이제. 그것이 저 물건의 꿈이었을 바에야…… 하지만 그 꿈이 이토록 아리고 아픈 음색으로 되살아날 줄을 이 물건이 알았을까…… 그 긴 세월 속에 웬 자객의 비수처럼…… 이 허망스런 절망의 얼굴을 품어 온 것을 저 물건이 알았을까.

아픈 심사를 억눌러가며 자신을 탓하고 있는 듯한 선생의 독백은 물론 그 자신뿐만 아니라 당신 곁에 묵묵히 말을 잃고 앉아 있는 종선 씨 부자를 향한 고백의 소리기도 하였다. 종선 씨 부자는 그 선생 앞에 감히 어떤 물음이나 참견도 엄두를 내볼 수가 없었다. 입을 다문 채 계속 조용히 귀를 기울이고 있는 수밖에 없었다.

— 허기사 이런 물건이야 그걸 알았든 몰랐든 상관이 없을 일이제. 노래나 꿈이야 늘 무고헌 것일 터이니께…… 아프고 절망스런 것은 실상 여태도록 여전히 고운 소리로 되살아난 풍금 노래 소리나 그 꿈이 아니라 그것을 지키고 기다려온 세월 쪽이겄제…… 그 청청한 꿈을 기다리며 하얗게 바래간 세월…… 하지만 어쨌거나 그 노래나 노래의 꿈은 한 시절 이열 교장이나 전정옥 선생들은 말할 것도 없고 나나 허 선생 같은 이 땅의 젊은이들 만인의 꿈이었으니께…… 그런데 이제 와선 그 꿈이 다시…… 멍텅구리 같은 세월의 잠을 깨워……

선생은 거기서 새삼 격해 오르는 감정을 억제할 수 없는 듯 더 듬더듬 끝이 흐린 말투 속에 괴로운 독백을 끝냈다. 그리곤 이제 더 자신을 지탱할 수가 없어진 듯 그 망연스런 눈길마저 다시 거두어 감고 말았다. 선생이 풍금을 보관해오게 된 경위나 뒷사연, 그리고 오해와 위험을 무릅써가며 색깔과 출처가 다른 갖가지 옛 악보들을 곱게 간직해온 속 동기……, 동우는 물론이려니와 종선 씨도 애초엔 거기 대한 궁금증이 앞을 서온 터였지만 선생은 그런 부자의 궁금증들에 대해선 분명히 밝혀 말해준 바가 없었다.

하지만 종선 씨는 더 다른 설명이 없어도 그 고통스럽게 무너져 내린 선생의 모습 앞에 모든 걸 짐작할 수 있었다. 거기서 더 무엇을 캐고 들거나 참견하고 들 일이 없었다. 아니 거기선 그간의 경위나 뒷사연 같은 건 아예 문제가 될 수도 없었다. 뚜렷하게 짚어내 설명할 수는 없어도 그 노래와 악보들에 대해서, 나아가 그 풍금과 선생에 대해서 종선 씨는 이제 그 변함없는 풍금 소리에 대한 선생의 절망까지도 더없이 분명한 것을 알게 된 느낌이었다.

풍금의 노래는 선생의 노래요, 풍금의 꿈은 다름 아닌 선생의 꿈이었을진대, 그 풍금의 사연과 운명은 바로 선생 자신의 삶의 사연이요, 운명에 다름 아닌 것이었다.

6. 버꾸농악으로 씻기다

버꾸풍물놀이는 쇳소리를
숨기고 싶어 한다.

근 반백년 만에 모처럼 고향 고을을 다녀온 종선 씨는 이후 한 동안 다시 집 주변 텃밭 쪽에만 넋이 팔려 지냈다. 원래부터 잔말이 많은 성미가 아니었지만, 오랜만에 고향 고을을 다녀오고, 게다가 동우의 일을 기회로 옛 스승까지 만나보고 온 사람 같지 않게 부쩍 더 말수가 적어졌다. 자자분한 집안일은 물론 고향골 나들이나 그쪽 아들아이의 일에 대한 이야기는 더더욱 입에 올리려질 않았다. 틈만 나면 때 없이 혼자 텃밭 주위만 서성이며 무연히 하루하루를 허송하고 있었다.

—동우 놈이 그 동네다 새 여편네라도 하나 구해 숨겨놨습디껴? 정작에 자식 놈은 찾아볼 생각도 않고 어디 무릉도원에라도 댕겨왔소. 좋은 바람 쐬고 와서 어찌 그리 넋을 놓고 꿀 먹은 벙어리 짝이 되고 말았게?

무엇보다 아들 녀석이 지내고 있는 형편을 궁금해하는 장성댁의 채근도 못 들은 척 반쯤이나 갈아엎다 만 더덕포전 쪽에만 정신이 팔려 있곤 하였다.

— 허어, 좋은 시절 기다리다 똥값이 돼버린 더덕벌인 제쳐두고 인제는 대신 어우러져 오른 항가쿠가 더 쳐내기 아깝게 된 꼴이구만. 허기사 늙은 더덕 뿌리 썩은 물 빨아먹고 큰 항가쿠 폭지에다 구렁이가 알을 슬어놓고 거기다 족제비가 오줌까지 싸갈겨주고 가문사…… 그게 바로 만병통치 선약이 되겠제. 그때까지 좋이 몇 년 더 두고 볼 일이로구만!

갈아엎던 더덕 밭일을 중도에 내팽쳐두고 있는 그를 보고 번번이 실없는 비소를 던지고 지나가는 이웃 김 씨의 헤픈 입방아질에도 전혀 알은체가 없었다.

그렇다고 어떤 근심기나 걱정거리가 있는 것은 아니었다. 장성댁이고 이웃이고 사람이 싫거나 미워서도 아니었다. 보다는 전과 다른 어떤 달관적인 체념 조, 그래서 오히려 자신이나 옆엣사람을 편하고 안심스럽게 해주는, 그에게선 드물게 보는 너그러운 침묵기가 감돌고 있을 때가 많았다.

— 이거 봐. 항가쿠 꽃도 이렇게 밀생해 어우러지니 제법 볼만허제? 눈앞에 늘 보면서 이 꽃이 이렇게 고운 줄은 여태껏 몰랐구만.

한번은 그 더덕 밭을 온통 다 뒤덮다시피 한 엉겅퀴의 군락을 망연스레 바라보고 서 있던 종선 씨가 저녁상을 차려놓고 그를 부르러 나온 장성댁에게 무심스레 말한 일이 있었다.

— 그래, 그 꽃이 곱고 아까워 더덕 밭까지 갈아엎질 못하고 며

칠씩 구경만 하고 서 있었습디여? 김 씨 말대로 항가쿠 시장내기 밭뙈기라도 올 사람이 있을까 봐서?

어이가 없어진 아내의 핀잔 투에도 그는 늘 일방적으로 무지한 아녀자의 좁은 소견머리로나 치부하고 들기 십상이던 여느 때와는 달리 드물게 쑥스런 변명투를 덧붙였을 뿐이었다.

—팔려고 들자면 못 나설 일도 아니제. 어렸을 적에는 국거리로도 나물로도 많이들 해 먹었으니께. 하지만 우리가 언제 밭작물 내다 팔아먹고 살아본 적 있었던가. 꽃빛이 곱고 기운찬 걸 오늘에사 알아보겠단 말이제.

그런데 그러던 다음 토요일 오후, 아들 동우 놈이 또 웬일로 불시에 집엘 다니러 왔다. 보고 온 지도 열흘도 되지 않아 다시 집을 찾아 나타난 아들 녀석을 보고 종선 씨는 무턱대고 우선 예감이 좋질 않았다.

—웬일이냐. 공일이라 해도 너한텐 시간이 그리 한가치가 못할 턴디.

이리저리 짚여오는 생각이 많으면서도 짐짓 더 방심스런 얼굴로 그를 맞는 아비 앞에 아들은 처음 별로 분명한 사유를 말하지 않았다.

—아버진 전번에 다녀가셨지만, 어머닌 뵌 지가 한참 되었지 않습니까.

제 어미와 함께한 자리라서 그런지 그 역시 그냥 휴일 문안 길이라도 나서 온 양 한가한 대답이었다. 하지만 종선 씨는 그걸론 마음이 곧 풀어질 수가 없었다. 녀석의 대꾸가 심상할수록 속에

다 꼭 무엇을 숨겨두고 있는 것 같아, 혼자서 공연히 심사가 불편했다. 녀석이 정말로 그날 밤의 부끄러운 일을 눈치채고 있었던 건가. 아니면 뒤에 무슨 헤픈 소문이라도 들은 건가. 그래서 그 일로 혹 조심스런 의논거리라도 생겨 온 것인가……

하지만 종선 씨는 그런 쪽으로는 지레 생각을 끌어나가고 싶지가 않았다. 여자아이의 심지가 녀석에게 그런 무슨 뒷 말썽을 부리고 들 만큼 드세어 보이지도 않았거니와, 그 아이가 행여 대수롭잖게 무슨 헤픈 뒷소리를 흘리고 다녔대도 동우 놈이 그걸로 단박 이런 수선을 피우고 나설 만큼 경망스런 놈이 아니었다.

그렇다면 녀석이 그새 그 유치골을 찾아간 일에 무슨 어려운 낭패나 아비에게 고하고 싶은 새 사단이 생긴 건가. 아니면 그 선유리 방 선생과의 뒷일이 그렇듯 여의치가 못한 건가, 종선 씨의 상상은 자연 그 동우의 교지 일 쪽을 좇고 싶어 하였다. 이제 와선 그도 그리 내키지가 않았지만, 그쪽 일들이라면 아무리 어려움이 크더라도 녀석과의 의논이 쉬울 것이기 때문이었다. 종선 씨는 속으로 간절히 그것을 원했다. 동우에겐 일이 실제로 그리 됐을 가능성이 농후했다.

— 선생님께선 어떻게 그 옛날 악보들을 이날까지 고스란히 다 간직해오고 계셨을까요. 아버지께선 직접 그 노래들을 배워 부르고 자라셨으니 감회가 더욱 깊으셨겠지만, 저 역시 그 선생님의 깊은 심중은 똑똑히 알 것 같던걸요……

그날 해 질 녘 선생을 하직하고 섬을 나오면서 동우 녀석은 제 흥분기를 이기지 못해 혼자서 지껄여대고 있었다.

─선생님께서 갑자기 심사가 격해 올라 풍금 소리를 멈추게
하신 것도 결국은 그 악보와 풍금 속에 고스란히 간직돼온 옛날
노래 속의 꿈을 다시 만나게 되신 때문이었겠지요. 그 긴 세월 조
금도 변함없는 맑은 소리의 꿈, 그러나 그간 아무것도 이루어짐
이 없어온 꿈, 그것이 선생을 얼마나 가슴 아프고 견딜 수 없게
했겠습니까.

아무 대꾸도 할 수 없는 제 아비의 침묵 앞에 녀석의 자문자답
식 혼잣소리는 결국 그 풍금의 고난 어린 행적에 대한 답사 계획
으로까지 이어졌다.

─하지만 이젠 그 풍금의 노랫소리가 모든 걸 다 말해주고 있
는 셈입니다. 제 일은 이제 오직 그 풍금에 달려 있습니다. 저는
어찌하든 그 풍금을 학교로 옮겨놓을 것입니다. 그리고 아이들
에게 그 풍금의 꿈과 사연을 보게 할 것입니다. 풍금에 담긴 꿈과
사연이야말로 무엇보다 확실한 이 학교 역사의 실체니까요……
그래 저는 우선 그 풍금의 꿈이 묻혀 서린 곳을 찾아가볼 생각입
니다. 이열 교장과 전정옥 선생들의 젊은 꿈이 묻힌 곳, 당신들이
끝내 그 꿈을 안고 죽으면서 풍금으로 그 흔적을 남기고 갔던 곳.
아버지께서 이 일을 깊이 헤아려주신다면 전 이차에 바로 아버지
하고 그곳을 찾아보고 싶습니다. 그곳은 그 풍금과 꿈의 귀한 성
지가 된 곳이니까요.

녀석은 한마디로 제 아비에게 이열 교장들이 죽어간 곳, 그 주
인 잃은 풍금을 발견한 유치산 골짜기를 함께 찾아가보자는 주문
이었다.

하지만 종선 씨는 그런 동우의 간청을 들어주지 않았다. 선생이나 동우처럼 심사가 격해진 정도는 아니었지만, 그날 그 선생과 맑은 풍금 소리 앞에 종선 씨도 기분이 퍽 숙연하고 간절해졌던 게 사실이었다. 그 역시 선생의 탄식처럼 그 낡은 풍금 속에 청정한 옛 꿈의 소리가 그대로 고스란히 간직되어오고 있는 사실, 더욱이 그것이 그렇듯 애틋하고 화창한 음색으로 되살아나고 있는 데엔 깊은 감회와 함께 까닭 모를 진저리가 쳐지기까지 하였다.

그러나 그것은 동우의 생각과는 차이가 현격했다. 그것은 풍금이나 악보의 노래들이 긴 세월 변함없이 간직되어온 데 대한 소중스러움이나, 그 꿈이 아무것도 이루어짐이 없어온 데 대한 아픔 때문이 아니었다. 아무것도 이루어짐이 없이 옛 꿈을 고스란히 지녀온 그 풍금 소리는 그에게 절절하고 소중스럽기보다는 형언할 수 없는 절망감으로 육박해온 것이었다.

그것은 선생에게도 마찬가지였을 게 분명했다. 선생이 그것을 드러내놓고 말한 바는 없었다. 그 풍금 소리나 꿈, 그 선생의 절망스런 무너짐들을 종선 씨는 일테면 동우 놈과 한참씩 달리 이해한 셈이었다.

그러나 종선 씨는 그것을 동우에게 설명하거나 납득시킬 자신이 없었다. 자신의 생각부터가 확연치가 못해서 그럴 엄두도 안 났지만, 우선 자신부터 그 이상스럽게 배신스럽고 허망스런 심사를 감당해내기 어려웠기 때문이었다.

유치산을 찾아가든, 방 선생을 설득하여 풍금을 다시 학교로 옮겨가든, 뒷일은 녀석에게 내맡겨두는 수밖에 없었다. 아비의 생각도 확연치가 못한 마당에, 철들고 배운 놈이니 젊은 놈이 제 생각대로 일을 추려나가게 해주는 것이 좋을 것 같았다.

그런 연유로 종선 씨는 동우의 소청을 외면하고 이튿날 아침 일찍 귀로를 서둘러버렸다. 그 선생의 무너짐 앞에 새삼 옛 고향 마을 앞바다를 한번 더 찾아보고 싶은 마음이 간절했지만, 그 험난스런 참나무골 노인의 바다도, 지나가는 소리로나마 전날 아침 재회를 기약해둔 선창거리 동창 일도 다 아쉬움을 접어둔 채였다. 그리고 이 며칠 그 선생의 변함없는 꿈의 한 생애를 두고 혼자서 이런저런 생각 속에 텃밭 가를 하염없이 서성대고 있던 참이었다. 그런데 누구보다 사람 속을 잘 읽어내고, 게다가 일을 밀고 나가는 힘이 있어 보이던 동우 놈에게 무슨 또 어려운 사달이 생긴 건가……

종선 씨의 짐작은 과연 옳았다. 그것도 다행히 종선 씨를 난처하게 할 일로 해서가 아니라, 뒷날의 방 선생과 일로 해서였다.

— 전 아무래도 알 수가 없구먼요……

종선 씨의 짐작도 짐작이었지만, 동우 쪽의 참을성도 그리 오래가지는 못했다. 몇 마디 싱거운 얘기 끝에 녀석을 제 어미 곁에 맡겨두고 종선 씨 혼자서 사립을 나와 잠시 그 텃밭 가를 서성이고 있을 때였다. 동우 놈이 금세 그를 뒤쫓아 나오는 기척이더니, 이윽고 머뭇머뭇 속마음을 털어놓을 낌새였다. 종선 씨는 순간 자기도 모르게 긴장이 되었으나 녀석이 그렇게 나온 이상 그저 모른 척하고 있을 수가 없었다.

─이해를 못하다니…… 무슨 일을 말이냐. 그 뭐시냐, 전날처럼 설마 이 애비의 포전을 두고 하는 소리는 아닌 듯싶은디?

설마 싶으면서도 한번 더 아들의 심중을 확실하게 짚어두고 싶어 하는 종선 씨의 다짐 투에 동우 쪽은 왠지 사뭇 곤혹스럽고 체념스럽기까지 한 어조였다.

─아버지 일에 제가 무슨…… 제가 알 수 없는 건 그 선유리 방진모 선생님의 일입니다.

역시 종선 씨의 짐작대로였다. 녀석의 표정이나 말투로 보아 그 방 선생의 풍금이나 교지 복원의 일에 필시 어떤 곤란한 낭패가 생겼음이 분명했다.

─어째 그 어른하고 뒷일이 잘 되어가지 않더냐, 아니면……

종선 씨는 그 동우 앞에 은근히 심사가 느긋해져 여유 있는 목소리로 지레 녀석을 위로하듯 되물었다.

하지만 동우가 그 종선 씨 앞에 털어놓은 이야기는 예상을 훨씬 뛰어넘는 충격적인 것이었다.

─뭐가 잘 되어가고 말고 할 것이 없게 됐습니다. 아버지하고 제가 찾아가 뵙고 온 날 밤 선생님이 자다 말고 갑자기 풍금을 때려 부숴버렸답니다.

─왜 무슨 일로 풍금을?

깊은 한숨을 토해내듯한 아들의 소리에 종선 씨는 무엇으로 머리를 얻어맞은 듯 놀라 되물었다. 동우의 말을 잘못 들은 것이 아닌가 자신의 귀가 한순간 의심스럽기까지 하였다. 하지만 그는 이내 그런 의심이나 반문이 다 부질없음을 깨달았다.

―제가 어떻게 그 곡절을 알 수 있습니까. 아버지가 떠나시던 날 전 혼자서 그 이 교장의 풍금을 발견했다는 유치산골을 찾아가봤지요. 애초에 별 기대를 하고 간 건 아니었지만, 역시 이렇다 할 성과가 없이 그저 현장 부근을 대충 한번 돌아보고 온 데에나 뜻이 있었다 할까요. 그것도 어디가 어딘지 위치도 잘 알 수 없고 그때의 일을 소상하게 알고 있는 사람도 찾아볼 수가 없으니…… 그런데 그러고 와서 다음 날 다시 선생님에게나 매달려 보려 섬을 찾아가보니 일이 그 지경이 되어 있지 뭡니까요.

　녀석은 그동안 제 속을 많이 삭여온 듯 아비 앞에 푸념 삼아 그간의 일의 곡절을 차근차근 털어놨다.

　―선생님은 또 바다로 나가고 안 계셔서 그 사위라는 사람한테 들은 말인데요…… 한밤중에 갑자기 우당탕 벼락 치는 소리가 들려 쫓아가보니 풍금이 이미 박살이 나고 말았더라고요. 선생님은 마치 무슨 늙은 쇠백정처럼 한 손에 도끼를 끌어 쥔 채 부서진 풍금 앞에 숨을 헐떡이고 서 계시구요…… 저는 물론 말할 것도 없는 일이지만 그 사위라는 사람도 도대체 곡절을 알 수 없는 일이었답니다. 그러고 나서 선생님은 무슨 설명은커녕 다른 일에까지 도대체 말을 잃은 사람 꼴이시라니까요. 그러니 그 속을 누가 알겠습니까. 저 역시 풍금이 그렇게 애석하게 된 거나, 제 일이 더 어렵게 꼬여든 것 따위는 둘째치고, 그 선생의 심사부터가 궁금해 못 견디겠어요. 그래 하도 답답해 이렇게 또 아버지를 찾아뵈러 온 것 아닙니까.

　녀석은 이제 종선 씨 앞에 노골적으로 매달리고 드는 형세였다.

이번에는 종선 씨가 그 동우 앞에 적지않이 곤혹스런 입장이 되고 있었다. 그 선생과 풍금의 일은 과연 동우로선 이해하기가 어려운 수수께끼였을 게 분명했다. 그것은 종선 씨도 처음 마찬가지 사정이었다. 그는 한동안 놀라움과 당혹감뿐, 영문을 알 수 없었다. 하지만 차츰 시간이 지나면서 그는 제물에 고개가 끄덕여지고 있었다. 설명할 수는 없지만, 어떤 확연한 공감 속에 선생을 가슴 깊이 이해할 수 있을 것 같았다. 이해뿐만 아니라 자신까지 공연히 속이 후련해지면서 이 며칠 답답하게 가슴을 짓누르고 있던 무엇이 일시에 사라진 듯 기분이 가벼워지고 있었다.

그것은 어쩌면 그가 이미 예감을 하고 있었거나 심중 깊숙이에서 기다리고 있던 일인 듯싶기도 하였다. 긴 세월의 흐름을 씻어내듯 해맑게 울려 나오는 옛 풍금 소리 앞에 처참하게 변해가던 선생의 안색과, 한숨 소리처럼 무너져 내리던 허망스런 독백들……

그의 그 절망스러움은 역시 당신의 삶이나 풍금의 꿈에 어떤 이루어짐이 없음에서가 아니라, 그 소리 속에 숨겨져온 자신의 옛 꿈이 그대로 고스란히 되살아남에서가 아니었을까. 자신의 이름 없는 빈 삶의 세월을 먹고 연명해온 그 변함없는 옛 꿈의 청정한 얼굴 앞에 그의 수척한 세월과 하얗게 바래버린 생애가 어떤 뼈아픈 배반감과 두려움으로 진저리를 치고 있지 않았던가……

그러나 종선 씨는 이번에도 아들 앞에 그것을 확연히 집어 말할 수가 없었다. 자신도 분명하게 말할 수 없는 무엇으로 아들을 알아듣게 설명해줄 수는 더욱 없었다.

그는 지금 한창 보라색 엉겅퀴꽃이 낭자한 더덕 밭 쪽으로 눈길을 돌린 채 속으로 한동안 고심을 하고 있었다.

그러나 그 기다림은 오래가지 않았다. 그는 이제 어쨌든 알고 있었다. 게다가 이 몇 년 가뭄철 저수지물처럼 메말라 들어가기만 하던 삶의 생기 같은 것이 깊은 육신의 기력으로 진득하게 되살아 오르고 있는 이즈음이었다.

—어쩔래, 오랜만에 애비하고 팔씨름 한번 겨뤄볼래?

그는 느닷없이 짓궂은 웃음기를 흘리며 아들 쪽으로 돌아섰다. 시기에 걸맞지 않은 아비의 엉뚱스런 제의에 동우는 잠시 어리둥절한 얼굴이었다.

—팔씨름은요? 갑자기.

종선 씨의 제의는 그러나 그냥 지나쳐가는 소리가 아니었다. 동우의 시큰둥한 대꾸에도 불구하고 그는 벌써 풀밭둑 위로 몸을 구부려 엎드리며 팔소매를 걷어붙이고 있었다. 그 아비의 팔씨름놀이 버릇을 알고 있는 동우 쪽도 그걸 더 모른 척 버티고 있을 수가 없는 노릇이었다. 그는 잠시 난감스런 눈길로 그 종선 씨를 내려다보고 있다가 끝내는 제 쪽도 엉거주춤 팔을 걷어붙이고 아비의 맞은쪽으로 팔씨름 자세를 취하고 엎드렸다.

—자, 시작이다. 힘을 줘라!

종선 씨의 신호에 따라 두 사람은 이윽고 서로 오른손을 비껴쥐고 힘겨루기로 들어갔다.

그러나 동우는 아직도 별 신명이 나질 않은 듯 옛날처럼 금방 손힘을 모두어오지 않았다. 아비 쪽의 근력을 가늠해보려는 듯

방어자세만 지그시 견지하고 있었다. 종선 씨의 선공을 기다리고 있음이 분명했다. 그가 장성한 후론 종선 씨가 힘이 부쳐 자주 겨루려 들지를 않았지만, 그렇게 상대방의 선공을 기다리며 힘을 미리 가늠해보는 것은 원래 종선 씨 쪽의 여유와 자신감의 표시였다. 그런데 이제는 동우 쪽이 제 아비를 기다리고 있었다. 녀석이 그만큼 자신이 있음이었다.

종선 씨도 물론 쉽게 물러설 수가 없었다. 자신도 그 아들 먼저 힘을 태우고 들 수는 없는 노릇이었다.

— 어서 힘을 줘. 이 아빌 우습게 보지 말고!

— 전 힘을 주고 있어요. 아버지가 힘을 주세요.

부자는 한동안 엉뚱한 실랑이만 계속하고 있었다. 그 바람에 또 달갑잖은 구경꾼까지 나타나 그 부자간의 기이한 행사에 참견을 하고 들었다.

— 허허⋯⋯ 그 인종들하곤⋯⋯그거 꼭 부자 소 두 마리가 서로 밭일을 떠넹기고 싶어 사생결단 뿔쌈내기 판을 벌이고 있는 짝이구만.

두엄짐을 지고 건너편 밭둑길을 지나가던 이웃 대복 씨의 비아냥질이었다. 위인이 아니더라도 부자의 힘겨룸이 미상불 보기 좋은 그림일 수는 없었다

— 안녕하세요.

멋쩍어진 동우가 좋은 구실을 만난 듯 먼저 손을 놓고 몸을 일으켜 앉으며 알은체 인사를 건넸다. 그 바람에 종선 씨도 싱겁게 다시 몸을 일으켜 세우는 수밖에 없었다.

— 거 동우야, 너 애비라고 쉽게 겨줄라고 하지 마라. 저 봐라. 니 아배, 그 몇 뙈기도 안 되는 더덕포전 하나 손대기가 싫어서 며칠씩 거기 나와 밭둑만 뱅뱅 돌믄서 너 오기를 눈이 빠지게 기다리고 있는가 부드라. 아배 꼴 안됐다고 손을 잘못 거들었다간 니 학교도 그만두게 하고 똥장군까지 지울 게다……

대복 씨는 입에 닿는 대로 험담을 늘어놓으며 천천히 모습이 멀어져갔다. 종선 씨는 그러나 언제나와 마찬가지로 별 대꾸가 없었다. 그는 천천히 주머니를 더듬어 담배 한 대를 피워 물고는 그 김 씨의 모습이 아주 시야에서 멀어질 때까지 석양빛에 물들고 있는 어수선한 포전 쪽만 묵묵히 바라보고 있었다. 입암산 능선을 타고 넘어온 저녁 바람 한 줄기가 그의 희끗희끗한 머리카락을 가볍게 건드리고 지나갔다.

— 허긴 이 애비도 네가 가끔씩은 나타나고 니 에미랑 함께 이 밭 흙을 주물러보고 갔으면 싶은 게 사실이다.

주위가 다시 조용해지자 그는 실상 그동안 대복 씨의 험담을 속에 담아두고 있었던 듯 등뒷소리로 차근차근 변명하기 시작했다.

— 허지만 그건 물론 네 힘을 빌리거나 너를 농사꾼으로 만들고 싶어서가 아니다. 미우나 고우나 이것이 내 일생을 묻고 살아온 이 애비의 인생사요 흔적인 소치다.

모처럼 그 답답한 말더듬기가 사라진 종선 씨의 나지막하면서도 자신에 찬 말투는 그러니까 그 대복 씨의 험담에 대한 단순한 변명이 아니었다.

─알고 있습니다. 앞으론 틈이 생기는 대로 자주 그러도록 하겠습니다.

동우가 제 아비의 농사일을 늘 딱하게 여겨온 것이 못마땅해서였을까. 종선 씨의 심중은 실상 그 이상 같았다. 동우로서도 이미 짐작하고 있었을 만한 일, 그걸 새삼스럽게 입에 올리고 나서는 속을 몰라 어물쩍 덮어 넘어가려는 대꾸에 종선 씨는 다시 한동안 입을 묵묵히 다물고 있었다. 그러다 이윽고 생각의 가닥이 추려진 듯 차분한 목소리로 등뒷말을 이어갔다.

─나는 뭣보담도 네가 소중하다. 너뿐만 아니라, 너와 네 에미가 이날토록 내 곁에 있어준 것이 고맙고 다행스럽다. 그 뭣이냐, 고맙고 소중허기로 말하면 그러니께 지금 헛소리를 하고 지나간 저 김가 성도 마찬가지다. 그 모두가 이룬 것 없고 거둔 것 없이 살아온 애비의 생애엔 더없이 소중한 징표들인 까닭이다.

역시 그 평소의 더듬거림기가 많이 사라진 대신 무언가 깊숙한 마음속에 것을 털어놓고 있는 듯 자신에 찬 목소리.

─그런 뜻으로 나는 이 보잘것없는 잡초 더미 더덕 밭도 더할 수 없이 소중허고 고마운 것이다. 저 봐라. 항가쿠 꽃만 어수선한 저 볼품없는 더덕 밭 꼴을. 그래, 내가 여기서 이날토록 애를 먹고 낭패를 보아온 것이 어디 저 더덕 밭뿐이더냐. 네 조부가 캐어 모아다놓은 갖가지 산야초목들은 내가 소작 작물로 포전 재배를 시험해보지 않은 게 없었다. 두릅, 산작약, 당귀, 보춘화……심지어 산마늘이나 산부추들까지도…… 너도 보아 알 듯이 물론 거개가 실패로 끝이 났다. 허지만 지금 애비는 그 실패를 탓하거

236

나 후회하려는 게 아니다. 그야 실패를 탓하고 후회스러워할 바가 없었던 건 아니지만, 그보다 더한 것은 근자 들어 자주 그 실패 끝에 밀려드는 썰렁한 허망감, 실패든 성공이든, 그건 다 어채피 앞서 가신 어른의 헛 흉내질에 불과했던 것 같은, 뭐시냐 그런 무신 허허한 열패감 같은 거, 그게 내겐 더 뼈아픈 일이라는 걸 말하려는 거다. 내 인생은 일트면 네 조부의 뒷그림자를 밟아온 것밖에 내 몫은 아무것도 이뤄온 것이 없더라는 소리다. 그래 난 근자 들어 그걸 새삼 못마땅해하고 내가 지내온 세월을 허무해하곤 했구나. 이번에도 그러니께 저 더덕포 일을 두고 그런 원망과 허망스러움 속에 포전을 모조리 갈아엎어가던 참이었는디……긴 소리 접어두고 결론만 말하면, 지금 나는 네가 보듯 그 일에 대해 문득 생각을 달리하고 손을 개얹고 있는 중이다. 그게 웬 줄 아느냐…… 사람들은 흔히 군대엘 가서 지낸 시절은 헛세월을 살고 온 걸로 치더구나. 나도 물론 여태까지 그렇게 생각해왔으니께. 하지만 알고 보면 이 땅에 발을 딛고 땀 흘리며 살아낸 세월이 헛세월로 사라질 수는 없는 법이다. 나름대로 흔적을 남기게 마련이란 소리다. 말이 자꾸 헛돌아가는 감이 있다만, 내 생각이 바뀐 건 이 모든 것이 내가 살아온 세월의 흔적들로 보이기 시작한 때문이다. 누구들한텐 그저 쓸모 없고 하찮게만 보일는지 모르지만, 이 묵어자빠진 포전, 어지럽게 번져 자란 항가쿠 밭이나마 내게는 어느 것보다 분명한 내 몫의 인생살이, 누추한 대로 그간 내 땀과 소망을 묻어온 세월의 소중한 흔적으로 다가오질 않았겠냐. 그 막막하고 어려웠던 몇 년간의 군대 시절의 기억들까지 더없이 뜻이 깊고 생생하게 말이다. 그래 난 이제부턴 더덕 포전을 그냥 이대로 두고 보며 살아갈 참인 게다. 이참엔 그도 한 번 나물거리로 재배해볼 겸 저 억세고 귀찮스런 항가쿠들까지도 그냥 그대로 말이다. 그런디…… 저런 것들이 어째 갑자기 이 애 비헌티 그렇듯 고맙고 소중시럽게 보이게끔 되었는 줄 아느냐?

그에게선 드물게 정색스럽고 정확한 소리를 이어 늘어놓고 나서 종선 씨는 비로소 동우의 반응이 궁금한 듯 등 뒤의 아들을 돌아보며 진진한 눈길로 물었다.

하지만 동우 쪽은 갑자기 마땅한 대답이 떠오르지 않는 기색이었다. 그로서도 전혀 짐작이 안 갈 바가 아니었지만 아비 앞에 섣불리 입을 열고 나설 처지가 아니었다. 그는 계속 묵묵히 종선 씨만 기다리고 있었다. 종선 씨도 실상 그것을 예상하고 잠시 말을 아끼고 있었을 뿐인 듯 다시 그에게서 눈길을 거둬들이며 자답을 이어갔다.

— 그건 다름 아니라 살아온 세월에 아무 흔적이나 그림자 같은 게 남아 있지 않은 사람을 보았기 때문이다. 어느 누구한테 그가 품은 꿈이 아무리 곱고 기다림이 간절했더래도 제 살아온 흔적이나 그림자가 아무것도 없다면 그게 어디 귀신 유령의 삶이지 사람의 삶이더냐?

— ……

— 그 방 선생 어른이 지내오신 생애 말이다, 그 어른헌티는 옛날 한 시절 꿈밖에 그동안 당신이 땅을 딛고 세상을 살아온 세월의 흔적은 아무것도 찾아볼 수가 없드구나. 흔적이 없으니 그동

안의 세상살이나 세월도 다 사라져 없어지고 남아 있는 건 옛날 한 시절의 아득하고 애틋헌 꿈뿐…… 그 풍금 소리가 오랜 세월의 강을 뛰어 건너 아직도 그리 또렷또렷 생생한 소리를 울려낼 때 나는 그 어른의 젊었을 적 꿈이 여태도록 하나도 변하지 않고 그대로 고스란히 당신을 숨어 기다리고 있는 것 같아 나도 모르게 몸서리가 쳐지더라. 그 꿈이 아무리 크고 곱다 한들, 그렇다고 그 어른이 이제 와서 다 늙어 그 시절로 돌아가 새판잡이로 그 꿈을 살 수는 없는 노릇 아니냐…… 그동안 살아온 세월은 흔적도 없이 사라지고 당신만 어쩔 수 없는 늙은이로 남게 된 거제. 헌디도 그 아득헌 세월 저쪽의 소리가 옛날 그대로 당신을 손짓해 부르고 있는 격이니 선생헌텐 그게 외려 참을 수 없는 고통이었을 수밖에…… 당신의 속까지 들여다본 일이 없으니 장담은 못 허겠다만, 선생이 갑자기 당신의 풍금을 때려 부수고 만 것도 아마 그런 고통시런 심사에서가 아니었을까 싶구나……

— ……

— 그런 선생한티 비견할 터면 내겐 그래도 사람으로 살아온 행로를 지워 사라지지 못하게 할 흔적이 꽤 남은 셈이제…… 어쩨, 그 학교의 내력을 찾는 일이나 선생하고의 일이나 네 일은 네가 어련히 알아서 할 일이었다만, 내가 네 에미나 너를 새삼 소중허게 보게 된 소이를 좀 알 만허냐? 그리고 이 피폐한 밭뙈기나마 길지 않은 내 여생을 여기 그냥 고맙게 묻어 넘기고 싶어 하는 애비의 속뜻을?

종선 씨는 그 아들에 대한 마지막 물음으로 자신의 이야기를 모두 끝냈다. 그러나 그 물음 역시도 아들의 이해를 구하기 위해서보다 스스로 속마음을 다짐하는 소리임이 분명했다. 그리고 그 방 선생이나 학교 일에 대한 지나친 집착과 경사를 은근히 경계하는 소리기도 하였다.

하지만 동우는 그런 아비에 대한 이해나 수긍의 빛이 별로 없었다. 말뜻을 알아듣지 못했을 리가 없는데도 가타부타 도대체 어떤 감정의 표시나 대꾸가 없었다. 어딘지 우두망찰 괴로워 보이기까지 한 얼굴 표정이 어쩌면 속으론 더없이 강한 공감과 미더움을 느끼면서도 그걸로 자신의 생각이 무너질까 싶어 고집스럽게 안간힘을 쓰고 있는 것 같기도 하였다.

그런 동우의 완강한 표정 앞에 종선 씨는 다시 심사가 막막해지기 시작했다. 그는 그 어지럽고 낭패스런 심사를 달래기 위해 지금 한창 줄기가 무성하게 자라 오른 짙푸른 더덕포, 그 실은 자줏빛 엉겅퀴꽃이 더 낭자한 야생채전 쪽으로 망연히 눈길을 돌렸다.

— 이런 때 대체 어쩌는고?

그런데 그때, 어떤 엉뚱한 환영이 그의 망념 속으로 얽혀들었다. 그 무성한 엉겅퀴밭 한가운데에 한 낯익은 노인의 모습이 저녁 바람 속에 하얗게 흔들리고 서 있었다. 아버지 황 노인이있다. 그 노인이 어느새 진한 풀냄새를 안고 그에게로 다가와 생시처럼 귀 가까이서 완연하게 말했다…… 자식놈을 아직도 많이 겁내고 있구나…… 그 팔씨름 내기 말이다. 왜 그걸로 결판을 내려지 않느냐. 언젠가는 아비가 자식에게 지는 날이 오게 마련이다. 그것을 겁내서는 안 된다. 아비가 지는 것을 보여주는 것도 아비가 할 일이다…… 헌다고 힘이 있으면서 지레 져줄 것도 없는 일, 힘이 있을 땐 힘대로 밀어붙여야 한다. 그게 서로간의 믿음의 담금질이다. 믿음이 있고서야 이해도 통하게 된다……

그 노인의 소리를 부르기 위해 부러 눈을 감고 기다렸던 모양인가. 소리가 끝나고 나자 종선 씨는 소스라치듯 감은 눈을 번쩍 떴다. 그리고 가는 저녁 바람기에 엉겅퀴 줄기들만 무성하게 흔들리고 있는 빈 포전의 정경에 그 소리들이 바로 자기 마음속에서 들려온 자신의 소리임을 깨달았다.

그래 그는 더 망설이지 않고 동우 쪽으로 다가가 녀석의 어깨를 힘껏 내리치며 자신만만 을러댔다.

—어쩔래? 아깟번에 겨루다 만 팔씨름 지금 다시 결판을 안 낼 거냐?

그러니까 그동안 뭔지 혼자 생각에 잠겨 있던 동우 쪽도 금세 그 아비의 속마음을 알아차린 모양이었다.

—좋습니다. 하지만 아버진 이제 안 되실 텐데요.

그는 엉뚱스런 아비의 도전 앞에 생각을 고쳐먹은 듯 이내 팔소매를 걷어붙이며 호기롭게 맞서 나왔다. 아깟번에 지나가던 대복 씨의 훼방으로 흐지부지 승부가 미뤄졌던 부자간의 기이한 팔씨름질이 그렇게 기어코 다시 결판을 보게 된 것이었다.

하지만 동우 쪽 역시도 나름대로 어떤 속 다른 꿍꿍이가 있었음인가. 결과부터 말하자면 이번에도 승부가 그리 간단치가 않았다.

두 사람은 한번 더 밭둑 위로 마주 엎드려 한 손씩을 비껴 잡고 곧 힘겨루기로 들어갔고, 제법 얼굴색들이 붉어질 만큼 모둔 힘을 쓰기 시작했다. 한데도 그 부자의 호기스런 기세와 장담과는 달리 어느 쪽도 팔뚝이 쉽게 기울어드는 기미가 없었다. 양쪽의 힘이 서로 비슷한 사람끼리의 그것처럼 팽팽한 국면만 계속되고 있었다. 겉 표정들과는 달리 아무래도 어느 한쪽이 힘을 아끼고 있는 낌새였다. 어느 모로 생각하나 동우 쪽이 제 힘을 속이고 있음이 분명했다.

─이 녀석아, 이 애비 눈치 보지 말고 모질게 힘을 써!

낌새가 아무래도 이상하다 싶어진 종선 씨가 드디어 속내를 못 참고 동우를 다그치고 들었다. 하지만 동우 쪽도 그 아비 앞에 제 속을 간단히 드러내려질 않았다.

─저는 있는 힘을 다하고 있는걸요. 아버지가 외려 저를 봐주시고 계신 거 아니세요. 그러실 거 없으니 마저 힘을 쏟으세요.

그런 중에 형세는 여전히 그 수상쩍은 소강 상태의 계속이었다. 팔 힘의 승부보다 그 힘을 숨기려는 마음속 실랑이 쪽에 진짜 승부가 걸린 듯 시간만 흘렀다.

─아니, 에미가 부르는 소리도 못 듣고 부자간에 남사시럽게 무슨 힘들이 뻗쳐 나서 또 그놈의 힘장사 놀음들이랑가요.

때마침 저녁상을 손봐놓고 부자를 부르러 나온 장성댁이 그 기이한 광경을 목도하고 어이가 없어진 듯 싫은 소리를 내질러왔지만, 두 사람은 그도 미처 알은체할 겨를이 없는 듯 그 무한정한 힘 다툼내기, 아니 사실은 제 힘 숨기기 마음 씨름만 계속하고 있었다.

　—네놈이 이 애빌 정말 우습게 알 테냐. 네가 나를 이겨서 이
애비가 섭섭할 게 무어냔 말이다. 어서 힘을 맘껏 태여!

　—아버지야말로 아직도 저를 정말 한참이나 얕보고 계신 거
아니세요. 저도 이제는 아버지를 이겨드려서 든든한 아들로 보
이고 싶단 말씀입니다. 그러니 제 걱정은 마시고……!

　장흥읍 버스 정류소 앞에서 잡아 탄 택시는 10여 분 만에 부산
(夫山)과 유치(有治) 면소지를 지나 어느새 산세가 깊숙한 보림
사(寶林寺) 쪽 골짜기로 접어들고 있었다. 초여름의 녹음과 맑은
계곡물을 끼고 굽이굽이 휘돌아 들어가는 보림사행 포장도로변
경관을 내다보며 종선 씨는 새삼 심사가 착잡해지고 있었다.

　—이 넓은 산역 가운데서 피아간 전투가 심했던 곳을 어디라
한 곳으로 찍어 말할 수는 없겠지요. 더욱이 그 이 교장이나 전
선생들이 활동했다는 유격대 진지나 동굴들을 자상히 알고 있는
사람을 만날 수도 없었고요. 하지만 전 이곳을 열 번 가까이나 찾
아다녔습니다. 군 관계기관에 보관된 기록들도 손에 닿는 대로
다 찾아봤고요…… 하다 보니 이곳은 산역 일대가 모두 전적지
인 셈이었어요. 험준한 산봉우리나 겹쳐 선 능선들, 골짜기와 계
곡들, 큰 바윗돌이나 동굴 하나까지 산하 전체가 그 이 교장이나
전 선생들의 못다 핀 젊은 꿈이 묻혀 숨쉬고 있는 곳이었습니다.
저는 심지어 이 울밀한 숲 속을 지나가는 산바람 소리나 맑은 계
곡물 소리에서도 그분들이 부르다 간 노랫소리, 그날의 꿈과 소

망을 들을 수 있을 듯싶으니까요……

지난밤 저 혼자 행사 준비까지 다 끝내고 난 동우가 가지산 입구 현지에서 집으로 걸어온 전화 목소리, 제물에 흥분기를 참지 못한 녀석의 목소리가 아직도 귓가에 쟁쟁했다. 그리고 그 소리는 계곡 길이 깊어갈수록 그의 심사를 더욱 어지럽게 하였다.

차창 밖으로 시원스럽게 뻗어나간 포장도로와 길 한쪽으로 이리저리 교행해 나아가는 맑은 계곡물가의 휴일 나들이 인파를 내다보며 종선 씨는 새삼 속절없는 세월의 변화와 무심스런 세태 앞에 이날의 동우 놈의 행사가 껄끄럽게만 느껴졌다.

월여 전 5월 하순께, 그러니까 종선 씨가 회령포를 다녀오고 나서 며칠 뒤에 다시 동우가 입암까지 집엘 다녀간 뒤로는 한동안 소식이 감감하던 차였다. 녀석이 옛 학교의 내력을 찾아 꾸미는 일이 그럭저럭 말썽 없이 풀려나가고 있는 증거였다. 그것은 또한 방 선생하고의 사이에도 더 이상 어려운 국면이나 말썽이 생기지 않고 있는 증거가 될 수 있었다. 선생이 새삼 무슨 해명이나 도움을 준 일까지는 없었다 하더라도 동우 쪽에선 그날 제 아비를 만나보고 그 풍금을 때려 부순 선생의 심중이나 그간의 곡절은 충분히 헤아릴 수 있었을 터이기 때문이었다.

종선 씨는 무엇보다 그 점을 마음 흐뭇해하고 있었다. 노인네의 괴벽과 종선 씨 자신의 생애에 대한 솔직한 술회가 있고 나서의 동우와의 팔씨름질, 그것이 끝내 비김으로 끝난 것은 부자간에 힘이 서로 비슷해서가 아니었다. 그것은 어느 일방이 우위를 차지해버리지 않고 상대를 헤아려 화합을 이루어나가려는 참음

244

과 기다림, 부자간의 이해와 껴안음의 정의가 오가게 된 결과였다. 전에는 아비 쪽에서 힘을 아껴야 했지만, 이번에는 거꾸로 동우 쪽이 마음을 썼을 게 분명한 판세였다……

종선 씨는 마음이 거기에 이르자 아들의 장성이 새삼 미덥고 대견했다. 녀석이 거기에 더 깊은 말 덧붙이지 않고 이튿날로 다시 묵묵히 집을 떠나간 것도 아비에 대한 이해와 정의가 깊어진 결과인 듯싶어 전에 없이 마음이 뿌듯해 있던 터였다.

그런데 어쩌다 안부나 묻는 전화 외에 한 달여간 그렇듯 잠잠히 지내오던 녀석에게서 어젯밤 갑자기 엉뚱한 전화가 걸려왔다.

— 아버지, 내일 이곳엘 좀 와주셔야겠습니다. 여기는 지금 유치 보림사 앞 동넨데요, 제가 내일 여기서 저의 학교 아이들하고 위령제를 지내기로 했으니까요.

거의 일방적이다시피 한 녀석의 주문이었지만, 종선 씨는 녀석의 그 몇 마디 소리만으로도 그것이 누구를 위한 위령제이며, 일이 어디에 이르러 있는가를 금세 다 알아차릴 수 있었다. 하더라도 사정을 좀더 자세히 알고 싶어 하는 종선 씨의 다그침 앞에 동우의 대답은 역시 짐작했던 대로였다.

동우는 그동안 이열 교장과 전 선생들의 혼백을 달래기 위한 위령굿을 계획하고 준비해왔던 바, 바로 이튿날로 그 행사의 예정일이 잡혀 있다는 것이었다. 이 교장이나 전 선생들이 은신했던 정확한 장소는 끝내 찾아낼 수가 없었지만, 이 산역 전체가 그분들의 젊은 고혼이 떠돌고 있는 포한의 땅이 아니겠느냐는 예의 연설조와 함께, 애초에는 다 같이 전화의 피해를 크게 입은 보림사 법당이나 경내에서 그곳 스님들의 도움을 얻어 행사를 치를까 했지만, 그러자면 자신이 바라고 계획해온 것과는 위령굿 형식이나 내용이 많이 달라질 것 같아 그 절간 앞마을 공터에서 자기 식대로 굿판을 벌이기로 했노라고, 녀석은 이미 이튿날로 다가온 행사의 준비를 모두 끝내놓고 저녁녘 마지막으로 회령리 학교로 사람들을 데리러 떠나면서 전화를 걸어온 것이었다.

녀석으로선 능히 생각이 뻗쳐 밀어붙이고 나설 만한 일이었다. 그것도 그저 이열 교장이나 전 선생들 같은 좌익 유격대들의 혼백만이 아니라, 당시에 이 험준한 산속 싸움에서 죽어간 피아간의 영혼들을 다 같이 위로하고 해원을 빌겠다는 데에는 종선 씨도 녀석이 제 아비의 심중을 나름대로 깊이 헤아린 덕인 듯싶어 놈이 그저 기특하고 고마울 뿐이었다. 게다가 전일 그 군수의 아들로 어려운 고비를 넘긴 허 선생이란 사람까지 — 뒷날 무슨 생각에선지 그 역시 교직을 버리고 의경으로 입대해 들어갔다던 — 끝내는 같은 산역에서 불행히 목숨을 잃고 말았다는 소식인 데다 그래 이번 위령제에선 그 허 선생의 혼백도 함께 불러달랜다는 사려 깊은 계획이었다.

— 이 산골에 아직도 이름도 무덤도 없이 백골로 뒹굴고 있는 수많은 주검들은 물론, 이열 교장이나 전정옥 선생 같은 좌익 유격대의 주검도 군수의 아들 같은 우익 토벌대의 주검도 이제 와선 사상이나 이념의 색이 다 바랜 백골로나 남아 있을 수밖에 없을 테니까요. 저는 그것이 어느 편을 위한 죽음이었든 모든 혼백들을 내일 한자리에 불러 달래고 위로할 것입니다.

제 아비의 참석 승낙을 얻어내기 위해선지, 동우는 평소의 고집스런 주장을 덮어둔 채 제법 젊은이다운 감상기까지 섞어가며 제 너그러운 도량을 한껏 내세웠다.

그야 굳이 그 군수 아들 허 선생의 불행한 소식이나 그 허 선생을 포함한 우익 쪽 사람까지를 망라한 녀석의 너그러운 마음 씀이 아니더라도 종선 씨는 사실 이미 굿판 참석 쪽으로 마음이 기울고 있던 터였다. 이열 교장이나 전정옥 선생의 각별한 관심과 보살핌을 받아온 옛 제자로서뿐만 아니라 위령제를 계획하고 이끌어가는 옛 모교 선생의 아비 되는 사람의 도리로도 종선 씨는 그 위령굿판 참례를 마다할 수가 없는 처지인 때문이었다.

그런데 녀석은 거기다 다시 한 번 다짐의 못을 박는 소리를 해왔다.

─아직 장담말씀을 드릴 수는 없는 일입니다만 내일 행사엔 어쩌면 방 선생님께서도 자리를 함께해주실지 모르겠습니다. 제가 일전에 선유리까지 찾아뵙고 행사 참석을 간곡히 부탁드렸으니까요.

녀석의 말마따나 아직 확실치는 않았지만 그 노인네까지 먼 길을 오신다면 그로선 더욱 발을 개고 있을 수 없는 일이었다. 하지만 그것이 종선 씨의 작정에 다짐의 못을 박은 마지막 말은 아니었다. 녀석이 그 끝에 뒤늦게 생각한 듯 엉뚱한 소리를 물어온 것이었다.

─그런데 참 아버지, 방 선생님이 전일 부숴버린 이열 교장의 풍금 말씀입니다. 근자에 들으니, 그 풍금은 옛날 큰 산 밑 새 학

교가 불탈 때 조부님께서 혼자 그 불길을 헤치고 들어가 끌어내셨다는 소리가 있던데, 전에 혹시 그런 말을 들으신 일이 있으셨습니까. 그래 그 풍금을 조부님께서 그날 밤 회령리까지 지고 가서 이 교장들이 다시 산까지 간수해가게 하셨다고 말씀입니다.

종선 씨로선 금시초문의 소리였다. 뿐더러 그가 알기론 가당치도 않은 소리였다. 모르면 몰라도 새 학교가 불탄 것은 이 교장들이 모두 학교와 회령리를 떠난 뒤였기 십상이었고, 그때쯤엔 학교에 그 풍금이 버려져 남아 있었을 리가 없었다.

종선 씨의 기억으로 노인 또한 당시엔 그런 기색을 보인 일이 없었고, 다른 사람 입으로도 그런 말을 들은 적이 전혀 없었다. 이리저리 따져봐도 그랬을 리가 없었다. 녀석이 어디서 공연한 헛소리를 주워들은 게 분명했다.

그런데 그 방 선생의 굿판 참례 소식을 들은 끝에 그 소리가 나온 때문인가 — 말도 안 되는 헛소리. 종선 씨는 더 긴말 들을 것도 없이 녀석의 헛소리를 무질러버리고 나서도 왠지 제 말을 자신이 수긍하고픈 심사가 아니었다……

— 어쩌면 노인이 그랬을 수 있었는지도 모르제. 이 교장이나 전 선생들이 미처 풍금을 옮겨가기 전에 학교를 먼첨 태웠다면. 그때까지 아직 이 교장들이 그 회령리 숙소 근처에서 어물쩡대고 있었다면. 학교가 한창 불탈 땐 사람 눈이 두려워 노인밖엔 누구도 쉬 접근을 못했다니께. 더구나 노인은 무엇보다 그 풍금 일이 마음에 앞섰을지도 모르니께…… 그래서 그 일이 큰 허물이 될까 봐 당신은 그리 서둘러 고향 고을을 등지고 나서버린 것이 아

니었을까……

그런 엉뚱한 상상 속에 종선 씨는 자꾸만 마음이 그쪽으로 기울어간 것이었다. 그리고 동우 놈은 그 말을 누구에게서 들었는질 내색하지 않았는데도, 종선 씨는 어쩌면 그런 소리가 방 선생 주변에서 흘러나온 것이 아닌가, 그래 선생이 자기 부자의 방문을 그리 괴로워하고, 그 무렵 단박 그 풍금을 두드려 없앤 데도 그런 어떤 동기나 숨은 뜻이 있었던 일이 아닐까…… 이런저런 짐작과 당치 않은 상상 속에, 그렇다면 일이 정말 그랬을 수도 있을 법하다고 혼자서 마음이 무척 조급해지기도 하였다.

그래 종선 씨는 한마디로 그 방 선생을 만나보면 뭔가 새로운 사실이 밝혀질 것 같은 위태로운 예감 속에, 그러면서도 왠지 그 겁 없는 노인네와 옛 풍금 사이에 보다 더 은밀하고 깊은 인연의 곡절이 드러나기를 바라는 은근한 소망 속에 두말없이 이날의 나들이를 작심하고 나선 것이었다.

동우가 그런 위령굿판을 벌여놓은 것이나 종선 씨가 그 굿판을 참관하기로 한 데까지는 그러니까 그리 거북하고 껄끄러운 대목은 없었던 셈이었다. 문제는 그 위령굿의 형식과 진행 방식이었다. 그것을 은근히 궁금해하는 종선 씨의 걱정 투에 동우는 선뜻 제 자신이 제관(신관)이 되어 제 회령리 학교 아이들의 풍물놀음으로 일종의 씻김굿 절차를 치러나가겠다는 것이었다.

─제가 언젠가 아버지께 여쭌 일이 있었지요, 아버지께서 혹시 이곳 버꾸농악을 아시느냐구요. 그걸 그간 제가 이곳 어른들한테 부탁해서 제 학교 아이들에게 익혀놨거든요, 아이들 굿판

이 무당을 부른 것보다 뜻이 있지 않겠어요.

들고 보니 종선 씨도 생각하는 일이 있었다…… 아버지, 혹시 장흥 지역에서 연희되는 버꾸농악놀이를 아십니까. 그 월여 전 녀석이 집엘 다니러 왔다가 이튿날로 다시 사립을 나서면서 지나가는 소리처럼 물어온 소리였다.

하고 보면 동우는 그 무렵 이미 그 위령굿을 생각하고 있었는지 모른다. 그리고 그날 아비와의 이야기 끝에 그 굿판의 주역으로 아이들의 버꾸농악을 생각해뒀는지 모른다. 종선 씨는 물론 옛날 한 시절 그 풍물놀이 소리를 몹시 좋아한 적이 있었다. 그러나 그는 그 동우의 물음 앞에 무심히 고개를 가로젓고 말았다. 어릴 적 한때는 너나없이 다 좋아한 소리였지만, 보다 더 나중의 진저리나는 기억 때문이었다.

그런데 녀석은 아비의 부인에도 생각이 바뀌지 않았던 모양이었다. 결국은 제 학교 아이들에게 버꾸농악을 익혀주어 그걸로 굿판을 꾸민다는 거였다.

그 역시 지극히 녀석다운 생각이었다. 그러나 종선 씨는 그것이 그리 썩 달갑지가 못했다. 아이들의 솜씨가 아직 서툴지 않을지 염려되거나 그걸로 어떻게 굿판을 잘 치러내게 될지 동우의 요량이 못 미더워서가 아니었다. 그의 심기를 찜찜하게 해온 것은 외려 그 반대였다.

아이들의 솜씨가 어떻든 그걸 굳이 탓하고 들 자리도 아니었고, 그 길고 복잡한 씻김굿의 절차를 제대로 다 따르려 할 녀석도 아니었다. 말이 씻김굿이지 녀석의 궁량대로 어떤 엉뚱하고 새로운 굿판이 벌어질 공산이 컸다. 이를테면 요새 그 젊은 사람들이 공장마당이나 학교, 길거리 등지에서 붉은 머리띠를 둘러매고 주먹을 휘두르며 시위를 벌일 때 흔히들 앞세우는 풍물놀음판 같은 것. 간단한 무악보다 제 학교 아이들로 풍물패까지 만들어 온다는 게 아무래도 그런 굿판이 벌어지기 십상이었다. 바로 그 아이들의 떼거리 풍물놀음, 종선 씨는 지레 그 어지러운 굿판의 상상 속에 혼자 내내 심기가 편치 못해온 것이었다. 그에겐 그 풍물놀음에 대한 기억이 그만큼 살벌했기 때문이었다.

동네에 무슨 잔치 행사나 명절날 같은 때 어디선지 그 신명스런 꽤꽹쬉쬉 쿵더덕쿵쿵……매구[埋鬼]판 소리가 울리기 시작하면 이내 쥐었던 밥숟갈도 내팽개치고 사립을 뛰쳐나가곤 하던 어린 시절, 그리고 밤이 깊도록 그 매구패만 뒤쫓아 다니다 달빛에 젖은 골목길을 혼자 돌아오면서도 배가 고픈 줄을 몰랐던 옛 고향 고을 시절. 그러나 그 어린 고향 시절의 매구굿 기억은 6·25전란을 고비로 더 이상 즐거운 것이 못 되었다.

그 50년 여름 전란이 터지고부터 매구굿 소리는 갑자기 전날의 즐거운 흥취나 신명 대신 거역할 수 없는 강압기와 적개심, 가파르기 그지없는 살기 같은 것을 띠어갔다. 그리고 무엇보다 사람의 넋을 어지럽게 뒤흔들어놓는 징과 꽹과리들의 쳇소리가 전에 없이 기승을 부리기 시작했다.

법고(法鼓)놀이, 흔히는 버꾸놀이라고 칭해온 이 고을의 풍물은 본시 꽹과리나 징 같은 쳇소리를 극히 억제하고 가급적 울림이 깊은 북장구 소리를 위주하여 절도 있게 어우러져나가는 것이 특징이었다. 그 신명이나 흥취도 그만큼 율조가 깊고 힘이 넘치게 마련이었다. 그런데 그때부터 버꾸놀이판에 갑자기 불심의 자비를 구하는 법고 소리 대신 날카롭고 낭자한 쇳소리가 살기등등 극성을 떨어대기 시작한 것이다.

그 풍물놀이 소리는 결국 낮이고 밤이고 동네 사람들을 불러 모으는 회합 신호가 되어버렸고, 사람들이 모여 무슨 험한 일을 도모할 때면 번번이 그 소리가 앞장을 서곤 하였다. 날이 어둡고 나서 그 소리가 시작되고 밤까지 새워가며 극성을 피우고 난 이 튿날은 마을 안에 흉흉한 뒷소문이 떠돌고, 더러는 그것으로 다시 얼굴을 볼 수 없게 된 사람까지 생겨나곤 하였다.

아마 이때쯤이 아버지 황 영감이 그것을 더 못 견디고 다시 바다를 찾게 된 무렵이 아니었을까. 그리고 그 아들 종선 씨가 어슴푸레 그러는 노인을 이해하게 된 때가 아니었을까. 어쨌거나 소리는 그렇듯 날이 갈수록 점점 살기를 더해가며 어린 종선 씨를 두려움에 떨게 했고, 끝내는 번번이 진저리 쳐대면서 가슴 떨리는 저주까지 짓씹게 한 것이었다.

그런데 세월이 많이 흐른 탓인가. 종선 씨 자신만이 유독 그런 고약한 일을 겪은 탓인가. 아니면 사람들이 망각을 한 것인가. 요즘 들어서는 왠지 또 그 소리가 곳곳에서 기승스레 되살아나고 있었다. 무슨 큰 모임이 벌어질 때마다 그 풍물 소리판이 앞장을 서곤 했다. 그중에도 대학생 아이들의 축제나 데모 마당, 한다 한 회사들의 노임 다툼 현장에는 그 소리가 빠짐없이 끼어들곤 하였다.

사람들의 마음을 쉽게 움직일 수 있어 그 풍물놀이 소리가 자주 동원되는지는 몰라도, 종선 씨는 문득문득 옛 기억이 되살아나 그게 늘 못마땅하기 그지없던 차였다. 그 소리에 어떤 땐 몸속의 피가 역류하듯 서늘한 오한기가 엄습해올 때마저 허다했다, 그런데 이번에 동우 놈이 하필 그 소리로 굿판을 치르겠다니, 그로선 녀석이 무슨 생각에서 그랬든 기분이 심히 찜찜한 정도가 아니라 어떤 살벌한 두려움기마저 앞섰다.

　―옛날 6·25 때 이 골짜기에서 공비토벌 작전이 엄청 치열했다든디, 그 싸움마당이나 공비들의 근거지가 어디쯤이었는지 들어본 일 있으시오?

　종선 씨는 이윽고 기분을 좀 바꿔보려 연신 콧노래를 흥얼대고 있는 운전사를 향해 물었다. 기왕 마음먹고 길을 나서 온 김에 그 애절스런 고혼들을 위한 행사에 가급적 동우 놈과 마음을 함께하고 싶어서였다. 하지만 동우의 열성으로도 찾지 못한 당시의 현장을 젊은 기사가 알고 있을 리 없었다.

　―그럼요. 아마 이곳 보림사 절구경이 처음 길이신가 본디 이 산골이 바로 지리산 줄기로 통하는 곳 아닙니까. 공비들이나 토벌대나 피차간에 사람이 참 많이 상해났다드만요…… 보림사 절만 해도 그 와중에서 건물들이 깡그리 다 불타고 절터만 남았을 지경이었다니께요.

　종선 씨가 절 구경이라도 가는 줄 잘못 알고 있었지만, 젊은 기사 녀석도 6·25 당시의 이 지역의 전화는 익히 알고 있었다. 그러나 정작 종선 씨가 알고 싶은 싸움터나 빨치산들의 근거지에 대해서는 별반 알고 있는 것도 관심도 없었다.

— 헌다고 이 깊고 험한 산중에서 그동안 세월이 얼마나 흘렀는디 지금 와서 그 소굴이 어디에 있었는지, 그걸 누가 알겠어요. 그때 여기서 직접 싸우다 살아남은 사람이라도 만나본다면 모를까. 그러니 여기서 지리산으로 이어져가는 이 산속 전체가 그자들 소굴이었겠지요.

위인의 이야기에서 귀담아 들을 만한 대목이라면, 동우 녀석이 이 산역 전체를 전화의 현장으로 삼아 제 굿판을 마련한 사실이 그런대로 합당해 보이게 한 것 정도였다.

그만만 해도 종선 씨는 제법 동우의 심중을 가까이 헤아리게 된 것 같아 마음이 썩 차분하게 가라앉는 기분이었다. 그리고 기사 녀석 말마따나 아직 한 번도 가본 일이 없는 그 보림사, 예부터 동양의 삼보(三寶)로 알려져온 그 절 건물들이 깡그리 잿더미로 변했다던 전란 당시 소문 그대로의 황량스런 도량을 떠올리며 스스로 심사가 숙연해져가고 있었다.

……동우 놈은 이 산골 전체가 고인들의 젊은 꿈과 노래들의 무덤일 거라 했던가. 그 꿈과 노래의 임자들, 옳았든 글렀든 그이들이 채 못 피우고 간 꿈과 못다 부르고 간 노래의 혼백들은 지금 어디 묻혀 있으며 어디를 떠돌고 있는가. 저렇듯 무심히 짙푸르기만 한 산 능선들은 그걸 알고 있는가…… 저 끝없이 청청하기만 한 산등성이들의 어느 숲 자락에…… 아니면 저 아득히 드높은 하늘가의 유장한 흰 구름이 그걸 알고 있을까. 저 한가롭고 평화스럽기만 한 흐름의 어느 행로 아래……? 동우 놈이 믿어오듯

저들이 이 땅의 혁명가였다면 혁명을 하는 사람들은 애초 모두가 그런 노래꾼들인가, 아니면 그 노래를 좋아한 것이 저들을 혁명꾼이 되어 죽게 한 것인가……

하지만 그것도 잠시 동안뿐이었다.

종선 씨는 아무래도 마음이 한곳에 머무를 수가 없었다. 찻길이 절간 가까운 계곡으로 접어들면서부터는 주변의 분위기까지 더욱 어수선해지고 있었다.

간간이 계곡굽이를 지키고 들어앉은 음식점들에다 여기저기 물가에 노래판을 벌이고 앉은 놀이꾼들, 쌍쌍이 짝을 지어 나선 젊은 산행꾼들로 찻길 주변은 계속 시끌벅적 인적이 끊일 새가 없었다. 그 어수선하면서도 화창한 주변 풍광 때문에도 종선 씨는 계속 그 비감스런 감회에만 젖어 있을 수가 없었다.

—어디…… 흙 농사일은 이도 저도 다 종을 치고 말 참여? 요새 들어 부쩍 웬 나들이가 많은 것 같여. 이참엔 또 어느 골 행차신겨? 좋은 디 귀경 갈 땐 나헌티도 귀뜸을 좀 건네볼 염량을 지녀보고……

문득, 집을 나서다 밭둑길을 엇비끼면서 오금박이를 하고 지나가던 이웃 김대복의 실없는 대거리가 떠올랐다.

—하기야 이런 일이 아니라면 위인하고도 가끔씩 길을 같이해 볼 만하겠제.

그는 이제 거의 생애를 이웃해 살아온 그 대복 씨의 고이한 버릇이 차라리 정의롭게까지 느껴져 잠시 씁쓸한 실소를 흘렸다.

하고 나니 이번엔 그동안 '연분홍 치마가 봄바람에……' 어쩌고 콧노래를 신나게 흥얼거리던 기사 녀석까지 뒤늦게 생각이 떠오른 듯 새로운 사실을 일러왔다.

─허긴 언젠가 이 고을에 한동안 일확천금 보물찾기놀음에 미친 사람 이야기가 떠돌아다닌 일이 있긴 했었지요. 그 빨치산들이 마지막으로 산을 빠져나가면서 얼마나 다급했던지 일대에서 군자금으로 거둬가지고 다니던 금붙이 보물궤짝을 진지 근방 숲속에다 파묻어놓고 내뺐다는 소문이 있었는디, 어떤 속 검은 시러베아들 한 놈이 그 소문에 눈이 뒤집혀서 그 빨치산 근거지였다는 산골짝 일대에다 지닌 재산을 몽땅 다 털어 묻어 없앴다고요……

─보물궤짝을 찾을라고 제 재산까지 다 털어 없앴다?

종선 씨도 그 소리엔 귀가 다시 솔깃하여 금세 등 뒤 물음을 이었다.

─그렇다믄 그 사람 유격대 본거지만큼은 알아냈던 것 아니겠소? 밑천을 뽑을 수는 없었다 치드래도 보물 궤가 묻힌 곳을 찾아냈을 수도 있었겠고……

하지만 운전사는 그런 종선 씨를 비웃듯 제 말끝을 다시 흐리고 말았다.

─진지를 제대로 알아냈으면 무슨 거덜이 났겠어요. 여긴가 하면 아니고, 저긴가 하면 아니고…… 놈들의 근거지가 어디 한두 곳뿐이었겠어요. 허다 보니 사람 사고 금속 탐지기까지 동원하여 이 산 저 산 지형이나 기미가 좀 이상헌 곳이면 일대를 모조리 파헤쳐보느라 끝내는 알거지로 손을 털고 나오게 됐다더라니

께…… 엉뚱한 백일몽이 생사람 잡은 거지요.

녀석은 그래 놓고 뭐가 기분이 좋은지 계속 혼자서 킥킥거렸다.

종선 씨는 아직 거기 뭔가 조금 더 캐어보고 싶은 아쉬움 같은 게 남아 있었다. 그러나 이제는 그럴 틈이 없었다.

쿵, 쿵, 쿵덕쿵……

어디선가 가까이에서 육중한 징소리와 둔탁한 북소리가 들썩들썩 계곡을 울려 내려오기 시작했다. 차가 드디어 긴 계곡의 끝, 가지산 중턱께의 보림사 산문 근처로 접어들고 있었다. 찜찜한 마음 탓에 초반 굿판을 넘기고 중도참례나 대기 위해 시간을 부러 얼마간 늦춰 잡아온 탓이리라. 녀석도 제 아비를 기다리느라 이날(6월 스무닷새) 정오로 잡아놓은 거제(擧祭) 시각을 넘길 수가 없었을 터였다. 거제 시각이 이미 12시에서 반시간 너머나 지나 있는 데다, 절간 아래쪽 계곡물가 공터에 마련된 위령굿 마당은 그새 열기가 썩 어우러져 오른 기미였다. 굿판 짜임새는 예상대로 이 지역 전례의 버꾸농악풍이었으나 그 어울림은 꽹과리의 쇳소리가 마구 설쳐대는 매굿놀이조였다.

종선 씨는 이윽고 그 낭자한 풍물굿 소리 속에 굿판을 둥그렇게 둘러싸고 있는 사람들의 무리가 눈에 들어오자 어느새 또 까닭 없이 가슴이 쿵쿵 뛰기 시작하고 모아 쥔 손바닥이 자신도 모르게 축축한 땀기에 배어 젖고 있었다.

보림사 법경은 그동안 대웅전과 유명한 철조불전(鐵造佛殿) 정도가 복원되어 있을 뿐 긴 세월 속에서도 옛 전화의 상흔을 씻지 못한 채 퇴락하고 고적한 정조가 감돌고 있었다.

종선 씨는 부러 그 절간 입구까지 내처 굿판을 지나쳐 올라가 그곳 사천왕문 앞에서 차를 내렸다. 그 종선 씨가 차를 돌려세우고 다시 아래쪽 굿판을 찾아내려갈 때까지도 매구굿 소리는 계속 극성을 떨어대고 있었다.

위령굿 마당은 차일을 친 안쪽에 제단이 마련되어 있고, 그 제단 아래쪽 공터 풀밭엔 흰 바지저고리 차림을 한 남녀 20여 명의 어린 풍물꾼들이 커다랗게 원을 지어 돌아가며 소리를 맞춰나가고 있었다. 꽹과리와 징, 장구, 북, 소고 들로 짜인 배열은 대개 옛날 버꾸풍물 법식을 따르고 있었지만, 이날의 행사 목적이 흥겨운 놀이보다 망자들의 위령과 진혼에 있어 그런지 아이들의 흰 복색이 눈에 띄게 새로웠다. 홍·청·황·백의 꽃 고깔과 고운 색 허리띠, 긴등드림 들로 장식한 옛 치장 대신 흰 바지저고리 소복에 역시 흰색 꽃 고깔과 허리띠를 둘러멘 단조로운 차림새들. 그러나 짙푸른 녹음 빛 한가운데에 펼쳐진 하얀 율동의 윤무는 어떤 화려한 색깔이나 치장으로 해서보다도 더욱 곱고 깨끗하고 숙연스러워 보였다.

하지만 종선 씨는 그 굿판의 환상적인 분위기에 어떤 끌림이나 안도감보다 공연히 더 심사가 불안해지고 있었다. 아이들의 복색을 깨끗한 소복으로 차려입힌 것은 이해하고 남았지만, 굿판에 첫소리가 너무 극성을 떨어대고 있었다.

풍물마당의 꽹과리는 원래 다른 소리들에 앞장서 굿판을 일구고 이끌어나가는 중심 소리였다. 굿마당의 흥취는 그 능숙한 설

쇳소리의 신명스런 조화에 좌우되다시피 하였다. 하지만 옛날 고향 동네 어른들은 귀신을 쫓는 소리라는 그 꽹과리나 징들의 쇳소리를 무척이나 아꼈다. 아끼기보다는 그걸 심히 절제했고, 어찌 보면 차라리 경계를 했다는 편이 옳았다. 그 쇳소리들엔 좀처럼 신명을 실어 내려질 않았다. 웬만하면 장구나 북소리들 쪽으로 신명을 엮어갈 뿐 쇳소리를 함부로 터뜨리고 드는 일이 없었다. 그래 이 고을엔 가급적 쇳소리를 억누르고 절제하는 북소리들 중심의 버꾸풍물놀이가 성행해온 것이었다.

그리고 그 쇳소리가 맘껏 퍼져 울리며 극성을 떨어대던 저 50년 여름날 밤들의 끔찍스런 일들은 종선 씨로 하여금 그 쇳소리를 경계하고 두려워해온 그 마을 사람들의 심중을 어느 만큼 헤아릴 수 있게 하였고, 이후부턴 아예 그 풍물놀이 소리 자체에 눈을 돌리게 하고 만 것이다.

동우 놈은 그러나 그걸 알 리 없었다. 그걸 알 길도 없었고, 그런 제 아비의 심중을 헤아려볼 여유도 없었을 터였다.

종선 씨는 그 아이들의 소리판이 갈수록 쇠소리 일색으로 변해가는 느낌이었다. 그런 느낌 속에 동우 놈이 이 일로 내심 또 무슨 꿍꿍이 책략을 꾸며 숨기고 있는지, 그것이 언제 어떻게 본색을 드러낼지, 점점 더 심기가 불편스러워지고 있었다.

하지만 종선 씨의 그런 지레 걱정은 실상 지나친 기우였다. 그는 쓸데없이 동우의 주의를 흩뜨리지 않기 위해 굿마당을 넓게 둘러선 구경꾼들 사이에 끼어 서서 굿판의 진행을 지켜보고 있었는데, 이날의 행사에 대한 동우의 마음 채비는 예상보다 훨씬 사려 깊은 데가 있었다. 이날의 위령 굿은 무엇보다 녀석이 미리 다짐한 대로 어느 한쪽 혼령들만을 위한 굿판이 아니었다. 시간이 흐르면서 차근차근 살펴보니, 아이들이 앙증스런 춤사위를 섞어가며 원을 지어 돌아가는 굿판 위쪽, 차양막이 둘러쳐진 긴 제단 위로 이날의 주인공 격인 망자들의 영좌가 마련되어 있었다.

'고 이열 교장 선생님 영위' '고 전정옥 선생님 영위' 식으로 표기된 망자들의 영좌 중엔 당시 회령리에서 희생된 두 선생님은 물론 나중에 의경으로 자진 입대 토벌전 중에 전사했다는 옛 군수 아들 '허성철 선생'과 다른 '무명씨'들의 지방이 함께 나란히 마련되어 있었다. 그것은 이날의 위령굿이 옛 이열 교장이나 전정옥 선생 같은 좌익성 유관 인사들뿐 아니라, 군수 아들 허성철 선생을 포함하여 이름을 남겼든 못 남겼든 당시 이 산역에서 목숨을 앗긴 사람이면 좌우익 가릴 것 없이 모두 그 혼백들을 한자리에 불러 모셔 혼씻김을 해드리겠다는 동우의 속맘가짐을 똑똑히 말해주고 있었다.

게다가 그 제단 앞 차양막 밖 한가운데쯤엔 조랑박 술잔을 띄운 누런 막걸리 동이 곁으로 주렁주렁 흰벳가래로 마디를 지어 묶은 큰 청대가지 하나가 가는 흙을 가득 채운 대형 오지 시루 복판에 반듯이 꽂혀 서 있었고, 거기서 몇 발짝 떨어진 굿마당 앞 멍석 위엔 이날의 신관(제관) 격인 흰 두루마기 차림의 동우를 중심으로 그의 학교 동료 교사인 듯한 젊은이 몇 사람이 묵묵히 줄을 지어앉아 있었다.

한 맺힌 고혼들의 아픈 저승길 형상을 형용하고 있음이 분명한 그 흰 벳가래 맺음들은 물론 동우가 제 나름대로 궁리해낸 것이겠지만. — 그마저 모든 것이 원래의 씻김굿 치레와는 거리가 많았지만 — 그것은 그 흙시루의 청대가지나 흰 소복 차림의 풍물꾼아이들과 함께 그런대로 제법 또 진짜 씻김굿 분위기를 자아내고있었다.

종선 씨는 그제서야 동우의 웅숭깊은 의중이 짐작되어 얼마간마음이 놓였다. 그래 비로소 좀 여유를 가지고 굿마당 안팎 사람들의 면면을 하나하나 훑어 살펴나갔다. 동우의 소망대로 행여어디 그 선유리의 방 선생이 자리에 임해 있나 해서였다.

하지만 방 선생은 동우의 성의가 모자랐던지 어디에도 모습이보이지 않았다. 제단 앞에 동우와 함께 양쪽으로 늘어앉은 사람들 가운데도, 굿마당을 둘러싸고 서 있는 30명 가까운 구경꾼들가운데도 방 선생 비슷한 사람의 모습은 눈에 띄지 않았다.

그런데 굿판은 실상 아직 초혼(招魂) 의식도 치르지 않은 앞마당 높이에 불과했던 모양이었다. 그보다 어쩌면 이날의 굿마당을 정화하기 위한 잡귀몰이 과정쯤이나 치러진 참이었달까.

종선 씨의 당도를 알아보았는지 어쨌는지, 동우는 이윽고 그방 선생의 참례도 기다리지 않고 본 굿판 절차를 이끌어나가기시작했다.

풍물굿 소리판이 한껏 무르익어 오르는 기미가 보이자 여태까지 묵묵히 그걸 기다리고 있었던 듯 동우가 천천히 좌우를 거느리고 자리에서 일어섰다. 그리고 한창 신명을 타고 있는 굿마당아이들을 향해 뭔가 힘 있는 손짓을 보냈다. 그 동우의 손짓 신호에 따라 아이들 또한 금세 소리를 그치고 줄줄이 제단 앞으로 달려가 차양막 양쪽으로 서로 얼굴을 마주 보며 겹을 지어 모여 섰다. 그리고 그로부터 동우가 창안한 그 씻김굿 형식의 독특한 이날의 위령굿 절차가 본격적으로 진행되어나갔다.

제단 양옆으로 늘어선 아이들의 도열이 끝나자 동우는 그의 동료들의 반열에서 혼자 천천히 앞으로 걸어나가 예의 제단 앞 청대시루 흙에다 향을 꽂아 피우고 그 앞에 재배하였다. 그리고 이어 몸을 일으켜선 그는 품속에서 미리 준비해온 축원문을 꺼내어 단정히 펼쳐 들고 제단 쪽을 우러러 이날의 첫 발원(發願)을 고하였다.

— 이 땅의 천지신명이시여, 오늘 이 산하와 이 자리의 모임을 굽어보소서. 그리하여 우리가 이 모임으로 이루기를 염원하는 간절한 소망 하나를 성취하게 해주십시오. 이 산하엔 이제 모든 부정하고 불순한 것들이 씻어 지워졌습니다. 물을 뿌리고 술을 뿌리고 풍물 소리를 울리고 향불을 피워서 이 자리와 주변을 깨끗이 하였습니다. 그리고 여기 모여 선 우리들 마음도 어둡고 더러운 것들을 모두 깨끗이 씻어내어 부정하고 욕된 생각을 지닌 사람이 없게 하였습니다……

뜨거운 햇볕과 무거운 침묵 속에 더할 나위 없이 엄숙·장중한 동우의 발원성은 물론 씻김굿 중의 조상신에 대한 고제 의식에 해당할 터였지만, 그것은 한편으로 제관 격인 동우 자신과 다른 참례자들의 마음가짐을 한 번 더 다짐하는 절차처럼도 보였다. 하고 나서 동우는 이날 굿판에서 씻겨 보낼 혼백들을 열거하고 그 원혼들을 지금 이곳 제단으로 인도하여 각기 그 내세왕생의 길을 얻어 떠나게 해줄 것을 마음을 다해 빌었다.

— 그러니, 이 땅의 천지신명이시여, 일찍이 이 산하의 어느 곳에서 원하지 않은 정황 속에 귀한 목숨을 잃고 이날까지 괴로운 원혼이 되어 떠도는 가엾은 혼백들을 이 자리로 인도하여주옵소서. 1950년 이 장흥 고을 남쪽 대흥동학교의 첫 교장을 지내다 그해 겨울 이 산역에 고인이 되어 가신 고 이열 선생의 혼백을 여기 불러 임하게 해주십시오. 또한 그와 죽음의 자리를 함께한 고 전정옥 선생의 가여운 혼백과, 이준우, 하정산 회령리의 두 선생님, 또한 나중에 자신의 신념을 좇아 떳떳이 젊은 목숨을 바쳐 산화한 고 허성철 선생의 영혼들도 이 자리에 함께 임하게 해주십시오. 그리고 그 시절 이 고을에서 저들과 함께 아까운 목숨을 빼앗기고 아직까지 내세왕생을 못 이룬 채 이 산하를 슬프게 떠돌고 있는 수많은 다른 고혼들도 모두 이곳으로 함께 불러 인도하여주십시오. 그리하여 오늘 우리들의 이 작은 정성과 소망으로 그 모든 혼백들이 이승의 괴로운 업장에서 풀려나 저승의 편한 삶을 얻어가게 하여주옵소서. 그동안 그 혼백들의 하염없는 헤맴으로 하여 마음이 따라 묶여 지내온 여기 오늘 우리들의 힘겨운 생령들도 함께 풀려 화창하게 지내게 해주십시오…… 천지신명께 간절히 빌고 비옵니다. 단기 432×년 6월 스무닷새 망인들의 후인 장흥군 대흥동초등학교 재직원 학생 일동.

— 영생평화! 평화영생!

동우의 축원이 끝나자 양옆에 둘러선 아이들이 각기 제 풍물 소리를 울려 올리며 마음을 함께하는 뒷소리 — 아마도 동우들이 깊은 궁리 끝에 창안하고 입을 맞춰두었을 — 를 합창했고, 동우는 그 요란하고 양명한 함성 속에 천천히 축문을 말아 접어 제단 앞에 올려놓고 다시 한 번 재배를 올린 뒤, 이번에는 두 손을 모아 잡고 직접 고인들을 향한 영혼 맞이 축원을 고하기 시작했다.

— 이제 이열 교장 선생님의 영혼은 이 제단의 영좌로 임하여주옵소서. 전정옥 선생님과 이준우, 하정산, 허성철 선생님 들의 영혼도 함께 임하여주옵소서. 저 1950년의 불행한 전란으로 이 산하에서 원통하게 목숨을 잃고 떠도는 군경과 유격대 양민의 영혼들도 다 함께 이 제단으로 임하여주옵소서. 그리하여 오늘 이 후인들의 정성과 축원으로 그 오랜 원정을 씻어 풀고 내세왕생하옵소서. 더 이상 이 골짜기에 슬픈 고혼으로 떠돌지 마시고 생전에 못다 한 꿈이나 노래, 노여움의 마디를 풀고, 그 오랜 사상이나 이념의 업연에서 벗어나 마음 편히 내생 길을 떠나시도록 하옵소서. 그를 위해 오늘 이 자리로 임하여주시옵소서. 당신들의 영혼과 이 땅의 새로운 화평을 위하여 이 어린 후인들이 마음을 합하여 축원드립니다……

동우는 다시 제단 앞에 술을 뿌려 절하고 아이들은 소리 높이 영생평화를 외치며 풍물 소리를 울렸다. 그 아이들의 풍악 소리가 계속되어나가는 속에 동우와 함께 온 뒷열의 젊은이들도 차례로 앞으로 걸어 나와 그 제단 앞 청대시루에 향을 피우고 절하였다. 고인들의 혼맞이가 이루어지고 있는 형국이 완연했다. 그렇다면 이제는 굿판의 핵심이자 절정 격인 망자의 한 풀어주기와 넋 건지기 의식이 이어져나갈 차례였다.

종선 씨는 새삼 자신도 모르게 두 손에 땀을 쥐며 긴장하고 있었다. 그리고 호기심과 두려움이 교차해가는 초조한 심사 속에 동우의 다음 거동을 유심히 지켜보고 있었다. 망자에 대한 억울한 한풀이가 이루어지고 나면 그 망자의 혼백이 직접 누구에게로 옮겨 실려 그의 생전의 말들을 털어놓게 될 것이기 때문이었다.

그 혼백이 내릴 혼주(魂主)는 누가 될 것이며, 그 혼백들은 무슨 말을 할 것인가. 이날의 제관 격인 동우가 그것까지 겸할 것인가. 다른 누구에게 그걸 의탁할 것인가.

만약에 녀석이 제 아비의 참례를 알아보고 고인들과의 연고를 내세워 그에게 그것을 의탁해온다면 ─ 그는 이 대목에서 새삼 전날 밤 걸려온 녀석의 전화 말, 아버지는 그분들의 특별한 보살핌을 받았던 분이니 위령제 참석이 당연하지 않겠냐는 소리가 되살아나 마음이 더욱 편치 않았다 ─ 어찌할 것인가.

그가 그 망자들을 위해 무슨 말을 할 것인가. 망자들은 그의 입을 빌려 무슨 말을 하게 할 것인가. 행여 생각 밖으로 동우 놈 자신이 그 노릇을 겸한다면 놈은 또 어떤 소리를 털어놓게 될 것인가……

게다가 이제는 풍물패 아이들의 소리에서마저 그 양명한 쇳소리가 숨을 죽이고 있었다. 쿵쿵 쿵딱쿵…… 둔중하면서도 울림이 깊고 가지런한 북장구 소리 속으로 꽹과리나 징 소리는 그새 더없이 잔잔하고 조심스런 뒷소리로 물러나 있었다. 무엇인지 스스로 깊은 염원을 억제하며 그 어렴풋한 쇳소리의 폭발을 기다리고 있는 듯한 가지런한 풍물 소리. 동우 놈이 그것까지 미리 다 염량을 한 것인가.

부드럽고 울림 깊은 북장구 소리가 중심이 되어, 언제부턴가 다시 시작된 아이들의 가지런한 몸놀림 — 손과 발이 일정하게 나아갔다 물러서는 그 앙증스런 춤동작들과 곱게 어우러진 새로운 소리판은 말할 것도 없이 그 버꾸놀이, 이 고을 특유의 버꾸풍물놀잇짓이 완연해 보였다.

매구굿의 꽹과리 소리가 악귀를 쫓고 버꾸놀이의 북소리가 불심을 어루만지고 법덕을 부르는 소리라면, 처음에 제단과 굿판을 다스릴 때의 쇳소리나, 망자의 혼령을 맞이하여 그 회한과 노여움, 서러움들을 풀어 위무하는 이 대목의 소리가 북장구 위주로 바뀐 것은 더없이 당연하고 사려 깊은 배려였다.

하지만 그도 종선 씨는 아직 안심할 수가 없었다. 동우의 속생각을 다 알 수가 없었다. 기를 죽이고 있는 쇳소리가 언제 다시 갑자기 머리를 쳐들고 나설지, 불안스런 마음을 억누를 수가 없었다.

그래저래 종선 씨는 그 동우의 뒷 거동에 갈수록 마음이 쓰이고 있었다.

그런데 동우는 그 향불과 헌주 버꾸풍물 소리로 망자들을 위한 한풀이를 대신해버린 것인가. 아니면 한풀이와 망자의 넋건지기 [接神] 의식을 한 가지 절차로 치르려는 것인가.

제단 앞 청대시루 앞에서는 동우와 그 동료들의 축원의 절이 다 끝나고 나서도 다음 의식이 금세 이어져나가질 않고 있었다.

이제는 축원성과 몸짓 춤을 다시 그치고 선 아이들의 다소곳한 북소리만이 무더운 굿마당을 한동안 가득 채우고 있었다.

하더니 아니나 다를까. 청대시루 한쪽에 두 손을 모아 잡고 지그시 고인들의 영좌를 우러러보고 서 있던 동우가 드디어 천천히 몸을 돌려 종선 씨가 끼어 서 있는 뒤쪽 구경꾼들 쪽으로 걸어왔다. 그 발길이 곧장 종선 씨 쪽을 겨누고 드는 걸로 보아 녀석이 영락없이 제 아비의 도착을 보아두고 있다가 무슨 새 의논거리나 당부를 건네려 오는 낌새였다.

종선 씨는 멀뚱멀뚱 그 동우의 접근을 기다리며 다시 한 번 가슴이 내려앉은 기분이었다. 녀석의 의논거리나 당부라면 청대가지를 붙잡고 신 내림을 감당할 혼주 노릇밖에 다른 일이 없었기 때문이었다. 이런 때는 그 심술통 김대복이라도 곁에 하고 있었으면 싶어져, 그 염두에도 두어본 일이 없던 위인이 느닷없이 다시 아쉬워지기도 하였다.

하지만 그건 제물에 맘이 쫓기고 있던 종선 씨의 지레짐작에 불과했다. 알고 보니 그의 바로 뒤쪽에 언제부턴가 동우가 표적을 삼고 온 다른 한 사람의 얼굴이 섞여 서 있었던 모양이었다.

— 선생님께서 고인들의 혼령을 맞아 영좌로 인도해주십시오.

긴장해 있는 종선 씨 앞에 걸음을 멈춰 선 동우가 어딘지 그에게만 같지 않은 공손한 인사 끝에 분명 그의 등 뒤쪽을 지목해 말했다. 분명히 자신에게 그 일을 맡기리라 마른침을 삼키며 초조해 있던 종선 씨가 그 동우의 눈길을 따라 얼핏 뒤쪽을 돌아보니 거기 언제서부턴지 선유리의 방 선생이 구경꾼들이 사이에 끼어

서서 말없이 굿판을 지켜보고 있었다. 뿐더러 당신은 동우가 다가올 때부터 이미 마음작정을 내린 듯 그런 동우의 갑작스런 주문에도 흔들림 없이 조용히 고개를 끄덕이고 있었다.

하긴 종선 씨도 그게 훨씬 온당하고 다행스럽게 여겨진 게 물론이었다. 거북스런 노릇을 면하게 되어서만이 아니었다. 동우에게서 흘려들은 그 풍금과 선부 황 노인과의 뒷사연을 다시 캐어볼 기회가 생겼대서도 아니었다. 그 풍금마저 이미 부숴 없애버린 마당에 이제는 모두가 지나간 과거 속의 일 —— 그것을 구해 옮긴 것이 당신이든 아니든 이제 와서 그런 건 그리 염두에 둘 바가 없었다.

그보다 이날 혼백들에겐 청대가지를 타고 내릴 마땅한 혼주가 없었다. 방 선생이 아니었다면, 제관의 아비이자 고인들의 옛 제자인 종선 씨가 그 노릇을 감당해내는 수밖에 없었다. 종선 씨로선 이미 그것을 각오한 터이기도 했었다. 그런데 때맞춰 방 선생이 나타나 그 일을 맡아주고 보니, 옛날 학교 일로 해서나 고초를 겪은 일로 해서나 그보다는 방 선생 쪽이 훨씬 적격임이 분명했다. 종선 씨로선 그 선생의 예상찮은 출현이 새삼 더 다행스럽고 고맙지 않을 수 없었다.

그리고 그로부터 이날의 위령굿 마당은 진짜 마지막 고비로 접어들기 시작했다. 짐작대로 동우는 망자들의 형상이나 종잇돈 따위의 통상적인 혼맞이거리를 마련한 대신 청대가지 시루와 아이들의 버꾸풍물 소리, 거기다 혼연스런 방 선생의 혼주 노릇으로 그 힘겨운 접신과 한풀이의 의식을 그 나름의 굿풀이로 한몫에 치러나간 것이다.

허락을 얻은 동우는 이내 선생을 제단 쪽으로 인도하였고, 그 동우들로부터 어디선지 평상복 위에 금방 새 두루마기를 하얗게 걸쳐 입고 나타난 선생은 모든 걸 미리 맞추어 예정해두었던 일인 듯 당신 혼자 천천히 청대시루 앞으로 걸어갔다. 그리고 그 앞에 당신 몫의 분향과 배례를 하고 나서 더없이 청정하고 숙연스런 모습으로 청대가지를 조용히 우러러 감싸 잡고 섰다.

그것을 신호 삼아 지축을 뒤흔들어대는 힘찬 북장구 소리에 실려 다시 해맑게 피어오르는 아이들의 합창 소리.

영생평화! 평화영생!

함성에 가까운 그 당찬 합창 소리와 함께 아이들은 이제 다시 어떤 약동을 준비하듯 그쳤던 발놀음들을 힘차게 되살려나갔다.

방 선생은 한동안 그 어지러운 분위기 속에 조용히 청대가지만 부여잡고 강신을 기다리고 있었다. 두 눈을 감은 채 먼 창공을 우러르고 있는 얼굴에 땀방울이 맺히고 있는 모습이 멀리서도 역력했다. 당신도 긴장이 되고 초조하기는 마찬가지인 모양이었다.

아이들의 함성과 버꾸풍물 소리는 그 방 선생 자신보다 그의 접신을 재촉하듯 갈수록 극성스러워갔다. 거기 따라 노인의 얼굴에도 차츰 어떤 동요의 기미가 떠오르기 시작하더니, 급기야는 더 이상 자신을 지탱하고 서 있기조차 힘에 부친 듯 얼굴색이 벌겋게 상기되어가고 있었다. 청대를 쥔 손까지 가늘게 떨리고 있는 게 역력했다.

그러자 이윽고 그것을 기다리고 있었던 듯 갑자기 손을 번쩍 치켜든 동우. 그 동우의 수신호에 따라 한창 절정으로 치달아 오르던 아이들의 함성과 소릿가락이 한순간에 깜박 숨을 죽여버렸다.

사위가 일순 무거운 정적에 휩싸이고, 사람들의 눈길은 그 무거운 침묵의 기다림 속에 일제히 제단 앞의 노인에게로 쏠렸다. 그리고 그 시간이 흐름을 정지해버린 듯한 팽팽한 긴장 끝에, 안간힘을 다하여 자신을 지탱하고 있던 노인에게서 문득 신음기를 머금은 탄식 소리가 흘러나왔다.

—아아, 곱구나, 저 어린것들의 꿈이 참으로 이쁘고 곱구나……! 그 소망이 참으로 소중하고 사랑스럽구나.

청대가지를 쥔 손이 조금씩 떨리고 있을 뿐 여전히 자세를 흐트리지 않고 있는 노인의 소리였다. 그 선생의 꼿꼿하고 가지런한 자세 때문에 사람들은 그것이 선생 아닌 다른 어디서 들려오는 소리가 아닌지 한순간 제 귀가 의심스러워질 지경이었다.

그러나 한번 입이 열린 노인은 쥐 죽은 듯한 정적 속에 그 요령부득의 혼잣말투를 한참 동안 계속해나갔다.

—그런데 그것이 왜 이리 아리는고, 그것이 어째 이리 부끄럽고 아픈고…… 저 몇십 년 전에도 우리는 그것을 꿈꿨거늘. 저 어린 꿈들을 곱게 꽃피우고 저 밝은 소망을 크게 이루어가게끔 함께 땀을 흘리며 신명을 바쳤거늘, 더러는 좌우로 서로 길을 달리하면서도 마음속 소망만은 저들의 내일을 위해, 저들의 밝은 꿈과 소망이 꽃필 이 땅, 이 땅 사람들의 밝은 삶을 위한 사랑으로 뜨거웠거늘. 그 꿈과 소망이 오늘도 저리 눈부시거늘…… 그것이 왜 이렇듯이 아프고 부끄러운고……

그것은 이를테면 망자의 혼을 받은 사람의 대사(代辭), 선생의 입을 빌린 망자의 말인 셈이었다. 그러나 생생한 가위눌림 속 같은 노인의 목소리나 사설의 내용은 옛 이열 교장이나 다른 누구의 그것을 대신하고 있는 투가 아니었다. 그것은 다름 아닌 방 선생 자신과 그 시절 학교 사람들 일반의 동향에 대한 자기 심회의 일단을 술회하고 있는 것으로, 동우가 여태껏 여러 차례에 걸쳐서 속 시원한 증언을 소망해온 것이었다. 그런데 노인은 옛 이 교장들의 혼백을 맞는 자리가 되어 그런지 그 시절 일들에 대한 태도가 훨씬 더 수월하고 확연해진 편이었다. 뿐만 아니라 그 목소리와 말의 내용도 시간이 갈수록 자신이나 망자들 누구의 것이라고도 할 수 없는 투명성 같은 것을 띠어갔다.

　─허지만 이제 그것을 모른달 수는 없는 일이제. 그 꿈은 순명했으되 오래잖아 우리를 묶는 이념의 사슬을 불렀음을. 그래서 당초의 사랑과 소망을 잃고 길이 서로 다름만을 피 흘려 다투게 되었음을. 급기야는 저 50년의 참혹스럽고 패륜적인 동족 간의 살육전까지 부르게 되었음을…… 꿈이 노래를 잃으면 제 마음을 묶는 사슬이 되는 법이라. 혁명이 사랑을 잃으면 추하고 가공할 폭력이 되는 법이라. 사랑을 잃은 폭력이 노래를 좋아하면 그 노래 역시도 사슬이 되는 법이라. 제 욕심을 위장하고 제 불의를 감싸 덮는 무서운 청맹과니의 주술을 낳는 법이라. 위장의 천국과 역사를 낳는 법이라…… 그래 그 사랑의 노래를 잃은 꿈, 사랑의 꿈을 잃은 노래는 그 어리석은 전쟁을 겪으며 더욱더 사납고 간특해져서 이날까지 긴 세월 이쪽저쪽 가릴 것 없이 이 땅과 이 땅

의 수많은 사람들의 저주스런 질곡이 되어왔제. 망자는 생자의 사슬이 되어 생자들을 묶고, 생자는 망자의 사슬이 되어 망자들을 서로 묶어, 망자들의 영혼은 아직도 눈을 감지 못한 채 저승길을 떠나지 못하고 이 산하를 떠돌게 하고, 살아남은 자들은 오랜 세월 그 삶이, 혹은 제 헛된 미망과 집착에서, 무력한 민초들의 피를 빨아 제 왕국을 세우려는 욕심에서, 혹은 또 뒷날을 이어 살아가는 후인의 도리에서, 이날까지 제 사슬에 제가 묶여 지나오게 한 것이제, 그래 오늘 저 아이들에게까지 흰 소복을 입히고 이날까지 영생과 평화를 외치게 한 것이제…… 아프고 부끄럽지 않을 수 없는 노릇이제. 하지만 너무도 때늦게 깨어난 꿈, 꿈이라면 너무도 긴 악몽이었제……

노인은 차츰 숨이 가빠 헐떡거리면서도 그 이열 교장을 비롯한 여러 망자들, 나아가 뒤에 살아남았거나 뒷날을 이어 살아가는 자들까지를 대신한 괴롭고 비탄스런 심회를 토로하고 나서 그 가쁜 숨을 가라앉히려는 듯 잠시 눈을 감고 기다렸다. 그러다 이윽고 강바닥처럼 무거운 침묵에 싸여 선 생자들의 무리를 향해, 이번엔 한결 온화하고 밝아진 목소리로 그 망자들을 대신하듯 생자들에 대한 마지막 당부를 말하기 시작했다.

— 하지만 지난 일을 따지고 지난 허물을 들추고만 있으면 무엇하나. 인제 기나긴 옛 꿈을 깨어났으면 그나마 다행이고, 그걸 알았으면 이제라도 서둘러 그 질긴 질곡의 사슬을 풀어내도록 해야 허제. 그 헛된 이념과 사상의 사슬, 대립과 미움과 원한과 복수의 사슬, 거짓과 속임수와 미망의 사슬들을…… 누구보다 저

아이들에게서 그걸 끊어 풀어줘야제. 오늘 다시 저 아이들을 묶는 사슬을 만들지 말아야제. 그래서 저 아이들이 각기 제 몫의 세상살이 자유롭고 화창하게 꾸미고 살아가게 해줘야제. 그래서 오늘 여기 이렇게 굿마당을 꾸미게 된 것이제. 망자들의 영혼을 묶은 그 질긴 질곡의 마디를 풀어주자고. 그래서 이제나마 편안히 눈을 감고 저승길을 떠나게 해주자고. 그것으로 생자들도 그 허망한 악몽과 망자들의 그림자를 털고 일어나 이승에서의 제 삶을 제 길따라 살아 흘러가게 해보자고…… 저 아이들에게 다시 내일의 사슬을 만들어 남기지 않으려면 오늘 우선 망자들부터 그 사슬을 끊어 풀어줘야 하니께. 그래서 오랜 세월 그 망자들의 꿈을 함께해온 생자들도 그 낡은 미망의 사슬을 벗어날 수가 있으니께. 망자들은 망자의 길을 가게 하고, 생자들은 제 생자다운 세월을 살게 하고…… 그리고 저 아침 풀잎 같은 고운 아이들에겐 저들에게 더 잘 맞는 저들의 노래 속에 소복보다 더 고운 옷을 입고 고운 춤을 추게 하고, 그래서 이쪽이고 저쪽이고 이제는 이 산하가 온통 저들의 행복스런 춤판이 되게 하고…… 저들은 아직도 우리들의 소망이요, 꿈이니께. 저들이 이젠 이 땅의 내일의 모습이니께…… 그러니 참으로 고맙고 부끄럽구나. 그동안도 저들은 저렇듯 힘차고 곱게 자라주고 있었으니. 우리의 꿈은 옛날에 실패했으되, 그 꿈이 저들에게서 저렇듯 다시 스스로 내일의 문을 열어 건강하고 아름답게 어우러져가고 있으니…… 오늘 여기서 우리가 저들을 위해 다시 무엇을 할 수 있을꼬…… 다만 한번 실패하고 몹쓸 질곡의 사슬로 변한 낡은 제 옛 꿈의 그늘을 제 손으로 거두어 돌아가는 것뿐…… 부끄럽고 허망하구나……

　노인은 또다시 가빠 오른 숨결 속에 거기까지 간신히 할 말을
끝마쳤다. 그리고 그 아이들을 위한 축원과 자탄의 소리 이외엔
더 이상 한마디도 다른 말을 할 기력이 없는 듯 주위를 향해 몇
차례 재촉의 손짓을 보내고 나서 청대가지를 안고 있던 상체가
스르르 아래로 미끄러져 내려앉아버렸다. 두 손과 가슴으로 계
속 청대가지를 끌어안은 채. 그 눈길은 여전히 짙푸른 청대가지
와 무심스레 드높은 창공을 우러른 채.

　망자와 자신의 심회를 뒤섞어놓은 선생의 회한기 어린 술회는
전날의 동우라면 듣기에 심히 서운하고 실망스러운 것일 터였
다. 그러나 이날의 동우에겐 거의 그런 빛이 안 보였다. 그는 그
런 덴 조금도 괘념하는 기색을 안 보인 채 그 선생에 의탁한 힘든
해원(解冤)의 절차가 끝나자 아이들에게 다시 조용히 손짓 신호
를 보냈다.

　그 동우의 신호에 따라 그동안 손발을 멈추고 있던 아이들이
다시 풍물 소리를 울리며 몸을 움직이기 시작했고, 제단 앞에 도
열해 있던 젊은이들은 그 풍물 소리에 이끌려 곧바로 선생 앞으
로 다가갔다. 그리고 맥을 놓고 주저앉은 선생의 청대가지를 둘
러싸고 돌아가며 거기 늘여 걸쳐놓은 굵은 벳가래 매듭들을 하나
하나 길게 풀어 내렸다. 선생으로부터 동우네들로 옮겨진 그 재
빠른 움직임의 흐름은 모든 것을 미리 계획하고 예정해둔 것처럼
일사불란하고 정확했다.

　하고 보니 이제 아이들은 동우의 다른 지시가 없이도 제물에

자연히 커다란 원을 지어 제단 앞마당을 메우고 돌아가며 신명을 울려댔고, 그중의 몇몇은 한 손에 북채를 들고 다른 한 손으론 제 젊은 선생들이 풀어 내린 긴 벳가래 끝을 쥐고 흔들며 예의 청대 시루 주위를 싸고 돌아갔는데, 그것은 이를테면 이승의 여한에 묶인 혼백을 해원시켜 풀어 보내는 뒤풀이굿 시늉으로, 종선 씨도 그 대목에선 자신까지 어떤 오랜 묶임에서 시원스럽게 풀려난 듯한 홀가분한 기분이 되어갔다.

그 모두가 동우가 미리 궁량해둔 이끌림이요 거둠일시 분명했다. 본인은 미처 짐작을 못했을지 몰라도 그 망자들을 대신한 선생의 술회 역시도 어쩌면 동우가 미리 신중하게 넘겨짚고 이끌어낸, 이즘에 들어서 그가 노인에게 소망해온 그 자신의 속냇말들인지도 몰랐다.

종선 씨는 짐짓 그렇게 믿고 싶었다. 어린아이들에 대한 선생의 간곡한 축원, 망자고 생자고 이제는 지나간 옛 꿈과 노래의 질곡에서 벗어나 각기 제 삶과 죽음의 길을 따라 자기 몫의 세월을 흘러가게 하자는 노인의 소망은 바로 젊은 동우의 소망이어야 할 뿐 아니라, 그 아비인 종선 씨 자신의 소망이기도 한 때문이었다.

종선 씨는 이제 그 영대 쪽 한편에서 동우들 몇몇이 막걸리 헌주를 올리고 있는 왁자한 굿판 가운데로 끼어들어 자신도 자기 몫의 헌주를 올리고 제의를 마무리 지을 고축문의 소지(燒紙) 절차도 함께하고 싶었다. 하지만 그도 마음뿐 아직도 거기 청대가지 아래 망연해 앉아 있는 노인처럼 몸이 냉큼 움직여주질 않았다. 언제부턴지 징이나 꽹과리 소리들까지 되살아나 거침없이 함께 얼려들고 있는 그 역강한 풍물 가락에 심신의 기력을 다 앗겨버린 느낌이었다. 그래 갈수록 열기를 더해가는 그 질편한 풍물 소리와 짙푸른 풀밭 위를 눈부시게 휘돌아가는 아이들의 하얀 윤무 앞에 그는 갑자기 코끝이 시큰거려와 눈길을 슬그머니 뒷산 능선 쪽으로 띄워 올려 보내고 있었다.

그리고 거기 초여름의 싱그러운 녹음이 바람결에 하얗게 물결쳐 올라가는 나지막한 능선 위로 구름 한 점 없이 푸르름만 무한정 깊어가고 있는 먼 하늘 자락 아득히에서 그는 문득 보았다. 그의 마음이 그토록 그것을 깊이 소망하고 있음인가. 그 풍물패 아이들의 소리가 하늘까지 사무쳐 올라가 신기루를 이루듯 거기 웬 늘펀한 엉겅퀴꽃밭 너머로 고향 마을 앞바다가 까마득히 멀어져 가고 있었다.

언젠가 그 입암리의 더덕 밭 가에서처럼, 아득한 바다를 향해 가물가물 엉겅퀴 밭을 가로질러가는 옛날 황 노인과 이 교장, 전정옥 선생들의 역력한 환영과 함께서였다. 그리고 그 또한 그의 마음이 그것들을 좇으며 부르고 있었기 때문일까. 이 교장들을 뒤따르고 있는 그 아버지 황 노인은 옛날 한때의 그 풍금을 짊어진 모습이었고, 그 풍금에서는 아직도 먼 허공을 가로질러 신비스럽고 고운 선율이 흘러 번지고 있었다.

— 나아가자 동무들아 어깨를 겯고
시내 건너 고개 넘어 들과 산으로

풍금의 선율은 어떤 정해진 노래의 곡조가 아닌 듯싶은데도 그의 마음속에선 어느새 그 풍금 소리를 뒤좇는 아이들의 왁자한 합창 소리가 함께 피어오르고 있었다.

—푸른 하늘 은하수 하얀 쪽배엔
계수나무 한 나무……

그는 한동안 아이들의 풍물 소리 속에 그 아스라한 풍금 소리와 두서없이 낭자한 합창 소리의 환청에 망연히 넋을 빼앗기고 있었다. 그러다가 한창 절정으로 치닫고 있는 풍물 소리의 물결에 휩쓸려 홀연 그 한낮의 가위눌림 상태에서 깨어난 종선 씨는 뒤늦게 자신이 해야 할 일이 생겨난 듯 혼잣소리로 나직이 중얼거리고 있었다.

—그래, 이제는 당신의 혼백도 씻겨 보내드려야제. 당신도 여태 그 몹쓸 바람기 속을 헤매고 계시는지 모르는 마당에…… 동우 놈 덕에 오늘사 그걸 알겐 됐다지만, 이 일은 놈헌티도 대신 시킬 수가 없는 일이니께…… 아, 그래야 좋든 궂든 서로가 제 앞에 점지된 제 몫의 세월을 살아 흘러가게 될 수 있을 거 아닌가 말여!

정형화된 (히)스토리
─ 다른 역사성을 위하여

백지은
(문학평론가)

1. 소설의 목적

이청준의 『흰옷』은 1994년에 첫 출간된 소설이다. 어떤 소설이 쓰인 '목적'을 단언하기는 어려울 뿐 아니라 어찌 말해도 불충분한 것이겠으나, 이 소설에 대해서는 이런 이야기가 만들어지고 전달되기를 희망했던 사정에 있어 모종의 목적이라 할 만한 지점들이 다소 짚이지 않을 수가 없다. 해방 직후 남도의 한 시골 마을에서 유년 시절을 보낸 기억과 당시 한국전쟁의 이념 갈등으로 인해 굴곡진 몇몇의 삶들이 1990년대에 새삼 복기된 이 이야기에는, 이 소설이 구상된 이유 혹은 목표로 삼은 기대효과와 같은 것이 전면적으로 드리워져 있다는 뜻이다. 그 목적과 관련하여 우선, 이 소설이 내외부적으로 긴밀하게 관여하는 두 시기를 따져보게 된다. 먼저, 이 소설은 해방과 분단, 전쟁에 걸친 일대의 근

과거, 즉 한국 현대사의 중요한 시기를 서술했다. 그 시기가 '중요한' 까닭이라면, 2015년 현재에도 분단 문제가 해결되지 않은 한반도의 상황상 지난 반세기 내내 한국인의 정치 경제 사회 문화적 '현재'에 가장 표면적이고도 근본적인 원인으로 작용한 사건들이 밀집해 있기 때문이라고 말해야 할 것이다. 다음, 이 소설은 1990년대 초반, 오랜 군사정권이 밀려나고 민주주의에 대한 새로운 열망이 충만했던 무렵에 쓰이고 출간되었다. 당시는 냉전시대가 막을 내린 후 세계화 정책과 문화산업의 육성 방안 등이 정치적 분위기와 사회적 욕구로 전치되어 시대의 흐름처럼 인지되던 시기였다. 한반도 남북의 대치 상황을 이전과 똑같은 각도에서 파악할 수 없었는데, 더 이상 그것을 이념 대립의 이원적 구도나 준전시체제의 대결 상황으로 인식하기 곤란한 국면에 돌입했다고도 말할 수 있겠다. 『흰옷』의 서사가 지닌 인식과 의미는 반드시 이 이야기가 놓인 두 시기의 자장 안에서 파악되어야 한다. 이 소설이 쓰이고 읽힌 목적 또한 그 자장 안에서 효과적으로 구현되었을 것이다.

2. 다른 스토리의 기억

『흰옷』은 무엇보다도 지난 시간을 복원하는 이야기이다. 8·15해방 직후로부터 6·25전란 즈음에 이르는 그 시간은, 한반도에 해방 – 분단 – 전쟁의 광풍이 몰아친 역사적 사건들의 시간이자 주인공 '황종선 씨'에게는 "천진무구하게 행복시럽기만 했던 한 시절"로 기억되는 시간이다. 그 과거의 한 시기가, 이제 보니 감쪽같이 사라져버렸거나 애초에 있지도 않았던 것처럼 흔적조차 없어진 사태에서 이 이야기는 시작된다. 소설 첫머리에서 "이 애비가 댕겼다던 임시분교 시절은 그래 학교 터도 내력도 찾아볼 수가 없더라고? 그런 학교가 있었던 사실조차 알아볼 데가 없다고?"(p. 7)라는 주인공의 황망한 탄식이 진작부터 일러주듯, 그러니까 사라진 것은 분명히 한 "시절"이다. 이 사라짐은 안타까울 뿐만 아니라 위태롭기도 한데, 왜냐하면 "어떤 일에 대해 그 흔적이나 기록들이 가뭇없이 사라지고 사람들의 머리에서 그에 대한 기억마저 지워지게 되고 보면, 그 일은 사실상 세상에서 없어진 것이나 마찬가지인 셈"(p. 17)이기 때문이다.

과거의 '사라짐'이라는 이 사태는, 과거 혹은 역사에 대한 오인이나 왜곡이 아니라 아예 망각이고 무관심이어서 더 문제적이다. 바로 그 시절을 절대로 없었던 것으로 여길 수가 없는 우리의 주인공 종선 씨에게 특히 그러한데, 어떤 한 시기의 의미화는 이를테면 해방, 분단, 전쟁 등 집단적 국가적 역사의 마디로서 그런 것이기도 하지만 그 시기를 지나온 사람들 저마다에게 이를테면 일생 중 가장 알뜰한 보람과 추억이 깃든 "보석같이 소중스럽고 고운 시절"(p. 9)로 그런 것이기도 하니 말이다. "그 한 시절의 추억거리라도 없었다면, 일언이폐지하고 내 인생살이란 건 온통 불모의 사막"(p. 10)이었을 거라는 종선 씨의 확신은 말하자면 이 소설을 존립시키는 토대에 가깝고, 이제 이 소설은 주인공이

자 화자인 그가 사라진 과거를 복구하겠다는 의지에 의해 진행된다고 할 수 있다. 아니, 그의 의지는 지난 시절에 대한 그의 기억을 추동하고 사라진 과거는 그의 기억에 의해 복구된다고 말하는 편이 더 정확하겠다.

그 대면과 의지가 그다지 태평한 과정만을 예비해두지는 않을 것이었다. "내 머릿속에 아직도 어제 일처럼"(p. 24) 생생하다지만, 잘 전하려는 간절함 때문에 더욱 머뭇거리게 되고 생각지 않은 데로 자꾸 뻗어가는 말길을 가다듬어야 하며 "여유를 가지고 사연들을 가지런히 추려나가려는 노력"(p. 27)을 기울여야만 간신히 이야기 꼴이나마 갖출 수 있다. 다시 말해, 주인공 – 화자의 의지적인 회상 작업이 기억을 적극적으로 (재)구성하는 과정을 통해 사라진 과거는 가까스로 복구된다. 이때 그의 의지는 "사실을 사실대로 확실히 해줘야" 한다거나 "사실을 분명히 밝혀주어서, 눈으로 볼 수 없는 것을 믿게 해줘야"(p. 18) 하겠다는 사명과도 유사하다. 사실과 논리를 향한 이 욕망은 망각되어가는 '역사'를 되살리겠다는 목적과도 밀접하다. 이제, 개인의 기억으로 재구성된 이야기가 대다수에게 희미해진 '사실(들)'을 논리화할 것이고, 그 사실의 논리는 역사의 의미로 되살아날 것이다. 요컨대 종선 씨의 이야기는 지난 한 시기의 '역사'를 그 나름의 회상, 즉 '개인적인' 방식으로 재현한다. 한 개인(인물)의 추억으로 나타났지만 어쨌든 그것이 복원됨으로써 묻혀버린 역사의 부분이 들추어진 것이기도 하다. 즉, 종선 씨 개인의 기억이 일종의 대안 역사로서 성립했다.

한데, 동시대 한국인들에게 해방 – 분단 – 전쟁의 기억은 실상 사라져버린 것이라기보다 무뎌진 것일 터이다. 해방, 분단, 전쟁이라는 명명들이 이미 그 시기의 역사성을 상징하는 것이거니와 그 역사적 사건들에 대해 전혀 모르는 한국인은 없을뿐더러 차라리 그 강력한 역사적 의미는 대다수 한국인들에게 거의 동일한 형식으로 각인된 상태였다고도 할 수 있다. 말하자면 그것은 자명하게 정리된 하나의 집단적 서사로서, 즉 '공적인' 역사로서 오랫동안 강하게 작동해왔으며, 이제는 그것에 대해 새삼 증언하고 따져 묻고 되새기는 등의 일이 불필요할 만큼 당연시된 것일 뿐이다. 그렇다면 이 소설의 주인공 – 화자가 사적인 기억을 더듬어 새삼 그 의미를 되새기게 된 역사는 무엇보다도 이전까지 건재했던 그 공적 역사와는 전적으로 구별되는 것일 수밖에 없고, 그런 한에서만 보아도 이 이야기가 해방 – 분단 – 전쟁에 걸친 과거사에 관한 당대의 (무)감각에 저항하는 것이었다고 말할 수 있겠다. 개인의 기억으로 재구성된 역사가, 기존에 자동적으로 승인되어왔던 '공적인' 역사에 어떻게 저항 혹은 대처한다는 것인지, 즉 그것이 어떤 근거로 새로운 '역사'가 될 수도 있다는 말인지, 그 연유를 말해보자면 다음과 같다.

첫째, 시간의 의미는 공적인 것보다 사적인 것에서 더 크게 찾아질 수 있기 때문이다. 과거 그 시기는 한국인들에게 고통과 상처만 남긴 환란의 시간으로 공식화되어 있으나, 드물지만 우리의 주인공에게서처럼 "소중스런 위안거리"(p. 8), "한 시절의 추억거리"(p. 10)로 그리운 시절이기도 할 때, 그 시간의 의미를 오직 야만과 폭력으로만 일갈할 수는 없다는 의식이 내세워져 있다. 학적부 같은 서류상에는 흔적조차 남지 않았지만, 곧이들을 수는 없었던 이런저런 소문들과 그에 얽힌 속사연이나 뒷일들에는 '기록'으로 감당될 리 없는 진실이 남아 있을 것이었다. 그런 진실로써, 일률적으로 기록된 공적 기억의 완고함을 재고할 수 있을 것이라는 판단인 것이다.

둘째, 그 시기에 관한 역사인식이 더 이상 좌우 이념 대립으로 파악될 수 없기 때문이다. 이 인식은, 주인공 – 화자가 아닌 그의 아들, 즉 젊은 세대의 관점으로, "오로지 민족과 나라의 앞날을 위한 일이었을 바엔 좌익사상을 신봉하고 거기 의지하려 했던 것도 어느 면 불가피하고 무방했을 일"(p. 68)이라고 말해지는데, 소설 전체에 걸쳐 아들 동우의 "일방적인 설교"(p. 68)로 표출되고 주인공은 신중하게 그에 동조하는 식이다. "모처럼 되찾은 제 나라를 새로 꾸며나갈 꿈에 부푼 젊음의 갈망과 열정"이라면 그간 그토록 백안시해온 좌익 사상도 "다소 어떤 유다른 생각이나 가파른 주장"이지 큰 허물이 아니라는 생각이다.

셋째, 한 시대에 대한 인식 혹은 역사의식은 과거 그 시기에 고정되어 있는 것이 아니라 현재를 사는 인간(들)에 의해 (재)조정될 수 있기 때문이다. 이제 보니 허망스럽기는 해도 "나름대로의 열정과 지혜를 다 바쳐 산 젊은 농사꾼으로서의"(p. 59) 삶이 바로 그 시절 해변 마을로부터 기원한 것이며, 제 인생이 "어느새 허망스럽기 그지없는 낭비와 도로에 그치고 만 것"(p. 59)임을 깨달을수록 그 기원의 시절을 되새기는 것이다. 그럴수록, "별반 좋게는 생각할 수가 없었"(p. 59)던 그 동네의 "사나운 갯바람기"와 아버지인 황 노인의 "거칠고 오연스럽기 그지없던"(p. 58) 생애가, 새삼 "힘차고 확고한 모습으로 그를 압도해"(p. 60)온다.

이러한 '사적 기억'에 『흰옷』의 서사는 맡겨져 있다. 흔히 사적 기억은 하나의 공적 기억과 나란히 존재하는 저마다의 다양한 기억들 중 하나로서, 확실한 기록으로 남은 공적 기억에 비해 희미하거나 위태롭기 마련인데, 『흰옷』의 주인공 – 화자가 증언한 과거는 어떤 공적 기억보다도 단단해 보이고, 실은 공적 기억의 완고함에 심하게 억눌렸던 것도 아닌 듯하다. 다만, 그 의미를 되묻지 않았던 지난 시절 내내 마치 존재한 적도 없는 듯 묻혀 있던 기억이 솟아오르자, 그간 우뚝 솟아 있던 공적 기억의 위상이 상대적으로 낮아 보인다. 다시 말해 『흰옷』의 이야기는, 해방 – 분단 – 전쟁에 걸친 시기의 히스토리를 주인공 – 화자의 스토리로 재현하고자 했는데, 이것이 오랫동안 강고했던 공적 역사를 무너뜨리거나 대체한다고 말하기는 어렵지만 해방 – 분단 – 전쟁의 시기에 대한 역사적 인식을 수정, 보완, 쇄신하고자 하는 것이라고 말할 수는 있다. 그럼으로써, 여전히 '분단'의 상황에 놓인 현재적 관심의 부흥을 새삼 도모하는 계기로 작용하려는 것이다. 이전까지 쓰였던 역사를 다시 재현하는 스토리라는 점에서 이 소설은 당시로서 이전과 다른 방식으로 요청된 역사서술의 한 사례를 구현한 것이기도 하다.

3. 정형화된 (히)스토리

『흰옷』의 스토리는 주인공인 '종선 씨'의 기억이 아들 '동우'와의 대화로 인해 촉발되고 진행되고 맞물리면서 서서히 완결되어간다. '종선 씨'에게 해방 – 분단 – 전쟁에 이르는 과거의 시간은 어쩌면 "거침없이 기분 좋은 회상"(p. 25)에 머무는 것이었을지도 모르는데, 아들의 타박기 어린 추궁이나 "확인과 다짐의 물음"(p. 41) 혹은 "기대에 찬 눈빛"(p. 43)에 힘입어 그의 기억은 점점 구체적인 장면들로 태어난다. 애초에 아버지의 소중한 과거에서 무언가 확실한 것을 찾아보고 싶었던 아들의 행동 개시로부터 이 모든 이야기가 시작되었거니와, 소급하자면 아들이 남도 쪽 학교로 진학을 한 것도, 초임지를 굳이 아비의 옛 연고지로 택한 것도, "아버지께서 늘 못 잊어하시는 그 고향을 배울 겸", 나아가 "우리 집안의 뿌리를 찾아간 셈"(p. 10)이었더랬다. 다시 말해 이 소설에서 종선 씨의 개인적인 기억은 그의 개인사일 뿐 아니라, 이 집안의 현재를 있게 한 기원이자 한 가족의 역사이기도 하다. 개인사가 당연히 가족사의 일부이기도 하다는 점은, 개인의 기억과 집단의 역사는 언제나 서로 맞물린 것이라는 사실과, 사적인 기억과 공적인 기록이 어긋나 보일 때에도 실은 상호 보완적이리라는 사실을 시사한다. (종선 씨의) 무형의 기억이 (동우의) 정돈된 언어의 도움으로 형태를 갖추어가면서 개인의 스토리는 공적 히스토리를 복구하는 데 기여한다. 그 양상을 부분적으로 살펴보자.

첫째, 유년, 고향, 추억 등과 관련된 낭만적 이미지들로 과거가 의미화된다. 그 시절은 무엇보다도 "가지가지 즐겁고 정겨운 정경들"과 "행복하고 그리운 소리들"(p. 29)로서 강력하며, 현재의 젊은 세대에겐 "하찮고 사소하게만 여겨질지 모르지만"(p. 31) 종선 씨에게는 "어제 일처럼 생생"(p. 30)하기만 하다. 이 의미화는 거의 종선 씨 자신의 독백 같은 서술에 의존한다.

밀물이 밀려들면 교실 아래 아카시아 그늘 아래 모여 앉아 그 음치에 가까운 방진모 선생의 몇 곡 되지 않은 단골 노래들, 「푸른 하늘 은하수」와 '어둡고 괴로워라'의 「해방 행진곡」, 그리고 '나아가자 동무들아 어깨를 겯고……' 운운의 신식풍 노래들을 지겨운 줄도 모르고 목청껏 따라 부르고, 어쩌다 자유로운 독창 시합 시간이라도 주어지면 '울려고 내가 왔던가'나 '이 강산 낙화유수' 같은 어른들의 유행가를 다투어 멋들어지게 불러 넘기던 음악 시간. 그 노랫소리와 파도 소리, 푸른 물빛과 흰 갈매기의 한가로운 날갯짓 모습들이 겹겹이 떠올라 지나갔다. 〔……〕 탱자 열매가 보기 좋게 익었다는 소리에 다른 동네 쪽으로 먼산 비탈길을 돌아오다가 슬금슬금 어둠이 깊어버린 바람에 마을 어른들의 걱정스런 횃불 마중까지 맞게 됐던 날의 그 반가운 안도감, 천렵 중에 우연히 큰 물고기가 하얗게 죽어 떠밀려오는 것을 보았을 때의 알 수 없는 가슴 떨림, 이른 봄 오리나무 가지에 새싹이 터 오르면 그 연녹색 그늘 아래 갑자기 귀찮아진 책보자기를 베고 눕거나, 혹은 진달래가 만발한 산길가 숲 속으로 오줌을 누러 들어갔다가 붉은 꽃가지 사이로 우연히 바라보게 된 봄 하늘의 서럽고 절절한 절망스러움, 그때의 그런 느낌들도 당시의 정경과 함께 고스란히 가슴속에 되살아났다.(pp. 30~31)

이것은 흡사 "나의 살던 고향은 꽃피는 산골"의 정형화된 정서를 정면에서 겨냥한 듯하다. 추억, 고향, 유년, 행복 등이 일체화되는 담론은 전통적 농경사회의 감성을 관습적으로 체화한 것이다. 이 장면들은, 생생한 기억이라지만 날카롭게 조여오는 것이 아니라 희부옇게 스쳐 지나가는 편이다. 전통사회의 이상적인 이미지들은 "까닭모를 서글픔과 허망스러운 기분"에 휩싸여, 정경에 대한 감각을 자극하기보다 정서에 대한 관념을 구상화한다. 어린 소년의 마음을 은근히 설레게 했던, "그를 공연히 늘 가까이 맴돌면서 혼자 안타깝고 가슴 아파하게 했던 그 여선생"(p. 95)에 관한 묘사도 마찬가지다. "그녀는 늘 부드럽고 밝고 구김없는 웃음기를 잃지 않는 얼굴이었다. 그리고 이제 와선 그 모든 것이 외려 더욱 애틋하고 그리운 모습으로 그의 가슴을 채워오고 있는 것이다"(p. 96)와 같이, 이른바 '성녀'의 이미지로 그려진 여성의 형상은 감각이라기보다는 관념으로서의 그리움에 값한다. 거기에 "그러고 보면 실상 그녀는 이리저리 번갈아가며 남정들의 마음을 홀려대는 몹쓸 요망기가 심한 여자였는지도 몰랐다"(pp. 95~96)라고 짐짓 '창녀'의 이미지를 끼워보는 제스처까지도, 그런 관념적인 그리움의 대상에 가하는 전형적인 터치처럼 보인다. 요컨대 이것은 개인적 기억을 정형화된 담론으로 형식화함으로써, 그 시간의 역사성을 구체적으로 되살리기보다는 다른 방식으로 이념화할 것을 목표로 한 듯하다.

둘째, 과거 한국인의 삶을 상처 입힌 좌우 이념의 대립은, 이념을 넘어서는 '순수한 열정' 혹은 '예술'이라는 가치를 통해 극복된다. 사상, 이념, 체제, 전망 등 공적 정치성에 입각한 기존의 관점들이 이 소설의 등장인물들에게는 예술, 정열, 젊음, 희망 등 사적 결심에 의한 태도로 대체 가능하다. 주인공 종선 씨에게는 여전히 모호함과 머뭇거림의 대상일지라도 아들 동우의 추측과 확신이 섞인 일목요연한 정리를 통과하고 나면 다음과 같이 정돈된 가치를 얻는다.

전 그분들의 순수한 열정, 어떤 부정한 세력이나 힘의 간섭에도 흔들림이 없이 내 나라 내 민족의 미래를 제 힘으로 일으켜 세워나가려 한 그 꿋꿋하고 고결한 주체적 의지와 헌신적 실천력, 그런 것들 때문에 그분들과 함께한 아버지의 그 시절이 진정 값지고 자랑스러워 보인 겁니다. 그 시절엔 참으로 그런 뜨거운 열정과 헌신적인 실천력의 고양이 필요했고, 그것만이 이 민족과 나라의 밝은 미래를 힘있게 담보해나갈 수 있었을 테니까요. 〔……〕 그런 뜻에서, 그토록 힘들고 고귀한 삶의 자세를 지켜나가기 위해서는 좌익이든 무엇이든 어떤 유력한 사상적 지표가 필요했을지도 모른다는 점에서, 저는 비록 그분들이 그 좌익사상을 신봉하고 의지했다 하더라도 어느 면 그것이 불가피하고 무방한 일이었으리라 생각하고 싶습니다.(pp. 67~68)

이곳은 한때 그 방진모 선생님이나 이열 교장, 전정옥 선생님 같은 분들이 이 땅의 사람들을 위해 젊고 뜨거운 열정을 바쳤던 곳이 아닙니까. 억누르는 자와 억눌리는 자, 빼앗는 자와 빼앗기는 자가 없이 만민이 함께 잘살고 값진 삶을 누릴 수 있는 자주적 민족국가, 지금까진 이토록 무심히 버려져 삭막해 보이기만 하지만, 이곳은 바로 그런 독립 국가 건설의 신성한 꿈과 숨결이 밴 이 땅의 사람들의 소중한 성지가 아니겠습니까. [……] 비록 그분들의 꿈은 당시의 제국주의 외세와 반민족 분열주의자들의 책동으로 아직까지 그 열매를 거두지는 못했지만요. [……] 그렇다고 그분들의 주체적 민족주의, 그 자주적 사회주의의 숭고한 이념은 오늘에 와서까지도 조금도 빛을 덜할 수가 없는 것이지요. 그래서 저는 이 땅이 더욱 자랑스럽고 그분들의 이름이 자랑스럽습니다.(pp. 153~54)

다소 길게 인용한 것은, 대화문으로서는 어색하고 작위적임에도 불구하고 이처럼 인물의 직접 발화로 좌우 이념을 통합하려는 시도가 수차례 반복되어 나타났기 때문이다. 이런 발화에서 강조되는 것은, 우선 좌익 운동가로 알려진 당시 국민학교 교사들의 행동은 실상 "뒷날 알려진 이 교장의 정체나 본색과 달리", 당시로서는 "좌익 사상가다운 냄새는 조금도 찾아볼 수가 없"(p. 121)었다는 점이다. 그것은 "좌익사상이나 지하활동과는 아무 상관도 없는 한 평범한 시골학교 교장의 순수한 인정과 의기"(p.

133)였고, "당시 이 땅의 헐벗은 백성들의 일을 생각하는 젊은 사람들의 열정"(p. 156)이었다는 것이다. 여기서 주목할 것은 좌우로 갈린 이념 간의 갈등을 걷어내는 데에 젊음, 순수, 열정 등이 적극적으로 동원되었다는 사실이다. 특히 풍금 치고 노래 부르는 것을 유난히 좋아했던 음악 선생이나 교장 선생의 열정은 단지 해방의 기쁨과 희망을 일견 예술적으로 표현하려 했던바, 젊음, 순수, 열정과 더불어, 혹은 그것들과 동궤에서 가장 전형적으로 활용하는 항목은 예술이다. 가령, 다시 만난 옛 선생 — 방진모 선생 — 은 "풍금의 노래는 선생의 노래요, 풍금의 꿈은 다름 아닌 선생의 꿈이었을진대, 그 풍금의 사연과 운명은 바로 선생 자신의 삶의 사연이요, 운명에 다름 아닌 것이었다"(p. 222)고 옛일의 의미를 확정해준다. 노래, 꿈, 사연, 운명을 다 '풍금'과 연결 짓자, 그것이 대립을 넘어 통합으로 향하는 길은 거의 자동적으로 완수된다. 그것이 가능한 이유는, 순수, 정열, 예술을 같은 편으로 계열화하고, 불온, 선동, 이념을 그 반대편에 위치시키는 전형적인 대립 구도를 전면적으로 이용했기 때문이다. 요컨대 이것은 좌우 대립이라는 정형화된 이념성을 극복하는 정서적 통합을 위해, '예술적 정열'이라는 또 하나의 정형화된 의식을 담론화한 것이라 하겠다. 이상화된 통합의 관념이 한 인물의 추상적인 설교로 드러날 때, 그 통합은 구체적인 양상을 드러내기보다 통합 자체가 또 하나의 이념으로서 강고하게 세워질 수 있다.

셋째, 기존 역사인식의 갱신에는 이념 대립의 극복과 더불어 세대 갈등의 해소도 중요한 문제로 개입되어 있다. 해방 - 분단 - 전쟁이라는 특정 시기에 관한 인식에는 한국 사회의 어떤 그룹 혹은 계층보다도 세대 간 격차가 컸던 것으로 파악한 듯하다. 당시 새롭게 요구되는 역사인식을 세대 간 화합으로 재정립하고자 했으리라.

이 소설의 전체 서사에는 할아버지 아버지 아들에 걸친 세 세대의 삶이 들어와 있는데, 이들 각자의 삶이 소개될 때는 아버지 - 아들 간 의견 대립이 도드라지게 드러난다. 가령, 종선 씨의 기억이 풀려나오기 시작할 때부터 그것이 점점 이야기 꼴을 갖추는 과정 내내, 아들 동우의 힐문과 의심은 그치지 않는다. 가령 "다 그런 식이었습니까"(p. 27) "뭐가 어떻게 좀 달라지게 됐습니까"(p. 33) "어떤 분들이 몇 분이나 되셨는데요"(p. 34) "저는 그 곡절을 전혀 알아볼 수가 없었어요"(p. 36) "그 교장과 여선생은 후일 어떻게 되었습니까"(p. 43) 등등. 또한 종선 씨의 기억 속에서 아버지 황영감의 기질과 생애는 "지독시런 바람기"(p. 58)로 유난스럽게 모습을 드러낸다. "종선 씨는 처음, 노인을 그렇듯 평생토록 괴롭혀왔고 당신 스스로도 그 임종의 순간까지 두고두고 저주를 금치 못해했던 극성스런 바람기나 그 바람기의 원소굴 격인 남녘 땅 해변 고을, 나아가 이런저런 그곳에서의 일이나 기억들을 별반 좋게는 생각할 수가 없었음이 물론이다"(p. 59).

그러나 이들의 이인(二人) 구도는 곧이어, 대립이라기보다 대칭, 갈등이라기보다 균형에 가깝게 다져진다. 먼저, 아들 동우의 질문은 궁극적으로 종선 씨의 견해를 밀어내는 것이 아니라 그것을 더욱 선명하게 세워준다. 무형의 기억에 대해, 의문을 제기하기보다 해소해주고, 결점을 지적하기보다 보완해주며, 이해시켜줄 것을 요구하기보다 오해가 생길 만한 곳을 막아줌으로써, 이 서사는 정형화된 역사 담론으로 성립할 수가 있다. 다음, 종선 씨의 아버지인 황 노인 캐릭터의 오연한 반항성은 결국 종선 씨의 회상에 긍정적으로 포함된다. 종선 씨의 입장에서 황 노인의 생애는 "실제로 즐겁게 기억될 수도 없었고, 일부러 그렇게 받아들이고 싶지도 않았"던 것이었으나, 그저 "언제부턴가" 고향 시절이 그리워지면서 "사나운 갯바람기와 노인네의 삶까지가 더없이 힘차고 소중스러운 것으로"(p. 59) 되새겨졌다는 것이다. 요컨대 이 소설에서 세대 간 대립은 미리 화해를 예비해둔 설정이라고 할 수 있다.

따라서 인물 간 세대 간 대립 구도는 서사의 추진을 위한 설정으로 볼 수밖에 없다. 아들 동우가 미리부터 "이열 교장과 전 선생들의 혼백을 달래기 위한 위령굿을 계획하고 준비해왔던 바"(p. 245)가 밝혀질 때쯤이면, 이 이야기에서 세대 간 화합은 새로운 역사인식이 가져온 결과라기보다 그것을 준비하기 위한 전제에 가까웠던 듯하다. 다시 말해, 종선 씨의 개인적인 기억이 새로운 공적 히스토리가 될 수 있었던 데에는 "상대를 헤아려 화합을 이루어나가려는 참음과 기다림" 또는 "이해와 껴안음의 정의"가 먼저 요청되었기 때문이라고 할 수 있다. 역사인식을 새롭게 함으로써 세대 간 화합을 이루었다기보다 세대 간 화합이 요청되는 때에 역사인식을 새롭게 할 필요가 있었던 것이리라. 다시 바꿔 말하면, 기존의 공적인 역사인식이 세대 간 화합에 긴히 작용하지 못했기에 그것을 보완할 만한 새 역사인식이 한 개인의 진실한 기억을 통해서라도 새롭게 복원되고자 했던 것이다.

4. 인생이라는 단단한 추상

『흰옷』에 대해 한 문장으로 말한다면, 주인공 – 화자인 '종선 씨'의 개인적 기억이자 주관적인 스토리가 과거의 특정 시기에 대한 히스토리로 자리 매김할 수 있기를 기도(企圖)한 소설이라고 할 수 있다. '기억의 서사화'가 공적인 역사성을 띠는 다양한 양상은, 2015년 현재로선 이미 일반적인 역사 서술의 한 경향으로 인식되지만, 이 소설의 초판이 발행된 1994년 무렵만 해도 정식 기록된 공식 역사에 가려진 무수한 사적 기억들은 역사적인 의미를 획득하기 어려웠다. 이 소설은 무엇보다도 '기억의 서사화'를 성공시키고자 했는데, 거기엔 두 가지 의도가 동시에 작용한 것으로 보인다. 하나는 해방 – 분단 – 전쟁이라는 특정 시기의 역사적 의미가 점점 희미해져가는 시대에 경각심을 주려고 한 것이고, 또 하나는 그 특정 시기의 역사적 의미를 전과 다른 의미로서 다지고자 한 것이다. 바꿔 말하면, 이 소설이 쓰인 시대에 '기억의 서사화'를 통해 도출될 수 있는 새로운 역사적 의미가 요청되었던 것이라고도 할 수 있다. '종선 씨'의 스토리는, 앞에서 살펴보았듯 무형의 기억이 아니라 역사의 새로운 정형이 되어야 할 필요가 있었던 것이다. 사적인 기억의 구체성들을 날카롭게 되살리기보다 단단한 인식으로 추상화하는 길을 택한 것도 그런 까닭에서인 것으로 보인다.

그렇게 『흰옷』에서 정형화한 새로운 역사인식은 무엇인가. '종선 씨'의 스토리는 지난 한 시기를 역사적 사건들의 시간으로서보다 인간(개인)적 의미의 시간으로서 인식하고 그러한 인식을 통해 시간 혹은 역사의 가치를 더욱 긍정하려는 서사다. 결국 인간에게 시간이란 "이 땅에 발을 딛고 땀 흘리며 살아낸 세월"에 다름 아닌 것, "내 몫의 인생살이, 누추한 대로 그간 내 땀과 소망을 묻어온 세월의 소중한 흔적"(p. 237)으로서 가치 있다는 것이다. 이는 무엇보다도 지난 시절의 이데올로기화된 역사인식, 이를테면 이념 대립을 선악 이원론으로 환치했던 반공주의적 세계관이 허물어진 자리에서 가능했다. 내 몫의 인생, 개인의 삶이라는 모토는, 이데올로기화된 역사인식이 무너진 자리에서 필연적으로 구해진 역사성이라 할 것이다. 역사성을 점검한다는 것은 과거의 자리를 다시 정돈하여 미래를 위한 현재의 자리를 마련한다는 것과 다르지 않다. 오랫동안 이 사회를 조여왔던 가치기준을 풀어버리고 다른 시각의 가치관을 조장하는 이런 이동이 왜 필요했는지는 물을 필요도 없이 자명할지도 모른다. 그 어떤 설명보다 확실한 이유를 소설에서 옮겨본다.

하지만 지난 일을 따지고 지난 허물을 들추고만 있으면 무엇하나. 인제 기나긴 옛 꿈을 깨어났으면 그나마 다행이고, 그걸 알았으면 이제라도 서둘러 그 질긴 질곡의 사슬을 풀어내도록 해야 허제. 그 헛된 이념과 사상의 사슬, 대립과 미움과 원한과 복수의 사슬, 거짓과 속임수와 미망의 사슬들을…… 누구보다 저 아이들에게서 그걸 끊어 풀어줘야제. 오늘 다시 저 아이들을 묶는 사슬을 만들지 말아야제. 그래서 저 아이들이 각기 제 몫의 세상살일 자유롭고 화창하게 꾸미고 살아가게 해줘야제. 그래서 오늘 여기 이렇게 굿마당을 꾸미게 된 것이제. 망자들의 영혼을 묶은 그 질긴 질곡의 마디를 풀어주자고. 그래서 이제나마 편안히 눈을 감고 저승길을 떠나게 해주자고. 그것으로 생자들도 그 허망한 악몽과 망자들의 그림자를 털고 일어나 이승에서의 제 삶을 제 길 따라 살아 흘러가게 해보자고 〔……〕(pp. 272~73)

지난날 이 땅의 역사는 현재 이 땅에 사는 이들에게도 '아픔'인 '허물'이므로 그 '질곡'의 사슬을 끊어 '제 몫의 세상살이'를 자유롭게 누려야 한다는 것, 따라서 지난 역사에 구속된 원혼들을 위로하고 해방하여 현재의 "힘겨운 생령들도 함께 풀려 화창하게 지내"(p. 263)기를 바란다는 것이다. 일명 "버꾸놀이(법고놀이)" 형식으로 치러진 위령굿에서 "날선" 쇳소리를 잠재우고 "신명"의 북소리를 앞세워 기원한 바가 이와 같다. 과거의 구체적 사실과 가치를 따지는 분별심을 버리고 미래의 가치를 '삶의 긍정'으로 두자는 이상의 표출인 듯도 하다. 여하간 그 목표는, 이제까지의 시간보다 이제부터의 시간이 더 나은 것이 되어야 한다는 기대이자 확신이다. 이제까지의 역사성이 인간을 질곡에 묶어 억압하는 것이었다면 이제부터의 역사성은 인간을 해방하여 화창한 삶을 꾸리자는 것이다. 이것이 이 소설의 최종 메시지이자 이 소설이 쓰인 시대에 요청되었던 역사인식이라 하겠다.

사회주의 체제의 몰락으로 데탕트 시대가 개막을 알리고 전면적 세계화 시대를 맞이했던 1990년대 초반, 오랫동안 한국 사회를 장악해왔던 이데올로기의 경직성은 깨지기 시작했다. 정치적 이데올로기의 대립 구도가 조정되어야 했던 역사적 전환의 무드에서, 재규정해야 할 것은 남북 관계의 이념 대립 문제만이 아니었으리라. 그보다는, 정치사상적 지평에 포섭되지 않고 이념의 공동체에 결속되지 않는 개인들 각자의 삶의 의미나 일상적 욕망 등의 문제가 떠오른 것이, 당시 변화의 핵심이었다. 이른바 '대문자 역사'의 거대 서사가 무력해지고 그것을 대체하려는 다양한 미시 서사들이 활기를 띠게 된 맥락이 이 언저리에서 이해될 수 있을 것이다. 세계화 시대에 부응하는 문화 산업 육성 방안으로서 역설적으로 전통 문화가 새삼 강조되었던 당시 문화적 분위기에서 판소리, 법고놀이 등 전통 연희가 급부상했던 맥락도 이와 결부될 수 있을 것이다.

명백히 시점을 밝히기는 어려운 일이지만 대략 2000년대 이후라면 '기억의 서사화' '작은 역사로서의 기억' '기억의 정치학' 등등, 고정화된 지배적 기억의 균열과 위기를 지시하는 다양한 말들이 익숙해졌을 때라고 할 만하다. 한국 현대사를 조망하는 데 있어서도, 다양한 기억의 맥락이 구성되는 장이 이미 이데올로기 투쟁의 장임을, 특정 기억이 사회 구성원들에게 일정하게 수용되고 내면화되어 '전형적인' 역사로 작동하는 데 정치적 권력 관계가 개입한다는 사실을, 이제는 의식하지 않기가 어려울 정도로 그것은 일반화된 인식이다. 그러나 1990년대 이전까지 해방 – 분단 – 전쟁의 시기에 대한 서사들이 주력한 것은 전쟁의 폭압성과 그로 인한 상실과 상처의 치유가 대부분이었다고 말해도 과언이 아니다. 바꿔 말하면 『흰옷』은, 오늘날 거의 일반화된 인식이 막 싹을 틔우던 시기에 그 인식을 본격적으로 서사화한 소설이다. 분단의 의미가 전처럼 유지될 수 없게 된 시점에서 변화된 역사 · 사회적 의식을 담론화할 방법을 모색한 선구적 사례라고도 할 수 있다. 『흰옷』은 그것이 '기록된' 시대의 사회적 정황과 역사적 요청에 충실함으로써 언제나 현재적으로 생성되는 역사성을 선취하고자 했다.

〔2015〕

자료

텍스트의 변모와 상호 관계

이윤옥

(문학평론가)

『흰옷』

| **발표** |『문예중앙』1993년 겨울호.
| **최초의 단행본 수록** |『흰옷』, 열림원, 1994.

1. 실증적 정보

1) 초고: 육필 초고가 담긴 공책이 한 권 남아 있다. 초고에는 '조(祖), 부(父), 자(子)'라는 글자 아래 삼대가 맺는 다양한 관계를 보여주는 표가 있다. 또한 아비의 아비, 아들의 아비, 아비의 아들, 이열 등 선생님들 이름으로 항목을 나눈 뒤, 관련 요소를 덧붙였다.

예) 1. 아비의 아비(바람기, 독초)

초고와 발표작의 내용은 크게 다르지 않다. 다만 초고에서 실명이 쓰인 인물과 지역이 발표작에서는 이열 교장을 빼고 모두 바뀐다.

예) 전정자 → 전정옥, 선자리 → 선유리.

---

* 텍스트의 변모 과정을 밝히면서는 원전의 띄어쓰기 및 맞춤법을 그대로 살렸다.

황종선은 초고와 발표작의 이름이 같지만, 동우와 김대복은 각각 명우와 김만수였다. '횟집 친구 여자'라는 설명이 있는 황종선의 동창녀 '콩네'는 수필 「여자 동창생은 누님으로 변한다」와 「누님으로 변한 옛 여자 동창생」의 모델이다.

초고는 발표작과 달리 5장으로 구성되었다. 5장 중 3장에만 '풍금의 노래들'이라는 소제목이 있는데, '풍금의 노래들'은 발표작에서 '젊은 교장과 여선생과 풍금'으로 바뀐다.

2) 전기와 연관성: 『흰옷』에는 이청준의 자전적 요소가 많이 들어 있다. 황종선이 다니는 바닷가 임시분교와 선생님들, 정식학교 설립과 화재 등 초등학교와 관련된 것을 비롯해, 마을과 인물들의 이름도 그렇다. 앞서 말했듯 이열은 이청준이 다닌 초등학교 교장의 실명이고, 전정옥은 전정자, 회령리는 회진리, 선유리는 선자리의 변형이다. 바닷가 임시분교와 선생님들, 풍금 등의 일화들은 다른 작품에도 종종 나온다.

> −「날개의 집」: 8·15해방 서너 해 뒤, 새 독립정부가 세워진 1948년 이듬해 초여름께, 세민이 모처럼 아버지와 함께 새로 문을 연 10리 밖 회진 마을의 임시 분교로 초등학교 입학식을 치르러 갔을 때, 그의 담임 겸 분교장 일을 맡은 젊은 곱슬머리 총각 선생님은 새 아이들과의 첫 면접 절차로 차례차례 미래의 꿈을 물었다.

3) 이전 발표 작품과 연관성: 작가의 말 「아픔 속에 숙성된 우리 정서의 미덕」에 따르면 『흰옷』은 정서적인 면에서는 '남도 사람' 연작, 주제의 방향에서는 「가해자의 얼굴」과 관련이 있다. 또한 『흰옷』은 썻김굿의 형식을 빌린 이야기라는 점에서 『춤추는 사제』와 연결된다. 노래와 풍금, 여선생은 「여선생」 「돌아온 풍금소리」의 중심 소재이기도 한데, 특히 「돌아온 풍금소리」의 내용은 『흰옷』 속에 거의 그대로 삽입된다.

> −「아픔 속에 숙성된 우리 정서의 미덕」: 그 숙명처럼 어쩔 수 없는 제 삶의 아픔 끌어안기와 그 아픔 함께 아파하기, 혹은 대신 아파해주기 ─ 졸

작 『흰옷』은 그런 데서 숙성된 우리 정서의 미덕과 민족 화합의 문제(분단 상황의 대립, 갈등이야말로 이 민족의 가장 큰 아픔일 수밖에 없으므로)를 함께 유념하면서 쓴 글이라 할 수 있다. 따라서 그것은 방법적 측면에선 「서편제」의 정서에 많이 의지해 있지만, 주제의 방향은 1991년에 씌어진 중편 「가해자의 얼굴」의 그것을 이어 풀어나가려는 쪽일 것이다. 「가해자의 얼굴」은 우리 민족의 분단과 좌우대립 이념갈등 등의 문제들을 극복, 해소해나갈 정신적인 자세로서, 자기회복과 보상욕구로 인한 가해와 피해의 악순환이 불가피해질 수밖에 없는 피해자의 자세보다는 자기참회와 용서, 화해를 구하는 마음가짐으로 그 악순환의 고리를 끊어 넘어설 수 있는 가해자의 자세를 지녀봄 직하지 않으냐는 소견이었던바, 이번 『흰옷』에서는 그 가해자의 자리에서 실제로 무엇을 어떻게 행해나가야 할 것인가를 풀어보려 한 것이기 때문이다.

– 수필 「사랑과 화해의 예술, 혹은 새와 나무의 합창」: 이 소설(「가해자의 얼굴」)의 경우, 그 아버지의 가열한 가해자 의식이나 속죄 의식, 그리고 좌우 간이나 남북 간, 사람들 간에 서로 이해와 믿음이 앞서야 한다는 생각은, 그러나 두 세대 간의 현격한 시대 의식의 거리로 하여 딸에게 배척을 당한 채, 화창한 화해의 길은 뒷날의 내 소설의 숙제로 남겨진 셈이었다./줄여 말해 그 남북 간, 좌우 간의 이념 대립 문제는 1950년대 전란을 겪은 세대에게는 두고두고 생존과 의식의 급소를 옥죄고 든 굴레 격이었다. 그것은 내 소설에 대해서도 마찬가지여서 그 가위눌림 같은 의식의 질곡에 정면으로 맞서 모처럼 화창한 마음의 해방을 꿈꿔본 것이 장편 『흰옷』과 『신화를 삼킨 섬』들이다.

2. 텍스트의 변모

1) 『문예중앙』(1993년 겨울호)에서 『흰옷』(열림원, 1994)으로

* 본문은 변하지 않고, 작가의 말 제목만 「함께 아파하기」에서 「아픔 속에 숙

성된 우리 정서의 미덕」으로 바뀐다.

2) 『흰옷』(열림원, 1994)에서 『흰옷』(열림원, 2003)으로

－122쪽 17행: 진짜 좌익인물이 아니었을지 모른다는 뒷생각이 들게 하기도 하였다. 노래에 대해서 마음이 그만큼 순수하고 고왔거나 아니면 → 〔삭제〕

－131쪽 3행: 숨은 목적도 → 목적도

－163쪽 16행: 허물없이 일러왔다. → 일러왔다.

－178쪽 3행: 참나무골 윗갯골이라면 분명 종선씨가 어렸을 적 살았던 동네였다. 그러나 종선씨는 어스름탓도 있었지만, 그 궁색스런 중늙은이 행색 속에 기억에 떠오르는 얼굴이 전혀 없었다. / ——실은 그렇소만. 어린 한 시절엔 뭐시냐. → 〔삭제〕

3. 인물형

1) 황 노인: 『신화의 시대』에서 김장굴은 황 노인처럼 기이한 행동을 한다. 석유를 술로 알고 마실 정도의 황음(荒飮), 사람이 아닌 귀신과 놀기 등.

2) 황종선: 「뚫어」에도 종선이라는 인물이 나온다.

3) 황동우: 『춤추는 사제』의 윤지섭과 『흰옷』의 황동우는 위령굿을 주관하는 제관 역할을 담당한다. 교사인 황동우가 그렇듯 백제 기와 수집가인 윤지섭은 스스로 제관이 되어 고을 축제를 일종의 위령굿으로 치른다. 『신화를 삼킨 섬』에서 유정남과 정요선 또한 위령제를 겸하는 씻김굿의 제관인데, 그들은 윤지섭이나 황동우와 달리 본래 무속에 종사하는 사람들이다.

4) 전정옥: 「돌아온 풍금소리」의 전영옥.

5) 방진모: 「돌아온 풍금소리」의 양진모.

4. 소재 및 주제

1) 교지 정리 사업: 「돌아온 풍금 소리」에는 황동우처럼 분교 시절의
교지 정리 작업을 하는 진보적인 교사가 나온다(20쪽 12행).

 ―「돌아온 풍금 소리」: 요즘 들어 그 무슨 주체적 민족사니 민중적 역사
니 하는 소리들을 자주 앞세우는 젊은이들 있지 않아. 지금 그곳 교사 중
에 그런 친구 하나가 옛날 분교 시절의 교지(校誌) 정리 사업을 하고 있다
지, 아마. 그 친구가 일을 하다가 그 여선생의 일을 듣고 홀딱 반해빠진 모
양이야. 그 여잔 참 민족교육의 선구자요, 주체적 민족사의 숨은 불씨였다
고……

2) 신화: 『흰옷』에서 황 노인의 파란만장한 삶은 2장 「바람의 신화」로
기록된다. 「바람의 신화」는 이청준이 말하는 신화가 무엇인지 짐작케
하는데, 그런 신화의 집대성이 유고작 『신화의 시대』라 할 수 있다. 인
물형에서 보았듯 『신화의 시대』의 김장굴은 「바람의 신화」에 나오는 황
노인과 여러 일화를 공유한다(47쪽).

 ―『신화의 시대』: 장굴씨는 그러니까 그 그물에 걸려 올라온 송장을 건져
다 묻어주고 고기잡이에 큰 횡재를 만나게 된 날 이전서부터도, 마을 앞
안산 기슭 길을 한 마장쯤 내려가는 그 밤 갯길 나들이 때 이따금 사람흉
내를 내고 따라오는 도깨비와 길동무를 하고 다니노라는 때가 있었다.

3) 약재류 실험: 『신화의 시대』에서 이인영은 황 노인처럼 여러 생약
재료를 다른 사람들과 자신에게 직접 실험해본다(56쪽~57쪽).

 ―『신화의 시대』: 하여 그 『동의보감』에서 거듭 계기를 얻은 그의 의숙에
대한 관심은 그러니까 그저 파적삼아 책장을 뒤적이는 정도가 아니라 틈
틈이 주위를 상대로 그 병증과 몸 상태를 살펴 은밀히 처방을 돕기도 하
고, 자신의 몸으로 직접 이런저런 약재와 침술의 효능을 검증해보는 식으
로, 갖가지 의론을 은밀히 시험하고 실행해보는 데까지 이르렀다.

4) 풍금: 여선생과 관련된 풍금은 소설과 수필에서 여러 번 반복해서

나온다. 풍금의 주인은 글에 따라 이열 교장이거나 여선생으로 바뀐다.

　5) **바다를 담은 눈**: 바다를 바라보는 여선생의 눈길은 꿈을 꾸듯 몽롱하다. 『흰옷』의 이 눈길은 다른 많은 작품에서 바다를 담은 눈으로 깊어져 인물의 삶을 지배하는 결정적 요소가 되기도 한다. 「귀향연습」의 정은영, 「침몰선」의 소녀 등(106쪽 12행, 145쪽 14행, 20행).

　6) **향기**: 등단작인 「퇴원」의 미스 윤 이후, 여선생처럼 이상에 가까운 여인들에게서는 공통적으로 향기, 특히 머리칼 향기가 난다(115쪽 23행).

　–「퇴원」: 나의 팔에다 고무줄을 잡아매고 있는 그녀의 머리 냄새가 갑자기 가슴 깊숙이 빨려 들어왔다. 그 냄새는 옛날 어느 때, 아니 내가 태어나기도 전에 벌써 맡아본 경험을 가지고 있었던 것처럼 그립게 가슴속으로 젖어 들어왔다.

　7) **증거와 증인**: 사실을 사실대로 보고 증언하는 사람, 진실에 대한 가장 훌륭한 증거가 증인이다. 사람의 삶에도 증거와 증인이 필요하다. 증거와 증인이 없는 삶은 이름이 없는 빈 삶, 유령의 삶에 그칠 수 있다. 이청준의 소설에서는 증거와 증인이 종종 중요한 역할을 맡는다(195쪽 17행, 236쪽~39쪽).

　8) **노래의 사슬**: 이청준에 따르면 남도 소리는 마음속에 한을 쌓고 맺는 것이 아니라 쌓이고 맺힌 한을 풀어 넘어서려는 것이다. 노래도 소리와 마찬가지다. 노래가 오랜 세월이 지나도 죽지 않는 기억처럼 삶을 더 단단히 묶을 때, 노래는 사슬이 된다. 그래서 꿈이 노래를 잃으면 사슬이 되고, 혁명이 사랑을 잃으면 폭력이 된다(220쪽~22쪽, 271쪽~73쪽).

　9) **역사 인식**: 「가해자의 얼굴」에서 아버지와 딸은 가해자와 피해자, 남북, 좌우 같은 사람들 사이의 이해와 믿음에 대해 서로 다른 인식을 갖고 있다. 이 소설에서 아버지는 두 세대 사이의 현격한 시대 의식 차이 때문에 결국 딸에게 외면당한다. 『흰옷』에서도 아버지 황종선과 아들 동우는 세상사에 대해 다른 입장을 취한다. 하지만 둘은 「가해자의 얼

굴」과 달리 위령제를 통해 서로 화해한다.

   10) 흰옷: 흰옷〔素服〕은 제례에 어울리는 옷이다. 『흰옷』에서는 제관인 황동우의 옷과 굿판에 해당하는 버꾸농악놀이를 연희하는 아이들의 옷이 모두 흰색이다. 백제문화제를 제례로 치르는 『춤추는 사제』, '역사 씻기기'라는 씻김굿이 벌어지는 『신화를 삼킨 섬』에도 흰색이 고루 나온다. 흰색은 제의를 주관하는 사제의 색이고 신관의 색이며 무녀의 색이기 때문이다. 『춤추는 사제』에서 윤지섭은 제관이지만 의자왕으로 죽어야 해서 왕의 옷을 입지만, 삼천궁녀의 옷은 흰색이다. 『신화를 삼킨 섬』에서 제관인 유정남의 옷도 새하얀 무복(巫服)이다(258쪽 11행, 260쪽 20행).

   ─『춤추는 사제』: 이젠 그 3천 명의 부녀자들에게 통일시켜 입게 할 의상의 색상을 정해주고 3천의 등롱을 준비해두는 일이 남아 있을 뿐이었다. 하지만 지섭은 그 일도 별로 말썽 없이 넘어갔다. 등롱의 준비는 위원회의 예산에 의지해서 단체 주문으로 매듭을 지었고, 위원회 쪽엔 별 의논이 없이 지섭 혼자서 일방적으로 결정을 내려버린 때문이기는 했지만, 흰색 치마저고리로 정해진 의상의 색상에 대해서도 당장엔 별다른 말썽이 없었다.

   11) 씻김굿: 『흰옷』의 위령제와 『신화를 삼킨 섬』의 씻김굿은 '다 같이 생자와 사자 간뿐만 아니라, 생자와 생자들 간의 현세적 삶의 화해와 구원을 지향한 민족 공동의 신앙 양식'이다. 이청준에게 소설 쓰기는 '자신의 삶과 정신을 씻기는' 일로, '삶을 다시 견딜 만한 것으로 부추겨 나가려는 자기 생령의 씻김질'이다. 정치, 사회의 격변기를 살았던 그에게는 씻겨야 할 대상이 자신에 그치지 않았다. '소위 시대고(時代苦)의 과제가 또 하나 중심 씻김거리였다.' 그런 소설 쓰기로 나온 작품 중 하나가 『흰옷』이다(260쪽~77쪽).

   ─수필 「사랑과 화해의 예술, 혹은 새와 나무의 합창」: 1950년대 전란을 직접 겪은 아버지와 역사 혹은 풍문의 형식으로 그것을 접할 수밖에 없는

아들 간의 대립과 불화 관계가 뒷날 좌우 양쪽의 희생자를 동시에 진혼하는 위령제 굿판으로 화해의 장을 마련한다는 줄거리가 전자(『흰옷』)라면, 4·3사건 이후 비극의 원인 소재와 가해자, 피해자 간의 위상 및 역사적 책임 문제로 보이지 않는 갈등과 대립이 내연해온 제주민들의 상처를 한 마당 씻김굿판으로 얼마쯤이나마 아물려보고자 한 이야기가 후자(『신화를 삼킨 섬』) 쪽이니까.

－수필「자신을 씻겨온 소설질」: 내 동시대 작가들도 다 마찬가지이겠지만, 내가 소설을 써온 것은 저 1960년의 4·19학생혁명으로부터 5·16군사 쿠데타, 10월유신, 10·26과 12·12정변, 5·17광주항쟁과 6·29선언을 거쳐 이후의 민선정부에 이르기까지 줄곧 극심한 정치, 사회의 격변기였다. 그것도 알다시피 개인과 사회의 퇴행을 초래한 폭력과 어둠의 세월이 대부분이었다. 그 위에 내 의식 속에는 소년기에 겪었던 6·25의 기억이 늘 답답한 가위눌림 같은 어둠 자국으로 자리해 있었다. 그런 기억과 체험의 과정 속에 우리 누구의 삶도 스스로 부끄러운 죄의식과 무력감에서 자유로울 수 없었겠지만, 나 또한 글쟁이로서 그 점을 감당해나갈 길을 쉽게 찾기가 어려웠음이 물론이다./하지만 그런 가운데에도 그걸 어떤 식으로든 감당해보고자 한 노릇이, 내 부끄러움과 아픔을 견디고 그것을 세상에 드러내 보임으로써 자신의 삶과 정신의 틀을 지탱해보려던 계략이 그 소설질이었으니.